FRANZISKA STEINHAUER

Kumpeltod

DUNKLE RACHE Wütende Proteste erheben sich gegen die Abbaggerung von Lausitzer Siedlungen. Selbst die Totengräber, die mit der Umbettung beschäftigt sind, weil Dorf und Gottesacker dem Kohlebagger weichen müssen, werden mit Todesdrohungen belegt. Als sie den Sarg eines Bergarbeiters freilegen, machen sie eine unerwartete Entdeckung: Auf dem Deckel liegt die Leiche von Heiner, der als Kumpel beschäftigt war. Peter Nachtigall, der bei einem Anschlag verletzt wurde, nimmt die Ermittlungen auf, die Tagebaugegner geraten ins Visier der Polizei. Währenddessen legt ein Bombenfund das Leben rund um das Klinikum lahm, große Teile der Stadt werden geräumt. Als die evakuierten Mieter wieder zurückkehren dürfen, stellt einer von ihnen fest, dass zwischenzeitlich in der Wohnung ein Blutbad angerichtet wurde. Eine Leiche kann aber nicht gefunden werden. Was ist hier passiert?

© Michael Helbig

Franziska Steinhauer wurde 1962 in Freiburg geboren und lebt seit 1993 in Cottbus. Sie studierte Pädagogik mit den Schwerpunkten Psychologie und Philosophie. Ihre psychologisch fundierten und ausgefeilten Kriminalromane um Peter Nachtigall ermöglichen dem Leser tiefe Einblicke in pathologisches Denken und Agieren. Mit besonderem Geschick verknüpft sie dabei mörderisches Handeln, Lokalkolorit und Kritik an aktuellen gesellschaftlichen Entwicklungen. Um ihr Wissen im Bereich der Kriminaltechnik auf eine breitere Basis zu stellen, studiert sie Forensic Sciences and Engineering an der Brandenburgischen Technischen Universität (BTU) in Cottbus im Masterstudiengang.

Bisherige Veröffentlichungen im Gmeiner-Verlag:
Zur Strecke gebracht (2012)
Spielwiese (2011)
Sturm über Branitz (2011)
Gurkensaat (2010)
Wortlos (2009)
Menschenfänger (2008)
Narrenspiel (2007)
Racheakt (2006)
Seelenqual (2006)

FRANZISKA STEINHAUER

Kumpeltod

Peter Nachtigalls achter Fall

GMEINER *Original*

Besuchen Sie uns im Internet:
www.gmeiner-verlag.de

Im Ehnried 5, 88605 Meßkirch
Telefon 07575/2095-0
info@gmeiner-verlag.de

1. Auflage 2013

Lektorat: Claudia Senghaas, Kirchardt
Herstellung / Korrekturen: Julia Franze
Umschlaggestaltung: U.O.R.G. Lutz Eberle, Stuttgart
unter Verwendung eines Fotos von: illleeeegal / photocase.com
und © Andreas F. – Fotolia.com
Druck: GGP Media GmbH, Pößneck
Printed in Germany
ISBN 978-3-8392-1374-2

Personen und Handlung sind frei erfunden.
Ähnlichkeiten mit lebenden oder toten Personen
sind rein zufällig und nicht beabsichtigt.

PROLOG

Als es zu dunkel wurde, griff er nach dem Nachtsichtgerät.

Faszinierend, dachte er beiläufig, Wunderwerk der Technik. Nie hätte er eine solche Qualität erwartet!

Gestochen scharf konnte er den schwarzen Schatten erkennen, der über das freie Feld lief. Schussfeld, drängte sich ihm auf und er kicherte verhalten.

Wie ungeschickt von dem Schwarzen.

Die Bewegungen deutlich unkoordiniert.

Der Schatten sah sich um. Hektisch.

Wandte sich nach links, stolperte, rappelte sich auf, wankte, rannte weiter.

Die Augen des Beobachters klebten an der dunklen Figur des Flüchtenden. Seine Mundwinkel zuckten verächtlich. Dieses miese kleine Arschloch!, überlegte er, hat doch tatsächlich geglaubt, es käme damit durch!

Der Koffer in der Hand des Schattens behinderte diesen offensichtlich beim Laufen.

Mag sein, diese untrainierte Lusche ist nach den paar Metern schon aus der Puste, mutmaßte der Beobachter und drehte den Oberkörper leicht nach rechts, um den Verfolger ins Bild zu bekommen.

Da!

Geschmeidig wie eine Wildkatze folgte eine zweite Gestalt dem Fliehenden.

Angespannt beugte der Beobachter sich vor, drehte an der Scharfstellvorrichtung. Die Waffe hielt der Zweite locker in der Hand, während er der Fährte des anderen folgte.

Lange konnte es nun nicht mehr dauern.

Gleich würde er die beiden gemeinsam ins Blickfeld bekommen.

Als er den Körper leicht nach links schwenkte, bemerkte er mit Genugtuung, dass der Erste schon wieder gestürzt war.

Diesmal kam er nur noch mit Mühe auf die Beine.

»Memme!«, spuckte der Beobachter geringschätzig.

Offensichtlich hatte sich der Typ auch noch verletzt! Es dauerte ziemlich lang, bis er sich unbeholfen in Bewegung setzte.

Der Verfolger holte unerbittlich auf.

Plötzlich waren beide aus dem Fokus des Nachtsichtgeräts verschwunden!

»Scheiße!«, fluchte der Beobachter und drehte hektisch an den Stellschrauben, um die beiden wieder einzufangen. Zischte wütend Verwünschungen in die Nacht.

Gerade als er enttäuscht seinen Platz verlassen wollte, entdeckte er die beiden!

Er atmete auf. »Wäre doch jammerschade gewesen, wenn ich nun ausgerechnet den Showdown verpasst hätte!«

Die beiden Männer standen sich vor dem schwach erhellten Horizont gegenüber.

Der Flüchtende mit gebeugtem Oberkörper und im Becken seltsam eingeknickt, der Verfolger kerzengerade. Vollkommen ruhig und gesammelt. Langsam hob er den gestreckten Arm, brachte die Schusshand in Position.

Sekunden später spaltete grelles Mündungsfeuer die Schwärze der Nacht. Ein Geräusch war nicht zu hören.

Zufrieden nahm er das Nachtsichtgerät herunter, wickelte still vergnügt den Riemen auf, wartete auf das leise Brummen des Mobiltelefons.

Nur Atemzüge später war es soweit.

»Erledigt!«

»Bestens. Sorg dafür, dass es keine verwertbaren Spuren gibt!«

»Ist klar!«

Der Beobachter registrierte eine Unsicherheit in der Stimme des anderen, ein Stocken, eine Veränderung der Atmung. »Ist noch was?«

Sprachlosigkeit antwortete ihm.

»Nun?«, knurrte er unverhohlen drohend.

»Was soll ich sagen?«, ächzte der andere. »Der Koffer ist weg!«

1

Die Scheinwerfer fraßen sich durch die Finsternis, die nur zögernd der Morgendämmerung Platz machen wollte.

»Herbst eben! Grau am Tag und ansonsten dunkel! Wieso fangen die eigentlich so früh mit den Arbeiten auf dem Friedhof an? Die Toten werden ja wohl kaum ungeduldig darauf warten, endlich umzuziehen!«

Verärgert erinnerte Nachtigall sich daran, warum er ausgerechnet zu dieser Zeit nach Brieskowitz unterwegs war.

Englische Woche beim FC Energie Cottbus. Die Kollegen hatten alle Hände voll zu tun, die Fans zu kontrollieren und das Stadion zu sichern. Bereitschaftspolizei aus Sachsen war schon unterwegs. Ein Spiel gegen Dresden war allemal ein explosives Event. Doch in Brieskowitz hatte es Morddrohungen gegen die Männer gegeben, die die Umbettung des Friedhofs durchzuführen hatten. Kriminalpolizei vor Ort sollte die aufgebrachten Bürger in ihre Schranken weisen, ihnen klarmachen, dass Todesdrohung kein Scherz war.

Pech! Das Los für heute Vormittag hatte ihn und Michael Wiener getroffen.

Im Rückspiegel entdeckte er ein paar Scheinwerfer.

»Noch einer, der heute früh aufstehen musste«, murmelte er.

Die grellen Lichter kamen überraschend schnell näher.

Nachtigall starrte auf die regennasse Straße, kontrollierte die Temperaturanzeige im Tacho. Weit entfernt vom Gefrierpunkt – keine Gefahr.

Die Scheinwerfer des anderen blendeten ihn und er kippte den Rückspiegel an.

»Verdammt! Wenn du unbedingt rasen willst, dann überhol' gefälligst«, ermunterte er den Fahrer des Wagens. »Kofferraumkriecher!«

Ziemlich hochbeinig, registrierte er noch automatisch, vielleicht ein Geländewagen – da krachte es gewaltig und sein eigenes Auto wurde rüde beschleunigt.

»Idiot!«, fluchte der Hauptkommissar wütend. Umklammerte das Lenkrad noch fester.

Er setzte den Blinker, um dem anderen zu signalisieren, er wolle rechts ranfahren und den Schaden überprüfen – da bemerkte er den dunklen Wagen in seinem linken Außenspiegel.

»Aha! Jetzt versuchst du auch noch Fahrerflucht!«

Die massige Silhouette war hinter den gleißenden Scheinwerfern nur undeutlich auszumachen. Ein Touareg? Ein Q7?

Unerwartet folgte der zweite Stoß, diesmal von der Flanke.

Nachtigall steuerte gegen, sein Wagen schlingerte bockig, brach aus und schleuderte über die Fahrbahn.

»Was zum Teufel …«, keuchte er, als es ihm gelungen war, das Auto wieder unter Kontrolle zu bringen. Das ist kein Versehen, wurde ihm bewusst, das ist Kalkül.

»Der Kerl will mich umbringen!«

Der Geländewagen war zurückgefallen. Offensichtlich beobachtete der Fahrer die Szene, wartete darauf, dass Nachtigall ›freiwillig‹ einen Unfall haben würde.

Der Hauptkommissar zwang grimmig seinen Wagen zurück in die richtige Spur.

Langsam schob sich der andere wieder näher.

Peter Nachtigall behielt die Lichtkegel fest im Auge. Drückte auf die Kurzwahltaste für Michael Wiener.

Gerade als hektisches Piepen das Herstellen der Verbindung anzeigte, donnerte der Dunkle mit Macht in seine Seite, katapultierte ihn von der Straße.

Wie im Zeitraffer.

Nachtigall beobachtete, wie sich der Acker unter seinem Auto durchdrehte. Spürte sein nicht unerhebliches Gewicht im Gurt, fühlte, wie das Blut in den Kopf stieg, bemerkte große Erdbrocken, die neben den Seitenscheiben aufspritzten.

Vorbei, dachte er mit tiefem Bedauern.

Deine Familie siehst du nie wieder.

Erstaunt stellte er fest, dass er auch Emile, seinen Schwiegersohn, gern wiedergesehen hätte. Wie sonderbar.

Das Wagendach landete mit einem heftigen Schlag in der Erde.

Wie seltsam, schoss ihm noch durch den Kopf, jetzt werde ich auf dem Weg zum Friedhof umgebracht. Welche Ironie!

Danach war nur noch Schwärze.

2

Die Transparente schlugen klappernd gegen die Metallstangen.

In Schmieders Ohren klang das wie die Begleitmusik

der schweigenden Schaulustigen, die einer öffentlichen Hinrichtung zusehen wollten. Er hatte gelesen, was darauf stand. ›Fahrt zur Hölle‹, ›Ihr seid Helfershelfer des Bösen‹, ›Lasset die Toten ruhen‹, ›Finger weg von unseren Ahnen‹. Eine himmelschreiende Ungerechtigkeit. Schließlich machte er das hier weder gern noch freiwillig. Diese selbstgerechten Hüter des Dorfes wollten einfach nicht begreifen, dass es um seinen Job ging. Eine Weigerung und die Kündigung flatterte ins Haus, das war sicher. Statt zu akzeptieren, was eh nicht zu ändern war, schickten sie ihm, dem Totengräber, Morddrohungen.

Unfassbar.

Heute Morgen hatte er die sechste aus dem Briefkasten gefischt.

Dieses sei die letzte, hatte dort gestanden, nun würde man unweigerlich zur Tat schreiten.

Kein Witz, fand die Polizei, bei der er sofort angerufen hatte. Es kämen Beamte zu ihrer Sicherheit. Ha! Vor solch fanatischen Spinnern konnte sie niemand beschützen.

Vorsichtshalber schloss er das große Tor hinter ihnen ab, als er den skandierenden Mob näher kommen hörte.

Sie hatten hier zu arbeiten – da blieb keine Zeit für sinnentleerte Diskussionen mit aufgehetzten Dörflern.

»Muss der Herr Pfarrer sich eben bemerkbar machen, wenn er kommt. Pünktlichkeit gehört wohl nicht zu seinen Stärken«, nörgelte er, als er den Schlüssel in die Hosentasche schob.

Hannes Schmieder seufzte.

Sein Blick wanderte langsam über die Kreuze und Grabsteine seines Friedhofs.

»Mann, Mann, Mann! Irgendwie kann ich schon verstehen, dass den Leuten die ganze Aktion nicht gefällt. Ich meine, da beerdigst du deinen lieben Angehörigen, denkst, das ist für die Ewigkeit und schon nach kurzer Zeit zerren sie ihn wieder ans Licht.«

»Wieso dürfen die das denn überhaupt?«, wollte der junge Kollege wissen. »Ist doch ganz klar Störung der Totenruhe! Oder etwa nicht?« Stefan Bomme spuckte einen gelblich-grünen Schleimbatzen neben sich auf den Weg. Schmieder versuchte, nicht hinzusehen. Ihm wurde schon allein vom Anblick der ekligen Masse übel. Und den Toten gefiel so ein Benehmen sicher auch nicht.

»Sicher Sondergenehmigung!«

»Diese großen Konzerne! In diesem Staat dürfen die sich so richtig austoben. Müssen sich für gar nichts mehr verantworten und es ist niemand da, der ihnen Einhalt gebietet. Ist echt kein Wunder, wenn dieser Staat mit Mann und Maus untergeht! Ehrlich!«

Hannes hatte keine Lust auf eine Diskussion mit Stefan über Politik. Führte zu nichts.

»Von wegen ›letzte Ruhestätte‹! Pustekuchen. Wenn du dem Geld im Weg ruhst, wirst du eben einfach ausgegraben und umgetopft!«

»Ja, ja!«, murrte Schmieder, dem der Neue gehörig auf die Nerven ging. »Hier auf meiner Liste steht genau drauf, wo wir heute mit der Arbeit beginnen sollen. Warte mal – das ist …«, grübelte er und streckte dann triumphierend den Zeigefinger aus, »dort drüben!«

Bomme murrte bei jedem Schritt.

»Wenn noch mal so was auftaucht wie gestern, dann kriege ich sicher Albträume. Sah aus, als wäre der beinahe noch lebendig. Huh!«

»Wir sind erst den zweiten Tag hier!», erinnerte ihn

der Ältere. »Was hast du denn erwartet? Was glaubst du, findet man auf einem Friedhof?«, fuhr er den anderen an. Diese Arbeit ist eben nichts für Sensibelchen und Weicheier, dachte er, da braucht es schon den ganzen Kerl mit extra starken Nerven.

»Aber so was? Nee, wirklich nicht!«

»Fettwachsleiche«, erklärte Schmieder ungerührt. »Gibt es in unserer Gegend häufig. Wenn der Boden nicht durchlässig ist und die Leiche immer im Wasser liegt. Dann findet eben keine Verwesung statt.«

»Öfter?« Jetzt klang Bomme zunehmend hysterisch. »Du meinst, da sind noch mehr davon? Und was ist, wenn Grabstätten aufgelöst werden?«

»Ist ein echtes Problem«, räumte der Ältere augenzwinkernd ein. »Hast du gewusst, dass der durchschnittliche Grabbesucher etwa 1.000 Liter pro Jahr beim Gießen der Blumen über die Leiche schüttet? 1.000 Liter! Dazu kommen dann noch die Niederschläge.« Er musterte den anderen prüfend, setzte dann vorsichtshalber hinzu: »Du weißt schon – Regen und Schnee.«

»Du meinst, der säuft ab?«, staunte Bomme respektlos. »Und so viel Wasser vertragen doch die Blumen gar nicht.«

»Ich würde das anders ausdrücken – aber im Prinzip stimmt's. So! Hier fangen wir an. Ist ein ziemlich frisches Grab. Sieh mal, ist schön locker der Boden.« Schmieder hob den Spaten von der Karre. »Es geht bei der Gießerei auch gar nicht allein um die Pflege. Es ist mehr das Bedürfnis, dem lieben Verstorbenen eine Freude zu machen, Zuwendung zu zeigen. Die Leute wissen ja nicht, dass das Wasser durch den Boden in die Grube tröpfelt. Darüber denkt doch keiner nach!« Er reichte dem Jüngeren ebenfalls einen Spaten.

»Ist das echt ein frisches Grab?« Bomme beäugte den Erdhügel skeptisch.

»Nicht taufrisch. Aber jedenfalls keines von den alten.«

Eine Weile war nur das raue Geräusch der Spaten zu hören, die durch das Erdreich schnitten.

»Und verbrennen? Also, ich meine nur, wenn es gerade in eurer Gegend so ein Problem mit dem Verwesen ist, wäre das doch eine Variante.« Das Thema schien Stefan Bomme nachhaltig zu beschäftigen.

»Nee, das geht auch nicht. Wegen der Dioxine, Furane und anderer Gase.«

»Hä?«

»Das sind Gifte, die beim Verbrennen frei werden. Und wenn du nun alle kremierst, wird auch jede Menge davon in die Luft abgegeben. Außerdem muss man ja auch den Gasverbrauch bedenken.«

Bomme grunzte nur.

Von nun an herrschte Schweigen beim Arbeiten.

Hannes war zufrieden. Er hatte es gern ruhig.

Als sein Spaten auf einen Widerstand stieß, meinte er trocken: »So, nun müssten wir es gleich geschafft haben. Tja, sieht so aus, als hätten wir wieder mal den Deckel durchstoßen.« Zu seinem Kollegen gewandt setzte er hinzu: »Hol doch schon mal eine von den Kisten. Ich lege hier alles frei.«

Stefan Bomme trollte sich.

»Nun bleibt der Kerl sicher wieder ewig weg! Muss noch schnell eine rauchen, eine SMS an die Freundin schicken und seine Mails checken«, knurrte Schmieder dem sich entfernenden Rücken nach.

Den nächsten Stich führte er oberflächlicher aus.

Nach zwei weiteren starrte er verwundert auf das, was zwischen seinen Beinen lag.

»Da wird er aber staunen, der Kleine. Fettwachs ist das nicht! Der ist frisch!«

3

Michael Wiener musste hilflos mit ansehen, wie der Wagen vor ihm den vorausfahrenden von der Straße drängte.

»Spinnsch du?«, brüllte er. »Du wirsch den andere noch umbringe! Ist ja wie im Film!« Mit brennenden Augen stierte er auf den dunklen Wagen, dem die Zusammenstöße mit dem wesentlich kleineren Fahrzeug nicht das Geringste anzuhaben schienen.

»Hier fährt ein Verrückter vor mir!«, schrie Wiener in sein Funkgerät. »Ein Streifenwagen sollte ihn in entgegenkommender Fahrtrichtung stoppen. Bin auf dem Weg von Cottbus nach Brieskowitz. Der Fahrer versucht das vorausfahrende Auto von der Straße zu drängen. Vielleicht eine Trunkenheitsfahrt!« Er gab das Kennzeichen durch.

»Okay, wir versuchen, ihn zu stoppen und machen eine Halterabfrage«, schnarrte es zurück.

Erst in dem Augenblick, in dem der kleinere Wagen durch die Luft geworfen wurde, erkannte Wiener das Fahrzeug.

»Oh Gott! Das isch ja Peters Auto!«

Der SUV startete durch, wirbelte Wasser auf, als wolle er in einer Nebelwolke untertauchen.

Wiener hielt mit quietschenden Reifen am Straßenrand.

»Peter!«

Nachtigalls Wagen qualmte ein gutes Stück entfernt von der Asphaltpiste.

»Rettungswagen! Schnell!«

Er rannte los, das Handy mit offengehaltener Leitung in der Hand.

»Peter!«

»Er antwortet nicht!«, schrie er verzweifelt dem Leiter der Rettungsstelle zu.

Keuchend erreichte er den Wagen, der wie ein schutzlos ausgelieferter Käfer auf dem Rücken lag – die Räder quirlten sich noch immer durch die Luft.

Das Handy landete in einer Ackerfurche.

Energisch zerrte der junge Mann mit beiden Händen an der Fahrertür. Endlich! Widerstrebend ließ sie sich öffnen. Er tastete in der Jacke nach der scharfen Gurtklinge und durchschnitt das Band, das sich über den Oberkörper des Freundes spannte. Schluchzend – was ihm gar nicht bewusst wurde – bekam er Nachtigall zu fassen und zog ihn aufs Feld.

»Peter! Bitte!«, flehte er, fühlte, wie ihm der Boden unter den Füßen verlorenging, er im freien Fall ins Nichts stürzte.

»Peter!« Er schlug dem Freund kräftig ins Gesicht. »Peter!«

Stabile Seitenlage, fiel ihm plötzlich ein. Mit Mühe gelang es ihm, den schweren Körper auf die linke Hälfte zu ziehen.

»Welches Bein muss ich jetzt anwinkeln?« Michaels Denken war blockiert.

Erst Albrecht und jetzt Peter. Das darf nicht sein, kreiste hinter seiner Stirn.

»Wo bleibt denn der verdammte Notarzt?« Ein gewaltiges Zittern lief durch Wieners Körper, jeder Versuch die Kontrolle wiederzugewinnen scheiterte.

»Was soll ich denn nun machen?« Er hatte das Handy wiedergefunden.

»Tasten Sie mal nach seinem Puls«, wies ihn die Stimme ruhig an.

Wieners bebende Finger flatterten über Nachtigalls Hals.

»Nichts!«, informierte er seinen gesichtslosen Gesprächspartner. Nichts, hallte es in seinem Kopf nach, nichts, nichts, nichts.

»Das glaube ich nicht. Ganz ruhig, Kollege. Strecken Sie mal Ihren Arm aus, beugen Sie ihn wieder und dann versuchen Sie es erneut.«

»Nichts!«, wiederholte Wiener ohne jede Hoffnung.

Als er die zuckenden Blaulichter sah, stand er auf und trat zur Seite.

Stumm.

Jetzt erst bemerkte er, dass er weinte.

Er verzichtete darauf, die Tränen abzuwischen.

Und ich habe dabei zugesehen, dachte er gebetsmühlenartig, ich habe dabei zugesehen …

Nur von fern nahm er die Menschen wahr, die über das Feld gerannt kamen.

Zu spät, viel zu spät.

Aktivitäten entwickelten sich.

Wieners Verstand klinkte sich aus.

Langsam, als müsse er vor jedem Schritt überlegen, wie Laufen funktionierte, setzte er sich in Bewegung, kehrte zu seinem eigenen Wagen zurück.

»Habt ihr den Kerl?», erkundigte er sich matt über Funk.

»Nein. Der muss sich zwischen hier und da in Luft aufgelöst haben! Wie geht es Nachtigall?«

Wiener verzichtete darauf, die Frage zu beantworten.

Ich bin der ganze Rest unserer Ermittlungsgruppe, fiel ihm plötzlich ein.

Was nun? Weiterfahren zu diesem Friedhof, der umgefriedet werden sollte, um die Totengräber vor den Bürgern zu schützen? Bleiben? Bis man Peter …?

Er barg das Gesicht in den Händen.

Jemand klopfte ihm ungeschickt auf die Schulter.

Er sah nicht auf.

»Na, sieht so aus, als müsstest du uns beide fahren. Erst mal zu diesem Friedhof, dann ins Klinikum. Geht's wieder – können wir?«, fragte eine Stimme durch das heruntergelassene Fenster.

Wiener starrte beharrlich in den Fußkasten und schüttelte den Kopf. Alles war unwichtig.

»Das ist schlecht. Mein Auto ist nämlich nicht mehr fahrtüchtig – und ich auch nicht.«

Wiener wandte sich um.

»Peter! Mein Gott! Und ich han scho denkt …«

Die Erleichterung trieb dem jungen Mann erneut die Tränen über die Wangen.

»Ich hoffe, du weinst jetzt nicht, weil du mich doch nicht losgeworden bist«, brummte Nachtigall gerührt.

Ächzend ließ er sich auf den Beifahrersitz fallen.

»Ich bringe dich sofort ins Klinikum! Zum Friedhof fahre ich allein.«

»Es ist nicht viel passiert, Michael, ehrlich. Ein Schlag auf den Hinterkopf, ein bisschen ausgeknockt und leider den Arm etwas lädiert.«

Er wies den stabilisierenden Verband vor.

»Ausgerechnet Dr. Manz! Mein spezieller Freund an Tatorten! Na ja. Er hält es für möglich, dass der Arm gebrochen ist. Wir werden ja sehen.«

»Aber du hattest keinen Puls!«

»Doch. In der Aufregung hast du den bloß nicht gefunden!«, meinte Nachtigall verständnisvoll.

Wiener startete mit zitternden Fingern den Motor.

»Das war ein Mordversuch! Ich hab elles gesehe! Peter, ich dachte wirklich, du bist ...«

»Scheißgefühl!«, knurrte der Hauptkommissar. »Haben wir den Kerl?«, fragte er finster.

Michael Wiener fuhr langsam.

Er misstraute seiner Konzentrationsfähigkeit.

»Nein. Der ist mitten auf der Strecke verdampft.«

4

Hannes Schmieder pfiff durch die Zähne. So etwas – noch nie in seinem ganzen langen Arbeitsleben war ihm das untergekommen!

Bomme wäre vor Schreck beinahe auch noch in die Grube gefallen. In letzter Sekunde war es ihm gelungen, seinen Oberkörper zurückzureißen und nach ungeschicktem Schwanken unsanft auf dem Steiß zu landen.

»Ist der tot?«, keuchte er heiser.

»Ja, was soll er wohl sonst sein?« So ein kompletter Idiot, dachte der Ältere wenig nett über seinen Kollegen. »Lagen doch fast zwei Meter Erde auf ihm!«

»Und was machen wir nun?«, fragte Bomme und kratzte sich am Haaransatz unter der Wollmütze.

»Polizei! Ist doch klar!« Schmieder kontrollierte die Uhrzeit. »Komisch. Eigentlich wollten die doch längst da sein!«

Ein Auto hielt vor der Friedhofsmauer.

»Das sind sie wohl. Lauf mal vor und schließ ihnen das Tor auf. Können wir sie ja gleich mit unserem Fundstück bekannt machen!«

»Wie sehen Sie denn aus?«, entfuhr ihm wenig später, als die beiden Cottbuser Kriminalbeamten auf ihn zukamen. »Üble Kneipenprügelei mit Schlammschlacht?«

Wiener und Nachtigall sahen an sich hinunter. Die Modderspuren hatten sie in der Aufregung gar nicht bemerkt. Auf der schwarzen Kleidung, die beide mit Vorliebe trugen, hoben sie sich mit schreiender Deutlichkeit ab. Nachtigalls Statur, fast zwei Meter hoch und etwas zu üppig um die Mitte, bot besonders viel Fläche. Unwillkürlich tastete der Hauptkommissar nach seinem Zopf, um zu erfühlen, ob der womöglich durch den Schlamm bretthart nach hinten abstand.

»Unfall – vor einer halben Stunde etwa.«

»Ach du Schreck! Sie hatten einen Autounfall? Hm. Na ja, das Auge verwandelt sich in ein prächtiges Veilchen und wenn Sie mich fragen – der Arm … also die Hand sieht so aus, als wäre der Arm gebrochen. Hatte ich auch mal.«

»Mag sein«, tat Nachtigall die Besorgnis des Totengräbers ab. »Es wird mich nur wenig bei meiner Arbeit beeinträchtigen. Und«, setzte er gutmütig hinzu, »ich muss ja nicht graben.«

»Da wäre ich mir jetzt gar nicht mal so sicher!«, orakelte Bomme düster. »Da hinten in dem Grab liegt einer!« Wieso unterhalten die sich über solche Belanglosigkeiten, wenn nur wenige Schritte entfernt eine Leiche liegt, dachte er missbilligend, das kann doch nicht wahr sein!

Nachtigall sah ihn fragend an. »Da liegt einer? Aber ist das nicht der Grund dafür, dass Sie beide hier graben?«

»Ja, doch. Sicher! Dort drüben, in dem Grab, bei dem wir heute angefangen haben – da liegen zwei, wo nur einer sein sollte«, klärte Schmieder die beiden Kripobeamten auf.

Nachtigall trat an das ausgehobene Loch, kämpfte mit einem leichten Schwindelgefühl.

»Ich sehe, was Sie meinen«, murmelte er dann überrascht. »Michael, wir brauchen ein Tatortteam.«

Wiener warf ebenfalls einen Blick in das Grab, nickte, trat beiseite und begann aufgeregt zu telefonieren.

»Das war ein relativ frisches Grab, nicht wahr?«, erkundigte sich der Hauptkommissar.

»Ja«, bestätigte Schmieder. »Vor ein paar Monaten war die Beisetzung. Gestorben am 5.7., um genau zu sein. Dann muss die Beisetzung so etwa drei Tage später stattgefunden haben.« Dabei zeigte er auf das Holzkreuz, das sie heute Morgen entfernt hatten.

»Wussten die Menschen im Dorf damals nicht schon, dass der Friedhof umgebettet werden muss?«

»Ach ja. Wissen ist ja nur das eine – Hoffen kann man damit nur ganz schwer ausrotten.«

»Das mag schon richtig sein«, grübelte Nachtigall laut. »Aber wenn jemand aus dem Ort eine Leiche hier versteckt, muss er eine verdammt große Portion Hoffnung gehabt haben. Kennen Sie den Mann?«

»Der liegt auf dem Bauch. Alles voller Erde. Vielleicht wenn wir ihn mal eben umdrehen …«

Der Totengräber machte Anstalten, wieder in die Grube zu springen.

»Halt, halt!« Der Hauptkommissar hielt ihn mit dem unverletzten Arm zurück.

»Wieso? Bis gerade war ich doch auch drin.«

»Stimmt schon. Aber jetzt ist es ein Leichenfundort. Ab sofort darf hier nur noch die Polizei rein- und rausklettern.«

»Aha!« Schmieder schüttelte unwillig den Kopf.

»Der Trupp kommt gleich«, verkündete Wiener, der gehetzt wirkte. »In einer halben Stunde etwa.«

»Ach? Und was sollen wir in der Zwischenzeit machen? Däumchen drehen?«, quengelte Stefan Bomme, der um seinen pünktlichen Feierabend fürchtete.

»Verabredet, wie?«

»Und wenn? Wie geht es nun weiter?«

»Weitergraben?«, schlug Schmieder grinsend vor.

»Ich denke, wir dürfen nicht!«

»Nur hier nicht – wenn ich das richtig verstanden habe. Beim übernächsten Nachbarn dürfen wir bestimmt.«

Nachtigall nickte. »Geben Sie vier Gräber als Nahtzugabe. Dann kommen wir uns bei der Arbeit sicher nicht in die Quere.«

»Na, los!« Schmieder gab dem Jüngeren mit dem Griff des Spatens einen rüden Stoß in die Seite. »Nix wie ran!«

Lustlos trollte sich Bomme, um die Schubkarre zu holen.

Nach kurzer Zeit war das unangenehme Knirschen der in die Erde stoßenden Spaten wieder das einzige Geräusch, das die Friedhofsstille störte.

»Ein beinahe frisches Grab. Kaum vier Monate alt. Ist doch eigenartig. Entweder hat derjenige, der ihn hier deponierte, nichts von der geplanten Umsetzung der Gräber gewusst oder wollte diesen hier nach angemessener Zeit wieder abholen und anderswo unterbringen.«

»Diese Schinderei – zweimal? Das kann ich mir nun wirklich nicht vorstellen. Da hätte er doch mit Sicherheit eine zugänglichere Stelle finden können«, widersprach Wiener.

»Vielleicht musste es schnell gehen.« Doch nach einem weiteren Blick auf das Opfer revidierte Nachtigall mit gerunzelter Stirn seine Meinung. »Na, ja. Wenn ich es genau bedenke, dauert es sicher ziemlich lang, all die Erde aus dem Grab zu schaufeln. Außerdem muss er nachts gegraben haben – tagsüber hätten ihn wahrscheinlich Angehörige überrascht.«

Sonne, Meer, Strand.

Er freute sich unbändig, dem heranziehenden schlechten Wetter zu Hause entkommen zu sein. Was für eine wunderbare Fügung des Schicksals, dass nun gerade er das Los gezogen hatte! Also war er ins Paradies beordert worden. Eine ganze Woche Afrika!

Er würde jede Sekunde davon in vollen Zügen genießen.

»Benehmen Sie sich wie ein ganz normaler Tourist«, hatte die raue Stimme gefordert. »Wir werden zu gegebener Zeit von uns aus Kontakt mit Ihnen aufnehmen.«

Wie ein normaler Tourist, frohlockte seine innere Stimme, nichts leichter als das. Schließlich bin ich einer.

Nach der Zwischenlandung in Gran Canaria ging's mit einer kleineren Maschine weiter.

An der afrikanischen Küste entlang.

Sand, so weit das Auge reichte.

Vier Stunden später setzte das Flugzeug sanft auf.

Wie ihm schien, mitten in der Wüste. Ein betagtes Vehikel, das allgemein als Bus bezeichnet wurde, brachte ihn und die anderen Touristen auf den Weg nach Santa Maria. Scheppernd und quietschend fraß der Kleintransporter Kilometer um Kilometer der erstaunlich gut ausgebauten Strecke.

»Die anderen Straßen, auf denen Sie vielleicht während Ihres Aufenthalts noch entlang fahren werden, sind natürlich in einem gänzlich anderen Zustand. Meist sind es nur festgefahrene Sandpisten, staubig und wenig komfortabel«, informierte die Reisebegleiterin ihre Kunden.

»Eine weitgehend unbewohnte Insel. Und was gibt es hier? Einen Kreisverkehr nach dem anderen!«, flüsterte er der Scheibe zu, die die Hitze nicht draußen zu halten

vermochte. Schicht um Schicht zog er aus, bis nur noch das dünne T-Shirt übrig blieb.

»Bei Ihnen zu Hause in Deutschland regnet es heute«, kommentierte die Reiseleiterin schadenfroh. »Freuen Sie sich auf eine sonnige Auszeit hier bei uns.«

Die Sprache würde ein Problem werden. Logisch! Das hatte er nicht anders erwartet.

Überall gab es plötzlich nur noch Schwarze, die weder Deutsch- noch Englischkenntnisse hatten. Man sprach Kreolisch, die Sklavensprache, ein Gemisch aus den unterschiedlichsten afrikanischen Dialekten – und Portugiesisch. Auch bei noch so intensivem Hinhören war für ihn nicht ein Wort zu verstehen. Er konnte, nachdem er vor ein paar Jahren einen Volkshochschulkurs besucht hatte, leidlich Englisch.

Irgendwie würde er schon klarkommen.

Unerwartet spürte er so etwas wie Einsamkeit in sich aufsteigen. Heimweh?

Quatsch, schimpfte er in Gedanken mit sich, das kann ja wohl nicht sein, du bist ja erst seit ein paar Stunden aus Deutschland weg!

An der Rezeption des Hotels die nächste Überraschung: Auch hier beherrschte niemand gut Englisch.

Antworten oder Erklärungen der Mitarbeiter führten zu fragenden und ratlosen Blicken der Gäste. Zum Glück konnte die Reiseleiterin die ersten Hürden nehmen helfen. Irgendwann reichte ihm die junge Frau, die ihm sofort wegen ihrer kunstvollen Frisur aufgefallen war, lächelnd seinen Zimmerschlüssel und eine Plastikkarte.

Mit Mühe verstand er, dass er diese Karte mit Geld aufladen und dann zum Bezahlen im Hotel benutzen könnte.

Wie praktisch! Kein Bargeld an Pool und Strand.

Afrika!

Im Grunde hatte er es sich völlig anders vorgestellt.

Das Zimmer picobello aufgeräumt. Minibar und Klimaanlage liefen einwandfrei. Die Bettwäsche war so weiß, dass es direkt den Augen wehtat. Afrika?

Na, ja. Erst mal abwarten, wie das Essen schmeckt!

Träge fiel er auf sein Bett.

Wartete eine Weile darauf, dass sich sein Kontaktmann melden würde, schlief fast zwei Stunden und entschloss sich dann, zum Strand hinunterzugehen.

Überwältigend.

Breit, feinsandig, wundervoll.

Nicht zu überbieten.

Das Meer: Blau, türkis und dunkelgrün brandete es ungezähmt und hungrig über den Sand. Aggressiv bewies es jedem seine Kraft, drohte, alles in die Tiefe zu zwingen. Der permanente Wind peitschte es auf, blies Sand gegen die nackten Beine der Besucher. Das hatte den Effekt von Schmirgelpapier.

Er war beeindruckt.

Auch von dem Wachmann, der am Tor zur Beach Posten bezogen hatte.

In der sengenden Sonne, in schwarzer Uniform und unübersehbar bewaffnet.

5

»Einen forensischen Archäologen brauchen wir hier wohl nicht mehr«, stellte Peddersen lapidar fest, als er mit seinen Leuten am Fundort eintraf.

Der Fotograf grätschte durchs Gelände, versuchte die Auffindesituation aus jedem nur denkbaren Blickwinkel festzuhalten. Am Ende stellte er das Stativ direkt an der Grube auf, holte einen extralangen Maßstab aus seinem Wagen und machte weitere Aufnahmen.

»Ziemlich frisches Grab. Ich nehme an, dem Täter ist gelungen, seine Sondergrabung gut zu verbergen?«

»Ja. Ist ja auch nicht so schwierig. Wenn du dir überlegst, wie viele Kränze und Blumen manchmal auf so einem Grab liegen.« Wiener kämpfte gegen das Brennen hinter seinen Augen an. Er mochte lieber nicht mehr in diese Grube sehen – auf den Toten, den Sarg. Schließlich war es noch kaum zwei Stunden her, da hatte er befürchtet, in wenigen Tagen am Grab seines Freundes stehen zu müssen.

»Aber es war doch nicht nötig, den ›Neuzugang‹ so tief zu begraben.« Nachtigall stützte den verletzten linken Arm unauffällig mit der Hand, legte die Stirn in dicke Falten. »Wer auch immer – er hat die Erde bis auf den Sarg hinunter ausgehoben. Wozu? Der halbe Weg hätte doch auch gereicht.«

»Meinst du, der war am Ende noch gar nicht tot?«, flüsterte Michael Wiener entsetzt. »Der Täter hat Berge von Erde auf ihn gehäuft, damit er sich nicht mehr befreien kann?«

»Denkbar. Das findet der Rechtsmediziner raus.«

Dr. Manz, Notarzt, warf Nachtigall im Vorbeigehen einen bösen Blick zu.

»Aha. So sieht es also aus, wenn Ihnen der Notarzt am Unfallort rät, nach Hause zu fahren. Sie sollten den Arm … egal. Er wird gebrochen sein, Sie haben eine nette Gehirnerschütterung. Aber ist in Ordnung, Sie sind ein erwachsener Mann! Ihre Entscheidung.« Danach stapfte er zornig weiter.

»Wieso holt man eigentlich mich? Hier braucht man keinen Notfallmediziner mehr! Der Mann ist schon seit Tagen tot«, hörte man ihn wenige Schritte später protestieren.

»Sie waren doch vor Ort. Und wir brauchen jemanden, der uns schnell und kompetent ein paar Fakten nennen kann. Womit haben wir es hier zu tun? Mord? Suizid – und jemand hat die Leiche nur verschwinden lassen? Kaum einer kann das so gut wie Sie«, behauptete Peter Nachtigall mit unergründlichem Blick.

Der Mediziner sprang in die Grube hinunter.

Fluchte.

»Auf einem Sarg habe ich auch noch nie gestanden! Sie verlangen die unmöglichsten Dinge von mir!«, beschwerte er sich.

Betrachtete interessiert den Körper.

Der Mann lag auf dem Bauch, das linke Bein angewinkelt, das andere gestreckt. Die Arme befanden sich in einer für Lebende durchaus bequemen Position, die Hände knapp über Schulterhöhe.

Bekleidet war der Tote mit einer Sommerjeans und einem T-Shirt, das seitlich hochgerutscht war und so den Blick auf die Rückenpartie freigab. Schuhe oder Strümpfe waren nicht zu sehen.

»Wir brauchen eine Plane, an der man seitlich Seile befestigen kann. Hier unten kann ich nichts sehen!«

Während sich einige Beamte auf die Suche nach einem geeigneten Hubsystem machten, begann Dr. Manz damit, die verbliebene Erde von der Leiche zu streichen.

»Was wollten Sie noch mal genau wissen?«

»Unfall, Suizid, Mord?«

»Ach ja, das war's. Ich kann ausschließen, dass dieser Mann Opfer eines Unfalls wurde. Suizid scheidet wohl ebenfalls aus.«

»Das ging aber schnell!«, staunte Peter Nachtigall.

»So schwierig war es nicht. Er hat das Kabel noch um den Hals!«, rief der Arzt aus der Tiefe. »Es handelt sich um ein flaches Stromkabel, schwarz, ohne Schalter – wenn ich das richtig sehe. Es liegt locker um den Hals. Vielleicht hatte der Täter beide Enden gepackt und zugezogen – nach der Tat legte er sie lose zusammen.«

Ein schwarzer Leichensack wurde hinuntergereicht.

»Soll ich ihn wirklich …? Nicht, dass es später Ärger mit Ihrem Gerichtsmediziner gibt.«

»Wir müssen wissen, um wen es sich handelt. Dazu brauchen wir einen Blick in sein Gesicht. Sehen Sie irgendwelche Insekten in der Nähe? Die müssten wir natürlich einsammeln.«

»Sie glauben doch nicht, dass diese kleinen Aasfresser noch hier sind! Nachdem jemand die ganze schützende Erdschicht entfernt hat? Licht – und sei es noch so wenig – mögen die nicht. Ich fürchte, diese Fressstelle hat deutlich an Attraktivität verloren«, grunzte Dr. Manz und hob gleichzeitig das T-Shirt ein wenig an, um nachzusehen, ob sich einige Insekten vielleicht dorthin geflüchtet hatten. »Nichts zu sehen«, stellte er fest.

Nachtigall glaubte Enttäuschung in seiner Stimme ausmachen zu können.

Vorsichtig rollte Dr. Manz den Leichnam in den Kunststoffsack.

Danach führte er Seile darunter durch, und vier Beamte hievten den Körper aus der Grube.

Etwas ungeschickt folgte auch der Arzt über die Leiter. Der Sack wurde zwischen die Gräber bugsiert und Dr. Manz zog den Reißverschluss auf.

Nachtigall schlug der Geruch des Todes entgegen.

Er bemühte sich darum, den Atem flach zu halten, starrte in das grün-bläulich verfärbte Gesicht eines noch Namenlosen.

»An Ihrer Seite treffe ich wirklich auf die seltsamsten Patienten«, murrte der Notarzt. »Wie gesagt, dieser hier ist nicht mehr ganz frisch, er muss schon seit einigen Tagen tot sein. Das sehen Sie schon an der seltsamen Farbe. Fäulnis! Hier ist auch schon ein Pilzrasen! Schimmelpilze, nehme ich an.«

Er ging in die Hocke, schielte mit einem Auge nach dem Hauptkommissar.

»Seien Sie froh, dass wir an der frischen Luft sind. Der Rechtsmediziner arbeitet im Gebäude und die Lüftung …«

»… schafft es nie! Ich weiß!« Peter Nachtigall hörte das leichte Zittern in seinem Tonfall. Ihm war übel. Um ein Haar wäre ich jetzt von diesem Zustand auch nicht weit entfernt, schoss ihm durch den Kopf. Er schüttelte sich, um diesen quälenden Gedanken zu verscheuchen – was den Schmerz im Arm verschlimmerte. Ich lebe noch!, registrierte er selig, von den Umstehenden unbemerkt.

Dr. Manz schob seine Brille auf die Nasenwurzel.

»Hier, das ist das Kabel. Sehr praktisch – er hat an die Enden kleine Holzstäbchen als Knebel geknotet. So kann man es besser halten. Ist ja ziemlich schlüpfrig sonst. Und das Anziehen wird natürlich auch erleichtert. Liegt einfach besser in der Hand.«

»Wollen Sie vielleicht umsatteln, Dr. Manz? Wir könnten bei Dr. Pankratz ein gutes Wort für Sie einlegen«, schlug Michael Wiener vor.

»Ach! Und wer klammert dann die Platzwunde am Kopf Ihres Kollegen, wenn ihn das nächste Mal einer in den Acker scheucht? Nee, auf meine Dienste im Notfallwesen können Sie gar nicht verzichten«, gab Dr. Manz grinsend zurück.

»Da haben Sie auch wieder recht«, räumte der Hauptkommissar gutmütig ein. »Also: Mord, er wurde erdrosselt, Tatwaffe ist vermutlich das Kabel um seinen Hals und es ist nicht erst gestern passiert.«

»Genau. Ich weiß sogar, dass er nicht länger als 14 Tage tot sein kann.«

Nachtigall sah den Mediziner verblüfft an.

»Na – das ist Heiner Lombard!«, erklärte Dr. Manz in einem Ton, als müsse jeder diesen Namen kennen.

»Hä?« Auch Wiener konnte damit wohl nichts anfangen.

»Heiner Lombard! Der ehemalige ›Pressesprecher‹ der Gruppe ›Wir sind keine Kohleopfer‹. Die organisieren doch seit Jahren eine Kundgebung nach der anderen, weil sie die Abbaggerung verhindern wollten. Aber nun ist es ja zu spät.«

»Klar, jetzt fällt es mir ein! Den habe ich oft genug bei Interviews im rbb gehört und einmal auch gesehen. Ist schon eine ganze Weile her – bei ›Brandenburg aktuell‹«, erinnerte sich Wiener.

»Ja. Und dem Grabstein nach zu urteilen, lag er auf dem Sarg seines Vaters.«

»Eine Art Familienzusammenführung?«, wunderte sich Wiener.

»Nee«, widersprach Nachtigall, »hier auf dem Kreuz steht ein völlig anderer Name!«

Dr. Manz seufzte genervt. »Ja. Lombard war der Name von Heiners Frau. Die Ehe hatte kein halbes Jahr Bestand. Seine Eltern heißen John. Tja, der Vater hat das viele ›Schachtwasser‹ nicht überlebt.«

»Schachtwasser?« Nachtigall schüttelte ratlos den Kopf.

»Das müssten Sie aber eigentlich noch wissen! Die Bergarbeiter bekamen früher einen Teil ihres Lohns als Schnapskontingent. Ein übles Gesöff. Nicht jede Leber war über eine solche Dauerspülung glücklich«, stellte der Arzt flapsig fest.

»Aha. Und dieser Schnaps hieß Schachtwasser?« Traurig dachte Michael Wiener daran, dass er diese Frage jetzt nicht zu stellen bräuchte, wäre Albrecht Skorubski noch in ihrem Team. Dem älteren Kollegen waren all diese Dinge geläufig gewesen.

»Na ja, Schachtwasser war die Bezeichnung, die die Bergmänner ihm gegeben haben.«

»Nein«, knurrte Nachtigall. »Die meisten haben ihn ›Kumpeltod‹ genannt.«

»Ach ja? Nun, das war wenigstens eine treffende Bezeichnung, nicht wahr?« Dr. Manz stellte die Todesbescheinigung aus, reichte sie an Nachtigall weiter und steckte den Stift wieder ein.

»Unnatürlicher Tod. Wir müssen also Dr. März anrufen.«

»Ich muss weiter. Besser Ihr Rechtsmediziner packt ihn aus – und sicher wollen die Techniker auch noch ran.« Damit schloss der Arzt den Reißverschluss wieder, das Gesicht verschwand. »Viel Kleidung trägt er ja nicht gerade.«

»Stimmt. Vielleicht liegen Schuhe und Strümpfe tiefer im Grab«, murmelte Nachtigall dumpf. »Wir suchen danach.«

6

Die großen Metallschaufeln gruben sich mit ihren langen Krallen tief in den sandigen Boden.

Hier sollte ein Anbau an die Blutspende sowie ein Parkplatz für Mitarbeiter und Besucher des Carl-Thiem-Klinikums entstehen.

Joachim Bauers Tochter arbeitete als Krankenschwester in einem der gelben Gebäude – er ließ seinen Blick an der Fassade entlanggleiten. Sinnlos, er wusste nicht wo.

Er hob die Schaufel an, drehte seine Kabine auf dem Fahrwerk und kippte das Gemisch aus Sand, Erde und Bauschutt auf die Ladefläche eines Lasters.

Schwang den Fahrersitz wieder zurück.

Bauer genoss es!

Er betätigte gern all die Hebel, die den Koloss in

Schwung brachten, beherrschte die Feinabstimmung so perfekt, dass die Kollegen manchmal sprachlos zusahen, wie er die kniffligsten Aufgaben löste.

Wieder biss die Schaufel ein großes Stück aus dem Boden.

Er füllte die Kippfläche des LKWs.

Alles eingespielte Abläufe.

Beim nächsten Mal allerdings änderte sich die Situation von Grund auf: Statt tief einzutauchen, rumpelten die Krallen über einen unerwarteten Widerstand.

Klong!, hörte Bauer.

Stoppte jede Bewegung sofort.

Das kannte er nur allzu gut. Dieses Geräusch bedeutete immer Ärger. Wirklich immer!

Auch die Kollegen in der Nähe hatten es mitbekommen.

Metall auf Metall.

»Scheiße!«, fluchte Bauer und sprang aus der Kabine.

»Könnt ihr was erkennen?«, fragte er die Männer, die am Rand des Lochs die Hälse reckten. Auch der Baggerführer bemühte sich, wollte sehen, auf was er da in der Tiefe gestoßen war – doch vergeblich.

»Vielleicht ein alter Kühlschrank!«, witzelte Bernd und Florian lachte: »Na, ein Trabbi kann's jedenfalls nicht sein! Zu wenig Metall!«

Angespannt zog Bauer sein Handy aus der Tasche am Knie seiner Cargohose. »Chef, wir haben da ein komisches Geräusch gehört. Ja! Beim Versenken. Ich denke, Sie sollten lieber schnell herkommen!«

Amadeus Winzer hatte offensichtlich keine Zeit verloren.

Eine Viertelstunde später schon stand er zwischen seinen Arbeitern, starrte in die Grube und konnte genauso wenig erkennen wie seine Männer.

»Metall? Sicher?«

»Ja, absolut.« Bauer war inzwischen ziemlich blass um die Nase. Er ahnte wohl als Einziger, was da unten lauerte.

»So! Also von hier ist nichts zu sehen!« Winzer, drahtig, trainiert, voller Energie und unerschrocken, sprang mit einem Satz in das Loch.

Bauer hielt den Atem an. War der Kerl denn vollkommen verrückt geworden? Der hatte doch auch Frau und Kind zu Hause, da konnte er doch nicht …

»Vorsicht!«, keuchte er. »Das Ding könnte echt gefährlich sein!«

Schweigend beobachteten die Versammelten ihren Chef, der systematisch die Grube absuchte.

»Wenn es jetzt knallt, gehen wir alle drauf!«, flüsterte Joachim Bauer und dachte an seine Simone und die drei Kinder, spürte, wie die Angst in seinen Eingeweiden wühlte.

»Hab ich noch nie gehört, dass es knall macht, wenn man eine vergrabene Waschmaschine ausbuddelt«, grinste Bernd.

»Ach! Ist besser, du hältst dein Maul!«, beschied ihm Bauer. »Wetten, das ist keine Waschmaschine? Das ist ein explosiver Gruß aus Kriegszeiten!«

Bernds Grinsen wirkte plötzlich erfroren.

Amadeus war wenig erfreut.

Als sich ihm helfende Hände entgegenstreckten, war die steile Zornesfalte über der Nasenwurzel nicht zu übersehen.

»Hat zufällig einer von euch die Nummer vom Kampfmittelräumdienst?«, knarrte er grantig. »Wir müssen denen Bescheid geben. Keine Ahnung, was für ein Baby das ist, aber weiterarbeiten können wir hier erst mal nicht.«

Er teilte seinen Leuten andere Aufgaben zu.

Einige murrten unwillig. Die meisten trollten sich kommentarlos.

»Wenn wir wissen, was genau da schläft, sehen wir weiter.« Besorgt wanderten seine stahlblauen Augen über die Fassade des Klinikums. »Ist ein ziemlich großes Ding. Wenn wirklich evakuiert werden müsste, würde das ganz schön Action geben. Sind doch sicher mehr als 1.000 Kranke, die dann verlegt werden müssen.«

Eine Stunde später herrschte gespanntes Schweigen an der Fundstelle. Sprengmeister Jan-Dirk Pfitzner hockte vor dem Metallkörper, den er sehr vorsichtig, beinahe andächtig, freigelegt hatte. Er betastete ihn an den unterschiedlichsten Stellen, nutzte allerhand seltsam anmutende Technik, klopfte ein paarmal sanft gegen die Außenhaut.

Bauer beobachtete das Treiben neugierig.

Ein ganzes Team war angerückt. Es wurde heftig diskutiert.

Amadeus Winzer tigerte derweil ungeduldig am Rand entlang und sah aus, als wolle er im Minutentakt nachfragen, wie und wann die Arbeiten denn nun weitergehen sollten.

Pfitzner beriet sich mit seinem Team. Sie gestikulierten wild.

Sieht nicht gut aus, dachte Bauer, zu ernste Gesichter.

»Herr Winzer?« Jan-Dirk Pfitzner war so behände aus dem Loch geklettert, als sei das seine liebste tägliche Übung, und winkte den Chef des Bautrupps zu sich heran.

»Tut mir leid, die Bombe hat einen funktionsfähigen Zünder. Und – den kann ich nicht einfach so ausbauen. An eine kontrollierte Sprengung ist nicht zu denken – es müssen zuvor umfangreiche Maßnahmen getroffen werden, bevor man die Bombe abtransportieren kann.«

Winzers Miene verdüsterte sich. Umfangreiche Maßnahmen – das klang in seinen Ohren nach erheblicher Verzögerung der Arbeiten.

»Aha. Wie geht es denn nun weiter?«

»Es handelt sich um eine 50-Kilogramm-Bombe aus dem Zweiten Weltkrieg. Ich werde versuchen, den Zünder zu entfernen, das wäre für alle die günstigste Lösung. Wenn es gelingt, dann wird der Rest abtransportiert. Wenn nicht – dann geht das Ding hoch. Es ist eine Beutebombe, die sind unberechenbar.«

»Beutebombe? Wie? Jemand hat sie den Soldaten abgenommen und dann hier versteckt, um sie bei passender Gelegenheit wieder abzuholen? Zur späteren Nutzung?«

»Nein, nein!« Der junge Mann lächelte breit und Winzer beobachtete misstrauisch, ob daraus etwa ein Auslachen entstünde. Doch die Miene des Sprengmeisters wurde wieder ernst. »Diese Bombe wurde – wahrscheinlich von den Russen – erbeutet, mit einem neuen Zünder versehen und über Cottbus abgeworfen. Ein Blindgänger. Diese Bomben sind außerordentlich gefährlich und mit 50 Kilogramm verfügt sie über eine gewaltige Sprengkraft.«

»Und wenn sie detoniert, während Sie …?«

»Dann geht hier alles hoch.« Pfitzner wirkte völlig ruhig und entspannt, als er das sagte.

Scheißjob, dachte Winzer.

Er zuckte ergeben mit den Schultern. »Wann?«, erkundigte er sich knapp.

»So schnell wie möglich. So ein explosives Baby sollten wir nicht offen liegen lassen. Wir informieren sofort Feuerwehr und Polizei. Die veranlassen eine Evakuierung. Ich gebe Ihnen Bescheid.«

»In welchem Radius wollen Sie denn räumen lassen?«, wollte Bauer wissen, dem das Procedere gut bekannt war. Schließlich hatte er mehrere Jahre in Berlin gearbeitet. Da waren solche Funde fast an der Tagesordnung.

»Etwa ein Kilometer rund um die Fundstelle. Das wird schon nötig sein.«

»Ach du Schreck! Das ist ja fast bis zum Bahnhof! Das gibt ein hübsches Verkehrschaos.«

»Ja, das ist richtig, aber nicht zu ändern. Die Klinik wird eine Lösung suchen müssen, und es bedeutet auch, dass die Wohnhäuser evakuiert werden. An der Thiemstraße bis rüber zur Straße der Jugend. Natürlich wird auch der Straßenabschnitt hier vollständig gesperrt. Das Sichern übernimmt die Polizei.«

Als der junge Mann davonstürmte, bemerkte Bauer, dass einer aus dem Team an der Grube zurückgeblieben war.

Wohl die Wache, der wird sicher von der Polizei abgelöst, überlegte er, damit die Beutebombe nicht noch einmal erbeutet werden kann.

7

»Hat dieser junge Mann hier Familie?«

»Wenn man das so nennen will. Seine Frau hat ihn schon vor Jahren verlassen. Als ich ihn das letzte Mal besuchte, wohnte er auf einem Vierseitenhof mit gefühlten 150 Katzen als Gesellschaft. Und jung ist er auch nicht mehr. Mitte 40 schätze ich. Seit die Proteste gegen den Bergbau angefangen haben, hat er sich sehr zurückgezogen. Seine Mutter wohnt allerdings hier um die Ecke, im Ort, neben der kleinen Kirche.« Dr. Manz wies diffus nach Süden.

»Danke«, murmelte Nachtigall. »Wir fahren gleich bei ihr vorbei. Ist das ihr einziges Kind?«

»Nein, nein! Kinder sind eine ihrer Leidenschaften. Sie hatte, glaube ich, sechs. Aber nur Heiner ist in der Gegend geblieben. Die anderen leben alle mit ihren Familien im Ausland. Als das mit dem Widerstand so richtig losging, das Abbaggern zum Thema wurde, hat das wohl bei vielen gehörig an den Nerven gezerrt. Heiners Geschwister sind jedenfalls schon vor vielen Jahren so weit wie möglich von hier weggezogen.«

Dr. Manz notierte für Nachtigall die Adresse. Als er ihm den kleinen Zettel gab, musterte er ihn scharf.

»Sie sind sicher, dass es Ihnen gut geht? Sieht nämlich nicht danach aus, wenn ich das mal sagen darf! Noch sind wir hier, aber in spätestens fünf Minuten müssen Sie allein klarkommen.«

Der Cottbuser Hauptkommissar begann sich zu ärgern, nickte aber nur schlicht, um eine Diskussion zu vermeiden.

»Na gut. Ihre Entscheidung. Sie sind ja kein kleines Kind mehr«, gab der Notarzt knapp zurück. »Wir sind weg!«

»Herr Schmieder?« Nachtigall trat zu den beiden Männern, die inzwischen schwer atmend Erde aus einem anderen Grab schaufelten.

»Ja.«

»Schließen Sie das Tor immer ab? Oder war das nur eine Sicherheitsmaßnahme wegen der Demonstranten?«

»Heute war es zur Sicherheit. Aber normalerweise ist es tagsüber offen, damit die Leute ungehindert Zutritt haben. Jetzt im Herbst wird gegen 18 Uhr abgeschlossen. Es gab Anfang des Jahres hier Vandalismus, Grabsteine wurden umgestoßen und so ein Blödsinn. Jugendliche. Seither sorgt die Gemeinde dafür, dass die über die Mauer und den Zaun klettern müssen«, keckerte der Mann.

»Das bedeutet, der Mann, der die Leiche auf den Sarg gelegt hat, konnte auch nur auf diesem Weg rein. Er musste den Toten über den Zaun heben«, überlegte Nachtigall laut.

»Das ist wohl so.«

»Michael?« Der junge Mann starrte noch immer wie hypnotisiert in das geöffnete Grab.

»Hmhm. Weißt du, ich frage mich, ob der Mörder wusste, dass er sein Opfer im Grab des Vaters versenkt hat. Er hieß ja nicht Lombard.«

»Stimmt. Du meinst, wenn es Absicht war, muss er über die persönlichen Verhältnisse Bescheid wissen. Der Mörder ist vielleicht einer aus dem Ort.«

»Dann war ihm bewusst, dass man Lombards Leiche bald findet.«

Das kleine Häuschen aus dunklem Klinker lag verborgen hinter einer mannshohen Hecke, inmitten eines winzigen Gartens.

Auf ihr Klingeln antwortete niemand.

»Hallo?«, rief plötzlich eine brüchige Stimme aus dem Mansardenfenster des Nachbarhauses. »Suchen Sie Hedwig?«

»Ja, genau!«, bestätigte Michael Wiener.

»Die ist bei ihrem kleinen Liebling. Auf dem Friedhof«, wehte es zu den beiden Beamten herüber.

»Meinst du, sie hat noch mehr Kinder zu betrauern? Ein totes Enkelkind?«, flüsterte Nachtigall betroffen.

Wiener zuckte mit den Schultern. »Ich lebe ja auch nicht hier. Und Freunde aus der Ecke habe ich auch nicht. Wir werden es erfahren.«

Offensichtlich hatte die Nachbarin inzwischen erkannt, dass ihr Hinweis möglicherweise nicht verstanden worden war. Unerwartet tauchte ihre grüngefärbte Dauerwelle am Gartenzaun auf.

Eine Kittelschürze, registrierte Peter Nachtigall fast ein wenig wehmütig, die war schon zu Tante Ernas Zeiten aus der Mode. Jedenfalls hatte er sie nie eine tragen sehen.

»Seit sie ihren geliebten Lukas verloren hat, ist nichts mehr los mit ihr. Erst der Mann und dann der kleine Liebling. Das war wohl zu viel für sie. Ach, Entschuldigung, mein Name ist Hermine Schildermacher.«

»Frau Johns Mann ist im Sommer verstorben, nicht wahr? Ich habe das gerade erst erfahren.«

Michael Wiener staunte nicht schlecht. Peter musste nur freundlich lächeln. Schon war das Eis gebrochen und aus den Leuten sprudelten die Informationen.

»Ach Gott, ja! Es war nun wirklich kein schönes Sterben. Der Alkohol eben. Ist ja auch kein Wunder. Immerhin hat er fast sein ganzes Leben im Tagebau gearbeitet.«

Wiener sah ratlos von einem zum anderen. Gab es diese unheilvolle Verbindung tatsächlich, oder war die eher ein Gerücht?

»Ja – der Fluch des Kontingents. Trinkschnaps. Aber nach der Wende gab es das ja nicht mehr.«

»Zum Glück. Dieses Schachtwasser hat so vielen Kumpeln Unglück gebracht. Und die arme Hedwig musste das all die Jahre ertragen. Erst den besoffenen Ehemann, der oft genug nur noch grunzend in der Ecke lag, einnässte und einkotete wie ein Baby – dann den Abhängigen, der mit dem verbilligten Kontingent nicht auskam und von dem schmalen Lohn noch was für seine Sauferei abzwackte, den prügelnden Widerling, der sie selbst dann noch grün und blau drosch, wenn sie schon wieder trächtig war. Und die Gören hat er auch nicht verschont! Am Ende war er nur mehr ein Häufchen Elend. Die Leber hat nicht mehr mitgespielt, Ofen aus.«

»Kumpeltod hat man das Schnapskontingent genannt«, wusste Nachtigall. »Beziehungsreich.«

»Nun, die Kumpel wussten natürlich, was ihnen von dem Zeug drohte. Alle wussten, wie schädlich es war, und haben es dennoch gesoffen. Um sie herum starben die Freunde und Kollegen – Magen, Herz, Leber – so manch einem hat es auch das Hirn weggeätzt. Dann gingen sie auf die Beerdigung und haben sich hinterher mit Schnaps getröstet. Eine Schande«, plapperte die Frau munter.

»Dann war Tillmann Johns Tod also vorhersehbar«, sagte Nachtigall leise.

»Ja. Und relativ schnell ist es gegangen. Als er gelb wurde, ging er zum Arzt. Kurze Zeit später ist er seiner

Frau unter den Händen gestorben. Gevatter Tod hat ihn verflixt schnell kalt und starr werden lassen.«

»Und der zweite Todesfall?«

»Ach ja«, lachte die Frau und hielt dabei ihre Lockenwickler fest, die das Gesicht bunt umrahmten. »Der Kleine. Fett und träge. Ich habe ihr immer gesagt, der wird eines Tages daran sterben, dass sie ihn so sehr verwöhnt. Aber sie wollte es ja nicht wahrhaben. Und dann, so etwa vor einer Woche, hat er es eben nicht mehr fix genug über die Straße geschafft. Der Laster mit Obst für den Supermarkt vorn an der Ecke war eindeutig der Gewinner – und der Kleine platt. Der Fahrer hat ja noch nicht einmal bemerkt, was passiert ist. Tja, der Lukas.«

»Wie?« Wiener war empört über die emotionale Kälte dieser Frau. »Der überfährt ein Kind und merkt nichts davon? Die Polizei hat ihn doch sicher ermittelt!«

Die Nachbarin musterte den jungen Mann belustigt. »Kind? Quatsch! Der kleine Liebling war der fette Kater von Hedwig. Der durfte sogar in ihrem Bett schlafen, neben ihr auf dem Kopfkissen. Sie war eben völlig vernarrt in ihn. Wo die Liebe hinfällt, sage ich immer.«

»Sie ist auf dem Friedhof bedeutet in diesem Fall auf dem Tierfriedhof?« Nachtigall hatte schon davon gehört. Neulich, als er mit den Katzen zur jährlichem Impfung im Wartezimmer des Tierarztes saß, hatte er eine Broschüre gelesen. Sogar ein eigenes Krematorium hatte man.

»Natürlich. Ich glaube, nach der Beerdigung ist sie nicht wieder an Tillmanns Grab gewesen. Er hat ihr nichts mehr bedeutet. Aber zu Lukas fährt sie jeden Tag. Sie ist ja nun ganz allein in dem Haus, das setzt ihr ganz schön zu. Die Kinder sind natürlich alle viel zu beschäftigt, da kommt aber auch nicht eines mal vorbei und sieht nach ihr. Denen ist die Anreise zu weit, zu beschwerlich und was es noch so an Ausreden gibt. Um die Eltern kümmern ist aus der Mode. Lassen sich großziehen und dann sind sie weg – kein Verantwortungsgefühl mehr!«

»Wo ist denn dieser Tierfriedhof?«

»Drei Dörfer weiter. Wenn Sie hier rausfahren ist es nicht weit. ›Seelenfried‹ heißt er. Ist ausgeschildert.« Sie machte eine Pause und setzte dann vehement hinzu. »Da hat dieser geschäftstüchtige Herr ein Waldgrundstück, wo die ›Hinterbliebenen‹ die Urnen ihrer Lieblinge besuchen können. Reine Geldschneiderei, wenn Sie mich fragen. Früher hat man eine tote Katze hinterm Haus im Garten beerdigt, schon der Kinder wegen, vielleicht noch einen hübschen Stein aufs Grab gelegt und sich bald eine neue Katze gehalten. Aber Hedwig zahlt eine stattliche Summe für den Platz dort. Fast so wie auf dem Friedhof für Menschen. Überall werden nur noch Geschäfte gemacht und traurige, einsame Menschen abgezockt!« In ihrer Empörung hatte sie die Lockenwickler vergessen, die sich nun, einer nach dem anderen, aus den schütteren Strähnen lösten.

Lachend sammelte sie die Plastikrollen vom Boden auf und schob sie in die Taschen ihrer grellgemusterten Kittelschürze.

»Sie hat ihre Katze also richtig bestatten lassen?«, staunte Wiener. »Geht das denn?«

»Die Gartenbestattung ist im Grunde ja nicht wirklich erlaubt«, antwortete Frau Schildermacher. »Aber in den meisten Fällen wird das sicher auch heute noch so gehandhabt.«

Plötzlich verengten sich ihre Augen zu schmalen Schlitzen. »Sie sind doch von der Polizei, nicht wahr? Sehe ich sofort. Spätestens seit dem Schlamassel mit meinem Neffen, der da unschuldig in eine Sache reingeraten war und wir ständig die Beamten im Haus hatten. Mir kann so schnell keiner was vormachen! Was will denn die Polizei von Frau John?«

»Das möchten wir ihr gern persönlich erzählen«, erklärte Nachtigall und wandte sich zum Wagen um. »Einen schönen Tag noch und vielen Dank!«

Langsam gingen sie zum Auto zurück, spürten die bohrenden Blicke zwischen den Schulterblättern.

8

Erika Wintzel dachte darüber nach, wie lange es her war, dass sie zum letzten Mal gelacht hatte. Das ist sicher etwas, über das andere nicht nachgrübeln, überlegte sie beim Weitergehen, entweder vermissen sie das Frohsein nicht oder sie lachen ohnehin jeden Tag – manche andauernd.

Sie seufzte.

Der Weg von der Bushaltestelle an der Ecke zur Fröbelstraße bis zu ihrem Haus in der Grünstraße dehnte sich wie der Gang zum Jüngsten Gericht. Früher konnte sie die Distanz mühelos überwinden, aber seit der Sache damals war in ihrem Leben so gut wie nichts mehr wie zuvor. Damals – ganz plötzlich, ohne ein Wort – war ihr

Achim verschwunden. Natürlich wusste sie, dass so etwas vorkommen konnte, anderen waren die Männer ebenfalls durchgebrannt. Aber Achim? Es hatte nicht einmal eine Andeutung gegeben. Nicht seine Art. Mitgenommen hatte er auch nichts – nur den Anzug, den trug er, als er am Morgen aus dem Haus ging, und seinen Aktenkoffer. Die Polizei fand das damals auch seltsam. Zumal er sein Konto und die bei unterschiedlichen Geldinstituten geparkten Summen in der Folgezeit niemals anrührte.

Sie hatte gar nicht gewusst, wie wohlhabend er war!

Einsamkeit.

Daran konnte sie sich in all den Jahren nicht gewöhnen.

Es war Achims Entscheidung damals, nach Saspow zu ziehen. Sie wäre lieber in der Stadtmitte geblieben. Wenn sie jetzt hin und wieder mit dem Bus nach Cottbus reinfuhr, erkannte sie mit Schaudern, wie sehr sie sich manchmal danach sehnte, nicht mehr auf die Wiese und die Fernwärmeleitung zu sehen, sondern auf den Puschkinpark.

Ihre Augen kletterten nach oben, suchten nach dem Dach ihres Hauses. Fast geschafft, nur noch ein kurzes Stück.

Beim nächsten Kontrollblick beobachtete sie etwas Unfassbares: Sie konnte gerade noch den Rücken eines kahlköpfigen Mannes durch das Wohnzimmerfenster im Haus verschwinden sehen!

»Das ist doch eine Frechheit, die ihres Gleichen sucht!«, schnaubte sie und trabte mit überraschend energischem Schritt los. »Das kann ja wohl nicht wahr sein!«

Entschlossen zerrte sie ihr Handy aus der Handtasche.

»Bei mir ist ein Einbrecher! Schicken Sie schnell eine

Streife vorbei – ich gehe jetzt ins Haus und stelle den Kerl!«, teilte sie dem Beamten in der Zentrale mit, nannte ihre Adresse und hatte das Gespräch schon beendet, bevor die Stimme ihr von diesem Vorhaben abraten konnte.

»Na, das ist doch wirklich unglaublich!«

Sie schlich zur Haustür.

Der Eingangsbereich war überdacht, keiner der Nachbarn konnte sie sehen.

Schlecht.

Aber, überlegte sie dann, um diese Zeit ist ohnehin niemand zu Hause. Alle zur Arbeit.

Sie zog den Schlüssel aus der Manteltasche.

Dachte kurz darüber nach, ob es nicht besser wäre, sich zu bewaffnen, verwarf den Gedanken im Bewusstsein der eigenen Schwäche aber sofort wieder. Jeder Einbrecher würde ihr eine Schlagwaffe leicht entwinden können – das barg unnötige Risiken.

Schon in dem Moment, in dem sie in die Diele trat, konnte sie sein kurzatmiges Schnaufen deutlich hören. Übergewicht, bestimmt mehr als 20 oder gar 30 Kilo, diagnostizierte sie auf die Ferne, wahrscheinlich Diabetes, Bluthochdruck. Typisches Zivilisationsopfer. Fast hatte sie Mitleid. Rechtzeitig erinnerte sie sich daran, dass der Kerl widerrechtlich in ihr Haus eingedrungen war! Sofort war ihr Zorn wieder entflammt.

»Sie!«, rief sie energisch. »Sie sind festgenommen! Bleiben Sie, wo Sie sind! Jede Form der Flucht ist aussichtslos, die Polizei ist auf dem Weg!«

Der Dicke hockte auf dem Boden unter dem Fensterbrett und machte keinerlei Anstalten zu entkommen.

»Wer zum Teufel sind Sie eigentlich?«, fragte Frau Wintzel entrüstet.

Die Antwort hörte sie allerdings nicht mehr, denn in diesem Augenblick stürmte die Besatzung eines Streifenwagens ins Zimmer.

»Keine Bewegung!«, brüllte einer der Beamten, während sich der andere fürsorglich bei der Hausbesitzerin erkundigte, ob ihr etwas passiert sei.

»Alles in Ordnung. Er sitzt ja nur da. Auf dem Heimweg habe ich aber gesehen, wie er bei mir eingestiegen ist. Aber nicht bei Erika Wintzel! Bei mir hat jeder Einbrecher schlechte Karten!«, stellte sie klar.

»Stehen Sie auf!«, forderte der andere Beamte von dem unbekannten Eindringling.

»Kann nicht«, keuchte der zurück.

»Wieso? Reingeklettert sind Sie doch auch!«

»Ja – und dabei auf was getreten, das weggerollt ist. Ich konnte mich nicht halten und bin gestürzt. Jetzt kann ich eben nicht mehr aufstehen.«

»Ach?«

»Mein Knöchel!« Anklagend wies er auf sein linkes Sprunggelenk. »Ich glaube, der ist gebrochen.«

»Wer sind Sie eigentlich?«, wiederholte Frau Wintzel ihre durchaus berechtigte Frage.

»Der Schornsteinfeger«, räumte der schwere Mann kleinlaut ein.

»Mein Schornsteinfeger sieht anders aus. Den kenne ich«, widersprach die aufgebrachte Frau. »Was also wollten Sie hier?«

»Ich bin ja nicht der Chef. Der kommt sonst selbst. Heute hatte er einen Arzttermin und hat mich geschickt. Er meinte noch, hier sei immer jemand da, ich müsste mich nicht vorher anmelden. Aber als ich kam, war eben doch niemand zu Hause.« Ein vorwurfsvoller Blick streifte die Hausbesitzerin. »Gut, dachte ich, fange ich eben draußen an. Ich also rauf aufs Dach und den Schornstein gereinigt. Aber plötzlich war das Ding so ungewohnt leicht. Dauerte eine Weile, bis ich verstand warum: Die Kugel war abgefallen. Ist mir auch noch nie passiert. Nun musste ich also warten, bis jemand kam, denn ohne Kugel geht's ja nicht. Wie ich so ums Haus rum bin, ist mir aufgefallen, dass das Fenster hier nicht gut schließt. Tja ...«

Das Geräusch konnte Erika Wintzel erst gar nicht zuordnen.

Plötzlich war es da.

Und dann erkannte sie es: Gelächter. Und es kam von ihr!

»Wollen Sie Anzeige erstatten? Grund genug hätten Sie allemal!«

»Nein«, japste sie selig. »Er ist ja schon gestraft genug. Und es ist schon wahr, dass normalerweise immer jemand zu Hause ist.« Ihre Augen leuchteten, sie spürte neuen Schwung in ihrem Körper. »Aber das wird sich jetzt ändern!«

Verblüfft sahen die Beamten ihr nach, wie sie mit federndem Schritt ins Arbeitszimmer ihres Mannes ging, um die schwere Kugel aus der Esse zu holen.

9

Sie hatten die einsame Besucherin schnell gefunden.

Hedwig John stand an einem gekappten Baumstamm, in dessen Mitte eine Nische gesägt worden war, um eine winzige Urne aufzunehmen. Nachtigall legte dem forschen Kollegen seine gesunde Hand auf den Arm und gab ihm zu verstehen, dass sie sehr behutsam vorgehen müssten.

Ganz offensichtlich weinte die Frau.

Ein Taschentuch wanderte von der Jackentasche in die Hand, sie wischte sich über die Augen, sprach leise vor sich hin. Ihre Schultern zuckten fast unmerklich.

Erst als sie sich umwandte und dem Ausgang zustrebte, trat Nachtigall ihr in den Weg.

»Frau John?«

Erschrocken fuhr sie zusammen, sah ihn aus geweiteten Augen an, nickte schließlich zurückhaltend.

»Peter Nachtigall, Michael Wiener von der Kriminalpolizei Cottbus«, stellte er sie beide vor und Frau John wich einen Schritt zurück. »Mordkommission. Es tut mir leid, aber wir bringen Ihnen eine schreckliche Nachricht.«

Die grobknochige Frau wartete schweigend darauf, dass der Fremde weitersprach.

»Wir haben Ihren Sohn Heiner heute Morgen leblos aufgefunden. Leider sprechen die Umstände für ein Gewaltverbrechen.«

Frau John hob abwehrend beide Hände und schüttelte vehement mit dem Kopf. »Das ist nicht möglich! Nein, nein! Mein Sohn ist im Urlaub!«

Als ob man nicht auch im Urlaub ermordet werden könnte, dachte Wiener überrascht. Auf was für Erklärungen manche der Hinterbliebenen verfielen, warum nicht sein konnte, was dennoch wahr war, erstaunte ihn immer wieder.

Nachtigall schwieg.

»Sind Sie sicher? Ich meine, vielleicht sieht der Mann ja meinem Sohn nur ähnlich. So etwas kommt schließlich vor, nicht wahr. Gerade vor zwei Tagen habe ich eine Reportage über Doppelgänger gesehen. Wo haben Sie den Toten denn überhaupt gefunden? Heiner ist gar nicht zu Hause, wissen Sie?«

»Ein Bekannter von ihm hat ihn identifiziert. Es tut mir aufrichtig leid.«

»Wo ist er denn jetzt? Wirklich: Heiner ist ins Ausland geflogen.«

»Er ist auf dem Weg zur ärztlichen Untersuchung.«

Ihre Augen tasteten haltlos über Nachtigalls Gesicht.

»Ich denke, er braucht keinen Arzt mehr«, hauchte sie dann.

»Rechtsmediziner«, klärte der Hauptkommissar die Mutter auf.

Eine unscharfe Bewegung. Vielleicht ein schwaches Nicken.

»Ich würde ihn gern sehen.« Sie machte eine Pause. »Wir haben uns schon eine ganze Weile nicht mehr getroffen. Er hat so viel zu tun. Da bleibt keine Zeit für Besuche. Ich verstehe das natürlich.«

»Frau John, wenn Sie wirklich möchten, bringen wir Sie natürlich zu ihm«, meinte Wiener, dem es lieber war, wenn ein Opfer von den Angehörigen identifiziert wurde, wenngleich es auch ihm in diesem Fall unnötig grausam erschien.

»Wann ist er denn gestorben?«

»Das wissen wir nicht genau. Aber ein paar Tage ist es schon her.« Nachtigall führte Frau John zu einer Holzbank, drückte sie sanft nieder und setzte sich dann ebenfalls. Wiener beschloss die Zeit zu nutzen und sich auf dem parkähnlichen Friedhof ein wenig umzusehen.

›Für den unvergessenen Hasso von Dubersmühl‹, ›In Liebe für meine zarte Samtpfote‹ oder ›Du warst schon immer ein Streuner. Wie dein Vater. Finde nun Ruhe!‹, stand auf kleinen Steinplatten. Neben den meisten lagen Blumen, auf einigen brannten Kerzen. Verwundert strich der junge Ermittler weiter durch das kurze Gras.

»Hat Ihr Sohn in letzter Zeit mal von Schwierigkeiten erzählt? Jetzt oder vor Kurzem?«

»Nein. Wenn ich ehrlich bin, schienen die letzten Krisen überwunden. Er war voller Pläne – aber ich habe mir abgewöhnt, begeistert zu reagieren. Meist versandeten seine Projekte ohnehin.« Sie atmete schwer. »In dieser Beziehung war er wie sein Vater. Feuer und Flamme waren schnell entfacht – und noch schneller wieder erloschen.«

Während die Mutter an ihrer Handtasche nestelte, lauschte Nachtigall in sich hinein. Keine gute Idee, stellte er rasch fest, was er fand, waren bohrende Kopf- und brennende, klopfende Schmerzen im Arm. Er konzentrierte sich wieder auf seine Zeugin.

»Wo wurde er …?«

»Wir haben ihn auf dem Friedhof in Brieskowitz gefunden. Im Grab seines Vaters.«

Das Geräusch, das Hedwig John erzeugte, glich dem Knurren eines wütenden Hundes. »Im Grab?«

»Ja. Sie wissen ja, dass die Arbeiten zur Umbettung

begonnen haben. Beim Öffnen des Grabes entdeckten die Männer den Körper Ihres Sohnes.«

»Hm. Das ist doch sicher ziemlich ungewöhnlich?«

»Es muss jemanden gegeben haben, der ihn genug gehasst hat, um ihn zu töten«, erinnerte Peter Nachtigall die Mutter.

»Heiner hatte nicht mehr allzu viel Umgang. Mit seinen Kollegen von früher so gut wie gar nicht und in seiner Situation findet man nicht leicht neue Bekannte oder gar Freunde. Einer wie Heiner tut sich da richtig schwer.«

»Einer wie er?«

»Störrisch, rechthaberisch, großspurig, geizig, unzuverlässig, griesgrämig, unfreundlich, aber auch ungepflegt, nach Vernachlässigung stinkend, schmutzig.« Sie holte tief Luft. »Im Grunde gab es seit Jahren nur noch mich.«

Nachtigall schloss für einen Moment die Augen, versuchte den Kopfschmerz unter Kontrolle zu bringen.

»Nettes Veilchen, das Sie da haben. Der Heiner brachte auch gelegentlich so was mit. Der prügelte sich schon mal.«

»Autounfall«, murmelte Nachtigall undeutlich. »Heute Morgen.«

»Ach je. Mein Mann hatte gar keinen Führerschein mehr. Heiner wollte nicht fahren, wenn er getrunken hatte – so war die Abmachung. Und ich glaube, daran hat er sich auch immer gehalten.«

»Heiner wohnte auf einem Vierseitenhof?«

»Aber, wo denken Sie hin! Schon seit einigen Monaten nicht mehr. Als Hartz-IV-Empfänger müssen Sie sich heutzutage von so was trennen. Heiner hat sogar prozessiert. Behauptet, er lebe auf dem Hof billiger, weil er Gemüse anbauen könne. Na, ja. Er hat eine kleine Wohnung in

Cottbus. Bei mir hat er es ja nicht ausgehalten. Zu ruhig, zu sauber, zu geregelt.«

»Kennen Sie die Adresse?«

»Sicher. Wernerstraße. Altbau. Erdgeschosswohnung. Die habe ich mit ihm gemeinsam ausgesucht. Er war trotzig, verletzt, blieb aber dort, und es scheint nur wenig Ärger mit den Nachbarn gegeben zu haben. Mit Heiner war manchmal ein Zusammenleben mehr als schwierig.«

Sie faltete die Hände auf der im Schoß liegenden Tasche und beobachtete interessiert, wie sich die Finger verschränkten und lösten, wieder verschränkten – als gehörten sie gar nicht zu ihr.

Michael Wiener konnte gar nicht glauben, wie viele Lieblinge hier bestattet waren. Bepflanzte Kübel am Fuße einer Mauer mit eingelassenen Nischen. In jeder hatte eine kleine Urne Platz, an der ein Namensschild hing. »Einige der Tiere waren wohl von Adel«, murmelte er beeindruckt. »Hugo von der wilden Wiese«, entzifferte er und lachte leise. »Klingt nach nem echten Abenteurer.«

»Heiner traf sich gelegentlich mit den Kollegen von damals in der Spreegalerie. Früher zweimal im Monat, aber in den letzten Jahren viel seltener. Er war nicht mehr gesellig, eher verschlossen denn gesprächig. Sein Leben tröpfelte so dahin. Aber glücklich war mein Sohn nicht.«

»Haben die Kollegen auch Namen?«

»Sicher. Norbert Holzmann, Matthias Langer, Maik Grendke und noch ein paar. Ach nein, mit Maik nicht. Schon möglich, dass Ihnen einer von denen mehr über Heiner erzählen kann.«

Michael Wiener trat von hinten an die Bank heran, auf der die beiden saßen. »Wohin wollte Heiner eigentlich in Urlaub fahren?«

»Afrika, glaube ich. Wohin genau, weiß ich nicht. Ich glaube, das hat er gar nicht erwähnt. War schon seit Jahren sein Traum. Eine Zeitlang hat er über nichts anderes gesprochen – dann plötzlich kein Wort mehr darüber. Ich war sicher, das Fernweh der Jugend habe sich endgültig gelegt. Doch in diesem Jahr ...«

»Also ist es ihm finanziell besser gegangen?«

»Ach – inzwischen gibt es auch günstige Angebote für Reisen in diesen Teil der Welt. Aber letztendlich konnte er sich seinen Traum wohl doch nicht erfüllen.« Sie seufzte, wischte eine einzelne Träne von der Wange. »Ich hoffe, Sie kriegen den, der ihn getötet hat!« Damit stand sie auf. »Gute Besserung!«, wünschte sie artig, drehte sich um und ging langsam davon.

»Der Verlust des Katers war eine schlimmere Wunde für sie«, stellte Wiener fest.

»Kater sind anhänglich und schmusig – Kinder nicht«, kommentierte Nachtigall trocken. »Du fährst mich jetzt am besten schnell ins Krankenhaus und siehst dich in Heiner Lombards Wohnung um. Nimm ein Team mit. Vielleicht ist das der Tatort. Wir treffen uns dann später im Büro.«

Sogar die Essenszeiten hielten die Leute hier ein! Er kam aus dem Staunen gar nicht mehr raus.

Das Buffet – eindrucksvoll.

Einheimische Spezialitäten neben Gerichten aus aller Welt, Fisch, Fleisch, Gemüse – was das Herz begehrte. Er zapfte sich einen kleinen Krug Weißwein aus dem Fass und betrachtete das Speisenangebot auf dem Rückweg zu seinem Tisch. Fische mit gefährlich langen und spitzen Zähnen – ganz sicher keine Friedfische – lagen gebraten bereit, daneben warteten winzige Filets auf hungrige Gäste. Es duftete verführerisch. Er schenkte sich etwas von dem Wein ein, genoss das bunte Treiben. Eilig liefen die Kellner herbei, räumten Geschirr ab, füllten beim Buffet nach, kontrollierten, ob ausreichend Getränke vorhanden waren.

Frisch, entschied er nach dem ersten Schluck, ein bisschen zu kalt und ganz schön trocken.

Erstaunt registrierte er, dass die meisten Gäste ohne Bedenken Salate und rohes Gemüse auf ihre Teller schaufelten. Brauchte man sich hier vor einem Magen-Darm-Virus nicht zu fürchten? Er beschloss, sich die Gesichter der Mutigen einzuprägen, um feststellen zu können, ob sie morgen fehlten.

Schon bald widmete er sich dem Dessert. Kuchen und kleine Teilchen aller Art, die meisten enthielten Banane. Alles schmeckte. »Hier werde ich bald fett und rund«, prostete er sich selbst zufrieden zu. Dann wandten sich seine Gedanken wieder seiner Mission zu. Sein Kontaktmann hatte sich noch immer nicht gemeldet! War das ein Grund zur Sorge?

Und plötzlich drängte sich ihm eine neue Frage auf. Er war zwar fest davon ausgegangen, der andere lebe hier – aber das musste gar nicht stimmen! War der Mann einer der anderen Gäste und behielt ihn die ganze Zeit wachsam im Auge?

Er spürte, wie ihm unangenehm eine Gänsehaut über den Rücken kroch.

10

Michael Wiener parkte den Wagen am Straßenrand und betrachtete interessiert die Fassade.

»Schönes Haus. Hier hast du auf jeden Fall nicht schlecht gewohnt«, murmelte er und pfriemelte Lombards Wohnungsschlüssel, den er von der Hausverwaltung bekommen hatte, aus dem Fach in der Mittelkonsole.

Das Namensschild war ungelenk neben die kleine Klingel geknittert und dann kraftvoll mit der Abdeckung fixiert worden. Schwarze Sprenkel zeugten von eingedrungener Feuchtigkeit – Schimmel, das erkannte Wiener auf Anhieb. Lesbar jedenfalls war der Name kaum.

Etwas mühsam schloss er die hölzerne Eingangstür auf, trat ein und sah sich neugierig um.

Geradeaus gelangte man durch eine Hintertür in einen Innenhof, über eine kleine Treppe erreichte man die Wohnung Lombards.

Das Schloss hakelte, die Angeln quietschten übellaunig.

Der Flur war kurz und eng.

Eine Tür ging nach links ab. Michael Wiener schob sie auf und stieß einen lauten Pfiff aus.

»Scheiße! Da war wohl jemand schneller, als die Polizei erlaubt!«

Während er nach seinem Handy tastete, lief er eilig von Raum zu Raum.

Überall dasselbe Bild. Schranktüren aufgerissen, Schubladen, die lose in den Halterungen baumelten, auf dem Boden ein buntes Durcheinander von Kleidung und Papieren – selbst im winzigen Bad hatte der Eindringling gewütet. Schmutzwäsche ausgekippt, das Spiegelschränkchen ausgeräumt, Flaschen zu Boden geworfen.

»Muss dir wohl wichtig gewesen sein. Jedenfalls war dir gleichgültig, dass man den Einbruch sofort bemerken würde. Hast du wenigstens gefunden, was du gesucht hast? Vielleicht wusstest du ja, dass der Mieter nie mehr zurückkommen konnte.«

Endlich meldeten sich die Kollegen.

»Ich stehe in der Wohnung eines Mordopfers in der Wernerstraße. Wohnung von Lombard. Ganz offensichtlich war jemand vor mir hier. Alles durchwühlt. Möglicherweise ist die Wohnung auch Tatort.«

Wiener versprach zu warten und nichts ohne Handschuhe anzufassen.

Peter Nachtigall sah es auch.

Dazu brauchte man nun weiß Gott keine ärztliche Kunstfertigkeit.

»Glatter Bruch. Radius, die Ulna ist in Ordnung. Glück gehabt. So schnell wie in Ihren Jugendjahren wird es allerdings nicht heilen, aber mit einem hübschen Verband wird das schon wieder. Welche Farbe hätten Sie denn gern? Im Angebot sind rot, grün oder blau.«

Nachtigall bemerkte, dass es dem Arzt kaum gelang, ein breites Grinsen zu verbergen.

»Grün. Wie lang wird es dauern? Mein Kollege ermittelt allein in einem Mordfall, das ist immer riskant, denn noch läuft ein Mörder frei rum, der …«

»Polizei nicht wirklich ausstehen kann«, beendete der Unfallchirurg den Satz. »Ich verstehe schon. Sie möchten demnach nicht ausfallen.«

»Sicher nicht. Ich habe jede Menge zu tun!«

»Etwa eine Stunde brauchen wir schon noch. Zum Gipsen, wie das früher hieß. Setzen Sie sich schon mal hier hin, ich richte derweil alles, was wir brauchen werden. Das Material wird übrigens beim Aushärten etwas heiß – das ist normal und durchaus kein Grund zur Sorge. Manche behaupten allerdings, es sei unerträglich, aber das Empfinden ist von Mensch zu Mensch unterschiedlich.«

Nachtigall seufzte schwer.

»Und morgen sollten Sie während der Mörderjagd bei mir reinschauen, damit ich überprüfen kann, ob alles gut sitzt oder was klemmt.«

»Das kann ich nicht versprechen. Hängt davon ab, wie sich der Fall entwickelt.«

»Ist gut. Sie sind nicht der erste Polizist, den ich vergipse. Wenn Sie das Gefühl haben, die Hand könnte über Nacht verstorben sein, kommen Sie gleich, am besten noch vor dem Frühstück. Wenn sie kalt wird oder blau, gilt dasselbe. Wenn irgendeine Stelle scheuert, bloß nicht selbst abschneiden. Dieses Zeug bildet dann eine scharfe Kante, an der Sie sich richtig verletzen können. Wir beherrschen das und es dauert nur einen Moment.«

Auf einem Tablett sammelten sich immer mehr Utensilien.

»Setzen Sie den Arm hier mit dem Ellbogen auf. Genau so! Erst kommt eine Schonlage, dann der Rest«, erklärte er und drapierte etwas an den späteren Auflageflächen, das wie Watte aussah.

Peddersen legte fest, wie seine Männer und Frauen bei der Spurensuche vorgehen sollten. Je zwei in einem Raum.

»In Streifen abgehen!«

»Glaubst du, er hat gefunden, was er gesucht hat?«, fragte Wiener und spürte wie er unter dem Blick des erfahrenen Kollegen vom Erkennungsdienst schrumpfte. War wohl eine dumme Frage, dachte er.

»Nun habe ich leider heute mein Pendel nicht dabei! Zu dumm«, gab Peddersen zurück.

»Er hat sehr gründlich gesucht. Selbst den Inhalt der Ordner hat er rausgerissen«, begann Wiener erneut.

»Wenn er ein bestimmtes Dokument finden wollte, vermutete er es bestimmt zwischen harmlosen anderen Papieren. Deshalb musste er eben alles durchsehen.«

Ja, überlegte der junge Kommissar, ein kleines Stück Papier. Vielleicht hat er das gesucht. Seine Augen wanderten über den Inhalt des Kleiderschranks. Bei allen Jacken und Hosen waren die Taschen ausgestülpt.

Über der vollkommen verdreckten Spüle hing ein Kalender. Wiener nahm ihn vom Haken, begann darin zu blättern.

Keine Eintragungen, die auf private Termine hindeuteten, nur die regelmäßigen Verabredungen mit dem Arbeitsvermittler hatte Lombard rot markiert. AfA stand jeweils über einem Kreis. Kein einziger Name.

Ein einsames Leben.

Wiener schluckte bedrückt.

Wieder zog er sein Handy hervor. Diesmal hinterließ er auf Nachtigalls Mailbox eine Nachricht: »Hallo, Peter. Ich hoffe, man kümmert sich schon um dich. Bei Lombard wurde eingebrochen. Peddersen ist mit seinen Leuten schon hier. Wir können natürlich nicht ausschließen, dass dies auch der Tatort ist, aber bei dem Chaos, kann man das nur schwer feststellen. Und bisher habe ich noch keinen Hinweis gefunden, der etwa vermuten lassen könnte, der Mann habe auch nur einen Freund gehabt. Bis später.«

»Hier!« Peddersen hielt Wiener ein kleines, schmales Heft entgegen. »Diese Art Hefte gibt es schon seit Ewigkeiten nicht mehr. Sieht aus, als habe er das als Adressbuch verwendet. Nicht oft benutzt, kaum Gebrauchsspuren. Umso überraschender, dass jemand ein paar Seiten rausgerissen hat, findest du nicht auch?«

Peter Nachtigall fluchte, als er später die Nachricht abhörte.

»Ein Mann ohne Freunde wird ermordet, seine Wohnung durchsucht. Shit! Nicht einmal seine Mutter kann uns etwas über diesen Heiner Lombard erzählen. Dabei muss es etwas Wissenswertes über ihn geben. Jemand fand, es gäbe Grund genug, ihn aus dem Weg zu räumen.«

»Hallo, Michael!«, begrüßte er den Kollegen keine halbe Stunde später.

»Mensch, Peter! Ich habe schon befürchtet, die ziehen dich aus dem Verkehr.«

Der Kriminalhauptkommissar wies seinen grünen Unterarm vor. »Alles gesichert. Und da jetzt fast nichts mehr passieren kann, darf ich auch weiter nach Mördern und Einbrechern jagen. Prügeleien soll ich auf ärztlichen Rat aus dem Weg gehen. Da schicke ich dann eben dich vor. Also?«

Wiener fasste die mageren Ergebnisse schnell zusammen.

»Welche Buchstaben fehlen?«

»D bis U.«

»Hm. Meinst du, die konnte man mit einem Ruck rausreißen? Oder musste er mehrmals ansetzen?«

»Ist wohl eine Frage der Kraft, oder?« Wiener war irritiert.

»Eher der Anzahl der Seiten. Dies ist ein Schulheft. In der Mitte ist es nicht geklammert, sondern richtig gebunden. Deshalb sind die anderen Seiten nicht einfach aus dem Einband gefallen. Ungewöhnlich, dass er solch ein Heft verwendet hat. Normalerweise benutzen die Menschen lieber Bücher für ihre Adressensammlung, die vom Verlag schon in Register eingeteilt wurden. Er dagegen hat die Buchstabeneinteilung selbst zugeschnitten.«

»Hab ich auch immer so gemacht«, kommentierte Peddersen, der auf seinem Weg ins Schlafzimmer an den Kollegen vorbeistürmte. »Ist besser, weil man die Anzahl der Seiten für jeden Buchstaben selbst festlegen kann.« Er war schon fast über den Flur, da kehrte er plötzlich um und fragte: »Was macht der Arm?«

Nachtigall schob den Ärmel hoch und zeigte auch ihm den Kunststoffverband.

»Du liebe Güte. Schon Schimmel angesetzt. Muss am feuchten Klima liegen!«

Der Hauptkommissar stimmte halbherzig in das Gelächter Peddersens ein. Vielleicht wäre blau doch besser gewesen.

»Du hast dir so ein Heft selbst angelegt, von Hand?«

»Klar. Damals gab es keine schönen Adressbücher. Die waren eher für Mädchen. Also – selbst ist der Mann.« Achselzuckend zog Peddersen weiter.

»Aha. Wenn also Heiner Lombard ähnlich veranlagt war, könnte er das Heft schon vor langer Zeit gebastelt haben. Vor mehr als 20 Jahren vielleicht? War der Einbrecher auf der Suche nach alten Namen und Adressen? Wozu? Und warum reißt er dann die Seiten raus und nimmt nicht einfach das ganze Heft mit? Oder hat Lombard die Seiten selbst rausgerissen? Im Zorn? Vor Verzweiflung über seine Einsamkeit?«

Wiener zuckte mit den Schultern.

Abrupt drehte der Hauptkommissar sich um und lief Peddersen nach. »Habt ihr die fehlenden Seiten schon irgendwo gefunden?«

»Nein. Aber im Müll suchen wir erst später. Wir werden extra darauf achten.«

»Wenn sie im Papiermüll liegen, könnte das bedeuten, dass Lombard die Seiten schon vor geraumer Zeit selbst rausgerissen hat. Wir müssen überprüfen, in welchem Turnus der hier abgeholt wird und ob Lombard den vielleicht irgendwo gesammelt hat, im Keller zum Beispiel. Altpapier bringt ja durchaus Geld, wenn man es verkauft.« Er machte eine kurze Pause, strich unbewusst über den verletzten Unterarm. »Wenn sie zwischen den verstreuten Dokumenten liegen, hat sie wohl eher der Einbrecher rausgerissen und dann doch nicht mitgenommen, weil sie keine Bedeutung hatten. Wenn sie nicht auftauchen ...«

»Hat er sie mitgenommen, weil sie eine Bedeutung hatten. Schon klar. Wir halten die Augen offen!«

»Wir müssen herausfinden, wessen Namen auf den fehlenden Seiten eingetragen waren. Es wird doch irgendjemanden geben, der Lombard ein wenig besser gekannt hat.« Nachtigall knurrte verstimmt vor sich hin.

»Gut. Dein Kopf hat keinen bleibenden Schaden erlitten. Freut mich«, lachte Peddersen, als er sich an ihm vorbeidrängte, um die Kollegen über die Bedeutung der Seiten aus dem Adressheft zu informieren.

»Man sollte doch annehmen, dass die Mutter sich an viel mehr erinnern kann. Wir müssen sie noch einmal befragen«, meinte Wiener. »Es könnte ja auch noch eine Umzugskiste mit persönlichen Dingen des Sohnes auf dem Dachboden oder im Keller stehen.«

»Wir erkundigen uns jetzt erst mal bei den Nachbarn. Geräuschlos ist dieser Einbruch nun eindeutig nicht vonstattengegangen. In einer Stunde treffen wir uns wieder hier. Und, da ist noch etwas: Er wollte doch nach Afrika fliegen, nicht? Wo ist das Flugticket? Wo die Hotelreservierung?«

Michael Wiener klingelte an der Tür der Wohnung über der von Lombard.

Aus dem Flur war eine dünne Stimme zu hören, die offensichtlich beruhigend auf jemanden einsprach.

»Ist schon in Ordnung. Ich gehe. Bleib ruhig sitzen.«

Schlurfende Schritte näherten sich.

»Nein, nein. Ich fürchte mich nicht. Es ist ja auch noch hell draußen. Nein, ich weiß nicht, wer da klingelt. Dazu muss ich schließlich erst einmal die Tür öffnen.«

Die beiden letzten Sätze klangen deutlich schärfer. Gereizt.

Bestimmt spricht sie mit ihrem Mann, schlussfolgerte Wiener, der will nicht, dass Besuch kommt.

Spontan erfasste ihn Mitgefühl.

Kam ja durchaus öfter vor, dass Senioren in ihren Wohnungen vereinsamten, wusste er, die konnten oft nicht mehr sagen, wann sie zum letzten Mal jemanden hereingebeten hatten. Wie unfair, wenn der Gatte dann auch noch so unfreundlich reagierte, falls es endlich mal klingelte.

»Frau …«, er beugte sich über das Klingelschild, »Tannenberg. Ich bin von der Polizei«, versuchte der junge Mann einen Vorstoß. »Unter Ihnen wurde eingebrochen.

Ich möchte nur wissen, ob Sie etwas gehört oder beobachtet haben.«

»Moment. Ich bin nicht so gut zu Fuß. Der Weg zur Tür dauert ein bisschen.«

Aus der Wohnung drangen seltsame Geräusche.

»Der Schlüssel steckt nicht«, informierte Frau Tannenberg die Polizei im Hausflur.

»Aha?«

»Ja. Nun, weit kann er ja nicht sein. Moment. Ah, da ist er ja. Ich habe ihn gefunden. In der Schürze. Ich werde jetzt die Tür öffnen. Passen Sie auf beim Reinkommen. Mein Liebling ist zwar inzwischen zahnlos, kraftvoll kneifen kann er aber noch.«

Langsam zog jemand die Tür auf.

Ein unbeschreiblicher Gestank schlug dem jungen Kommissar entgegen. Kohl, altes Fett, vergammeltes Fleisch? Er schauderte. Unterdrückte ein Würgen.

»Kommen Sie nur«, bat die alte Dame, die versuchte einen fetten, ergrauten Mischling hinter ihren Beinen zu halten. »Das ist Rosenfeld. Er ist fast blind. Aber in seiner Wohnung kommt er gut zurecht.«

Wiener trat ein.

Die Tür fiel hinter ihm ins Schloss.

Er fühlte sich gefangen!

»Hier entlang geht's ins Wohnzimmer. Eingebrochen, sagen Sie? Und Sie sind auch wirklich Polizist? Keine Uniform?«

Rosenfeld watschelte hinter ihr her, die Nasenspitze nur Millimeter von der nackten Hornhautferse entfernt. Offensichtlich funktionierte der Geruchssinn auch nicht mehr gut. Wie bei der Dame des Hauses, die ohne Zweifel auch nicht wahrnahm, dass der Hund seine Notdurft längst überall in der Wohnung verrichtete. Sei nicht ungerecht, ermahnte sich Wiener, der Hund wird sicher gar nicht mehr ausgeführt. Wer versorgte die Frau eigentlich? Lebensmittel brauchte sie, Seife, gelegentlich ein Buch. Arztbesuche?

»So, hier ist ein Sessel. Nehmen Sie Platz.«

Wiener tat, wie ihm geheißen, zog seinen Ausweis vor.

»Stimmt also. Polizei. Eingebrochen! Wurde denn etwas gestohlen?«

»Das wissen wir noch nicht«, antwortete er wahrheitsgemäß.

»Ist ja leicht zu klären. Sie brauchen ja nur den Heiner zu fragen.«

Wiener sah sich unauffällig im Raum um. Alles war von einer öligen Schmutzschicht überzogen, wirkte klebrig und schmierig, die Fenster waren blind. Das Regal bot viel freie Fläche, der Fernseher dominierte. Bücher fehlten völlig, eine Vase wartete so einsam wie vergeblich auf ein paar bunte Blumen. An der Lampe über dem Wohnzimmertisch hingen fünf lange Fliegenfänger, mit einer klebrigen Schicht bestrichene Bänder, an denen kaum mehr ein Platz frei zu sein schien. Gelegentlich war verzweifeltes Brummen zu hören, von denen, die noch über genug Kraft und Entschlossenheit verfügten, einen Befreiungsversuch zu wagen.

Plötzlich entdeckte Wiener im Sessel gegenüber noch etwas anderes. Herrn Tannenberg!

Seine Frau musste das Zusammenzucken des Beamten bemerkt haben, denn sie erklärte ungefragt: »Oh. Mein Mann. Er schläft. Winterschlaf, glaube ich. In diesem Jahr hat er besonders früh damit begonnen. Keine Angst, es stört ihn nicht, wenn wir uns unterhalten.«

»Haben Sie vielleicht in der letzten Zeit gehört, wie sich jemand unten in der Wohnung zu schaffen gemacht hat? Er hat Glas zerbrochen und Dinge umgestürzt. Es ist ziemlich laut zugegangen.«

Frau Tannenberg schob den zahnlosen Unterkiefer vor und schmatzte laut, während sie nachdachte. Wiener ließ in der Zwischenzeit den Herrn des Hauses nicht aus den Augen. Dessen Kopf war weit in den Nacken gelegt, ruhte auf der Lehne des Sessels in einer eher unbequemen Haltung, den Mund hielt er weit geöffnet, über dem Körper lag eine warme Decke, unter die er auch die Arme fast bis zu den Schultern geschoben hatte. An einigen Stellen waren dunkle Flecken, die seltsam feucht glänzten. Eigenartig, dachte der Kommissar, vielleicht hat er sich mit Tee bekleckert.

Fliegen landeten auf der Decke, liefen aufgeregt herum, flogen wieder auf.

»Nein. Ich habe nichts bemerkt. Wenn wir drei hier sitzen und der Fernseher läuft, höre ich keine Geräusche aus den anderen Wohnungen oder dem Hausflur. Mein Mann ist fast taub, wir müssen den Ton ein wenig lauter drehen. Und das ewige Gesumme hier. Das stört auch. Aber der Heiner wird ja sicher wissen, was fehlt.«

»Leider können wir den Heiner im Moment nicht danach fragen. Der wollte doch in Urlaub, nicht wahr? Afrika, hat man mir gesagt.« Wiener scheute sich, ihr von dem Mord zu erzählen.

»Ach herrjeh. Dann hat er deswegen schon so lange nicht mehr bei uns reingeschaut. Bestimmt hat er es mir gegenüber irgendwann erwähnt und ich habe nicht richtig hingehört. Wissen Sie, er geht sonst nämlich manchmal mit Rosenfeld ein bisschen vor die Tür. Nicht, dass Rosenfeld noch weit laufen wollte, aber ab und zu möchte er doch mal draußen nach dem Rechten sehen. Einkäufe erledigt Heiner dann auch gleich für uns. Die Pflegestufe meines Mannes erlaubt uns keine Hilfe im Haushalt. Man ist der Auffassung, er könne noch viele Dinge problemlos allein bewerkstelligen, trotz des Schlaganfalls vor drei Jahren. Aber er kann im Haushalt nicht helfen oder will es einfach nicht. Und ich schaffe manches nicht mehr gut allein.«

Davon legt der Zustand der Wohnung eindeutig Zeugnis ab, bestätigte Wiener in Gedanken.

»Normalerweise hat Heiner dafür gesorgt, dass jemand kam und sich um Sie kümmerte, wenn er mal weg war?« Wiener starrte wieder Herrn Tannenberg an. Misstrauisch.

Dessen Frau schien den Blick bemerkt zu haben. »Er ist ziemlich schwer. Allein kann ich ihn nicht ins Bett hieven. Und seit diese Tiere da sind, möchte ich auch nicht, dass er dort schläft. Es macht ihm aber gar nichts aus, im Sessel zu bleiben. Kein Wort der Klage«, versicherte sie.

Der Kommissar spürte, wie sich die Haare an den Armen senkrecht abstellten.

Rosenfeld japste ihn auffordernd an, die Stimme der alten Frau hörte er nur noch von fern.

»Frau Tannenberg, haben Sie Verwandte, die mit dem Hund mal Gassi gehen könnten?«, erkundigte er sich mit hohler Stimme, fuhr sich energisch über die Ärmel seines Pullovers, als sei ihm kalt.

»Junger Mann, ist Ihnen nicht gut?« Frau Tannenbergs Stimme klang ehrlich besorgt. »Wenn Sie möchten, können Sie uns einen Tee kochen.« Sie sah ihm forschend ins Gesicht. »Vielleicht finden Sie ja auch noch irgendwo Kekse.«

Eine Fliege summte über den Tisch.

Rosenfeld beäugte sie gierig, eine Jagd erschien ihm aber offensichtlich zu aufwändig.

»Und diese Fliegenplage in diesem Jahr. Also, ich öffne ja immer nur kurz das Fenster, aber es muss doch immer wieder einigen gelingen reinzukommen. Wahrscheinlich wie vor ein paar Jahren in Kahren, irgendjemand hat mit Mist gedüngt und die Viecher angelockt.«

»Mist? Hier? Mitten in der Stadt?«

Michael Wieners Augen klebten an dem schillernden Insekt.

Es landete auf der prominenten Nasenspitze des Hausherrn.

Keine Reaktion.

Wiener starrte die Fliege an. Die brummte weiter und zog einen weiten Kreis um die Lampe. Als suche sie intensiv nach einer Stelle auf dem Band, an der sie landen könnte. Der Kommissar atmete auf – möglichst flach allerdings. Entspannte sich etwas. Bis das Tier plötzlich verschwand.

Ist die jetzt wirklich …?, fragte sich der junge Ermittler entgeistert, … in seinen Mund?

Er schoss aus dem Sessel hoch.

Rosenfeld erschrak und versuchte ein heiseres Panikbellen.

Wiener streckte Frau Tannenberg hektisch beide Hände entgegen, zerrte sie unsanft auf die Beine.

»Lassen Sie uns besser gehen!«

»Aber wohin denn?«, reagierte die alte Dame ungehalten. »Ohne Strümpfe und in Hausschuhen?«

»Sie können hier nicht bleiben«, drängte Wiener und warf einen nervösen Blick auf den Mann im Sessel gegenüber. Bewegten sich nicht die Augenlider?

Doch.

Wie ein leichtes Flattern.

»Mein Mann war schon immer so abweisend. Nehmen Sie das nicht persönlich. Zu mir ist er auch so.«

Frau Tannenberg trippelte von eiserner, unnachgiebiger Hand geschoben durch den Flur.

Es schien eine Ewigkeit zu dauern, bis das Trio endlich die Wohnungstür erreichte.

Rosenfeld keuchte bereits besorgniserregend.

»Das ist doch lächerlich, ich will gar nicht ausgehen.«

Eine weitere Unendlichkeit, bis die Treppe nach unten überwunden war.

»Haben Sie auch wirklich abgeschlossen, junger Mann? Nicht dass der Kerl jetzt in meine Wohnung auch noch einbricht. Sie wissen doch: Gelegenheit macht Diebe!«

Zielstrebig bugsierte Wiener die sich sträubende Frau in Heiner Lombards Flur.

»Du liebe Güte! Unangemeldeter Besuch. Das wird ihm aber gar nicht recht sein.«

Der Kommissar dachte derweil nur noch an die dicke Fliege. Die war ganz bestimmt … Ihn schauderte.

»Gibt es hier irgendwo einen freien Stuhl?«

»Küche!«, rief Peddersen von irgendwo. »Da sind wir fertig.«

Plötzlich tauchte er neben dem Kommissar auf. »Du siehst aus, als hättest du eine unheimliche Begegnung gehabt«, flachste er. »Die grünliche Färbung kenne ich sonst gar nicht an dir! Steht dir nicht.«

»Hmhm«, presste Wiener zwischen den Zähnen hervor.

»Wer ist denn das?«

»Dies ist Frau Tannenberg mit ihrem Hund Rosenfeld. Sie wohnt über Lombard. Kannst du mir bitte mal den Arzt vom Dienst rufen?«

»Klar. Ich sage ja, du siehst nicht gut aus. Aber vielleicht wäre es doch besser, du gehst zu deinem Hausarzt.«

»Mach's einfach«, zischte er Peddersen an und wandte sich an die unfreiwillige Besucherin. »So, Frau Tannenberg. Jetzt sehe ich mal nach, ob Herr Lombard auf Gäste zum Tee eingerichtet ist. Vielleicht hat er auch noch irgendwo eine Konserve für Rosenfeld.«

Dankbar nickte sie ihm zu, während er Wasser aufsetzte und in den Schränken nach Teebeuteln und etwas Essbarem stöberte.

Rosenfeld verdrückte sich unter den Tisch. Wahrscheinlich der sicherste Platz für ihn, der sich in fremder Umgebung nur schwer orientieren konnte.

Minuten später drückte Wiener Frau Tannenberg eine Tasse mit heißem Früchtetee in die Hand und stellte einen Teller mit Keksen auf den Tisch, sah zu, wie die alte Frau gierig danach griff und sie in die rote Flüssigkeit tunkte. Klar, dachte er, ohne Zähne kann sie die ja nicht kauen. Auch der Hund lutschte schmatzend an einem Butterkeks.

»Danke!«, nuschelte Frau Tannenberg und angelte schnell nach einem weiteren Plätzchen.

Wiener nahm Peddersen zur Seite.

»Wo ist Peter?«

»Noch im Haus unterwegs.«

»Ich geh noch mal in die Wohnung rauf. Wenn er zurückkommt, dann erzähl ihm bitte, dass ich glaube, der Mann von Frau Tannenberg sitzt verstorben im Sessel.«

»Schon länger?«, fragte der Kollege interessiert.

»Sieht so aus und riecht auch so.«

»Nicht dein Tag heute, was?«

Nein, dachte Michael Wiener, kann man wirklich nicht behaupten.

Der Mann saß unverändert.

Wiener tastete am Hals nach der Carotis. Das Gewebe an der Kehle fühlte sich unnatürlich weich und nachgiebig an. Altershaut? Kein Puls. Aber das hatte er heute schon einmal gehabt.

Der Gestank, den der Körper verströmte, war aus der Nähe kaum zu ertragen.

Dennoch. Die Lider bewegten sich. Das war keine optische Täuschung. Gerade, als er eines anheben wollte, lugte der dicke gelbliche Körper einer Made auf der unteren Lidkante auf.

Wieners Hand zuckte zurück.

»Dann gehen wir der Sache mal auf den Grund«, versuchte er sich selbst Entschlossenheit vorzugaukeln. Trat zur Seite. Packte die Decke. Riss sie mit einem harten Ruck herunter.

»Scheiße! Scheiße!«, schrie er hysterisch schrill auf.

Drehte sich um und stürzte würgend aus dem Zimmer.

Im Eingang rannte er beinahe in Nachtigall.

»Hoppla! Mein Gott, was ist denn mit dir los?«

Michael Wiener konnte nicht antworten.

Er stemmte im Hausflur die Hände gegen die Wand und versuchte durch tiefes Luftholen ein Erbrechen doch noch zu verhindern.

»Geht's?«, fragte Nachtigall kurz, und als der Kollege keuchend nickte, drehte er sich um und ging durch den Flur Richtung Wohnzimmer davon.

Er hatte Schlimmes erwartet.

Aber dieser Anblick traf ihn doch unvorbereitet.

Er schnappte nach Luft.

Trat an den Verstorbenen heran, hob die Decke an, bückte sich, inspizierte gründlich.

Langsam machte er kehrt und stellte sich zu Wiener ins Treppenhaus.

»Diese Frau Tannenberg hat nicht bemerkt, dass er tot war?«

»Nein. Sie meinte, er sei schon immer so schweigsam.«

»Und die hatten seit Tagen nichts mehr zu essen im Haus? Warum hat sie nicht mal bei einem der anderen Mieter geklingelt? Dann hätte man ihnen doch sicher geholfen.«

»Sie ist eine alte Frau. Sicher um die 80, sieht jedenfalls so aus. Vielleicht schien ihr der Weg zu weit.«

»Oder es war ihr peinlich, jemanden ansprechen zu müssen. Wollte keinen Fremden mit ihrem Problem belasten. Meine Güte! Das ist wirklich furchtbar!«

»Hier kann sie nicht bleiben«, meinte Wiener. »Allein kommt sie ja offensichtlich nicht klar. Wer kümmert sich in solchen Fällen darum, dass die Leute irgendwo gut untergebracht werden?«, fragte er dann besorgt.

»Das wird das Notarztteam wissen. Aber ich denke mal, der Hund ist ein Problem.«

»Aber ohne Rosenfeld geht sie nirgendwohin, das ist sicher!«

»Dann solltest du ihr lieber nichts davon erzählen, dass der liebe Hund am Herrn des Hauses gelutscht hat.«

11

Frauke Holzmann schloss die Tür auf und erstarrte.

»Hier stimmt doch was nicht. Jemand ist in meiner Wohnung!«, zischte sie empört.

Fast geräuschlos schob sie sich durch den Flur. Alle Türen waren geöffnet. Frauke wusste genau, dass sie zwei davon sorgfältig zugemacht und das sogar noch einmal kontrolliert hatte. Simplicissimus, der kleine Kater, durfte in ihrer Abwesenheit nicht in die Küche – und das Schlafzimmer war auch für ihn tabu.

Energisch betrat sie den ersten Raum.

Ein kleines Bad. Niemand.

Auch kein Kater.

So verfuhr sie der Reihe nach mit allen anderen Zimmern.

Langsam machte sich Panik in ihr breit.

Alles wirkte unverändert und doch völlig anders als zuvor.

»Simplicissimus«, lockte sie leise. »Komm her, mein Süßer. Du brauchst keine Angst mehr zu haben. Jetzt bin ich ja wieder da.«

Unter dem Bett war der Kater auch nicht. Frauke räumte alle Schrankfächer aus. Dort war er auch nicht.

»Simplicissimus!«

Hinter der Couch – kein Kater.

Derjenige, der in meiner Wohnung war, hat einen Schlüssel zur Tür gehabt, schoss ihr plötzlich durch den Kopf. Sogar abgeschlossen hatte er, als er ging. Ob Norbert vielleicht gekommen war? Ach was, rückte sie die Albträume wieder in die finstere Ecke ihres Denkens zurück, aus der sie hervorgekrochen waren. Norbert hatte hoffentlich nicht die Absicht, zu ihr zurückzukehren. Der lebte in einer vollständig anderen Welt.

»Ich kann nicht einmal die Polizei verständigen. Über einen gefühlten Einbruch lachen die doch bloß. Wenn ich denen erkläre, dass ich das Kissen auf der Couch nie so ordne, das Kissen in meinem Bett nie steht, sondern liegt, mein Bademantel an einem anderen Haken hängt und mein Kater verschwunden ist, lassen die mich gleich in die Psychiatrie einweisen. Simplicissimus, wo bist du nur?«

Der Kater meldete sich nicht. Konnte er auch nicht. Nie mehr.

»Was haben wir?«, stellte Nachtigall die übliche Frage, als er mit Michael Wiener im Büro saß.

»Einen Mordversuch, einen Mord, einen Toten im Wohnhaus«, begann der junge Mann unglücklich aufzuzählen.

»Im Grab des Vaters wird der Sohn auf dessen Sarg gefunden. Erdrosselt. Ein Suizid ist ohne eine zusätzliche Vorrichtung nicht möglich – wahrscheinlich also Mord.« Nachtigall schlug einen energischen Ton an. Michael sollte begreifen, dass ihr Fall erst bei Lombard begann – den anderen hatten Kollegen übernommen.

»Die Morddrohungen, die uns in den Ort geholt haben, richteten sich aber nicht gegen das Opfer«, meinte Wiener. »Und den Totengräbern ist nichts passiert.«

»Auf jeden Fall kann Lombard unmöglich allein an den Fundort gelangt sein – nicht? Er war tot. Das Vergraben muss jemand anderer übernommen haben. Peddersens Team wird nach Spuren suchen – Schuheindruckspuren. Aber nach zwei Wochen … Nun, ich denke, die Chancen stehen eher schlecht, dass wir noch etwas finden. Schließlich wird an Gräbern dauernd geharkt, gepflanzt, gegossen. Wahrscheinlich hat man den Leichnam nicht über eine größere Strecke zu Fuß transportiert. Zu auffällig. Möglicherweise war ein Fahrzeug im Spiel.«

»Du meinst, der Täter lädt Opfer und Spaten aus, hievt den Körper über den Zaun, klettert mit dem Spaten hinterher?«

»Eine Möglichkeit. Eine andere wäre: Die beiden verabreden sich am Grab des Vaters. Als Lombard kommt, lauert der andere schon. Er springt hervor, erdrosselt sein Opfer und beerdigt es.«

»So würde er sich jedenfalls den Transport ersparen. Nachts ist auf dem Friedhof sicher nichts los. Aber ein gewisses Risiko besteht schon, entdeckt zu werden. Stell dir vor, es kommt einer vorbei. Der sieht ja dann sofort, dass jemand das Grab von John geschändet hat.«

»Wir müssen mal kontrollieren, wie dunkel es dort ist. Stockdunkel? Vollmond, Neumond? Gut, schreib das doch bitte auf.«

Wiener notierte eifrig.

»Im Fundortbericht steht, dass Schuhe des Opfers tiefer im Grab gefunden wurden. Zwischen Sarg und Wand. Strümpfe trug er vielleicht gar nicht.« Wiener blätterte in einem Stapel Papier. »Und im Bericht über die Wohnung steht, dass die aus dem Adressbuch entfernten Seiten nicht sichergestellt werden konnten. Im Keller sammelte Lombard Zeitungen und Werbematerial, aber auch dort waren die Blätter nicht. Entweder doch im Hausmüll entsorgt oder der Täter hat sie mitgenommen.«

»Und Ticket? Hotelreservierung? Post vom Reisebüro?«, wollte der Hauptkommissar wissen.

»Nein. Nichts. Sie haben alles umgekrempelt.«

»Was wissen wir bisher über das Opfer?«, fuhr Nachtigall fort.

»Ein stiller, unauffälliger Mann. Nach Aussage der Mutter schwierig.«

»Ohne Freunde, ohne Kontakte. Warum bringt man den um?«

»Um Geld kann es nicht gegangen sein. Die Wohnung war spartanisch eingerichtet, nichts von Wert zu sehen. Als wir seine Mutter telefonisch über den Einbruch informierten, meinte sie ja auch, ihr Sohn habe nicht einmal ein Sparbuch besessen.«

»Das müssen wir überprüfen.«

»Mir kam es so vor, als sei das Leben dieses Mannes vollkommen freudlos gewesen. Deprimierend.«

»Aber wir wissen, dass er sich – zumindest gelegentlich – um die Tannenbergs gekümmert hat. Könnte doch sein, dass Frau Tannenberg uns mehr über Heiner erzählen kann als seine Mutter. Finde bitte raus, wo man sie untergebracht hat.«

Wiener nickte bedrückt.

»Sie wird kaum in der Stimmung sein, mit uns über Lombard zu sprechen. Sie hat gerade erfahren, dass ihr Mann gestorben ist«, erinnerte er Nachtigall. »Ich hoffe, man hat ihr den Hund gelassen, ist ja jetzt ihre einzige Bezugsperson. Bestimmt sitzt sie irgendwo und heult sich die Augen aus.«

Aber in diesem Punkt irrte Michael Wiener gewaltig.

12

»Bloß gut, dass du mich gleich anrufen konntest!« Erleichtert schloss Conny ihren Peter in die Arme. »Die Zentrale war allerdings schneller, die hatten mich schon über den Unfall informiert. Allerdings war zu der Zeit noch nicht klar, ob du verletzt wurdest. Also ehrlich! So ein Schreck am frühen Morgen«, sprudelte es aus ihr heraus.

Nachtigall wusste, dass die vielen Worte ihren Schock verbergen sollten.

Sicher, sie hatte gewusst, dass sie einen Mann heiratete, der gelegentlich in gefährliche Situationen geraten konnte – doch die meiste Zeit über dachten weder er noch sie darüber nach, wie leicht er dabei auch ernsthaft Schaden nehmen konnte. Das wäre auch ungesund, dachte er, dann würde uns das Lachen abhandenkommen und wir könnten vor lauter Sorge nicht mehr aufrecht gehen.

»Ach je. Da siehst du mal, wie fix die Jungs manchmal sein können. Aber es ist nicht wirklich viel passiert. Der Arm gebrochen und eine leichte Gehirnerschütterung«, wiegelte der Hauptkommissar ab und hielt seinen grünen Arm hoch.

Conny lachte leise.

»Nichts Wichtiges kaputt«, stellte sie dann zufrieden fest und Peter drohte mit der unverletzten Hand.

»Heute habe ich Schonung verdient«, tat der Herr des Hauses wehleidig und Conny zog ihn in die Küche. Casanova, der rotgetigerte Kater des Hauses, folgte den beiden in gebührendem Abstand. Er erinnerte sich an den seltsamen Geruch, der Nachtigall umwaberte. Und er wusste, dass es nichts Gutes zu bedeuten hatte. Wahrscheinlich würde er ein bisschen mehr schmusen müssen, um gute Stimmung in den Abend zu zaubern.

»Heute gibt es Schweinesteaks. Die werde ich dir dann wohl in mundgerechte Happen schneiden. Ist ja gar nicht schlecht, wenn man so einen Service früh einübt«, sie zwinkerte ihrem Mann schelmisch zu. »Erzähl mir, was passiert ist, während ich das Fleisch brate.«

Klappernd stellte sie eine Pfanne auf den Herd, griff nach dem Rapsöl. »Nun?«

»Wir wurden in einen kleinen Ort gerufen, weil es dort Morddrohungen gegen die Totengräber gegeben hatte, die den Friedhof zum Umzug vorbereiten. Der Mob hatte für heute die Vollstreckung angekündigt. Na, und auf der Strecke hat mich ein großer schwarzer Wagen von der Straße gedrängt.« So, fand Nachtigall, stimmte die Geschichte und klang doch nicht allzu dramatisch.

»Michael hat dich nach Hause gebracht. Nur wegen des gebrochenen Arms?«, fragte Conny nach und drehte sich zu ihm um. Ihre Miene war ungewöhnlich ernst.

»Der Wagen hat sich bei der Aktion überschlagen. Ich fürchte, dessen Blessuren werden nicht mehr heilen.«

»Wo ist er denn jetzt?«

»Auf dem Weg zur KTU. Du weißt schon – wegen der Lackspuren des Unfallflüchtigen.«

»Habt ihr den Kerl?« Sie wandte sich der Pfanne zu. Legte das Fleisch ins heiße Öl. Sofort erfüllte ein wunderbarer Duft die Küche. Selbst Domino, die die Heimkehr des Hausherrn wohl verschlafen hatte, kam eilig angelaufen, um nicht versehentlich übergangen zu werden, sollte für die pelzigen Mitbewohner eine Sonderzuwendung abfallen.

Casanova hielt respektvollen Abstand zum Herd. Er saß aufrecht neben Nachtigall und beobachtete die Szene. Sensibel wie er war, spürte er, dass irgendetwas nicht stimmte. Nichts war wie sonst. Die Atmosphäre trotz der ruhigen Stimmen eigentümlich aufgeheizt. Er beschloss, seine Menschen gut im Auge zu behalten.

»Nein. Obwohl die Kollegen schnell die Straße gesperrt hatten. Aber das wird schon«, tat Peter die Angelegenheit ab. »Wahrscheinlich so ein jugendlicher Verkehrsrowdy, der sich gar nicht im Klaren darüber war, was er da verbockt hat. Vielleicht sollte ich hinten einen großen Aufkleber ›Polizei im Einsatz‹ anbringen. Das schreckt ab.«

Connys Rücken war anzusehen, dass sie mit dieser Erklärung nicht einverstanden war.

»Nachtigall, du sagst mir nicht die Wahrheit!«, empörte sie sich leise.

Der Hauptkommissar schob sich neben seine Frau und legte den unverletzten Arm liebevoll um ihre Taille. Zog sie näher an sich heran. Küsste sie auf den Hals, dann, als sie ihm das Gesicht zuwandte, leidenschaftlich auf die Lippen.

»Ich beteilige mich nicht an Spekulationen über die Frage: Mordversuch – ja oder nein. Natürlich haben die Kollegen sofort darüber nachgedacht. Michael war Zeuge des Unfalls, der arme Junge stand unter Schock, da bewertet man die Dinge manchmal aus einem falschen Blickwinkel. Über das eventuelle Motiv denke ich nach, wenn wir wissen, wer hinter dem Steuer saß.«

»Sehr vernünftig, Herr Hauptkommissar«, antwortete Conny spöttisch. »Ganz intellektgesteuert.«

Eine Träne rollte über ihre Wange. Nachtigall fing sie ein. »Lass gut sein, Conny. Mir ist so gut wie nichts passiert. Die Kollegen finden den Wagen, den Fahrer – alles geht seinen Gang. Wäre doch schade, wenn uns die Sache den Abend verderben dürfte.«

Casanova beschloss, die Stimmung am Herd grundsätzlich zu verbessern.

Er drängelte sich in eine nicht vorhandene Lücke zwischen seinen Menschen, presste seinen drahtigen Körper gegen Nachtigalls Beine, während Domino, wie auf ein geheimes Kommando hin, an Conny arbeitete. Dabei schnurrten und maunzten die Katzen ungewöhnlich laut.

»Siehst du, die Katzen können es auch nicht leiden, wenn hier gedrückte Stimmung herrscht«, lachte Nachtigall erleichtert über die Unterstützungsmaßnahme der haarigen Hausgenossen.

Conny stimmte ein – wenn auch zögernd.

Als sie wenig später auf der Couch saßen, Nachtigall ein Tablett auf den Knien balancierend, die Gabel in der Rechten, wollte Conny wissen, um welchen neuen Fall es eigentlich ging. Denn schließlich sei er ja nicht des Unfalls wegen erst so spät nach Hause gekommen.

»Unerwartet wurde aus den diffusen Morddrohungen doch noch ein Mordfall.«

»An einem der Totengräber? Du liebe Güte, wie symbolträchtig!«

»Nein, nein. Denen ist nichts passiert. Wir waren ja da.« Nachtigall warf sich, so gut es in dieser Position und mit Gipsarm eben ging, in Positur. »Die Abbaggerungsgegner standen allerdings vor dem Friedhofstor. Transparente waren über den Zaun ausgespannt, und man skandierte Verwünschungen gegen die beiden Männer, die sich diesen Sondereinsatz ja nicht ausgesucht hatten. Zum Glück hatten die beiden hinter sich das Tor abgeschlossen. Über den Zaun wollte wohl keiner der Demonstranten klettern. Man kann ja schlecht einen pietätvolleren Umgang mit den Toten fordern und dann selbst über die Einfriedung klettern. Kurz bevor Michael und ich ankamen, hatten die beiden in einem Grab einen Leichnam gefunden.«

»Was für eine Überraschung!«, grinste Conny.

»Schlecht formuliert! Einen zusätzlichen Leichnam. Auf dem Sarg des eigentlichen Grabstellenbesitzers. Und so wurde dann doch ein Mordfall aus der Sache.«

»Auf einem der enterdigten Särge? Du liebe Güte. Gänsehautfeeling programmiert.«

»Das Opfer hatte mit der Kohleprotestbewegung gar nicht viel zu tun.« Im selben Augenblick fragte sich Nachtigall, ob das wirklich so stimmte. Aus der aktuellen Diskussion über die Umfriedung des Friedhofs hatte Lombard sich rausgehalten – aber zuvor war er wichtiges Mitglied der Bewegung gewesen.

»Wie ich dich kenne, gehst du mit Gehirnerschütterung und Gipsarm auf Mörderjagd!« Conny prostete ihrem Mann zu, der, um sein Glas ebenfalls zu heben, erst die Gabel zur Seite legen musste.

»Hoffentlich kriegst du es nicht wieder mit mehreren Opfern zu tun. Es könnte ja auch mal bei einem bleiben. Ein hübscher, überschaubarer Mord unter Freunden.«

Doch diese Hoffnung Connys sollte sich nicht erfüllen.

In dieser Nacht schlief Peter Nachtigall denkbar schlecht. Zwar hatte er sich den ganzen Tag über unbeeindruckt gegeben, doch nun, in der Ruhe und Dunkelheit der Nacht, krochen die Schrecken heran, bedrängten ihn, gaukelten ihm Horrorszenarien vor. Casanova, der stets aufmerksame Kater, deutete das wilde Rumoren des Schlafenden richtig. Gerade als Nachtigall sich auf den Schienen stehen sah, die Augen fest auf die heranrasenden Lichter einer Lokomotive gerichtet, die aus einem Tunnel herangebraust kam –, pirschte er sich ans Bett heran, stieg verbotenerweise auf die Matratze, schob sich unter die Bettdecke und kuschelte die Albträume der Nacht zurück in die Ecke der Fantasie, aus der sie hervorgeschlichen waren.

Die Albträume, die den Hauptkommissar am nächsten Tag erwarten würden, konnte der Kater natürlich nicht erahnen.

13

»Alle?«

»Ja. Alle Gebäude müssen geräumt werden. Die Stationen in diesem Teil des Klinikums ziehen um. Komplett.«

Die Schwester stöhnte.

»Hören Sie, 50 Kilogramm sind eine gefährliche Sache. Wenn das hochgeht, fliegen Sie und die Patienten mitsamt den Mauern weg!«

So oder so ähnlich hatten die Beamten der Schutzpolizei nicht nur im Klinikum argumentieren müssen, sondern auch bei den vielen Hundert Menschen, die im Evakuierungsbereich wohnten. Die Presse war informiert worden, das Radio sorgte seit dem Vortag dafür, dass die ganze Stadt erfuhr, die Thiemstraße sei am kommenden Morgen für jeden Verkehr gesperrt.

In den ersten Morgenstunden sicherte die Polizei den Straßenabschnitt, die Routen für Straßenbahn- und Buslinien wurden geändert. Beamte streiften durch die Wohnblocks, um sicherzustellen, dass wirklich alle Wohnungen geräumt waren.

Der Versuch, die Bombe zu entschärfen, konnte pünktlich beginnen.

Dr. Rupert Ahrendt arbeitete in seiner Kanzlei. Gelegentlich, wenn er von den Akten oder dem Monitor aufsah, wanderte sein Blick besorgt über die Dächer seiner Stadt.

»Hoffentlich fliegt nicht die ganze Wohnscheibe in die Luft«, meinte er nervös zu seiner Sekretärin. »Meine Frau wollte keinen Koffer packen – so mit den wichtigsten Dingen, Sie wissen schon. Da kommt eben ihr grenzenloser Optimismus zum Tragen.«

»Und der Hund? Haben Sie den zu Hause gelassen?«

Dr. Ahrendt schüttelte den Kopf. »Nicht doch! Wenn man mir sagt, es wäre möglich, dass die Bombe von gegenüber meine Wohnung und meine Habe pulverisiert, werde ich doch Amanda nicht in einer solchen Gefahrenzone zurücklassen.«

»Wo ist sie denn?«

»Im Auto. Sie wissen doch, dass bei Ahrendt und Partner der Partner eine Hundephobie hat.«

»Ach, nein. Sie kann doch zu uns kommen. Ist doch eine Ausnahme!«

Der Rechtsanwalt fuhr schmunzelnd durch seine wet gestylten, blond gesträhnten Haare und strich sie fest nach hinten, damit sie eine harmonische Einheit mit den ebenfalls in Form rasierten Koteletten bilden konnten, die zuerst schmal am Ohr begannen und sich dann auf den Wangen verbreiterten.

»Ach, Frau Schneider.« Er zwinkerte ihr zu, und in seinen intensiv blauen Augen funkelte Schalk. »Das war natürlich nur ein Scherz. Amanda sitzt unter dem Tisch. Ich warte die Nachrichten ab und bringe sie nach der hoffentlich kommenden Entwarnung schnell nach Hause.«

Frau Schneider ging in die Hocke. Begegnete dem klugen Blick der Hündin, die von der Bombe und der Gefahr, ihr Zuhause zu verlieren, nichts ahnte.

»Wann ist denn klar, wie es weitergeht?« Frau Schneider rappelte sich wieder hoch, wobei der enge Rock sie deutlich behinderte.

Dr. Ahrendt sah auf seine Uhr. »Jetzt. Entweder sie kriegen es doch noch hin, den Zünder auszubauen und die Bombe zu entschärfen – oder eben nicht. Dann wird im Zweifel vor Ort gesprengt.« In die unangenehme Stille hinein setzte er energisch hinzu: »Ich bin für die erste Variante!«

»Dann werde ich mal das Radio einschalten, den Stadtsender. Die haben doch sicher zuerst die wichtigsten lokalen Informationen.«

Der besorgte Anwalt nickte.

Die Sekretärin rang ein Lächeln nieder und drückte den Powerknopf.

Ihr war es immer wieder ein Rätsel, wie es sein konnte, dass sich der private Dr. Ahrendt so fundamental vom beruflichen unterschied. In seinem nichtberuflichen Leben war ihr Chef eher von ängstlicher Natur, witterte überall Probleme oder gar Katastrophen. Und vor Gericht? Im kompliziertesten Strafverfahren? Selbstbewusst, sicher und überlegen. Unglaublich, dachte Frau Schneider, wirklich unglaublich.

Amanda schien den Stimmungswechsel zu spüren.

»... konnte der Zünder entfernt und die Evakuierung aufgehoben werden.« Kaum war Entwarnung gegeben, wühlte sie sich aus dem unbequemen Versteck. Schwanzwedelnd kam sie zu ihrem Menschen, wartete ungeduldig darauf, dass sie nun gehen würden. Sie schien zu wissen, dass ihre Anwesenheit in diesen Räumen unerwünscht war.

»Sehen Sie, Frau Schneider? Ich glaube, Tiere sind viel intelligenter, als gemeinhin behauptet wird.«

Die Sekretärin nickte nachsichtig. Sie selbst hatte eine Katze, mit der sie nach Feierabend, wenn sie gemeinsam auf der Couch saßen, gern über alle Fragen des Lebens diskutierte.

Der Strafverteidiger atmete befreit auf. »Also ist unsere Wohnung doch nicht in Schutt und Staub untergegangen! Welch ein Glück, Amanda«, freute er sich. »Ich bin gleich zurück, Frau Schneider!«

Damit sprang er elastisch auf und griff nach der Leine.

»Zuerst ein bisschen Füße vertreten und dann nach Hause«, versprach er der Hündin flüsternd, als er die Bürotür zuzog.

»Ach, Herr Ahrendt! Na, das war ja mal eine Aufregung heute!«, begrüßte ihn die alte Frau Wohlfahrt aus der Parterrewohnung kurz vor der Haustür. »Und ich hatte mich schon gefreut, denn seit Sie in der Wohnung oben wohnen, ist es viel ruhiger geworden. Wenn ich da an einige der Vormieter denke ... Und dann so ein Schreck.«

»Ja, das sehe ich auch so. Aber nun ist es zum Glück überstanden«, tröstete der Verteidiger.

»Na ja, ich weiß nicht recht«, kam die skeptische Antwort, »sehen Sie, in meinem Alter nimmt man so etwas nicht mit Gelassenheit.«

»Aber, Fräulein Wohlfahrt. Die Polizei hat doch die ganze Zeit über aufgepasst. Niemand konnte unseren Besitz unbemerkt davontragen.«

»Sie missverstehen mich«, tadelte die alte Dame und schob ihren Rollator in den Eingangsbereich des Hauses. »Ich denke nicht an Plünderungen. Menschen in meinem Alter kämpfen mit Erinnerungen an den Krieg! An die Bomben! Die Stunden im Bunker. Einmal starb ein Mann dort unten, der fürchterliche Schmerzen gehabt haben muss. Die Schreie werde ich nie mehr vergessen, bis ich sterbe, werde ich die hören!«

Schuldbewusst senkte der Anwalt den Kopf. »Tja, die nachfolgenden Generationen durften bisher ohne solche Erfahrungen aufwachsen. Unseren Soldaten begegnet der Krieg natürlich – aber wir Normalos hören und sehen davon bestenfalls in den Nachrichten. Zum Glück!«

»Manchmal, wenn ich sehe, was der Enkel meiner Schwester so am Computer spielt, wird mir ganz schlecht. Die zielen auf Menschen. Schießen sie nieder. Und haben nicht einmal den Hauch einer Ahnung, wie es auf so einem Schlachtfeld tatsächlich zugeht.«

»Ein Problem unserer Zeit, denke ich«, blieb Ahrendts Antwort vage, als er ihr die Wohnungstür aufhielt.

Kokett lächelnd schlüpfte sie hinein. »Das ist leider völlig aus der Mode gekommen. Früher hielt der Herr seiner Dame auch die Autotür auf – heute hat man eine Zentralverriegelung. Der Herr drückt auf einen Knopf und die Dame öffnet selbst.«

Freundlich verabschiedete sich der Anwalt auf dem Treppenabsatz und nahm mit Amanda den Aufstieg in die vierte Etage in Angriff. Etwas atemlos erreichte er seine Wohnung und kramte in der Jackentasche nach seinem Schlüssel.

Die Hündin legte sich flach auf den Fußabtreter und winselte.

»Ach? Erschöpft? Hast dich mal wieder total verausgabt. Was wetzt du auch mit diesem jungen Labrador durch die Gegend.«

Amanda legte den Kopf zwischen die dicken Vorderpfoten, schnupperte und begann leise zu jaulen.

»Sag bloß, dir hat es in der Kanzlei besser gefallen? Zusammengefaltet unter meinem Schreibtisch, immer in der Gefahr, von einem Fuß schmerzhaft erwischt zu werden.«

Er schloss die Tür auf.

Amanda knurrte grollend.

»Glaubst du, da ist jemand drin?«, flüsterte Dr. Ahrendt verunsichert.

»Hallo?«

Amanda gab sich redlich Mühe, vollständig in der Fußmatte zu versinken.

Es war niemand in der Wohnung.

Jetzt nicht mehr.

Mit zitternden Fingern alarmierte Dr. Ahrendt die Polizei.

14

Michael Wiener und Peter Nachtigall saßen im ›Schwarzen Schwan‹ und unterhielten sich mit Rainer Kunze, einem Mann, von dem der Wirt ernsthaft behauptete, man habe vor 50 Jahren das Gebäude um ihn herum gebaut, weil er damals schon hier saß – so wie heute – hinter seinem Bier, zu jedem zweiten einen Kurzen.

»Den Tillmann, klar, den kenne ich.«

»Der Tillmann ist vor ein paar Monaten gestorben«, erinnerte ihn der Wirt.

»Ach Quatsch! Der Tillmann doch nicht.«

»Mann, wir waren zusammen auf seiner Beerdigung«, maulte Grundig, dessen Familie die Kneipe schon seit Ewigkeiten gehörte. Der Alte warf ihm einen erstaunten Blick zu.

Dann wandte er den Kopf wieder zu den beiden Fremden um. »Stimmt das auch?«, fragte er misstrauisch.

»Klar stimmt das«, mischte der Wirt sich ein.

»Kennen Sie auch Tillmanns Sohn? Den Heiner?«, fragte Nachtigall.

»Klar. Der hat im Tagebau gearbeitet, wie sein Vater, wie ich. Aber ganz plötzlich wollte der nicht mehr. Die heutige Jugend eben. Harte Arbeit liegt denen nicht.«

»Wissen Sie auch, mit wem Heiner enger befreundet war?«

Ein breites Grinsen zog Kunzes Lippen so breit, dass Wiener meinte, von einem Ohr zum anderen könne schon hinkommen.

»Der hatte eine tolle Frau. Spanierin.«

»Italienerin«, korrigierte Grundig, der offenbar interessiert zuhörte, von hinter dem Tresen.

»Die war rassig! Hab mich die ganze Zeit gefragt, wie die ausgerechnet so einen wie den Heiner heiraten konnte.«

»So einen?«

»Der Heiner war ein Langweiler.« Rainer trank einen großen Schluck. »War das nicht der Heiner, der damals vom Blitz erschlagen wurde? 85? Bei dem großen Unwetter?«

»Nein«, entgegnete der Wirt. »Bei uns wurde noch nie jemand vom Blitz erschlagen.«

»Doch, klar! Damals, als die junge Witwe im Sturm nur im Nachthemd aufs Hausdach geklettert ist. In dem Moment, in dem die Feuerwehr sie runterholen wollte, kam der Blitz. Tragische Geschichte.«

»Hier ist nie eine Frau auf ein Hausdach gestiegen. Schon gar nicht bei Sturm und Unwetter und im Nachthemd! Und der Heiner ist gar nicht tot, sondern der Tillmann.«

Der Wirt zuckte mit den Schultern. »Halsstarrig ist er auch noch!«

»Ist ja auch egal«, murmelte der Alte gutmütig. »Jedenfalls war der Heiner ganz schön lange arbeitslos. Und weil es immer Streit gab, wenn er seinem Vater begegnete, ist er dem Tillmann eben ausgewichen.« Die wässrig-grauen Augen suchten mit missmutigem Ausdruck den Wirt. »Und nun soll der Tillmann wirklich tot sein?«

»Ja. Das ist wahr.«

Finster grollte Kunze: »Sicher wegen der Rumärgerei. So was kann einen Mann zermürben – und am Ende stirbt er.«

»Ne! Wegen Alkohol!«, widersprach Grundig.

»Alles Blödsinn. Siehste mal, mir schadet der ja auch

nicht!«, parierte der Alte und kippte den Kurzen in den Schlund.

»Hören Sie«, mischte sich nun der Wirt wieder ein, »niemand hier im Dorf weiß, warum der Heiner vor Jahren seine Arbeit hingeschmissen hat. Ich habe auch nie jemanden sagen hören, der Heiner sei irgendwie krank. Zunächst hat er eine Umschulung versucht. Ich glaube, eine Zeit lang hatte er eine winzige Autowerkstatt, bei jemandem auf dem Hinterhof. Zusammen mit einem Partner. Das Unternehmen ging pleite. Danach hat er nur noch in seiner Wohnung in Cottbus gehockt und darauf gewartet, dass das Schicksal sich an ihn erinnerte.«

»Heiner Lombard wurde ermordet.«

»Oh. Na, so hatte er die Aufmerksamkeit des Schicksals wohl eher nicht geplant.«

»Manchmal kehren die Toten wieder zurück«, verkündete Kunze. »Ich treffe schon manchmal den einen oder anderen. Mit einigen kann man sich richtig gut unterhalten.«

»Rainer! Vielleicht solltest du zum Frühstück nicht schon mit Schnaps anfangen. Ich glaube, das bekommt dir nicht«, mahnte der Wirt und machte den Beamten ein Zeichen, sie sollten auf das Gerede nichts geben. »Zombies sind eine fixe Idee von ihm, seit er vor ein paar Jahren mal einen Film gesehen hat, in dem ein Untoter vorkam. Hat sich bei ihm festgesetzt.«

»Was weiß einer wie du davon? Ich sage dir, einige von denen können unglaubliche Geschichten erzählen. Abenteuer haben die erlebt! Und was für welche!« Rainer prostete sich zu und kippte den nächsten Klaren.

Nachtigalls Handy rutschte brummend über die Tischplatte, wie ein großes, abstoßendes Insekt.

Er meldete sich, nickte kurz in die kleine Runde und trat zur Seite.

»Wo? Ist Peddersen mit seinen Leuten schon dort?«

Er steckte das kleine Telefon ein und gab Wiener ein Zeichen zum Aufbruch.

»Wir müssen los. Tut uns leid.«

»Was ist denn?«, fragte Wiener und sprang behände auf den Fahrersitz.

Nachtigall rutschte ungeschickt auf der Beifahrerseite ins Auto. »Ein Mieter in der Sperrzone für die Bombenentschärfung ist vor etwa einer Stunde nach Hause gekommen. Seine Wohnung wurde verwüstet.«

»Das ist doch nun wirklich kein Fall für die Mordkommission!«

»Doch. Blut überall! Gespritzt bis an die Decke. Peddersen ist gerade eingetroffen.«

»Sicher, dass der Mieter nicht selbst …? Wäre ja nicht so ungewöhnlich. Vielleicht haben die Kollegen auch nur heillos übertrieben.«

»Mieter ist Dr. Rupert Ahrendt, Strafverteidiger. Er wollte nach der Entwarnung im Radio seinen Hund in die Wohnung zurückbringen. Heute Morgen, sagt er, sei noch alles in Ordnung gewesen.«

Peter Nachtigall stand im Flur.

Sein Magen rebellierte, alle Fluchtinstinkte waren eingeschaltet. Und dennoch zwang er sich, seinen Blick auf das zu werfen, was der Anwalt bei seiner Heimkehr vorgefunden hatte.

Blut überall – war eine verharmlosende Untertreibung gewesen.

Chaotische Zustände – ein Euphemismus.

»Sieht schlimm aus«, bestätigte Peddersen Nachtigalls Gedankengänge.

»Was ist bloß hier passiert?«, krächzte der Hauptkommissar heiser.

»Um das herauszufinden, haben wir ein Spezialteam angefordert und meine Leute wieder rausgeschickt. Müssen gleich hier sein.«

»Spezialteam?« Nachtigall fühlte sich wie betäubt. »Deshalb darf ich auch nicht rein?«

»Ja. Die bringen eine spezielle Kamera mit, werten mit einer besonderen Software aus. Wir gehen erst danach rein.«

»Fasern?«

»Nee. Sieh dich um! Hier geht es um Blut.« Damit schob Peddersen den Hauptkommissar ins Treppenhaus zurück. »Fasern sichern wir auch noch, keine Sorge. Die Kollegen tragen Schutzanzüge und stöbern nicht rum.«

Man hörte die Männer schon über die Treppe kommen.

»Ach du je!«, entfuhr es dem jungen Mann, als er einen Blick in den Flur erhaschte. »Wer hat denn hier gewütet?«

»Wenn ihr Namen und Adresse findet, werden die Kollegen von der Mordkommission sicher dankbar sein«, konterte Peddersen launig, schüttelte den Neuankömmlingen die Hand und übernahm die allgemeine Vorstellung.

»Deine Leute haben nichts verändert?«

»Nein. Die warten draußen. Ich bin einmal durch alle Räume gegangen, um sicherzustellen, dass nicht irgendwo ein Verletzter liegt. Niemand zu finden.«

»Okay. Sehen alle Zimmer so aus?«

»Ja«, bestätigte Peddersen knapp.

Jo Marks und Piet Kramp schlüpften in die Ganzkörperschutzanzüge, packten ihr Equipment aus, bauten es auf und begannen sofort mit der Arbeit. Nachtigall sah gespannt zu.

»Zeugen brauchen wir in diesem Fall wohl nicht zu befragen.« Nach seinem letzten Erlebnis mit dem verstorbenen Herrn Tannenberg war Michael Wiener ganz froh darüber, nicht wieder in fremde Wohnungen gehen zu müssen, in denen Unbekanntes auf ihn wartete. »War ja eigentlich keiner hier. Mögliche Schreie hat also niemand gehört.«

Nachtigall starrte einen blutigen Bogen an, der an der Wand deutlich zu erkennen war. Jo Marks folgte seinem Blick. »Arterielle Blutung. Das Blut schießt mit hohem Druck aus dem Körper, es entsteht ein Bogen«, erläuterte der junge Mann. »Dieser Vorhangeffekt entsteht, weil vom Bogen aus die einzelnen Blutstropfen senkrecht Richtung Boden an der Wand abfließen.«

Nachtigall schwieg.

Er löste den Blick von der Wand und konzentrierte ihn auf den grauen Kasten, der auf einem Stativ montiert war.

»Wir nehmen alles in 3D auf. Laserscan. Danach kann man sich den Tatort am Rechner ansehen und Details genauer begutachten.« Piet arbeitete zügig.

»Du hast kein Opfer gefunden?«, vergewisserte sich Nachtigall noch einmal bei Peddersen.

Der schüttelte den Kopf. »Ich habe gründlich nachgesehen«, gab der Spurensicherungsfachmann grantig zurück.

»Weiß ich doch!«, versuchte Nachtigall ihn zu

beschwichtigen. »Ich kann mir nur nicht vorstellen, wie jemand nach einer solch heftigen Attacke einfach davonlaufen konnte. Die Verletzungen müssen erheblich gewesen sein. Doch weder im Treppenhaus noch auf dem Weg findet sich Blut. Niemand hat angerufen und das Auffinden einer verletzten Person gemeldet. Wir haben schon drüben im Klinikum nachgefragt.«

»Ja, dass es keine Spuren im Haus gibt, ist mir natürlich auch aufgefallen. Wir suchen jetzt mit Licht in verschiedenen Wellenlängen. Infrarot. Oder Bluestar und UV. Vielleicht ist es ihm ja doch gelungen, die Blutung kurzfristig zu stoppen – vielleicht mit einem Handtuch – und wir finden nur Mikrospuren. Mal sehen.« Peddersen, der nicht gern tatenlos an einem Tatort abwartete, begann ruhelos von einem Fuß auf den anderen zu treten.

»Wo ist denn der Mieter jetzt?«

»Wir haben ihn genötigt, in einem unserer Fahrzeuge zu warten. Eigentlich wollte er ja samt Hund in die Kanzlei verschwinden, nachdem er erklärt hatte, er habe mit dem Blutbad nichts zu tun. Ein Arzt war auch schon da. Der Mieter hat einen leichten Schock. Auch der Hund hat nicht wirklich einen glücklichen Eindruck gemacht.«

»Zwei Morde in zwei Tagen, ein Mordversuch an Peter – hoffentlich geht das nicht so weiter«, murmelte Wiener leise.

»Noch wissen wir nicht, was hier passiert ist.« Nachtigalls Stimme klang belegt.

»Wenn das Opfer tatsächlich noch lebt, dann bestenfalls als Vampir! Sieh dir das an! Blut in Lachen, Fontänen, Spritzern – als Wischspuren an der Wand, auf den umgestürzten Möbeln.« Michael Wiener sah sich ratlos um.

»Blut an Tatorten beeindruckt immer. Wenn es so dominiert wie hier, verschätzen wir uns gern bei der Bemessung der tatsächlichen Menge. Unser Auge lässt sich von Auffälligem gern täuschen«, dozierte Peddersen.

Nachtigall gab Wiener ein Zeichen.

Zeit, den Zeugen zu befragen.

»Ich dachte, es würde jemand auf unsere Wohnungen achten! Das ist doch wirklich ein unglaubliches Vorkommnis!«, regte sich der Strafverteidiger auf.

Nachtigall konnte ihn gut verstehen. Was für eine Gänsehautvorstellung, in die eigene Höhle zurückzukommen und sie in diesem Zustand vorzufinden. Er schüttelte sich, als ein kalter Schauer über seinen Rücken lief.

»Wir werden dieser Frage natürlich nachgehen. Ich gehe davon aus, dass Beamte in den Abschnitten eingesetzt waren, die sicherstellen sollten, dass alle Mieter die Häuser verlassen hatten und niemand von außen hineingelangen konnte.«

»Ha! Das hat wohl überhaupt nicht geklappt, würde ich meinen.«

Amanda sah verwirrt von einem zum anderen.

Nachtigall tätschelte ihren mächtigen blonden Kopf. »Na, du hast doch sicher gleich bemerkt, dass irgendetwas nicht stimmte, wie?« Die Hündin grunzte und legte ihre Schnauze vertrauensvoll auf den Schoß des Fremden.

»Amanda wollte nicht, dass ich die Tür aufschließe. Offensichtlich konnte sie das Blut bis ins Treppenhaus riechen. Sie ist schon beim Aufstieg so eigenartig zögerlich gewesen. Und direkt vor der Tür hat sie gewinselt und gejault.«

Nachtigall konnte die Hysterie, die unter den Worten lag, deutlich hören.

»Ich bin dann nur zwei Schritte reingegangen. War ja sofort zu sehen. All das Blut! Überall. Bis an die Decke! Und der Geruch! Meine Frau darf das auf gar keinen Fall zu Gesicht bekommen.« Er drehte hektisch den Kopf hin und her, als befürchte er, sie könne jederzeit im Hauseingang auftauchen.

»Sie dürfen zunächst ohnehin nicht in die Wohnung zurück. Sie wird versiegelt. Unsere Teams sind noch bei der Arbeit.«

»Und – also verstehen Sie mich jetzt bitte nicht falsch – wo sollen wir denn wohnen, bis Sie fertig sind? Mit einem Hund dieser Größe kann man nicht einfach im Hotel um die Ecke unterkommen«, jammerte Dr. Ahrendt.

»Das ist wahr«, bestätigte Wiener. »Die sind manchmal ziemlich schwierig, wenn man ein Tier mitbringen möchte. Angst um die Möblierung, schätze ich mal. Aber wir finden schon was für Sie, keine Sorge.«

»Apropos – wer kommt denn für den Schaden auf? Ich muss schließlich alles renovieren lassen, neue Möbel werden vielleicht auch notwendig. Ach ja, ich weiß auch noch gar nicht, ob meine Frau dort weiter wohnen will, nach all dem. Haben Sie den Verletzten schon gefunden?«

»Nein, noch nicht«, blieb Nachtigall unscharf.

»Aber das ist seltsam, oder? Bei dem Blutverlust kann er unmöglich weit gekommen sein.« Professionelle Neugier drängte die hysterische Angst zurück.

»Wir suchen nach ihm.« Besorgt registrierte Nachtigall, dass Ahrendts Lippen wieder unkontrolliert bebten. »Hören Sie, wir finden schon raus, was in Ihrer Wohnung passiert ist. Zunächst befragen wir die Beamten, die diesen Bereich sichern sollten, dann klären wir, wie derjenige in Ihr Zuhause gelangen konnte.«

»Es müssen ja mindestens zwei gewesen sein, nicht wahr? Ziemlich unwahrscheinlich, dass sich jemand so schwere Wunden selbst beibringt, oder?«

Kaum hatten sie sich ein paar Schritte vom Tatort entfernt, fragte Nachtigall: »Wie wäre es mit Kaffee? Nicht weit von hier, gegenüber vom Bahnhof, gibt es ein nettes Café.«

»Sehr einverstanden!«

Keine zehn Minuten später servierte ihnen eine freundliche Kellnerin zwei große Tassen Milchkaffee, angenehme Musik plätscherte im Hintergrund, ältere Damen diskutierten die neuen Modeentwicklungen und die Schwankungen der Börse, ältere Herren die letzten Sportergebnisse und die Sinnhaftigkeit von Geldanlagen in Fonds – Mord passte nicht hierher. Nachtigall hoffte, die anderen Gäste würden das Gesprächsthema der Neuankömmlinge nicht bemerken.

»Heiner lag im Grab seines Vaters. Warum? Hatten die beiden ein besonders inniges Verhältnis?«

»Die Aussagen der Mutter lassen eher vermuten, dass die beiden sich nicht viel zu sagen hatten. Klang nach einem tendenziell feindseligen Umgang.«

»Was wollte der Mörder also mit dieser Aktion erreichen? Familienzusammenführung?«, fragte Wiener gereizt.

»Bisher wissen wir nur mit Sicherheit, dass derjenige hart gearbeitet hat, um sein Ziel zu erreichen, den Plan umzusetzen. Er muss ziemlich kräftig sein. Den Leichnam über die Einfriedung zu wuchten, war sicher gar nicht so einfach – wenn sich dieser Ablauf bestätigen sollte.«

»Zwei Täter?«

»Können wir nicht ausschließen. Das Tatortteam sucht nach Spuren am Zaun und im Boden in der Nähe der

Umfriedung. Vielleicht finden wir Fasern, Schuheindruckspuren, eine herausgerissene Ecke der Kleidung des oder der Täter. Wäre jedenfalls hilfreich«, meinte Nachtigall.

»Falls er hoffte, der Mord werde nicht entdeckt, so wusste er nichts von der Aufhebung des Friedhofs.«

»Dem widerspricht, dass er wusste, dass John Lombards Vater war. Wenn es sich um mehrere handelt, hatte wenigstens einer von ihnen dieses Wissen.«

»Hm. Ist das eine Information, die man sich nur schwer beschaffen kann?«

»Mir kam es so vor, als wisse das jeder, der Heiner kannte.«

»Gut, dann kann er genauso gut nicht aus der Gegend stammen. Oder er liest keine Zeitung«, murrte Wiener und probierte von seinem Kaffee.

»Vielleicht gibt es dafür eine einfache Erklärung. Eine längere Abwesenheit zum Beispiel. Arbeitsplatz in Norwegen? Ausbildung zum Fachmann für irgendetwas in Amerika.«

»Aber wenn ich im Ausland arbeite, halte ich doch Kontakt. Übers Netz oder Telefon. Alles kein Problem. Schließlich lässt man ja Familie und Freunde hier zurück.«

»Und dann unterhält man sich über die Umfriedung? Hm«, grunzte Nachtigall unzufrieden. »Na ja, die Abbaggerung dürfte dann schon Stoff vieler Gespräche gewesen sein. Es müssen ja alle umziehen. Könnte doch sein, dass der Täter eigenbrötlerisch veranlagt war, wie Heiner Lombard selbst. Du gehst von deinem Verhalten aus. Du würdest Kontakt halten. Ja. Aber das trifft nun mal nicht für jeden zu.«

»Tut der Arm eigentlich noch weh?«, wechselte Wiener das Thema.

»Nein, zumindest nicht sehr. Er fühlt sich nur nicht richtig an. Geht schon!«, wiegelte Nachtigall ab.

»Was hat Conny denn dazu gesagt?«

»Michael, nimm sofort das Grinsen aus dem Gesicht!«, warnte Nachtigall scherzhaft. »Du weißt doch: Sie macht nicht viel Aufhebens um Bagatellen.« Er verschwieg dem jungen Kollegen lieber die Angst, die er in ihren Augen gesehen hatte, die ungewohnte Besorgnis, als er von dem Unfall berichtete – dabei hatte er schon die schlimmsten Details weggelassen.

Der Hauptkommissar rührte konzentriert im Milchschaum. Er wollte die Angelegenheit nicht vertiefen.

»Zwei Menschen treffen in einer Wohnung, in der niemand sein durfte, aufeinander. Warum dort? Wie ist derjenige hineingekommen? Der eine verletzt den anderen schwer, wenn nicht sogar tödlich. Beide verschwinden unerkannt. Wenn es keinen Mord gab – wo ist das blutende Opfer? Wenn doch – wo ist die Leiche? Ist es wirklich vorstellbar, dass um zehn Uhr am Vormittag jemand unbehelligt das Haus verlässt – mit einer Leiche über der Schulter?«, zählte Nachtigall auf. Wiener schrieb eifrig in sein Notizbuch.

»Wie kamen die beiden rein? Ahrendt hat den Kollegen erzählt, der Schlüssel habe sich im Schloss bewegt wie immer. Kein Hakeln, kein Ruckeln. Wer außer dem Ehepaar hat noch einen Schlüssel?«, führte Wiener weiter.

»Heiner Lombard wollte in Urlaub fahren. Es hätte noch Wochen dauern können, ehe ihn jemand vermisst. Das Blutbad in der Wohnung ist eine völlig andere Tat. Entweder die Zeit ist knapp, weil der Mieter wieder zurückkommt, oder Täter und Opfer sterben gemeinsam bei der Detonation der Beutebombe von gegenüber. Das wirkt ein bisschen wie Russisches Roulette auf mich.«

»Zwei Täter? Zwei Fälle ohne Berührung? – Dein Handy!«

Nachtigall warf einen Blick auf das Display. »Dr. Pankratz.«

Etwas ungeschickt schob er sich hinter dem Tisch hervor und trat in die Einkaufspassage hinaus, die sich an das Café anschloss. Ein Gespräch mit dem Rechtsmediziner war nun wirklich nicht das Richtige für ein gediegenes Kaffeehaus.

»Du hast deinen Patienten schon gesehen?«

»Ja. Beerdigt war er ja schon, wie man mir mitteilte. Hör mal, Peter, es ist wirklich nicht nötig, dass du extra für mich ›Kunden‹ irgendwo ausgräbst. Es reicht, dass du sie überall in der Gegend findest.«

»Ich war das diesmal gar nicht«, verteidigte sich der Hauptkommissar und fasste kurz die Umstände zusammen.

»Ich bin nun hier, habe nach einigem Fragen auch in die neue Pathologie gefunden. In 30 Minuten könnte ich anfangen.«

»Neue Pathologie?«

»Ja. Du gehst auf dem Hauptgang des Klinikums lang. Von dort geht es ab zur Mikrobiologie, die ist da wohl auch neu. Beim letzten Mal saßen die noch in diesem Gebäude an der Kreuzung. Egal. Jetzt gibt es einen Institutstrakt. Die Mikrobiologie ist ausgeschildert – aber sie liegt in einem der oberen Stockwerke. Du nimmst den Aufzug nach unten in die Ebene 0. Pathologie haben die bestimmt nicht so deutlich rangeschrieben, damit die Patienten keinen Schreck bekommen, wenn sie über den Gang schlendern. Also unten! Du steigst aus und bist schon da.«

»Aha. Ebene 0. Nun, wir werden schon hinfinden«,

behauptete Nachtigall zuversichtlich. »Wir sind ganz in der Nähe. Bis gleich!«

»Wir müssen«, erklärte er Wiener knapp. »Dr. Pankratz fängt gleich an. Wir fahren beide hin.«

Der Rechtsmediziner erwartete die Beamten schon voller Tatendrang.

»Na, habt ihr ohne Schwierigkeiten hergefunden?«, erkundigte er sich nach der freundschaftlichen Begrüßung.

Nachtigall nickte. »Ja, aber ohne deinen Tipp wäre es schwierig geworden.«

»Liegt daran, dass die Patienten zwar gern von den Pathologen bestätigt bekommen möchten, dass es sich bei dem entfernten Gewebe aus Brust oder Hals nicht um einen Tumor handelt. Alle anderen Assoziationen mit dem Wort Pathologie sind ihnen aber unangenehm. Deshalb versucht das Klinikum möglichst nicht an diese so wichtige Abteilung zu erinnern.«

Er sah sich um und meinte anerkennend: »Tolle neue Räumlichkeiten. Alles modern. Und das Beste: Man hockt nicht im Keller und starrt auf Beton. Die Arbeitszimmer haben große Fenster, man sieht in den Park. Das ist nämlich im Grunde Erdgeschoss hier. Der Obduktionssaal hat natürlich keine Fenster.« Damit führte er die beiden Beamten durch eine grüne Tür in den eigentlichen Obduktionsbereich. Edelstahltüren waren zu sehen.

»Hier lagern die Verstorbenen und warten auf den Bestatter. Unsere Leiche liegt schon auf dem OP-Tisch.«

»Mann, sind die groß. Woher wissen denn die Bestatter, in welchem der Kühlschränke die Leiche liegt, die sie abholen wollen. Also – ich meine, wie verhindert man, dass es da zu Verwechslungen kommt?«, fragte Michael Wiener und wirkte, als wolle er gern einmal hinter eine der große Türen schauen.

Dr. Pankratz musste das ebenso empfunden haben, denn er packte den Griff und zog einen Flügel auf.

»Hier sind einzelne Fächer, wie Stockwerke.«

Wiener entdeckte in weiße Tücher gehüllte Körper in unterschiedlichen Etagen und nickte.

Mit einem lauten Schlag fiel die Tür ins Schloss, der Rechtsmediziner drückte den Riegel wieder in die Ausgangsposition. »Und hier«, er zeigte auf eine Magnettafel an der Wand, »stehen die Namen derer, die in den einzelnen Fächern liegen. Diese Zettel sind die Duplikate zu den Zehkarten. Der Bestatter guckt jetzt erst auf der Tafel, wo der Kunde liegt, zieht ihn dann heraus und vergleicht die beiden Angaben: Zettel und Zehkarte. Stimmt es überein, nimmt er den Körper mit.«

Damit drehte sich der hochgewachsene, schlanke Mediziner um und machte eine einladende Handbewegung. Wiener folgte begeistert, Nachtigall mit zögerndem Schritt.

In dem neuen Saal standen zwei Obduktionstische. Und zwar so, dass eine Leiche den Obduzenten schon beim Eintreten sehen konnte.

Die Lüftung arbeitete auf vollen Touren, dennoch konnte sie den typischen Verwesungsgeruch nicht ganz aus dem Raum transportieren. Das würde noch schlimmer werden, wusste Nachtigall.

Auf dem rechten Tisch lag Heiner Lombard.

»Die Kleidung habe ich aufgeschnitten, und eure Kollegen haben sie verpackt und abgeholt. Viel war es ja nicht. Habt ihr einen Namen für mich?«

»Der Notarzt kannte ihn zufällig. Sein Name ist Heiner Lombard. Die Mutter ist nicht unbedingt in der Verfassung, dass man ihr eine Identifizierung zumuten könnte. Wir finden in seiner Wohnung bestimmt genug Material für einen DNA-Vergleichstest.«

Michael Wiener schüttelte sich bei dem Gedanken an Herrn Tannenberg.

»Nanu?« Dr. Pankratz hatte bemerkt, dass der junge Mann an Farbe verloren hatte.

»Oh, alles in Ordnung. Ich bin nur in einer der Nachbarwohnungen auf ein Ehepaar gestoßen. Der Gatte war unbemerkt verstorben. Die Frau lebte mit einer Leiche zusammen. Alles voller Getier«, murmelte Wiener und fröstelte erneut.

»Natürlicher Tod?«, erkundigte sich der Rechtsmediziner interessiert.

»Ja. Er muss schon immer recht schweigsam gewesen sein. Es ist seiner Frau jedenfalls nicht aufgefallen, dass er nun gar nicht mehr antwortete. Nur die Tiere haben sie ein bisschen gestört.«

Ein untersetzter Mann kugeliger Bauart machte sich an Heiner Lombards Körper zu schaffen. »Vielleicht reicht ja auch das hier schon zur Identifizierung«, murmelte er. »Klaus Czernski, Abdruckexperte. Wenn Sie erlauben, nehme ich erst mal die Fingerabdrücke, dann können Sie in Ruhe loslegen – und unser Computer auch.«

Dr. Pankratz nickte.

Der runde Mann packte seine Utensilien aus. »Mal sehen, ob das noch ohne Schwierigkeiten geht, so ganz frisch ist er ja nicht mehr, oder?« Leise summend griff er mit behandschuhten Fingern nach der Rechten des Opfers und betrachtete kritisch die Fingerkuppen. »Sieht eigentlich noch überraschend gut aus. Mit ein bisschen Glück bleibt mir beim Abdruck nicht gleich die ganze Kuppe auf der Karte kleben.«

Nachtigalls Faust ballte sich, die Fingernägel bohrten sich schmerzhaft in den Handballen.

Wiener rempelte ihn sacht an, als wolle er sich nur in Erinnerung bringen, und die Faust lockerte sich etwas.

»Was kann man tun, wenn es auf die klassische Art nicht mehr geht?«, erkundigte sich Wiener, um ein wenig abzulenken.

»Och, da gibt es viele Möglichkeiten. Scannen zum Beispiel. Man kann auch die gesamte Haut im relevanten Bereich abziehen und über einen Handschuh streifen, bevor man abrollt«, erläuterte Czernski bereitwillig.

Nachtigall tarnte sein Würgen als Husten.

Dr. Pankratz musterte ihn scharf.

»Ich wusste gar nicht, dass ihr jetzt neue Waffen für den Nahkampf tragen dürft«, grinste er und zeigte auf den grünen ›Stattgips‹.

»Ja – wir rüsten auf.«

»Wie hast du das denn nun wieder geschafft?«, blieb der Rechtsmediziner beim Thema und hoffte, der Fingerabdruckexperte sei schnell mit seiner Arbeit fertig.

»So ein Spinner hat Peters Wagen von der Straße abgedrängt. Fahrerflucht. Peter hat unglaubliches Glück gehabt. Um ein Haar …« Michael Wieners Stimme kippte und versiegte ganz.

»Ein echter Mordversuch?«, erkundigte sich Dr. Pankratz erstaunt und sah tatsächlich beeindruckt aus. »Wie bei James Bond?«

»Genau. Aber ich bin leider ein bisschen aus der Übung. Deshalb trage ich jetzt diesen dekorativen Verband – Pierce

Brosnan wäre das nicht passiert«, gab Nachtigall gutmütig zurück.

»Sind Sie jetzt endlich fertig?«, fuhr Dr. Pankratz den dicken Mann an, der noch immer mit der Fingerabdruckkarte hantierte.

»Ja, nur noch eine Sekunde!«, entgegnete der unbeeindruckt fröhlich.

»Alles klar. Bis demnächst!«, verabschiedete er sich dann und lief leicht hüpfend davon.

»So, dann wollen wir mal!« Der Rechtsmediziner nickte einem Kollegen auffordernd zu, der gerade den anderen Tisch für eine spätere Sektion vorbereitete. Er stellte sich die Lampe ein und sah auf den nackten Körper hinunter. »Die Erde haben wir schon abgespült. Dass er erdrosselt wurde, wisst ihr schon?«

Die beiden Ermittler nickten.

»Das Werkzeug lag locker um seinen Hals, als wir ihn aus dem Grab geborgen hatten. Selbst hergestellt, nicht wahr?«

»Ja, ganz sicher. Ein flaches Elektrokabel mit einem Knebel an jedem Ende. Der geschwollene Eindruck seines Gesichts kommt durch die Dunsung. Das bedeutet, dass das Blut sich staute. So richtig schnell gestorben ist er nicht.«

»Kannst du einen Suizid ausschließen?«

»Ja. Im Nacken ist der gekreuzte Bereich des Kabels zu erkennen. Das kann man nicht allein. Und am Kabel selbst ist keine Spur einer Manipulation zu bemerken.«

Er begegnete Wieners fragendem Blick und ergänzte: »Wenn du einen Suizid durch Drosselung begehen möchtest, brauchst du etwas wie einen Knebel im Drosselinstrument, der verhindert, dass sich die Schnürung löst oder lockert. Dann funktioniert es ja nicht. Hier ist nichts davon festzustellen.«

»Tatwerkzeug eine Bastelarbeit, mitgebracht zum Tatort, den wir noch nicht genau kennen. Eine geplante Tat, keine Tötung im Affekt.«

»Es sei denn, der Mörder hat grundsätzlich so etwas in der Tasche. Für alle Fälle«, schlug Dr. Pankratz vor. »Aber im Grunde eignet sich dieses Tötungsinstrument nicht für einen Mord aus einem Streit heraus. Es ist eher etwas für den Täter, der im Hinterhalt lauert. Das Kabel muss über den Kopf geschleudert und hinten zugezogen werden. Im Streit wendet man dem anderen ja nun nicht den Rücken zu.«

»Es sei denn, der andere wollte gerade weggehen. So nach dem Motto, mit dir zu streiten hat eh keinen Sinn«, wandte Wiener ein.

»Hm«, Dr. Pankratz überzeugte diese Darstellung nicht. »Auf jeden Fall muss man bei dieser Art des Mordens nah an das Opfer ran. Von Ferne kannst du das Kabel nicht über ihn werfen. Das bedeutet auch, dass das Opfer im Moment des Überfalls möglicherweise weiß, wer da würgt, wer gekommen ist, um zu töten. Es hört deinen Schritt, kennt deinen Geruch. Wenn du schießt, zischt die Kugel eventuell von wer weiß woher zu dir.«

»Eine geräuschlose Methode«, meinte Wiener trocken.

»Na, nicht so laut wie ein Schuss, aber wenn das Opfer um sich tritt, ist es auch nicht ganz lautlos. Eventuell bringt es dich aus dem Gleichgewicht, Täter und Opfer stürzen zu Boden. Im Sterben zucken die Beine übers Parkett.« Der Rechtsmediziner setzte hinzu: »Mit größter Wahrscheinlichkeit war das gefundene Kabel auch die benutzte

Waffe. Die Spuren am Hals passen gut dazu, soweit man das nach der Liegezeit sagen kann. Ihr habt Glück, dass es in den letzten Wochen schon so richtig herbstlich kühl war. Bei hochsommerlicher Hitze sähe unser Patient wohl schlechter aus.«

Peter Nachtigall produzierte ein Geräusch, das sich jeder Interpretation entzog. Der Gerichtsmediziner wertete es gleichwohl als Zustimmung. »Freut mich, dass du das auch erkannt hast. Du hörst also doch zu, wenn ich hier etwas erkläre!«, freute er sich. »Ansonsten war die äußere Inspektion ohne besonderes Ergebnis. Zweifelhafte Einstiche oder irgendwelche erklärungsbedürftige Verletzungen sind nicht vorhanden, Fehlanzeige.«

»Es ging dem Mord also keine Prügelei voraus.« Wieners Miene drückte seine Unzufriedenheit aus.

»Nein.«

»Ich hätte mir irgendwie gewünscht, er hätte eine Chance gehabt, sich zu wehren«, erklärte der junge Ermittler und war über diesen Satz selbst überrascht. Schulterzuckend setzte er hinzu: »Na ja, ich glaube, er hatte insgesamt wenig Entscheidungsspielräume in seinem Leben.«

»Überraschungstat. Ohne einleitende körperliche Auseinandersetzung. Keine Abwehrspuren an den Händen, keine typischen Verfärbungen am Körper.« Er sah auf und erklärte: »Von Faustschlägen zum Beispiel, stumpfe Gewalt gegen den Brustkorb oder den Bauch. Nichts davon ist vorhanden. Die grünen und bräunlichen Flecken, die man hier sieht, sind der Verwesung geschuldet, sind keine Hämatome. Ist ja möglich, dass der Mörder ihm aufgelauert hat. Ein Schritt aus der Deckung, das Kabel um den Hals geschleudert und zuziehen.«

»Er wollte in Urlaub fahren. Deshalb hat ihn auch

niemand vermisst. Wäre das Grab nicht geöffnet worden …«

»Na – dann wollen wir mal sehen, wie es sonst so um ihn bestellt war«, verkündete der Rechtsmediziner und setzte das Messer unter dem Kinn an, um gerade bis zum Schambein seinen ersten Schnitt zu setzen.

Nachtigall trat rasch zur Seite. Presste seinen Oberschenkel von unten gegen den harten, kalten Edelstahl und hoffte, der Schmerz würde helfen, die Übelkeit zu vertreiben.

Zum Frühstück gab es alles, was das Herz begehrte.

Er genoss das breite Angebot in vollen Zügen.

Selbst der Kaffee schmeckte mehr als akzeptabel, keine dünne Plörre, wie bei seiner Tante zum Beispiel. Lange schwankte er zwischen Rührei mit oder ohne Schinken – entschied sich zum Schluss doch für ein Spiegelei. Nie hätte er diesen Service, diese Vielfalt in Afrika erwartet.

Sogar frische europäische Brötchen!

Marmelade, Käse, Wurst – und die obligatorischen kleinen Kuchen mit Banane.

Am Nachbartisch saß ein Ehepaar, das offensichtlich nicht zum ersten Mal hier Urlaub machte. Er lauschte ihrem Gespräch, erfuhr von dem Flug auf die Nachbarinsel, den die beiden geplant hatten. Fugo. Dort gab es, wenn er den beiden glauben wollte, einen tätigen Vulkan.

Ganz klar nicht seine Kontaktpersonen.

»Wenn man sich das Treiben mancher Touristen ansieht, muss man sich schon schämen«, hörte er die Frau plötzlich schimpfen.

»Ja. Du meinst die Sache mit der Katze.«

»Die Kellner können sich von ihrem Gehalt all das

Luxusessen hier nicht leisten. Die essen jeden Tag diesen Brei, den man anrühren muss. Mal gebraten, mal so. Ohne jede Abwechslung. Und hier ist direkt vor ihren Augen alles vorhanden.«

»Kann doch sein, dass sie die Reste nach dem Frühstück für sich verwenden dürfen. Vielleicht ist der Hotelbesitzer großzügig.« Der Herr mit den weißen Haaren griff nach seinem dritten Brötchen.

»Eher nicht. Die brauchen den Schinken und den Käse doch bestimmt für die Sandwiches, die sie vorbereiten – für den Zehn-Uhr-Snack. Und dann gehen die Gäste her und verfüttern den Schinken, den sich hier niemand leisten kann, an die Katze!«

»Wenn wir in Österreich Urlaub machen, tust du das doch auch«, protestierte er.

»Da leidet auch kein Kellner Hunger!«

»Ich glaube, du bist zu streng. Die Leute denken sich nichts dabei, wenn sie für das dünne Tier etwas vom Buffet mitnehmen. Du kannst nicht erwarten, dass jeder zu jeder Zeit das Große und Ganze im Blick hat.«

Wohl dem, der ohne Ehering glücklich ist, dachte der Lauscher und grinste.

Aber recht hatte die Frau. Natürlich.

Wenig später lag er am Pool in der Sonne und träumte von all den Dingen, die er sich leisten konnte. In Kürze jedenfalls!

15

Peter Nachtigall starrte auf die Fotos aus der Wohnung des Rechtsanwalts.

»Also, ich wäre da nicht so ruhig geblieben.«

»Tja – er hat wirklich sehr überlegt gehandelt. Nur kurz bis zur nächsten Zimmertür, dann der Notruf. Marnie hätte gekreischt und so ganz nebenbei darauf bestanden, dass wir sofort umziehen.«

Nachtigall lachte leise. Die resolute Frau an Michaels Seite hatte das Leben der kleinen Familie fest im Griff.

»Alles voller Blut!« Michael verzog das Gesicht voller Abscheu. »Und, steht irgendetwas Interessantes in dem Bericht vom Tatort?«

Nachtigall blätterte zum Ende der Akte. »… ist nicht davon auszugehen, dass die verletzte, stark blutende Person die Wohnung aus eigener Kraft verlassen konnte. Vielmehr ist äußerst wahrscheinlich, dass sie im Flur der Wohnung verstarb«, zitierte er.

»Dann muss der Täter die Leiche aus der Wohnung transportiert haben. Und das wäre ihm ja dann wohl auch gelungen, wenn die Einschätzung der Kollegen stimmt. Unter den Augen der Polizei!«, regte sich Wiener auf.

»Das verursacht bei mir Gänsehaut«, bekannte der Hauptkommissar. »Ein eiskalter Typ? Einer, der alles auf eine Karte setzt und am Ende doch unentdeckt davon kommt? Mehrere Täter?«

»Fragen bleiben auch bei unserem anderen Fall offen. Ich wüsste ganz gern, warum Heiner Lombard so plötzlich seine Stelle aufgegeben hat. Schmeißt einfach hin, hat aber noch nichts Neues. Das bedeutet auch, dass er erst mal keine Bezüge von der Agentur für Arbeit bekommen hat. Wenn du von dir aus kündigst, zahlen die in der Regel nicht sofort – als Strafe vielleicht.«

»Wir erkundigen uns bei seinem Arbeitgeber. Laubag? Vattenfall?«

»Laubag? Das war vor der Übernahme durch Vattenfall, oder? Kohle ist jetzt nicht mein Steckenpferd. Ich such's im Internet raus«, versprach Wiener und wandte sich seinem Monitor zu. »Ach, die Mondfrage habe ich auch geklärt. Es war Neumond im Übergang zum zunehmenden. Also des hoast, es war halt finster!«

Es klopfte zaghaft.

»Herein!«

Eine kompakte, weibliche Gestalt trat ein, die mittelbraunen Haare zu einem hohen Zopf zusammengebunden, die Wangen gerötet, die Augen von intensivem Grün.

»Ja?«, fragte Nachtigall neugierig.

»Mein Name ist Silke Dreier. Ich soll mich bei Hauptkommissar Peter Nachtigall melden.«

Es entstand ein Schweigen, das an den fauligen Geruch der Leiche auf Dr. Pankratz' Obduktionstisch erinnerte.

Die überraschend weit auseinanderstehenden Augen der jungen Frau huschten von einem zum anderen und wieder zurück, blieben dann an Nachtigall hängen. »Eigentlich sollte ich ja offiziell eingeführt werden, aber irgendwie hat im Moment jeder etwas Wichtiges zu tun. Es muss wohl einen Mordanschlag auf einen Kollegen gegeben haben. Also dachte ich, vorstellen kann ich mich ja auch allein«, erklärte sie forsch.

»Peter Nachtigall. Michael Wiener. Mordkommission«, stellte der Hauptkommissar vor. »Was sollen Sie hier tun? Praktikum?«

»Nein!«, lachte die junge Frau zu laut, zog die Lippen breit zur Seite. »Bei Ihnen ist eine Stelle frei – die soll ich übernehmen.«

Nachtigall stand auf und schüttelte der neuen Kollegin die Hand. »Peter.«

Auch Wiener drängte sich hinter dem Schreibtisch hervor. »Michael.«

»Gut, ich bin Silke.«

»Okay, Michael. Du übernimmst die Einweisung in die Geheimnisse der Technik und erklärst unserer neuen Kollegin, woran wir gerade arbeiten. – Ich hole mir in der Zwischenzeit noch ein paar Informationen über das, was in dieser Wohnung vorgefallen ist«, schlug er hektisch vor und war verschwunden, kaum dass Wiener Zeit hatte zu nicken.

Silke setzte ihren Rucksack ab, griff nach Albrecht Skorubskis Stuhl und rollte ihn neben den Kollegen.

»Na dann«, strahlte sie.

Peter Nachtigall lief den Gang entlang.

Ziellos.

Planlos.

Mit viel zu schnellen Schritten. Passend zu seinem rasenden Herzschlag und dem zunehmenden Sausen im Kopf.

»Da schicken die mir so ein junges Gemüse! Was glauben die eigentlich? Diese junge Frau kann doch niemals Albrecht ersetzen. So feucht hinter den Ohren, dass sie noch jemanden zum Aufpassen braucht – wie soll so jemand das Team verstärken?«, fluchte er bei jedem Schritt vor sich hin. »Das kann doch nicht wahr sein. Statt einen erfahrenen Beamten an die Stelle eines erfahrenen Beamten zu setzen. Ich bin doch kein Erzieher im Kindergarten. Jetzt habe ich schon zwei von der Sorte!« Im selben Moment fiel ihm ein, dass er nun schon seit vielen Jahren mit Michael zusammen Fälle löste – der war längst kein Anfänger mehr, sondern ein echter Partner. Eigentlich mehr als das, räumte er in Gedanken an Michaels Reaktion auf seinen Unfall ein – eher ein Freund. Er schämte sich, so gereizt reagiert zu haben, nahm sich vor, diese Scharte bei nächster Gelegenheit auszuwetzen. Und wer weiß, tröstete er sich, vielleicht ist diese Silke ja ein Naturtalent und braucht gar nicht so viel Anleitung, wie ich befürchte.

»Gut, nun bin ich schon mal auf dem Weg, dann kann ich auch gleich mal bei den beiden Kollegen mit dieser Kamera nachfragen, ob die ein paar Ergänzungen für mich haben, mit denen ich etwas anfangen kann. Jo und Piet … hm, hm. Wo sitzen die beiden eigentlich?«

»Aha, der Kollege!«, begrüßte ihn Jo freundlich. »Hauptkommissar Nachtigall, nicht wahr?«

»Ja, genau. Ich wollte gern mal …«

»… sehen, was die Kollegen mit der Kamera so machen können! Aber klar!«, Jo schob einen weiteren Stuhl hinter seinen Schreibtisch und lud Nachtigall ein, Platz zu nehmen, indem er einladend auf die Plastikschale klopfte.

»Siehst du …«, begann Jo und klickte ein Bild auf dem Monitor an.

»Peter«, seufzte der Hauptkommissar, der sich nur

schwer daran gewöhnen konnte, dass die Duzerei so selbstverständlich Einzug in das neue Dienstgebäude gehalten hatte. Es schien aus der Mode zu sein, die höfliche Anrede und das Wörtchen Sie zu benutzen.

»Siehst du, Peter, diese Aufnahmen sind von der Wohnung heute Morgen. Die ganze Wohnung ein einziges Battlefield.«

»Die sehen anders aus als die anderen Bilder von dort.«

»Nun, unsere Kamera ist ein Laser. Sie erzeugt kein Foto, wie du es kennst, sondern so etwas wie Punktwolken. Die verdichten sich und die Software hilft uns dann dabei, Störungen zu bereinigen und aus der Fülle der Informationen ein echtes Bild zu generieren. Das Bearbeiten dauert seine Zeit – aber ein Teil ist schon fertig und mit ein bisschen Fantasie und meiner Hilfe erkennst du bestimmt auch auf den anderen die wichtigen Details.«

Entgeistert starrte Nachtigall auf das Video, das auf Jos Monitor lief. Nach dem ersten Entsetzen über das viele Blut überall gelang es ihm zunehmend, Details zu erkennen.

»Diese Lache hier. Kannst du mir zeigen, wo genau die war?«, fragte er interessiert.

»Das ist nun einer der ganz großen Vorteile dieses Systems. Unsere Aufnahmen sind verzerrungsfrei. Wir finden die Stelle in der Wohnung und können das Drumherum millimetergenau ausmessen.«

Jo hielt das Video an, das zu einem Spaziergang durch die gesamte Wohnung einzuladen schien.

Änderte die Einstellung.

Plötzlich konnte Nachtigall von oben in die Räume sehen!

»Wohnzimmer«, sagte Jo dann und kehrte zur vorherigen Darstellung zurück.

»Und dieser Bogen an der Wand?« Nachtigall spürte, wie ihn die Faszination in ihren Bann schlug. Von allen Seiten konnte er sich im Raum umsehen, jede Kleinigkeit bildete sich ab. Fast hatte er den Ärger über die neue Kollegin schon vergessen.

»Der befand sich an der Wand hinter der Couch. Solch ein schwungvoller Bogen entsteht bei einer arteriellen Blutung. Wie gesagt, durch den Druck im System wird eine Blutsäule herausgepresst. Ähnlich wie bei einer Wasserpistole. Durch die Erdanziehung wird sie zum Boden zurückgelenkt, so entsteht diese Bogenform. Das Opfer hat nach diesem ersten Angriff schon eine gute Menge Blut verloren. Doch der Täter hat offensichtlich nicht lockergelassen. Siehst du?«

Nachtigall entdeckte blutige Handabdrücke auf dem hellen Spannteppich, blutige Schuhspuren.

»Vielleicht stammen die Schuhabdrücke vom Täter. Möglich, dass er in die Blutlache hier«, Jo zeigte auf einen großen Fleck neben dem Sofa auf dem Boden, »getreten ist. Wenn du dir den Eindruck näher ansiehst, erkennst du das grobe Profil. Wir glauben, dass sie zum Täter gehören – ich zeige dir gleich warum. Direkt in der blutigen Spur konnten wir das Profil eines anderen Schuhs sichern. Da ist nur der Zehenbereich zu erkennen. Der Vergleich steht noch aus, aber ich tippe mal ganz allgemein auf einen Turnschuh. Mit ein bisschen Glück kriegen die Kollegen die Marke raus. Dauert aber ein bisschen.«

Die Flucht auf allen vieren war wohl in der Küche zunächst beendet. Striemenartige Abdrücke wirkten auf den weißen Fliesen wie ein gellender Schrei.

»Diesmal hat der Täter ganz offensichtlich die Lunge erwischt. Habt ihr schon die Ergebnisse der Obduktion?«

Der Hauptkommissar schüttelte den Kopf, konnte den Blick nicht von den schrecklichen Bildern lösen. »Wir haben noch nicht mal eine Leiche«, murmelte er dann.

»Also – ich bin der Meinung, dass gestochen und geschlagen wurde. Bei diesen Spuren in der Küche kann man ganz eindeutig Luftbläschen erkennen. Das bedeutet, dass dieses Sekretgemisch aus der Lunge oder den Atemwegen stammen muss. Der Stich löste eine Blutung aus, das Opfer hustete, dabei wurde dieser Mix aus dem Mund geschleudert. Aber das war noch nicht das Ende der Tathandlung. Das Opfer versuchte noch immer, dem Angreifer zu entkommen. Es zog sich über den Boden. Dabei verwischte es mit der Kleidung einen Teil der Spuren, hier, hier und hier. Kurz vor dem Ausgang erwischte der Mörder es ein weiteres Mal. Diesmal lag der Angegriffene auf dem Boden.«

»Woher weißt du das so genau?«

»Wir berechnen den Point of Origin. Also den Ort, von dem aus das Blut auf diese Weise gegen die Wand, den Schrank und so weiter spritzte. Wenn du mal keinen Mörder fangen musst, komm her. Dann zeige ich dir genau, wie das funktioniert. Grob gesagt vermessen wir die Spritzrichtung und die Form des Blutstropfens. Wir wissen dann, wie weit er ungefähr geflogen ist. Unser Rechenmodell findet dann heraus, wo der Ursprungsort ist – in diesem Fall etwa eine Handbreit über dem Boden. Also lag das Opfer zum Zeitpunkt des Angriffs.«

Der Kollege bewegte seine Finger über die Tastatur. Ein Bild aus bunten Linien wurde eingeblendet, eine y-Achse, die x-Achse, Maßstab. Fasziniert beobachtete Nachtigall, was geschah, verstand ungefähr, wie die Berechnung erfolgte. Es entstand eine Art Spinnennetz aus Linien, die in einem Fokus endeten.

Er nickte wieder. Wortlos.

»Am Türrahmen finden sich Handabdrücke. Ballen und Finger. Die Kollegen werden sie mit dem Abdruck auf dem Teppich vergleichen, um festzustellen, ob er vom Täter oder dem Opfer stammt. Ich denke, hier hat der Verletzte versucht, sich hochzuziehen. Die ersten Blutantragungen finden sich in geringem Abstand zum Boden. Die blutnassen, glitschigen Finger sind dabei immer wieder vom lackierten Rahmen abgerutscht. Wir haben zwei deutliche Ballenabdrücke entdeckt, die Fingerspuren werden für die Kollegen eine Herausforderung sein. Irgendwie ist es ihm aber gelungen, sich einigermaßen aufzurichten. Er ist bis ins Schlafzimmer gekommen. Dort hat er sich an die Wand gelehnt. Ich gehe davon aus, dass er zu diesem Zeitpunkt durch den Blutverlust sehr geschwächt war. Blutige Handabdrücke finden sich an der Wand, auf dem Boden einzelne Tropfen und eine Lache. Die Tropfen auf Boden und Kommode sind rund, haben keinen Schwanz, sind also senkrecht heruntergefallen. Er stützte sich ab, beugte den Kopf vor, Luft bekam er ja inzwischen auch nur schlecht. Das große Finale fand aber erst später im Flur statt.«

Hauptkommissar Peter Nachtigall stöhnte verhalten.

»Gut möglich, dass der Täter einfach die Kontrolle verloren hat. Aber hier im Flur finden wir so ziemlich jede Art von Spuren, die man überhaupt an einem Tatort vermuten kann. Erst ist das Opfer, das inzwischen auf dem Boden im Schlafzimmer gelegen haben muss, unter dem

Bett vorgezerrt worden, da gibt es eine eindeutige Schleifspur. Es torkelte in den Flur – jedenfalls haben wir keine Handabdrücke mehr finden können. Der Angreifer stach erneut zu, diesmal in den Bauch. Am Spiegel finden sich Handabdrücke, die Finger zeigen nach oben. Der Angegriffene kippte gegen die Glasfläche. Daher rührt dieser breite Abdruck, in Bauchhöhe. Nachdem das Opfer zu Boden gegangen war, schlug der Täter zu. Mit einem harten Gegenstand. Immer wieder, wohl gezielt gegen den Kopf. Das Messer muss in der Zwischenzeit neben ihm auf dem Boden gelegen haben. Die Stelle hat nämlich während des finalen Gemetzels nichts abbekommen.«

Jo deutete auf einen Umriss, den Nachtigall auch mit größter Anstrengung nur undeutlich wahrnehmen konnte.

»Das bearbeiten wir noch, dann erkennt man die Stelle deutlicher. An der Tür des Schuhschranks finden sich Schleuderspuren. Ich bin sicher, die Kollegen vor Ort werden darin auch Gewebestücke entdecken, die beim neuen Hochreißen der Waffe aus der Wunde geschleudert wurden. Es gibt sie in beide Richtungen: ausgehend vom Opfer nach oben und beim erneuten Zuschlagen in umgekehrter Richtung.«

»Kannst du mir sagen, wie oft?«

»Nein, nicht genau. Aber ganz sicher einige Male. Danach gingen die Profilsohlen ins Bad – deshalb gehen wir davon aus, dass der Abdruck im Wohnzimmer ebenfalls vom Angreifer ist. Vielleicht hat er versucht, sich selbst und seine Kleidung zu reinigen. Er hat ein blutgetränktes Stück Stoff auf der Waschmaschine abgelegt und später wieder entfernt. Sein T-Shirt? Ich kann mal ranzoomen. Für mich sieht es eher aus wie Frottee. Diese Struktur hier – kannst du das erkennen? Vielleicht wissen die Mieter ja, ob ihnen ein Handtuch fehlt. Oder es war eine Fleecejacke, käme eventuell auch in Betracht.«

»Kann man aus dem Abdruck der Profilsohle die Schuhgröße ermitteln?«

»Man kann. Haben wir schon gemacht. Größe 46. Wir wissen sogar, von welcher Marke die Schuhe sind.« Wieder öffnete Jo ein neues Fenster, zeigte auf verwischte Buchstaben. »Hier. Dockers.«

Nachtigall war beeindruckt.

»Gut, ich weiß jetzt, dass der erste Angriff im Wohnzimmer stattfand.«

»Genau. Sieht aus wie ein Angriff gegen den Hals. Stich in die Carotis, zum Beispiel. Die Lache entstand vielleicht, als der Verletzte einen Moment lang erstaunt innehielt und dann erst begriff, was passierte.«

»Der Stich ist aber nicht tödlich. Das Opfer entkommt in die Küche. Kann sich ins Schlafzimmer retten und wird letztlich im Flur erschlagen.«

»Genau. Das ist der Ablauf, den wir aus den Spuren rekonstruieren können.«

»Tolle Arbeit!«, lobte der Hauptkommissar ehrlich. »Eine große Hilfe. Du gehst auch davon aus, dass diese Attacke nicht überlebt wurde?«

»Ja. Keine Chance!«

»Kannst du mir auch sagen, wie alt die Spuren sind? Es wäre natürlich gut, wenn ich wenigstens ungefähr wüsste, wann sich das Drama in der evakuierten Wohnung abgespielt hat.«

Jo klickte wieder eine Bilddatei an.

Er öffnete verstörende Bilder vom Tatort, von denen Nachtigall wünschte, er hätte sie nie sehen müssen.

»Diese Aufnahmen sind schon ganz fertig bearbeitet. Man sieht alle Details«, murmelte er, während er eine ganz bestimmte Stelle suchte. »Ja! Hier kann man es ganz gut sehen. Aus diesem Blutsee in der Küche läuft seitlich ein Rinnsal zur Seite. Das hat eine völlig andere Farbe, als der Blutsee selbst. Serum. Es trennt sich ab. Dieser Prozess beginnt nach etwa 30 Minuten, manchmal dauert es auch länger. Aber wir können schon sagen, dass die Tat etwa eine Stunde bis anderthalb vor dem Eintreffen des Mieters stattgefunden haben muss.«

»Danke!«

»Ach – da ist noch etwas. Der Täter hat sich, nachdem er die Wohnungstür zugezogen hat, gegen das Türblatt gelehnt. Leider nicht mit dem Ohr. Wir haben den Kollegen die Stelle gezeigt, sie haben Bluestar darüber gesprüht und dann ergab sich dieses Bild.« Jo klickte ein neues Bild an.

»Toll, was? Ist jetzt aber mal ein echtes Tatortfoto, nicht von unserer Kamera aufgenommen. Du erkennst hier seine Haare. Nicht gerade eine Langhaarfrisur. Wir können aber eine Glatze ebenso ausschließen, wie raspelkurz.«

»Bleibt die Frage, wie er die Leiche abtransportiert hat. Hast du Hinweise gefunden, die beurteilen lassen, wie viele Täter es waren? Mehr als einer?«

»Nö, tut mir leid. Muss ja schließlich auch für euch noch was zum Ermitteln übrig bleiben«, lachte Jo zufrieden.

Kaum hatte Nachtigall die Hälfte des Wegs zu seinem Büro zurückgelegt, entdeckte er Michael Wiener, der ihm aufgeregt mit den Armen wedelnd entgegenkam.

»Die Kollegen glauben, dass sie den dunklen Wagen

gefunden haben, der dich von der Straße drängen wollte.«

»Aha. Wo?«

»Im Wald. Auf dem Weg nach Peitz.«

»Dann ist er uns gestern durch die Kontrolle geschlüpft!«

»Sieht ganz danach aus. Ein Spaziergänger hat das qualmende Ding entdeckt und die Feuerwehr alarmiert. Die Männer haben dann die Kollegen in Kenntnis gesetzt – auf der Fahrerseite saß nämlich ein menschlicher Torso.«

»Na, dann los.«

»Und Silke?«

»Hält Kontakt zu uns!«

»Aber vielleicht möchte sie mitkommen?« Michael Wiener dachte an all die interessanten Entwicklungen früherer Fälle, die er nur vom Hörensagen kannte, weil er Bürowache schieben musste.

»Heute ist ihr erster Tag. Sie bleibt hier. Sie soll mit den Kollegen, die bei der Evakuierungsaktion dabei waren, sprechen. Ich will wissen, ob jemandem etwas aufgefallen ist. Ein Handwerker zum Beispiel, der eines der Häuser betrat. Und sie soll an der Schlüsselfrage dranbleiben«, entschied Nachtigall knapp und war schon unterwegs zum Auto, als Wiener noch mit der neuen Kollegin telefonierte.

16

»Wir sollen WAS?«

»Den Sarg von John öffnen!«, erklärte Schmieder inzwischen zum x-ten Mal. »Seine Witwe möchte sichergehen, dass man die Leiche bei der Zusatzbeerdigung nicht beschädigt hat.«

»Ich glaub's nicht! Auch noch Sonderwünsche! Der Sarg ist doch vollkommen unbeschädigt. Erst beschimpfen die uns und drohen uns Tod und Teufel an – aber dann sollen wir die Drecksarbeit mal eben schnell mit übernehmen, ja? Ich denke gar nicht daran, den Deckel …«

»Halt einfach die Klappe!«, beschied ihm der Ältere und drückte ihm einen Zimmermannshammer in die Hand. »Du auf der einen, ich auf der anderen Seite.«

Schweigend arbeiteten sie sich voran.

Die langen Nägel quietschten unangenehm, lösten sich nur unter Protest, krallten sich derart fest ins Holz, als sträubten sie sich gegen diese Unterbrechung der Ewigkeit, für die sie eingeschlagen worden waren.

Doch dann war es endlich geschafft.

»Und jetzt?«

»Aufheben!«, kommandierte Schmieder und der Jüngere fasste zögernd zu.

»So lang ist der ja noch gar nicht tot. Mal sehen …«

»Mann, wie das stinkt!«

»Hör mal, ich will dir ja nicht in die Lebensplanung reinreden, aber hast du schon mal daran gedacht, dass Totengräber vielleicht nicht die richtige Berufswahl für dich ist?«, erkundigte sich Schmieder gereizt.

Er beugte sich über den offenen Sarg und betrachtete den Leichnam genauer. Rieb sich nervös das Kinn. Umkreiste langsam das letzte Bett des Toten. Grunzte. Wiegte den Kopf hin und her. Plötzlich ging er in die Hocke, starrte auf den Kopf des toten Mannes.

»Was ist denn nun?«

»Ruf mal eben die Polizei an. Vielleicht können die einen von diesen Ärzten vorbeischicken. Du weißt schon – na! Wie heißen die denn? Ach ja, Gerichtsmediziner! Im Dorf wird ja erzählt, der alte Tillmann John habe sich das Hirn weggesoffen. Und das stimmt ja möglicherweise auch. Aber wie passt dann das kleine Loch da in seinem Schädel dazu?« Schmieder räusperte sich. »Sieht für mich aus wie ein Einschussloch.«

Peter Nachtigalls Handy forderte anhaltend Aufmerksamkeit.

»Nachtigall!«

»Wir haben einen Notruf vom Friedhof in Brieskowitz erhalten. Man hat dort den Sarg geöffnet, auf dem das Mordopfer lag. Da Sie den Fall bearbeiten, dachte ich, es wäre sinnvoll, Sie darüber zu informieren.«

»Man hat also den Sarg von Tillmann John geöffnet – und?«

»Nun«, druckste der Beamte herum. »Der Totengräber ist der Auffassung, der Mann habe eine Schusswunde im Kopf.«

»Dr. Pankratz ist doch sicher noch vor Ort. Am besten, Sie versuchen ihn zu erreichen, damit er einen Blick darauf werfen kann.«

»Habe ich schon!«, verkündete der Beamte voller Stolz. »Er wartet im Krankenhaus auf die Einlieferung. Er wird sich bei Ihnen melden, wenn an der Story was dran ist. Vielleicht kommt er aber auch erst zu der Leiche im Auto. Über die habe ich ihn auch informiert.«

Nachtigall warf Wiener einen verblüfften Blick zu.

»Das Alkoholopfer Tillmann John hat ein Einschussloch im Schädel.«

»Ach! Und wohin willst du jetzt zuerst?«

»Thorsten ist noch da, der Kollege hat mit ihm gesprochen. Falls die Geschichte stimmt, wird Thorsten sich sofort bei uns melden. Wir fahren nach Peitz.«

Wiener gab Gas.

»Vorsicht – hier wird überall munter geblitzt«, warnte Nachtigall. »Kommt nicht so gut, wenn dein Foto auf den Filmen auftaucht.«

Der junge Kollege preschte unbeirrt den Stadtring hoch, vorbei am ehemaligen Bundesgartenschau-Gelände, den Messehallen und dem Stadion des FC Energie.

»Dieser Turbokreisel ist wirklich ein tolles Ding! Marnie mag ihn zwar nicht, aber mir persönlich ist er lieber als das sinnlose Warten an einer roten Ampel, die nur den ganzen Verkehr aufhält, wenn die Straße eigentlich frei wäre.«

»Ich glaube, viele fürchten sich, weil im Vorfeld so ein Wirbel um das Ding gemacht wurde. Selbst eine polizeiliche Einweisung für interessierte Bürger hat es gegeben. Manche verstehen eben nicht, wer hier Vorfahrt hat. Gekracht hat es ja auch schon.«

»Wer lesen kann, ist klar im Vorteil. Gilt auch für Verkehrsschilder«, lachte Wiener.

»Bist du sicher, dass die Kollegen von einem Torso gesprochen haben?«, kehrten Nachtigalls Gedanken wieder zu ihrem Fall zurück. »Die Feuerwehr will einen Torso auf dem Fahrersitz entdeckt haben?«

»So hat man mir die Sachlage erklärt«, antwortete Wiener verständnislos.

»Ein Torso kann den Wagen nicht gefahren haben«, gab Nachtigall zu bedenken.

»Hm!«, murrte der junge Ermittler. »Dann haben sie vielleicht den Zustand des Körpers nach dem Ausbrennen des Autos damit gemeint.«

»Wer hat das Feuer gelegt?«

»Suizid?«, fragte Wiener zurück. »Ich müsste das mal im Internet recherchieren. Ich bin nicht sicher, dass es diese Variante schon gab. Wäre zumindest eine ziemlich qualvolle Methode zu sterben.«

»Hat was von einem Scheiterhaufen«, meinte Nachtigall nachdenklich.

Die Kollegen vor Ort erwarteten das Team der Mordkommission bereits.

»Ist gar nicht weit von Brieskowitz entfernt«, stellte Wiener mit Unbehagen fest.

»Passt ja irgendwie.«

Der Wagen, von dem auch nach dem Löschen noch eine unangenehme Hitze ausging, war über einen unbefestigten Weg am Protestturm der Lakoma-Aktivisten vorbei in den Wald gefahren. Nicht sehr tief, eher ein kurzes Stück, als sei es dem Brandleger gleichgültig, ob das Auto entdeckt würde oder nicht. Er war in einen der Wege nach rechts abgebogen, der Wagen stand auf einer großen Wiesenfläche zwischen Wald und der gemauerten Wand eines Gebäudes, die das dazugehörige Gelände umschloss.

»Das Feuer muss man doch von der Schnellstraße aus

gesehen haben«, stellte der Hauptkommissar überrascht fest. »Wenigstens Rauch. Hat denn niemand einen Brand gemeldet?«

»Nein. Und von der Straße aus halte ich nicht für wahrscheinlich. Aber die Leute da in dem Haus hätten was bemerken können. Haben sie aber nicht, sind schon befragt worden. Hier ist es ja schon ziemlich ländlich. Kann sein, dass die Leute dachten, da fackelt jemand seine Gartenabfälle ab. Das melden die Nachbarn nicht – die wollen auch nicht, dass bei ihnen die Feuerwehr aufläuft, wenn sie selbst das nächste Mal kokeln.«

Wiener nickte. »Kann man verstehen. Hier wird überall mal gezündelt, das ist die übliche Entsorgungsmethode.«

»In dem Auto sitzt also jemand?«

Der Kollege wurde bleich.

»Ja, kann man so sagen, wenn man will«, presste er mühsam hervor, als verstopfe diese Ungeheuerlichkeit plötzlich seinen Schlund, biete keinen Platz mehr für Worte. »Richtiger wäre wohl zu sagen, auf dem Fahrersitz wurde ein Torso verbrannt.«

»Da sind Sie sicher? Man hat einen verstümmelten Leichnam …?«

»Ja. So stellt es sich im Moment für uns dar. Wir konnten ihn noch nicht herausheben. Zum einen wegen der Hitze, zum anderen, weil dieser Rechtsmediziner das selbst erledigen will. Zuerst dachten wir, der Kopf sei beim Brand abgefallen. So etwas passiert schon mal. Dann liegt er oft auf dem Rücksitz oder auf dem Boden hinter dem Fahrersitz. Aber als die Feuerwehr gelöscht hatte, war schnell klar, dass dem armen Kerl noch deutlich mehr als nur der Kopf fehlte. Wir sind uns allerdings ziemlich sicher, wenn wir sagen, das ist der Wagen, der Sie gestern von der Straße abgedrängt hat.«

»Ja, das stimmt. Hier hinten sind Aufkleber. Die würde ich überall wiedererkennen. Schließlich war ich ganz nah dran.« Wiener schluckte hart. Für ihn war die Angelegenheit noch lange nicht abgehakt.

»Jedenfalls hat dieser Rechtsmediziner gesagt, wir sollten unsere zehn ungelenken Finger von der Leiche lassen!« Die Miene des jungen Beamten wurde trotzig. »Wir würden nur wichtige Spuren vernichten«, patzte er weiter. »Als ob wir nicht ganz genau wüssten, was in so einem Fall zu tun ist!«

Nachtigall signalisierte Wiener mitzukommen.

Vorsichtig traten sie näher an das Autowrack heran, achteten dabei auf einen Sicherheitsabstand, um eventuelle Fußeindruckspuren des Täters nicht zu vernichten.

»Sie können ruhig näher rangehen«, hörten sie die Stimme des jungen Kollegen. »Die Feuerwehr hat alles unter Wasser gesetzt. Ich habe denen ja gleich gesagt … aber auf mich hören die nicht.«

Hinter dem Steuer war eine dunkle, klumpige Masse zu erkennen.

Der Kopf jedoch fehlte.

Wiener atmete scharf ein. »Gruselig!«

»Was passiert jetzt?«, wollte der Polizist wissen.

»Wir warten. Zuerst auf unseren Rechtsmediziner. Der wird den Torso bergen. Danach kommt der Erkennungsdienst und sucht im Wrack nach verwertbaren Spuren. Es wird das Reifenprofil ausgegossen werden – zumindest dort, wo unsere Freunde von der Feuerwehr nicht alles verwüstet haben.« Nachtigalls Laune hatte sich deutlich verschlechtert, nachdem er erkennen musste, wie wenig Spuren ihnen bleiben würden, sein Arm schmerzte und hinter seiner Stirn hatten böse Zwerge inzwischen einen ganzen Stollen angelegt, in dem eifrig gehämmert wurde.

»Vielleicht können wir Dr. Pankratz anrufen und ihn bitten, zuerst hierher zu kommen, bevor er einen Blick auf Tillmann John wirft«, schlug Wiener vor.

»Ich denke, Thorsten weiß schon Bescheid. Er hat schon Anweisungen gegeben. Was ist das für eine Woche? Man will mich umbringen – und dann finden wir Schlag auf Schlag neue Leichen. Einige haben vielleicht mit dem Fall zu tun, andere wohl nicht. Herr Tannenberg zum Beispiel. Heute finden wir gleich zwei. Ein Opfer vermissen wir noch. Weißt du, Michael, ich mag es gern übersichtlich. Und davon sind wir hier meilenweit entfernt! Stell dir vor, Tillmann John wurde tatsächlich getötet, dann sind Vater und Sohn Mordopfer. Vom selben Täter? Oder ist es in der Gegend um Brieskowitz üblich, Streitigkeiten auf diese Art zu erledigen und wir würden noch viel mehr Einschusslöcher finden, wenn wir alle Särge öffnen lassen? Und was hat all das mit dem Fahrer dieses Wagens zu tun? Und was mit mir?«

»Silke verstärkt unser Team. Sie beherrscht den Umgang mit unserer Software prima, mit dem Computer versteht sie sich gut, die beiden kommen klar. Sie kann uns Informationen über die Arbeit von Vater und Sohn im Tagebau verschaffen. Ich glaube, du wirst feststellen, dass sie gut zu uns passt.«

Nachtigall schnaubte nur. Silke! Die hatte er völlig vergessen.

»Gut, ruf sie an«, fiel die Antwort deshalb denkbar knapp aus. Wiener unterdrückte ein Grinsen. Silke würde sich beweisen müssen – aber das war ihm vor einigen Jahren auch so ergangen. Er trat einen Schritt zur Seite und zog das kleine Smartphone aus der Jacke.

Wenige Minuten später brauste der Wagen des Rechtsmediziners auf dem unbefestigten Weg heran. Voller Tatendrang sprang Dr. Pankratz vom Fahrersitz und kam mit leuchtenden Augen auf Wiener und Nachtigall zu. »Ein Torso!«, rief er schon beim Näherkommen und klang in Nachtigalls Ohren eher neugierig denn entsetzt. »Dann hat er bei diesem Unfall nicht mehr gelitten«, kommentierte er die Situation.

»Wir brauchen DNA von ihm – das geht doch trotz der Hitze, oder?« Nachtigall rieb sich die Schläfen, soweit das mit dem linken Arm möglich war.

»Meistens schon. Weißt du, außen sehen die oft ziemlich verkohlt aus, aber innen finde ich dann doch noch verwertbare Bereiche. Normalerweise sind die Ohren immer gut – aber die scheiden hier erst mal aus.« Der schlaksige Mann mit der makellosen Glatze sah sich interessiert um. »Sind eure Leute denn mit der Spurensicherung schon fertig?«

»Erste Fotos wurden gemacht, das Brandbekämpfungsteam hat auch einen Mann, der so etwas übernimmt, aber unser Tatortfachmann kommt erst noch. Die Feuerwehr hat wichtige Fußeindrücke und dergleichen erfolgreich weggespült. Wir müssen in größerem Abstand suchen, er muss irgendwie von hier weggekommen sein.«

»Vielleicht hatte er ein Fahrrad im Kofferraum«, mutmaßte Wiener.

Motorengeräusche signalisierten das Eintreffen des Tatortteams. Peddersen wird nicht begeistert sein, dachte Nachtigall, aber ein erfahrener Spürhund wie er wird wissen, wo er doch noch Verwertbares entdecken konnte, hoffte der Hauptkommissar.

»Warum wurden wir erst so spät informiert?«, fauchte Wiener.

Der Beamte, der das Wrack bewacht hatte, zuckte erschrocken zusammen. »Wir – wir – na ja«, stammelte er hilflos.

»Was?« Auch Nachtigalls Gereiztheit hatte einen neuen Grad erreicht.

»Wir dachten doch an einen Unfall. Ist ja nicht von der Hand zu weisen gewesen, dass der Fahrer die Kontrolle verloren haben konnte.«

»Die Kontrolle verloren?», mischte sich der Rechtsmediziner gut gelaunt ein, der das ausgebrannte Auto umrundet hatte wie ein Hai seine potenzielle Beute. »Unwahrscheinlich. Der Wagen steht schließlich mitten auf einer Lichtung. Wie hätte es da zu einem Fahrzeugbrand kommen sollen?«

Der junge Beamte zuckte mit den Schultern und starrte betreten auf das Gras zwischen seinen Schuhen.

Dr. Pankratz öffnete den Laderaum seines Wagens und hob einen Koffer heraus.

»Ich werde jetzt versuchen, den Körper zu bergen.« Er holte einen dickgepolsterten Handschuh hervor, nahm eine kleine Flasche Mineralwasser aus der Fahrertür und griff nach einem Blister.

»Erst mal zu dir.« Dr. Pankratz trat zu Nachtigall. »Hier, die nimmst du mit mehreren Schlucken. Nicht mehr als zwei am Tag. Ausreichend Flüssigkeit ist wichtig. Dann bessert sich deine Laune wieder.«

»Ein Antidepressivum?«, staunte Wiener.

»Quatsch. Kopfschmerztablette!«

Nachtigall betrachtete die große Tablette misstrauisch, drehte sie in Daumen und Zeigefinger hin und her.

»Nur Mut.« Der Rechtsmediziner klopfte dem Freund aufmunternd auf den Rücken. »Ich habe Patienten genug. Ich muss mir niemanden vergiften.« Amüsiert beobachtete er, wie der Ermittler das Medikament schluckte und angewidert die Miene verzog. »Ich habe nicht gesagt, dass es schmeckt.« Dann wandte sich Dr. Pankratz an Michael Wiener: »Der Fotograf sollte besser noch einmal zurückkommen. Erfahrungsgemäß verändert sich der Zustand des Körpers, wenn ich ihn aus dem Auto nehme. Da ist es sinnvoll, die einzelnen Stadien festzuhalten.«

Wiener nickte Peddersen zu, der sein Team instruierte, nachdem der junge Beamte alle Informationen weitergegeben hatte.

»Der Fotograf ist natürlich schon hier«, verkündete eine jugendliche Stimme mit gehöriger Portion Arroganz. »War schon klar, dass ich gebraucht werde, ich bin unverzichtbarer Bestandteil des Tatortteams.«

»Gut. Ich hoffe, Sie haben Ihren Magen im Griff. Ich fürchte, es wird ziemlich unschön.«

Dieses Orakel sollte sich schon kurze Zeit später erfüllen.

Dr. Pankratz schlüpfte in den Handschuh und zog mit viel Kraft die verzogene Tür auf.

Wärme und Gestank schlugen ihnen entgegen.

»Ich versuche, den Gurt zu lösen.« Der Rechtsmediziner fuhr mit seinen langen Fingern, die inzwischen in einem anderen Paar Handschuhe steckten, unter das verschmolzene Gewebe und prüfte, ob es sich vom Oberkörper würde abheben lassen. Es funktionierte nicht. »Habe ich schon befürchtet. Ich schneide ab.«

Der Fotograf hielt die Ursprungssituation mit der Kamera fest. Der Rechtsmediziner entnahm dem Koffer ein scharfes Messer und durchtrennte die Enden des Rückhaltebandes.

Peter Nachtigall wünschte, er wäre doch zuerst zum Leichnam Johns gefahren. Das hätte ihm womöglich den Anblick des schwarzen Körpers ohne Kopf, Arme und Beine erspart. Albtraumtauglich war das allemal.

»So! Ich werde versuchen, den Torso vom Sitz zu heben. Manchmal gelingt das – meistens jedoch nicht. Die Haut – wie erkläre ich das jetzt schonend? – Peter? Bei der Obduktion musst du dir das sowieso anhören. Also. Die Haut verbackt mit dem Gewebe des Sitzes. Entweder, wir schneiden den Umriss aus oder nehmen in Kauf, dass die Haut zurückbleibt.«

Nachtigall ächzte laut.

Er hoffte, sich das Schwanken seines Körpers nur eingebildet zu haben, doch als Wiener nach seinem unverletzten Arm griff, wurde ihm bewusst, dass dem nicht so war.

»Mir hätte gestern durchaus Ähnliches passieren können«, flüsterte der Hauptkommissar, atmete tief durch und streckte den Rücken durch. »Geht schon wieder.«

»Wir schneiden ihn raus.« Knirschend drang der Cutter in die Sitzbespannung ein. »Ziemlich viel Kunststoff verarbeitet worden. Der ist angeschmolzen, aber immerhin, der Cutter schafft es noch.«

Wieder dokumentierte der Fotograf das Geschehen – sein Gesicht hatte sich inzwischen von blass zu grünlich verfärbt.

»Wenn Ihnen schlecht wird, gehen Sie weit genug zur Seite. Es müssen nicht noch mehr Spuren vernichtet werden«, mahnte der Rechtsmediziner mitleidlos.

»Wenn dies der Wagen ist, der mich von der Straße

gedrängt hat, wer ist dann das Opfer hier? Der Fahrer – und ein noch unbekannter Dritter hat das Auto in Brand gesteckt? Oder hat der Fahrer ein andres Opfer zu entsorgen versucht?«, fragte Nachtigall, ohne sich konkret an jemanden zu wenden.

»Schwer zu sagen«, murmelte Dr. Pankratz. Er trennte in der Zwischenzeit das Gewebe der Sitzfläche ab.

»Thorsten! Ich habe einen Tatort ohne Leiche. Das Opfer hat so viel Blut verloren, dass wir von einem Mordschauplatz ausgehen. Spezialisten gehen von Stich- und Hiebverletzungen aus, allerdings die meisten gegen den Kopf gerichtet, was hier nicht weiterhilft. Aber einige Wunden wurden ihm wahrscheinlich auch im Hals- und Bauchbereich zugefügt. Kannst du die finden?«

»Kommt darauf an. Ich kann seinen Zustand hier nicht gut beurteilen, dazu brauche ich viel mehr Licht. Aber wenn ich ihn auf dem Tisch habe, stehen die Chancen ganz gut.«

Nachtigalls Telefon brummte.

»Silke? Ja?«

»Silke?«, fragte Dr. Pankratz leise.

»Neue Kollegin, kam für Albrecht«, erläuterte Wiener knapp und bemerkte etwas verärgert, dass er ebenfalls flüsterte.

»Ah. Das ist sicher nicht einfach für Peter.«

»Stimmt. Am liebsten wäre ihm gewesen, Albrechts Stuhl wäre frei geblieben. Aber wir können jede Hilfe brauchen.« Wiener räusperte sich. »In einer Woche wie dieser allemal.«

»Armer Peter. Eine junge Frau?«

»Ja. Sehr jung.«

»Ich glaube, er tut nur so, als würde ihn die Sache nicht belasten. Aber ich weiß genau, dass ein Anschlag auf sein Leben ihn in Wahrheit nicht kalt lässt. Ihr habt einen komplizierten Fall, findet lauter Leichen und dann auch noch eine Neue. Kein Wunder, dass er so unentspannt wirkt.« Der Rechtsmediziner legte seine Stirn und die Hälfte der Glatze darüber in dicke Falten.

»Ich störe nur ungern. Aber Silke hat mit dem Zentrallabor der BTU gesprochen – offensichtlich kennt sie da jemanden – und wenn wir denen ein Stück Stoff vorbeibringen, können wir heute Abend vielleicht noch das Ergebnis zum Katalysator bekommen. Wir schicken ein weiteres Stück nach Berlin, aber bis wir von dort ein Ergebnis bekommen, wird es sicher dauern. Probe am besten aus dem Sitzmaterial – nicht aus dem Teppich.«

»Ich nehme den Torso jetzt mit«, erklärte der Rechtsmediziner dem Tatortfotografen. Sie haben noch ein letztes Bild – und für euch heißt das«, er wandte sich den beiden Ermittlern der Mordkommission zu, »wir sehen uns dann in Kürze bei der Obduktion. Vielleicht klappt es auch erst morgen, ich weiß nicht, was im Klinikum ansteht. Ich rufe an und gebe den genauen Termin durch. Ach so – ich habe bei diesen Totengräbern angerufen und versprochen, dass ihr vorbeifahrt. Wenn er wirklich ein Loch im Kopf hat, dann könnt ihr ihn ins neue Institut schicken lassen. Ich kümmere mich jetzt um dieses andere Problem.«

»Gut, dann fahren wir auch. Wer nimmt die Probe fürs Labor?«

»Ich frage mal bei Peddersen nach«, murmelte Michael Wiener und lief los.

»Und nun?«

»Erst BTU und dann Brieskowitz, oder?«

»Erst BTU. Damit du dein Probengefäß abgeben kannst. Peddersen hat eines fürs LKA vorbereitet?«

»Ja. Er hat nicht ein bisschen erstaunt ausgesehen, als ich ein zweites haben wollte. Hat ihn nicht einmal interessiert, wofür ich es brauchte.«

»Oh weh, er wird denken, du sammelst jetzt Trophäen von Tatorten. Wenn der nächste Täter mordet, der auf so etwas steht, wird er sofort an dich und deine neue Passion denken. Dann stehst du unter Verdacht«, warnte der Hauptkommissar. »Ich habe eine bessere Idee. Wir geben das Probengefäß einer Streife mit, die es zur BTU bringt. Wenn wir erst zum Campus und dann wieder herfahren, verlieren wir fast eine Stunde Zeit.«

Wiener übergab einem der Kollegen das Gefäß.

Rannte zurück und sprang ins Auto.

»Na, dann los!«, kommandierte Nachtigall, dessen Kopfschmerz tatsächlich etwas nachließ.

»Ich habe neulich von einem Fonds gelesen, der auf den Tod von Leuten wettet. Im Grunde läuft das wie ein Warentermingeschäft. Wenn du mit dem Todeszeitpunkt oder -zeitraum richtig liegst, bekommst du eine große Summe als Gewinnausschüttung.«

»Das ist unethisch!«, beschwerte sich Nachtigall.

»Möglich. Natürlich weiß niemand, wer da gelistet ist.« Der junge Mann schwieg nachdenklich. »Aber mal angenommen, irgendjemand bringt die Daten doch zusammen.«

»Michael! Verschon mich mit einer neuen Verschwörungstheorie.«

»Aber es wäre doch möglich. Nur mal angenommen, jemand weiß Bescheid. Um seine Rendite zu sichern, bringt er den um, auf dessen Ableben er gewettet hat. Geld ist schließlich immer ein gutes Motiv.«

»Ja. Ein guter Ansatz. Ich denke, es wäre gut, du klärst gleich, wenn wir zurück in der Gagarin Straße sind, ob es einen Zusammenhang zwischen unserem Torso und dem Fonds gibt«, kommentierte Nachtigall ungnädig.

Wiener jedoch war der Tonfall entgangen und so strahlte er nur zufrieden. Endlich hat Peter begriffen, dass man mich ernst nehmen muss, dachte er.

Schmieder und sein Kollege warteten schon voller Ungeduld auf die Beamten der Mordkommission.

Erleichtert erkannten sie den Wagen, der in die Einfahrt bog.

»Da kommen sie«, stellte Schmieder fest und schubste den Kollegen in Richtung Tür. »Je schneller wir das erledigt haben, desto besser«, erinnerte er den Jüngeren.

»Tag, Herr Schmieder!«

»Hallo zurück. Na, jetzt haben Sie ja doch einen Gips. Wusste ich gleich, dass der Arm gebrochen ist«, grüßte der Totengräber, als besuchten ihn gute Bekannte.

»Sie haben den Sarg von Tillmann John geöffnet – warum?«, wollte Michael Wiener wissen, während sie dem langen Gang folgten.

»Seine Frau. Die wollte, dass wir nachsehen, ob sich jemand am Toten zu schaffen gemacht hat. Ich meine, immerhin hat ja jemand seinen Sohn auf den Sarg gelegt, da hätte es schon sein können, dass er auch den Vater schändet. Also: wir die Nägel raus und den Deckel abgehoben. Und was finde ich? Ein Loch in Johns Schädel!«, fasste der Zeuge aufgeregt zusammen.

»Wo ist er nun?«

»Kühlhaus!«

Tatsächlich.

Das Loch war nicht zu übersehen.

»Wie kann das bei der Leichenschau nicht entdeckt worden sein?«, schimpfte Nachtigall. »Ist doch wirklich nicht zu glauben!«

»Nun ja. Nach dem Tod verändert sich so ein Körper ziemlich. Haut trocknet ein, dadurch sieht es zum Beispiel aus, als seien Haare und Nägel nach dem Sterben weitergewachsen. Möglich, dass ursprünglich Haare über der Wunde waren. Das war eine modische Frisur, so halblang.« Der Totengräber kannte sich mit seinen Kunden aus.

»Aber so etwas muss doch der Arzt bemerken, der den Totenschein ausstellt!«

»Seien Sie mal nicht so streng. Hätten wir ihn kremieren sollen, wäre er von einem zweiten Arzt noch mal gründlich angesehen worden, aber so? Erdbestattung? Da ist das nicht erforderlich. Sag ich schon immer: Wenn du schon jemanden umbringst, dann verlange nicht auch noch, dass er in der Urne landet. Die zweite Leichenschau bringt so einiges an den Tag, das kann ich Ihnen sagen!«

Peter Nachtigall starrte auf Johns Gesicht.

»Wie kommt es, dass der noch so relativ frisch aussieht? Ist doch schon seit Monaten tot.«

»Adipocire. Leichenfettwachs. Entsteht unter bestimmten Bedingungen aus dem Gewebe – Körperfett, Muskeln und so weiter. Ist ein echtes Problem auf unseren Friedhöfen. Aber bei ihm ist es nicht ausgeprägt, war wohl ein ganz guter Liegeort. Also, unter Verwesungsgesichtspunkt.«

Nachtigalls Hand fuhr schuldbewusst über sein eigenes umfangreiches Fettdepot an der Mitte des Körpers.

»Ich kläre noch die Formalitäten – und dann werden Sie John wohl nach Cottbus transportieren müssen«, meinte der Hauptkommissar, tastete eine Nummer ins Handy und trat zur Seite. »Dr. März? Wir haben da ein Problem.«

17

»Wer hat denn Zugang zu Ihrem Wohnungsschlüssel?«, fragte Silke und bemühte sich vorsichtshalber um einen gelassenen Tonfall.

Das Ehepaar, das ihr gegenüber Platz genommen hatte, wirkte alles andere als entspannt.

»Niemand!«, schoss Frau Ahrendt wütend über den Tisch. »Eine unglaubliche Situation! Ihre Leute zwingen uns, die Wohnungen zu verlassen und kaum sind wir weg, dringen Fremde ein und die Wohnung gleicht einem Schlachtfeld! Wer kommt denn für den Schaden auf?«

»An der Tür konnten die Kollegen keinerlei Spuren sichern, die für ein gewaltsames Eindringen sprechen.« Silke beschloss, der Diskussion über die Kosten erst mal auszuweichen.

»Was soll das denn nun schon wieder heißen?« Frau Ahrendt funkelte die junge Beamtin hasserfüllt an. Die Hand des Strafverteidigers legte sich beruhigend auf den muskulösen Unterarm der Gattin. Sie schüttelte seine Finger jedoch unwillig ab.

»Das bedeutet, dass der Eindringling wahrscheinlich

über einen Schlüssel verfügte«, erläuterte Silke und war froh über das Kommunikationstraining, das sie vor einigen Monaten absolviert hatte. Sie fühlte sich solchen Situationen gewachsen, konnte souverän mit schwierigen oder aufgebrachten Menschen umgehen.

»Nun, die Hausverwaltung hat natürlich einen«, mischte sich Dr. Ahrendt ein.

»Dann werden wir dort nachfragen, ob der Schlüssel aus dem Büro verschwunden ist. Vielleicht gab es einen Einbruch. So etwas ist schon vorgekommen und könnte bedeuten, dass auch andere Mieter nicht mehr sicher sind.« Silke Dreier lächelte verständnisvoll. »Ich kann mir vorstellen, dass die Situation für sie sehr unangenehm und belastend ist.«

»Eigentlich stimmt doch nicht, dass er einen Schlüssel gehabt haben muss«, wehrte sich Frau Ahrendt erneut. »Vor ein paar Wochen erst habe ich eine Reportage gesehen – im Fernsehen. Da haben sie gezeigt, wie einfach Profis in fremde Häuser gelangen können. Nur Sekunden brauchen die – und es ist nichts zu sehen oder zu bemerken.«

»Frau Ahrendt. Wir haben Spezialisten, die in einem solchen Fall Spuren im Schloss entdeckt hätten. Ganz sicher. Wenn man etwas anderes ins Schloss schiebt als das passende Gegenstück, dann entstehen winzige oder sogar tiefe Kratzer.«

Das Paar tauschte wortlos einen langen Blick.

Zorn wehte über den Tisch.

Silke Dreier konnte physisch spüren, wie die Wut anflutete. Fühlte auch die Verachtung, die unterschwellig mitschwang. Ruhig Blut, ermahnte sie sich, die beiden stehen unter Stress, im Grunde wissen sie genau, dass du diese

Fragen stellen musst, dass sie nicht bedeuten, sie würden verantwortlich dafür gemacht, dass in ihre Wohnung eingebrochen wurde.

»Am Ende werden Sie noch versuchen uns nachzuweisen, wir seien zurückgekommen und hätten das Blutbad selbst angerichtet, jemanden auf das Brutalste niedergemetzelt!«

Nicht provozieren lassen, riet sich die junge Beamtin.

»Haben Sie tagsüber Ihren Schlüsselbund immer bei sich?«, erkundigte sie sich statt einer konkreten Antwort.

»Nein. Natürlich nicht«, antworteten die beiden synchron.

»Sie sind beide berufstätig?«

»Ja!«, diesmal war der Strafverteidiger schneller. »Wenn ich im Büro bin, liegt der Bund in meiner Schreibtischschublade. Da hat nur meine Sekretärin Zugang – und die war den ganzen Morgen bei mir. Wir haben zusammen auf die Nachricht im Radio gewartet, dass die Bombe entschärft werden konnte und die Mieter zurückkehren dürfen.«

»Und ich arbeite in einer Bar. Morgens ist Training.« Frau Ahrendt verzog ihre roten, sinnlichen Lippen zu einem geringschätzigen Grinsen. »Mein Kostüm ist wenig geeignet, einen Schlüsselbund darin unterzubringen. Meine Tasche steht in dieser Zeit in der Umkleidekabine und die ist abgeschlossen.«

Wieder lastendes Schweigen.

»Außerdem – selbst wenn eine meiner Kolleginnen den Schlüssel … Dann hätte sie einen Nachschlüssel anfertigen lassen müssen. Und das geht gar nicht! Das muss der Vermieter extra genehmigen«, setzte die selbstbewusste Frau triumphierend hinzu.

»Jede Menge Arbeit auf dem Tisch«, maulte Wiener. »Drei Morde innerhalb kurzer Zeit. Mann!«

»Und wir wissen nicht einmal, ob die Morde miteinander in Verbindung stehen«, knurrte Nachtigall und fuhr sich über die Stirn.

»Wirkt das Medikament von Dr. Pankratz nicht?«

»Doch, doch. Aber eine Gehirnerschütterung lässt sich wohl nicht von gepresstem weißem Pulver beeindrucken. Ist nicht mehr so schlimm wie heute Morgen – aber eben unangenehm.«

»Immerhin haben wir jetzt den Wagen, der dich abgedrängt hat. Bestimmt kriegen wir den Kerl schnell.«

»Der Kerl – der hat einen Torso auf dem Fahrersitz verbrannt. Willst du mich glauben machen, er hätte den zufällig irgendwo gefunden und, weil das Auto sowieso verschwinden musste, hat er das freundlicherweise alles in einem Aufwasch erledigen wollen. Ohne sich Gedanken darüber zu machen, wer den Torso verursacht hat?«, fragte Nachtigall sarkastisch.

»Klingt nicht so sehr logisch«, räumte Wiener ein. »Du meinst, der Torso geht auch auf sein Konto, ebenso wie der Mordversuch an dir?«

»Ja.«

»Heiner Lombard wurde erdrosselt, sein Vater erschossen. Wie derjenige wirklich gestorben ist, dessen Torso wir gefunden haben, wissen wir noch gar nicht genau. Drei Opfer, drei Todesursachen, drei Täter?«

Nachtigall zuckte mit den Schultern. »Eher unwahrscheinlich.«

»Wir können auch einen innerfamiliären Grund nicht ausschließen. Frau John war es leid, diesen Mann ertragen zu müssen – und in eine neue Zukunft an einem anderen

Ort wollte sie ihn auf gar keinen Fall mitnehmen. Heiner hat das herausgefunden. Sie hat ihn getötet, damit niemand die andere Straftat aufdecken kann. Es klang ja nicht so, als habe sie sehr an ihm gehangen. Die ganze Geschichte vom Alkohol, die in der Nachbarschaft erzählt wird, soll uns vom wahren Motiv ablenken.«

»Schon richtig. Und sie hätte sich natürlich auch ganz unauffällig in ihrem eigenen Garten aufhalten können. John kommt betrunken nach Hause, sie passt ihn ab, erschießt ihn und inszeniert das Ganze so, dass der Arzt an einen Alkoholtod glauben muss. Vielleicht hat Lombard bemerkt, dass die ganze Geschichte so nicht stimmte und reimte sich den Rest zusammen.«

»Denkbar wäre auch eine andere Variante. Vater und Sohn waren womöglich gemeinsam in irgendetwas verstrickt. Erst wurde der Vater getötet, dann der Sohn. Der Täter durchwühlte die Wohnung nach einem Ding oder Dokument, das er schon beim Vater nicht finden konnte.«

»Ist eine Option. Wissen wir denn von einem Einbruch bei den Johns?«

Wiener wendete den Wagen und fuhr zurück nach Brieskowitz.

Als auf ihr drittes Klingeln niemand öffnete und die Nachbarin wieder am Zaun auftauchte, kam es den beiden Mordermittlern vor wie ein Déjà vu.

»Sie ist in der Wanne! Da macht sie nicht auf. Oder würde es Ihnen Spaß machen, patschnass durchs Haus zu stapfen, nur um irgendeinem dahergelaufenen Subjekt zu öffnen?« Sie bemerkte ihren Fehler nur Sekundenbruchteile später, schlug sich beide Hände vor den

Mund und keckerte unmelodisch. »Sie wissen schon, wie ich das meine. Drückerkolonnen kommen regelmäßig hier durch. Und am Klingeln kann sie ja nun wirklich nicht hören, dass die Polizei den Finger auf dem Knopf hat, nicht wahr?«, rettete sie sich mit sprachlichem Schwung auf sicheres Terrain.

Wiener beschloss, die entstandene Situation zu nutzen. Diese Frau erzählte gern, warum ihr nicht eine Plattform bieten?

»Wissen Sie, ob bei den Johns vor einiger Zeit eingebrochen wurde?«, fragte er deshalb möglichst beiläufig.

Die Nachbarin überlegte. Lange.

»Ich denke mal, Ihnen sollte ich wohl davon erzählen. Auch wenn Tillmann damals die ganze Angelegenheit runtergespielt hat. ›Ist ja nichts weggekommen‹, hat er gesagt. ›Da interessiert sich die Polizei nicht für.‹ Und ich solle die Sache nicht unnötig rumtratschen, als ob ich ein altes Klatschweib wäre, also wirklich! Er hatte Angst, es könne sonst jemand auf die Idee kommen, es sei tatsächlich was zu holen bei den Johns, das wollte er natürlich verhindern. Hedwig war sowieso total durch den Wind nach dem Einbruch. Und warum? Wegen dieses dicken Viehs! Immerzu hat sie gejammert, wie schrecklich das gewesen wäre, wenn der Kater nun völlig verstört weggelaufen und nicht mehr zurückgekommen wäre. So ein albernes Theater! Als ob der je mal nicht gekommen wäre! Der trottete jeden Abend nach Hause. Schon wegen Kost und Logis!«

»Aber der Kater ist nun ebenfalls tot.«

»Ja. An Übergewicht krepiert. Hedwig glaubte natürlich an einen Giftanschlag. Betäubungsmittel.«

»Sie verdächtigt jemanden aus dem Dorf?«

Die Miene der Frau wurde abweisend.

»Das mag schon sein. Aber außer ihr glaubt das keiner. Die Leute im Dorf denken, wenn überhaupt jemand seine Finger im Spiel hatte, dann wurde der Kater gekillt, um Hedwig weichzukochen – wie uns alle. Wir sollen abgebaggert, von der Landkarte radiert werden – gegen unseren Willen!«

Während Michael Wiener die neugierige Nachbarin zu ihrer Haustür begleitete, schellte Nachtigall versuchsweise ein weiteres Mal. Irgendwann muss sie ja aus der Wanne steigen, dachte er dabei fast ein bisschen neidisch. Er hätte sich auch ganz gern ein wenig Auszeit von dieser Woche gegönnt.

Zu seiner Überraschung öffnete Frau John diesmal.

»Sie schon wieder?« Ihre Tonlage schwankte zwischen Erstaunen und Entrüstung.

»Ja. Und es tut mir auch wirklich leid. Natürlich kann ich mir vorstellen, wie viel lieber es Ihnen wäre, in Ruhe gelassen zu werden. Aber die Polizei hat immer noch ein paar Fragen.« Er lächelte schuldbewusst.

Hedwig John seufzte.

»Ich kann Ihnen nicht mehr über Heiner erzählen. Warum er gekündigt hat, weiß ich wirklich nicht. Er wollte offensichtlich nicht darüber sprechen und ich bin nicht die Art Mutter, die in einem solchen Fall unerbittlich nachbohrt.« Sie öffnete dennoch die Tür, ließ den Hauptkommissar und seinen Kollegen, der nach seinem Spurt vom Nachbargrundstück atemlos die beiden erreichte, eintreten.

Diesmal bot sie den Besuchern einen Platz in der Küche an. »Morgen ist ein Aufmarsch vor dem Hauptgebäude des Energieriesen geplant. Jemand muss in der Zwischenzeit die

Kinder betreuen. Ich habe angeboten, das zu übernehmen. Jetzt backe ich schnell ein paar süße Plätzchen.«

»Ich hatte Sie so verstanden, dass Sie das Haus verkauft hätten.« Wiener griff nach seinem Notizblock und strich eine Zeile kraftvoll durch.

»Oh, das haben wir ja auch. Und natürlich sind die Leute mir im Grunde böse. Darunter sollen aber die Kinder nicht leiden.« Frau John sah von einem zum anderen, setzte dann leiser hinzu: »Verquere Dorflogik. Wenn alle gegen das Abbaggern sind und deshalb zur Demo gehen – wer bleibt dann im Dorf, um die Kinder zu beaufsichtigen? Die, die längst verkauft haben. Pragmatisch, einfach, gut. Kaffee?«

Ohne eine Antwort abzuwarten, begann sie mit den notwendigen Utensilien zu hantieren.

»Frau John, Ihr Mann ist vor wenigen Monaten gestorben.«

»Ja, das stimmt.«

»Wer hat ihn gefunden?«

»Ich. Außer mir wohnt hier niemand mehr. Warum?«

Nachtigall ignorierte ihre Gegenfrage. »Erzählen Sie mir davon.«

»Da gibt es nicht viel zu erzählen. Er kam an jenem Nachmittag betrunken nach Hause. Schwer getankt, das sah ich sofort. In dem Moment, in dem ich die Tür öffnete, verlor er das Gleichgewicht, ich konnte gerade noch verhindern, dass er stürzte. Danach habe ich getan, was ich in solchen Fällen immer tat: Ich schleifte ihn zum Bett, ließ ihn darauf gleiten und ging meiner Wege. Ich war so wütend auf ihn! Ausgemacht gewesen war ein Glas. Bei einem seiner ›Freunde‹. Aber daran hatte er sich nicht gehalten. Ich füllte Wasser in einen Eimer, nahm ein Glas und eine Packung Kopfschmerztabletten aus der Küche mit. Als ich den Eimer neben ihm abstellte, merkte ich, dass er nicht so war wie sonst. Er wirkte so leblos. Also alarmierte ich unseren Hausarzt. Als Dr. Wiehmann kam, konnte er nur noch Tillmanns Tod feststellen.« Sie schniefte leise, wischte mit einem Taschentuch über die Augen und machte sich dann entschlossen an die Zubereitung des Kaffees.

Als die Maschine blubberte und der Duft die Küche erfüllte, erzählte sie weiter: »Alkoholvergiftung, Atemlähmung, Herzstillstand. Er hat sich buchstäblich in den Sarg gesoffen!« Sie schlug beide Hände vors Gesicht.

»Frau John!« Nachtigall schob die Witwe vorsichtig auf einen der Küchenstühle. »Wir haben herausgefunden, dass Ihr Mann an einem Kopfschuss gestorben ist. Was wissen Sie über die Feinde von Tillmann?«

Wie in Zeitlupe tauchte ihr Gesicht aus dem Gitter ihrer Finger wieder auf.

»Tillmann wurde getötet?«

»Offensichtlich. Unmittelbar bevor er das Haus betreten wollte. Sonst hätten Sie ihn tot im Garten entdeckt. Kennen Sie jemanden aus dem Bekanntenkreis Ihres Mannes, der eine Waffe hat?«

Frau John dachte darüber nach.

Stand auf und nahm mit roboterartigen Bewegungen drei Tassen aus dem Schrank, Zucker und Milchkännchen, griff nach der Kaffeekanne und schenkte stumm ein.

»Heiner hatte einen Revolver. Irgendwann illegal beschafft, nehme ich an. Vor Jahren hat er den verkauft, wegen chronischen Geldmangels. Und mit so einem Ding wurde Tillmann umgebracht? Aber warum? Feinde hatte er nicht. Nie. Nicht einmal, als er den Leuten erklärte, er habe das Haus verkauft. Es gab eine Weile Gemurre, aber das war fix vorbei.«

»Zunächst hat er sich doch der Bewegung gegen die Bagger angeschlossen, oder? Da wäre es verständlich, wenn der eine oder andere nachhaltig verärgert gewesen wäre. Hier wird mit harten Bandagen gekämpft – Abtrünnige schwächen die ganze Organisation.«

»Wie immer, wenn genug Geld in so einer Sache steckt! Aber deshalb wird doch niemand erschossen!«

»So, jetzt fahren wir noch ins Büro und dann ist für heute wirklich Schluss.«

»Silke wird bestimmt auf uns warten. Sie hatte eine ganze Reihe von Rechercheaufgaben zu bewältigen, es gibt sicher Neuigkeiten.«

Silke, dachte Nachtigall schlecht gelaunt, an die muss ich mich ja auch noch gewöhnen. Mist!

Michael Wiener schien den Wechsel der Stimmung zu bemerken.

»Sie ist doch auf den ersten Blick richtig nett. Völlig unkompliziert. Irgendwann musste doch jemand kommen und Albrechts Platz übernehmen.«

Falsche Formulierung.

Wurde ihm sofort klar.

Gern hätte er sie zurückgenommen. Er sah forschend zum Beifahrersitz hinüber.

»Albrechts Platz kann niemand übernehmen.«

Die giftige Parade habe ich verdient, fand Wiener, ich weiß ja ganz genau, wie empfindlich diese Stelle noch ist. Ein sensibles Thema.

»So habe ich das nicht gemeint. Ich wollte doch nur sagen, dass wir noch gar keine richtige Chance hatten, sie kennenzulernen. Sie verdient mehr Zeit. Wenn ich das richtig verstanden habe, hatte sie heute ein Gespräch mit dem Ehepaar Ahrendt wegen der Wohnungsschlüssel.«

»Das war sicher nicht ganz einfach. Peddersen hat ja keinerlei Einbruchsspuren gefunden, keine Schrammen im Schloss. Wir werden gleich hören, was Silke …«, er hörte selbst, wie sonderbar er diesen Namen betonte und ärgerte sich über sich selbst, nahm einen neuen Anlauf: »… was Silke herausgefunden hat.«

Wiener bog in die Umgehungsstraße ein.

Rumpelte im nächsten Kreisverkehr ein wenig über den Innenrand.

»Im Schlafzimmer der Ahrendts gab es solch eine Stange, wie man sie sonst in Bars findet.«

»Ja, die ist mir auch aufgefallen, als ich mit Jo die Tatortaufnahmen angesehen habe. Gestochen scharfe Bilder, selbst die Fotos an der Wand waren zu erkennen, die Stange eben auch. Vielleicht brauchen die beiden das. Geht uns nichts an.« Nachtigall rutschte unruhig hin und her, fand dann eine bequemere Sitzposition. »Conny erzählte mir vor einiger Zeit, Heidi Klum tanze auch an so einem Ding. Stand im Internet.«

»Echt? Soll ja auch als Sport groß in Mode sein. Marnie meinte, es gäbe inzwischen sogar Kurse in Fitness-Studios und man bräuchte viel Kraft dazu.«

Nachtigall gab ein sonderbares Geräusch von sich.

»Muss ja net 's Richtige für jeden sei!«, setzte Wiener hinzu, der sich plötzlich daran erinnerte, dass sein Freund und dessen Frau auch ein Sport-Studio besuchten.

»Wie? Du meinst, das wäre nichts für mich?«, grinste Nachtigall und tätschelte mit der unverletzten Hand den Bauch, über dem das schwarze Hemd ein wenig spannte.

Michael Wiener bog in Richtung Polizei ab.

Das neue, moderne Gebäude lag eng assoziiert zum Campus der BTU, am einen Ende der Juri-Gagarin-Straße. In großen Lettern konnte man das Wort Polizei an einer der Flanken lesen. Hier wurden nun die Kräfte der Stadt und des Landes gebündelt, Polizeiarbeit sollte effektiver werden.

Die Räume waren kleiner, heller, ansprechender.

Besonders die Kollegen, die am Bonnaskenplatz einen Sonnenschreibtisch innehatten, atmeten erleichtert auf. Sommerliche, arbeitseiferlähmende Hitze war hier kein Thema mehr.

Nachtigalls Büro lag zwei Schritte über den Gang von Wieners Doppelbüro entfernt, wenn man die Türen offen stehen ließ, konnte man, natürlich nur theoretisch, den Fall quer über den Flur diskutieren.

In einem nächsten Schritt würde der Bereich der Kriminaltechnik, der noch im alten Gebäude untergebracht war, in den Erweiterungsbau umziehen.

Was sich weiter ändern würde, blieb abzuwarten.

»Hallo, Silke, Team wieder komplett!«, rief Wiener zur Begrüßung in den Raum.

Niemand da.

»Wohl doch schon nach Hause gegangen.« Die Gereiztheit Nachtigalls ließ sich nicht einmal mehr ansatzweise kaschieren.

»Nein, das glaube ich nicht«, nahm der Kollege die Neue in Schutz. »So ist sie nicht. Lass uns nachsehen, sicher klebt irgendwo ein Zettel.« Er begann seinen Schreibtisch zu inspizieren. »Hier!«

»Also?« Den drohenden Unterton muss ich mir schleunigst wieder abgewöhnen, nahm der Hauptkommissar sich vor.

»Hier steht ein ganzer Roman. Silke hat recherchiert, wo genau Heiner Lombard eingesetzt war. Er saß im Führungshaus der Förderbrücke. Verantwortungsvolle Tätigkeit, hat sie unterstrichen. Er hat im Kündigungsschreiben persönliche Gründe geltend gemacht, aber nicht ausgeführt, was er damit meinte. Die Namen der Kollegen sind auch überprüft worden. Zwei von ihnen waren in dem Trupp eingesetzt, der Hindernisse für die Eimer aus dem Flöz räumen musste. Stubben und ähnlich sperrige Dinge, Steine zum Beispiel. In Lombards Akte steht nur Löbliches. Niemand hat irgendwann Kritik geübt, keiner war unzufrieden mit ihm. Warum er ging, weiß also offensichtlich auch dort niemand. Zweiter Punkt: Die Ahrendts haben behauptet, den Schlüssel immer unter Kontrolle zu haben. Er wohl mehr – sie weniger, meint Silke. Sie schreibt, sie fahre jetzt los, um sich anzusehen, wie die Umkleidekabine gesichert wird, wenn die Damen der Bar ›Hüllenlos‹ trainieren.« Er stutzte. »Ah, dafür die Stange im Schlafzimmer! Die Gattin des Strafverteidigers ist Tänzerin in einer Bar!«

»Gleich drei Fragen. Sie wollte nach dem Besuch in der Bar noch zur Hausverwaltung fahren und dort nachfragen, ob man den Generalschlüssel oder einen Satz Reserveschlüssel vermisst habe. Vielleicht nach einem Einbruch. Der zuständige Mitarbeiter arbeitet bis 19 Uhr, danach hat er Zeit für ein Gespräch mit der Polizei.« Wiener sah auf die Uhr. »Dann kann sie noch gar nicht zurück sein.«

»Ruf sie an und frag nach ersten Ergebnissen. Dann schick sie nach Hause.«

Wiener nutzte die Kurzwahltaste.

»Wir tragen jetzt erst mal alles zusammen.«

Nachtigall schlug ein neues Blatt am Flipchart auf.

»Wir haben eine ziemlich gute Vorstellung von dem, was in der Wohnung passiert ist.« Er schrieb ›Wohnung Ahrendt‹ in die erste Zeile. »Gegen sieben Uhr hat das Ehepaar die Wohnung verlassen. Es wurde evakuiert. Er nahm den Hund in die Kanzlei mit, sie ging in die Bar zum Training.« Er schrieb das in die Zeile darunter.

»Danach war die Wohnung leer. Das Haus ebenfalls. Für ungefähr drei bis dreieinhalb Stunden«, meinte Wiener. »Der Täter kommt und dringt ein.«

»Ein Täter? Mehrere? Hatte er wirklich einen Schlüssel?«

»Wie viele es waren, können wir noch nicht entscheiden. Schlüssel ist nach Auskunft unseres Experten anzunehmen. Er hat keine Spuren gefunden, die dem widersprechen.«

»Bisher allerdings gibt es nur Hinweise auf einen Täter. Der trug zum Tatzeitpunkt Schuhe mit Profilsohlen – die sehen wir auch die Wohnung verlassen. Steht weiter unten im Bericht.«

Wiener nickte zustimmend.

Es klopfte.

Unwirsch wegen der Unterbrechung fauchte Nachtigall: »Bitte!«

Emile Couvier, Fachmann für operative Fallanalysen!

»Mensch, Emile, wie schön«, freute sich Wiener ehrlich.

»Hallo, Emile. Setz dich«, fiel die Begrüßung durch Nachtigall deutlich frostiger aus. Couvier zeigte sich völlig unbeeindruckt davon. Sein Schwiegervater würde ihm wohl nie verzeihen, dass ausgerechnet er seine Tochter geheiratet hatte. Nachtigalls einzige Tochter, sein einziges Kind. Couvier war sich darüber im Klaren, dass er nicht der Typ

Mann war, den der Vater sich für Jule erträumt hatte. Er wird sich daran gewöhnen müssen, dachte er ohne Mitleid, ich bin auch noch der Vater seines Enkelkindes. Still nahm er Platz und überflog die wenigen Zeilen, während die beiden Ermittler weiter am Tathergang arbeiteten.

»Der Täter hat einen Schlüssel benutzt. Das Opfer kommt in die Wohnung, entweder allein oder zusammen mit dem Täter. Das bedeutet, es muss eine Kommunikation zwischen den beiden Parteien gegeben haben. Man hat sich verabredet.«

»Wenn wir das Opfer identifiziert haben, können wir das vielleicht rauskriegen.«

»Sie sitzen im Wohnzimmer.« Nachtigall legte eine Tatortskizze auf den Tisch, die den Grundriss der Wohnung verdeutlichte. »Geschirr haben wir dort nicht gefunden. Also wird wohl nichts konsumiert. Im Wohnzimmer kommt es zum ersten Angriff auf das Opfer.« Er blätterte im Tatortbericht. »Hier finden wir auch die erste blutige Spur der Profilschuhe.«

»Und wie ist der Täter dorthin gekommen? Welchen Weg konnte er nehmen?«, fragte Couvier leise. »Die Thiemstraße war wegen der Beutebombe gesperrt, nicht wahr? Dort fuhr auch keine Straßenbahn.«

»Stimmt. Er muss durch die Eilenburger Straße gekommen sein. Nächste Straßenbahnhaltestelle ist die der Linie 3 an der Ottilienstraße. Von dort aus sind es nur etwa zwei Minuten Weg bis zum Tatort. Oder er hat sein Auto in der Parallelstraße zur Thiemstraße geparkt. Unauffällig vor dem Café Kielau zum Beispiel. Dann von dort aus zu Fuß.«

»Er hat gewartet, bis das Ehepaar aus dem Haus war, und ist rein.«

»Woher wusste er denn, dass sie weg waren?«, fragte Couvier. »Kannte er die beiden?«

»Wenn er beurteilen konnte, dass die beiden mit Hund die waren, die in der Wohnung wohnen, muss er sie zumindest erkannt haben. Vielleicht war ein Foto von Dr. Ahrendt in der Zeitung.« Wiener wurde langsam ungeduldig. Es war eine aufreibende Woche, er sehnte sich nach ein bisschen familiärer Idylle.

Beharrlich arbeiteten sie sich Schritt für Schritt durch die Wohnung bis in den Flur vor.

»Das Opfer wird im Flur endgültig getötet. Davon ist nach Lage der Spuren auszugehen. Im Hausflur wird übrigens im oberen Teil des Treppenhauses noch die Spur der Profilsohle auf den Stufen sichtbar, verliert sich aber, je weiter man in Richtung Haustür kommt. Dort wurden nur noch unscharfe Flecken gesichert. Hier sind die Fotos angeheftet. Gut. Oben sieht man das Profil noch deutlich, das stimmt.« Nachtigall legte die Aufnahmen auf den Tisch, damit auch Couvier sie gut sehen konnte. »Bluestar. Das sieht man auch, wenn man nicht vollständig abdunkeln kann. Leuchtet ganz deutlich, der Abdruck.«

»Der Täter treibt das Opfer durch die ganze Wohnung und tötet es im Flur. Warum?«

»Wenn es der gleiche Täter war wie bei Lombard, wollte er vielleicht wissen, wo etwas versteckt wurde, das er sucht. Bei Lombard hat er es womöglich nicht gefunden. Er fragt, schlägt, sticht, fragt …«, schlug Nachtigall vor.

»In dem Fall wäre töten aber ziemlich ungeschickt«, wandte Wiener ein. »Dann sagt der andere ja mit Sicherheit nichts mehr.«

»Ist richtig. Was, wenn zu diesem Zeitpunkt klar war, dass das Opfer ohnehin nichts verraten würde? Es ging ihm zu diesem Zeitpunkt schon so schlecht, dass es davon ausging, sterben zu müssen. Verraten hätte sein Leben nicht gerettet. In dem Augenblick löscht der Täter das Opfer aus«, zeichnete Nachtigall ein mögliches Szenario. »Gründlich und endgültig.«

»Vielleicht konnte das Opfer auch gar nichts verraten, weil es nichts wusste. Der Täter hatte sich die falsche Person ausgesucht«, gab Wiener zu bedenken. »Als er das erkennt ist er frustriert und tötet sein Opfer, schon um nicht identifiziert werden zu können.«

»Nun liegt die Leiche im Flur. Und weiter?«, fragte Couvier.

»Er trägt sie aus der Wohnung.«

»Am Stück?« Wiener waren seine Zweifel deutlich anzuhören.

»Zerstückelung«, schlug Couvier vor. »Dann brauchte er einen passenden Ort, ein Instrument und ein geeignetes Transportsystem. Haben die Mieter angegeben, dass etwas fehlt?«

»Wir haben einen angebrannten Torso, wissen aber noch nicht, ob der zum Blut in der Wohnung passt. Die Mieter können noch nicht zurück in die Räume, konnten bisher nicht feststellen, ob etwas fehlt. Im Bad haben wir Spuren des Täters. Wir gehen davon aus, dass er sich gewaschen hat. Die Badewanne? Michael, frag bitte gleich morgen bei Peddersen nach.«

Der Kommissar notierte sich das auf einem Extrazettel. »Er könnte irgendein elektrisches Messer benutzt haben. Oder eine Säge. Ich frage morgen auch gleich, ob Peddersen etwas in der Art gefunden hat. Vielleicht hatten die Ahrendts ja so was im Haus.«

»Er ist bisher niemandem aufgefallen«, insistierte Nachtigall. »Er muss so gewirkt haben, als sei er berechtigt, dort zu sein.«

»Du meinst …?«

»Genau. Eine Polizeiuniform. Möglicherweise eine Fantasieuniform, die ähnlich war. Oder er trug einen ›blauen Anton‹. Handwerker fallen auch meist nicht auf. Gibt es da eigentlich einen Hausmeister? Grauer Kittel? Wäre denkbar, oder? Wir haben noch eine ganze Menge offener Fragen.«

»Bei Lombard? Gibt es da neue Spuren?« Couvier hatte sich offensichtlich umfassend informiert. Typisch, dachte Nachtigall, der sieht immer aus wie aus dem Ei gepellt und weiß bestens Bescheid. Und ausgerechnet meine Tochter muss solch einen perfekten Mann heiraten! Der hat sich noch nie irgendeine Blöße gegeben – jedenfalls nicht, wenn ich dabei zusehen könnte.

»Die Teams suchen noch. Zum Drosseln braucht man nur einen Täter. In diesem Fall hat er das Werkzeug mitgebracht, eine selbstgebastelte Schlinge aus einem Kabel und Knebeln. Dr. Pankratz hat keine Abwehrspuren gefunden. Er tippt auf Überraschungsangriff aus dem Hinterhalt. Wir suchen nach Spuren in der Nähe der Friedhofsgrenze, die uns verraten, ob es ein Täter oder mehrere waren. Aber das steht wie gesagt noch aus. Am Grab selbst war nach dem energischen Körpereinsatz der Totengräber natürlich nichts mehr festzustellen. Schade!«

»Ihr beide bearbeitet aber nicht auch den Versuch, deinen Wagen von der Straße zu drängen – oder?«

»Nein. Der liegt bei Hansen. Trotzdem haben wir heute das Auto gesehen. Es war in Brand gesteckt worden, und hinter dem Lenkrad saß ein Torso. Dr. Pankratz wird versuchen, DNA zu sichern. Aber ob das so klappt … Er war sich nicht sicher.«

»Hast du schon daran gedacht, dass einer deiner alten Fälle dich hier wieder einholt?«, erkundigte sich Couvier ernst.

»Ja, natürlich. Da gibt es aber ein Problem: Wir wurden kurzfristig nach Brieskowitz geschickt. Nur wenige wussten davon. Im Grunde kommt dann am ehesten einer der Kollegen in Frage.« Nachtigalls Grinsen wirkte unecht, unsicher, falsch. Es spiegelte das, was er tatsächlich empfand. Angst. »Für heute ist Schluss. Über Tillmann John sprechen wir morgen«, entschied er dann.

»Fahr nach Hause, Michael. Ich bringe Peter zu Conny. Mal sehen, wie ich es einrichten kann, wieder zu euch zu stoßen. Mein Kalender ist auch ziemlich gedrängt. Aber es wird schon klappen. Holst du ihn morgen zum Dienst ab?«

»Klar«, versprach Wiener und war schon verschwunden.

Couvier half seinem Schwiegervater in die Jacke, legte ihm den einen Teil über die Schulter.

»Tillmann John?«

»Erzähle ich auf dem Weg zum Auto. Es ist nämlich so ...«

»Und wir können nicht ausschließen, dass die Witwe ihren Mann selbst getötet hat. Einen echten Ansatz für diese Überlegung gibt es allerdings nicht. Wir stochern«, beendete er die Zusammenfassung.

Danach sprachen sie nur noch über Jule und die Kleine. Bis zu Nachtigalls Haustür.

»Heute kann ich nicht bleiben. Ich muss sofort weiter, wenn ich noch rechtzeitig zur geplanten Aktion nach Potsdam kommen will. Vielleicht morgen. Grüße an Conny. Und Peter: Wenn du träumst, wenn du plötzlich zitterst, wenn dir auf einmal alles zu viel ist – such dir Hilfe! Es ist nicht so einfach, einen derartigen Angriff wegzustecken. Warte nicht zu lang«, mahnte Couvier nachdrücklich. Dann fragte er unerwartet: »Hat der Täter die Wohnung wieder abgeschlossen, bevor er ging? Oder war nur zugezogen?« und brauste davon.

Nachtigall schüttelte den Kopf. Arroganter Schnösel, dachte er giftig.

18

Conny hatte Gulasch gekocht.

Der Duft hüllte Nachtigall ein wie eine weiche Decke, als er die Tür aufschloss.

»Mhm!«

»Guten Abend!« Seine Frau umarmte ihn vorsichtig, drückte ihm aber einen leidenschaftlichen Kuss auf den Mund. »Du kommst genau auf den Punkt! Ich habe extra etwas vorbereitet, das du ohne Hilfe essen kannst – jetzt, wo du so einarmig geworden bist«, lachte sie dann.

»Ach«, gab ihr Mann sich enttäuscht, »und ich dachte schon, du hättest etwas Besonderes aus Liebe gekocht«, tat er beleidigt. »Nun stellt sich raus, dass du dir nur die Pflegearbeit ersparen wolltest.«

Sie trat einen Schritt zurück, musterte ihn kritisch, dann besorgt.

»Müde? Oder hast du Schmerzen?«

»Schmerzen. Im Arm, im Kopf. Übel ist mir auch ein

bisschen. Aber das ist alles nichts gegen das Chaos in diesem Fall! Stell dir vor, selbst die Zeugen sterben!«

»Tote Zeugen? Zum Schweigen gebracht? Du ermittelst gegen die Mafia?« Conny, die eine durch und durch fröhliche Natur hatte, schmunzelte schon wieder.

»Nein. Nicht umgebracht, verstorben. Michael war gestern in einer Wohnung, um Zeugen für einen Einbruch in die Wohnung eines Mordopfers zu befragen – und findet den Gatten tot im Sessel. Wohl schon vor einigen Tagen verstorben – und seine Frau hatte es nicht einmal bemerkt.« Er folgte Conny in die Küche, wo die Katzen ihn schon begeistert erwarteten. »Sie hat ihm erklärt, ihr Mann wäre von jeher so schweigsam, da sei ihr nicht aufgefallen, dass es in letzter Zeit noch schlimmer war.« Der Hauptkommissar ließ sich von den beiden Schmusern willig in Richtung Kühlschrank abdrängen. »Na, ihr beiden? Hat sie euch wieder nichts zu essen gegeben? Unhaltbare Zustände sind das! Kommt mal her, ich bügel das wieder aus.« Er nahm eine Scheibe Lyoner aus der Wurstbox und teilte sie unter den beiden Katzen auf.

»Vielleicht wollte sie nicht bemerken, dass er gestorben war. Besser mit einem schweigsamen Gatten leben als ganz allein?«, meinte Conny.

»Normalerweise ging das Mordopfer wohl gelegentlich für die beiden alten Leutchen einkaufen. Aber nun konnte er das aus nachvollziehbaren Gründen ja nicht mehr.«

»Du meinst, es gab niemanden, der sich um die beiden gekümmert hat?«

»Offensichtlich nicht. Kinder scheint es auch nicht zu geben, die man hätte anrufen können. Es wohnen ja mehrere Parteien im Haus, aber niemand hat die missliche Lage des Ehepaares registriert.«

Conny drehte ihren Mann an der Schulter um und schob ihn vor sich her ins Wohnzimmer, drückte ihn in die Polster der Couch.

»Ich glaube, heute setzen wir uns zum Essen wieder hierher. Ich hole alles – mach dir ein paar schöne Gedanken, bis ich wieder da bin.« Sie hob den Kopf und rief: »He, Pelzlinge! Kommt her und übernehmt euren Job!« Sofort huschten die beiden heran, die natürlich auch ohne diese direkte Aufforderung den Herrn des Hauses bekuschelt hätten. Schließlich gehörte das zum abendlichen Ritual. Casanova schnurrte an Nachtigalls Oberschenkel und überließ großzügig Domino den begehrten Platz auf dem Schoß.

Nachtigalls Finger strichen durch des Katers weiches Fell.

»Euch geht's gut, was? Wie ich sehe, seid ihr satt – soweit Katzen diesen Zustand überhaupt je erreichen. Jetzt wartet ihr nur noch auf eine weitere Zugabe, nicht wahr?«, flüsterte er ihnen zu und genoss das laute Schnurren der Mitbewohner.

Conny stellte in der Zwischenzeit ein Glas Rotwein vor ihm ab.

»Sag mal, hast du gewusst, dass es einen Fonds gibt, der auf den Tod von Menschen wettet?«

»Interessant«, kommentierte Conny sarkastisch. »Und, wie funktioniert das? Ich gebe ein Gebot ab und wenn derjenige am nächsten Morgen fröhlich unter die Dusche geht, ist mein schönes Geld futsch?«

»So in der Art. Michael glaubt jetzt, eines unserer Opfer sei getötet worden, damit sich die Vorhersage erfüllt.«

»Oh! Eine neue Verschwörungstheorie! Michael ist doch immer für so etwas zu haben!«, rief sie über die Schulter zurück und holte das Tablett aus der Küche.

Als sie zurückkehrte, fragte sie kopfschüttelnd: »Aber so etwas ist doch unethisch, oder? Es wundert mich, dass so ein Fonds erlaubt ist.«

»Mich auch. Michael nicht. Er geht davon aus, dass es viele Bieter gibt, die ein Interesse daran haben, das Duschen der Zielperson am nächsten Morgen mit allen Mitteln zu verhindern. Damit steigt unsere Fallzahl.«

Conny schubste Domino von Nachtigalls Schoß und stellte ein Tablett auf seine Oberschenkel, nahm ihm den Wein ab und drückte ihm eine Gabel in die gesunde Rechte. »Guten Appetit. Um beim Thema zu bleiben, vielleicht bezahlen die bei Mord einfach nicht. Damit ist Michaels Theorie hinfällig.«

»Das würde nur bedeuten, der Mörder müsste …«

»… es wie einen Unfall aussehen lassen oder als natürlichen Tod tarnen. Aber probieren das deine Täter nicht sowieso in den meisten Fällen?«

»Stimmt schon. Und eine ganze Reihe Tötungsarten würden sich dann von vornherein verbieten. Erschießen zum Beispiel. Und die Opfer unseres aktuellen Falles könnten nicht dafür in Frage kommen. Einer hat eine Kugel abbekommen, einer wurde erdrosselt, bei einem anderen haben wir die Todesursache noch gar nicht festgestellt, wissen eigentlich noch gar nichts über die Umstände seines Sterbens.«

»Und diese Wohnung? Der rbb hat heute darüber berichtet. Während der Evakuierung wurde ein Blutbad angerichtet. Man vermutet eine grausame Tat«, murmelte Conny mit vollem Mund.

»Was in dieser Wohnung passiert ist, konnten wir ganz gut rekonstruieren. Nur nicht, wem man das alles angetan hat. Wir warten noch auf die DNA-Analyse, damit wir wissen, ob wir eines der Opfer der Wohnung zuordnen können. Silke versucht herauszufinden, wer über einen Schlüssel verfügte – eingebrochen wurde nämlich nicht.«

»Silke?«

»Ja. Silke Dreier«, wurde Nachtigall plötzlich einsilbig und schmallippig.

»Silke Dreier. Klar«, kaute Conny unbeirrt weiter.

Nachtigall ließ die Gabel sinken.

»Als Ersatz für Albrecht. Ein Küken, ohne große Erfahrung. Wir werden mal abwarten, was sie überhaupt schon kann. Michael muss sie unter seine Fittiche nehmen.«

»Oh – du magst sie nicht!«

»Was soll ich mit ihr? Ich brauche jemanden im Team, den ich selbstständig arbeiten lassen kann. Nun muss ich jeden Schritt dieser Silke überprüfen.«

»Weißt du, Hauptkommissar, ich glaube, es ist egal, wen man dir schickt. Du willst Albrecht zurück und basta! Da hat keiner eine Chance!«

Nachtigall nickte kauend. »Michael sieht das auch so, Frau Alltagspsychologin! Aber es stimmt nicht«, behauptete er trotzig.

Die Katzen bemerkten die Veränderung der Stimmung, sahen unruhig von einem ihrer Menschen zum anderen.

Doch Nachtigall aß seufzend weiter, hatte nicht vor, das Thema zu vertiefen, und auch Conny hielt den Augenblick nicht für günstig, zu insistieren. Silke Dreier würde sich schon durchbeißen.

»In Australien diskutiert man im Augenblick, ob die Tötung Neugeborener überhaupt eine Straftat ist«, riss sie eine neue Diskussion an.

Nachtigall verschluckte sich, hustete, rang nach Luft, lief langsam rot an.

Conny sprang auf und schlug ihm entschlossen und kraftvoll auf den Rücken. Notfalls hätte sie auch den Rettungsgriff beherrscht, war sich aber nicht sicher, ob sie ihren Mann würde hochreißen können.

»Bei uns gibt es auch ziemlich viele schuldmindernde Argumente für solche Täter«, keuchte Nachtigall heiser, als er wieder atmen konnte, und trank einen Schluck. »Postnatale Stresssituation, Schock durch den Geburtsvorgang nach erfolgreicher Verdrängung und vieles andere mehr. Weißt du, auch in unserem letzten Fall, in dem die junge Mutter ihre Tochter erstickte, weil sie behindert war, hätte sie wohl keine oder nur eine geringe Strafe zu erwarten gehabt. Sie hätte eine Therapie bekommen, wäre heute vielleicht noch am Leben, wären die Eltern nicht so ...« Ihm fehlten die Worte.

»Ich erinnere mich. Was für ein Fall! Aber die Diskussion in Australien ist ganz anders gelagert. Die Philosophen meinen, es sei Zeit für einen Diskurs in der Gesellschaft über den Beginn des Lebens«, erklärte Conny.

»Religiöse Fanatiker?«

»Nein, eben gerade nicht. Sie fragen, wenn es eine Frist gibt, in der Frauen über Leben und Tod des Ungeborenen entscheiden dürfen – welche Kriterien bestimmen dann die zeitliche Grenze? Wenn ich das Kind in meinem Körper töten darf, warum werde ich dann für die gleiche Handlung bestraft, sobald es ihn verlassen hat? Wenige Stunden nach der Geburt ist es doch noch dasselbe Kind, hat sich nicht weiterentwickelt oder Ähnliches. Warum also gelten nun plötzlich andere Moralvorstellungen? Wann ist der Mensch ein Mensch? Was zeichnet ihn aus – und ab wann ist seine Existenz zu schützen und zu sichern?«

Nachtigall schwieg lange.

Plötzlich fragte er: »Wie weit sind sie damit?«

»Mit der Diskussion? Ganz am Anfang«, lachte Conny.

»Wir sollten das Thema wechseln.«

»Gut, einverstanden«, nickte sie. »Hat man eigentlich schon das Schwein gefunden, das dich von der Straße abgedrängt hat?«, wollte sie in scharfem Ton wissen.

Nachtigall stöhnte und verdrehte die Augen. »Das verstehst du unter Themenwechsel?«

»Hast du eigentlich gewusst, dass man auch mit einer Hand voll einsetzbar ist?«, grinste er dann.

Casanova öffnete ein Auge und war schnell wie der Wind von der Couch gesprungen, Domino folgte nur wenige Sekunden später. Diesen Ton kannten sie nur zu gut.

Nichts wie weg.

Standen in der Küche nicht noch die Teller vom Abendessen?

Es würde sich lohnen, einen Blick drauf zu werfen. Die Gelegenheit war günstig.

Die Menschen waren jetzt nur noch mit sich selbst beschäftigt.

19

Am nächsten Morgen war Silke schon im Büro, als Wiener und Nachtigall eintrafen.

»Guten Morgen!«, begrüßte sie die beiden fröhlich.

Wiener strahlte sie an, während Nachtigall erkannte, dass er noch viel Zeit brauchen würde, um sich daran zu gewöhnen, jemand anderen als Albrecht an diesem Schreibtisch sitzen zu sehen. Sein Guten Morgen fiel ziemlich unterkühlt aus.

»Ich habe die Ergebnisse zum Thema Schlüssel schon in einem Protokoll zusammengefasst. Die Hausverwaltung gibt die Schlüssel an die Leute weiter, die eine Art Hausmeisterdienst in den einzelnen Blocks wahrnehmen. Aber die dienen im Grunde nur der akuten Gefahrenabwehr. Gasaustritt beispielsweise – und der Mieter ist nicht erreichbar. Oder die Nachbarn haben den Mieter seit Wochen nicht gesehen und vermuten nun das Schlimmste. Eingebrochen wurde in die Räume der Verwaltung nicht.«

»Du hast auch die Bar überprüft?« Nachtigall spürte, wie schwer ihm diese persönliche Anrede fiel. Ich bin hoffnungslos altmodisch, dachte er, heute ist das überall in den Teams so üblich, pass dich an!, wies seine innere Stimme ihn zurecht.

»Es gibt tatsächlich einen Umkleideraum. Jede der Damen hat dort ein Fach für ihre Wertsachen. Sicher ist das aber nicht. Ein kräftiger Schlag mit der Faust genügt und schon ist die Tür auf. Ich hab's ausprobiert. Ist man nicht kräftig genug, kann man auch den eigenen Fachschlüssel verwenden – es hakelt ein wenig, aber der passt in alle anderen Schlösser irgendwie auch.«

Na toll!, dachte Nachtigall genervt, noch eine, die selbst testet. Na, das kann ja heiter werden! Prima geeignete Mitarbeiter für ältere Kollegen, die gern Hütefunktion übernehmen wollten.

Das Telefon klingelte und enthob ihn eines Kommentars.

»Guten Morgen, Thorsten!«

Er lauschte. Lange. Ein knappes: »Ich komme!« beendete das Gespräch und Nachtigall legte auf.

»Dr. Pankratz fängt mit der Obduktion von Tillmann John an. Dr. März hat sein Erscheinen offiziell angekündigt. Ich fahre hin. Ihr beide beschäftigt euch mit dem Besitzer des ausgebrannten Fahrzeugs. Ich will ganz genau wissen, wann das Auto von wo entwendet wurde nachdem wer es dort abstellte – wann er den Diebstahl bemerkt und angezeigt hat. Fragt bei Hansen nach. Hier überschneiden sich unsere Fälle. Und ich will wissen, ob die Nachbarin der Johns an Tillmann Johns Todestag nicht doch etwas Verdächtiges bemerkt hat. Vielleicht ist ihr noch etwas eingefallen. Bis dann! Ich nehme ein Taxi.«

Er wirbelte herum und floh.

Vor der Erinnerung an Albrecht, vor Silke und ihrer Tatkraft, vor dem Mann, der versucht hatte, ihn umzubringen.

Niemals hätte er erwartet, dankbar für die Aufforderung zu sein, Dr. Pankratz bei einer Obduktion über die Schulter sehen zu müssen.

Der Rechtsmediziner erwartete ihn bereits.

»Was für eine Geschichte. Gibt es denn so etwas wie

einen roten Faden?«, erkundigte er sich mitfühlend, als er den blassen Hauptkommissar über den Gang kommen sah. Beinahe hätte Nachtigall einen Sprung zur Seite gemacht.

Sein Herz schlug hektisch bis zum Hals.

Im Gang stand ein Ding, das einer überdimensionierten Brotbox auf Rädern nicht unähnlich war. Ganz aus Stahl, der gewölbte Deckel glänzte sogar ein bisschen, wie poliert. Erst als er schon fast daran vorüber war, wurde ihm bewusst, wozu dieses Gefährt benutzt wurde, und er hatte alle Mühe, sich zu beherrschen. Liegt da jemand drunter? Gerade verstorben? An einer bösartigen Erkrankung, Herzinfarkt, Schlaganfall? An den Folgen eines Unfalls?, war die Frage, die ihn auf den nächsten Metern begleitete.

»Vielleicht finden wir ja jetzt einen«, antwortete er verspätet auf Dr. Pankratz' Frage. »Bisher wussten wir noch gar nicht, dass wir den Vater des ersten Opfers auch zu den Ermordeten zählen müssen. War reiner Zufall, dass es entdeckt wurde.« Er hörte, wie unnatürlich hoch seine Stimme klang. Anspannung, wusste er, wie immer, wenn er dem Rechtsmediziner bei der Arbeit zusehen musste.

»Ziemlich verworren also. Sag mal, wirkt das Medikament nicht, das ich dir gegeben habe?«

»Doch, doch. Warum?«

»Weil du weißer bist als die Klinikwand.«

»Wird schon wieder«, behauptete Nachtigall tapfer. »Der Arm tut schon kaum noch weh.«

»Die beiden verbindet wenigstens eine Tatsache. Sie waren miteinander verwandt.«

Nachtigall folgte dem großen Mann an den Kühlräumen vorbei in den Obduktionssaal. Auf dem glänzenden kleinen Tisch, den man an alle Positionen auf dem Obduktionstisch stellen konnte, hatte Dr. Pankratz schon seine Gerätschaften gerichtet. Ein Schauer lief über Nachtigalls Rücken, als er an der Schädelsäge vorbeiging.

»Wie du siehst, er ist natürlich nicht mehr frisch.«

»Er war beerdigt. Du kannst ihm seinen Zustand nur schlecht vorwerfen!«

Ein sonderbarer Blick aus den Augen des Gerichtsmediziners streifte sein Gesicht wie ein Eishauch. »Du brauchst ihn nicht vor mir in Schutz zu nehmen. So – wenigstens ist in diesem Fall recht deutlich zu sehen, was ihm passiert ist. Hier«, er deutete mit dem langen handschuhbleichen Finger auf eine Verletzung an der Schläfe, linke Körperhälfte, »siehst du das Einschussloch. Es existiert allerdings kein Ausschuss. Und da fragt man sich doch, wo zum Teufel das Projektil abgeblieben ist.«

Interessiert drehte Dr. Pankratz den Schädel des Toten unter der Lampe hin und her. »Nichts.«

Die beiden Männer hörten, wie die Stationstür aufgerissen wurde. Gleich darauf vernahm man den hallenden, energischen Schritt des Leitenden Staatsanwalts, der zielsicher in ihre Richtung kam. »Aha. Da kommt er ja, euer Dr. März. Beim letzten Mal tauchte er nur auf, um zu poltern und Ergebnisse einzufordern. Die Leiche hat er nicht ein einziges Mal angesehen. Sehr geschickt.«

Nachtigall erinnerte sich noch gut. Die Leiche hatte als Vogelscheuche auf einem Feld gestanden, nachdem man sie zuvor für 20 Jahre eingefroren hatte. Kein schöner Anblick. Er hätte sich den damals auch gern erspart.

»So, guten Morgen!«

»Guten Morgen«, antworteten die beiden höflich.

»Wo ist der zweite Obduzent? Brauchen wir sonst noch einen Experten hier vor Ort?«, erkundigte sich Dr. März geschäftig und sah sich suchend um, als erwarte er, in den Ecken Mitarbeiter der Polizei hocken zu sehen. »Couvier, diesen Fallanalytiker, habe ich bereits angefordert. Wir sehen es nicht gern, wenn unter unseren Augen ein Blutbad angerichtet und einer unserer Hauptkommissare von der Straße gedrängt wird. Kein Fotograf da?«

»Doch.« Der zweite Obduzent erschien wie auf sein Stichwort und trat an den Tisch heran. »Die Bilder mache ich. Sie werden aussagekräftiger, wenn ein Rechtsmediziner sie macht, als ein Fotograf, ohne Ahnung von Rechtsmedizin.«

»Nun gut. Dann …«

In Nachtigalls Denken hallten die Worte von Dr. März nach. »Couvier war schon da. Gestern Abend.« Dann würde also Emile das Team für die Dauer der Ermittlungen verstärken! Prima, Unterstützung war sicher nicht schlecht – vor lauter Leichenfunden kamen sie ja kaum zum Arbeiten!

»Wie gesagt«, begann der Gerichtsmediziner aus Potsdam erneut, »es gibt ein Einschussloch – aber die Kugel muss im Kopf verblieben sein. Ausgetreten ist sie jedenfalls nicht. So etwas kommt manchmal vor, aber ausgesprochen selten. Ich habe röntgen lassen. Wir werden das Projektil finden.« Er trat an den Leuchtschirm und klemmte zwei Röntgenaufnahmen unter die Schiene. »Hier ist es. Und, wie Sie vielleicht auch sehen, das Hirn ist gut erhalten.«

»Die Ehefrau hat ausgesagt, er sei ihr praktisch in den Arm gefallen. Sie habe ihn zum Bett geschleift und abgelegt, damit er seinen Rausch ausschlafen kann. Dass er tot war, ist erst später aufgefallen«, fasste Nachtigall zusammen. »Er kam öfter betrunken nach Hause.«

»Hm. Der Sohn erdrosselt, der Vater erschossen.«

»Ja. Nach unseren bisherigen Ermittlungen ergibt das

alles keinen Sinn. Vater und Sohn waren sich entfremdet, warum ist nicht klar. Hätte der Sohn Probleme gehabt, wäre der Vater nicht die Anlaufstelle gewesen. Ein gemeinsames Geheimnis halten wir für ausgesprochen unwahrscheinlich, aber möglich. Silke wird bei Heiner Lombards Hausarzt nachfragen. Vielleicht weiß der Bescheid.«

»Wieder Silke?«

»Ja. Bei Gelegenheit schicke ich sie dir bei einem Obduktionstermin vorbei, damit du sie kennenlernen kannst«, versprach Nachtigall und hätte unter anderen Umständen bestimmt gegrinst. Aber so unmittelbar neben dem Tod war ihm danach nicht zumute.

Der Rechtsmediziner gab dem zweiten Obduzenten ein Zeichen und setzte das Messer unter dem Kinn an. Das Knirschen des aufgetrennten Gewebes verursachte dem Hauptkommissar eine Gänsehaut. Ein rascher Seitenblick auf den Staatsanwalt zeigte ihm, dass der unter seiner Solariumsbräune leicht grünlich schimmerte. Was wollte er eigentlich hier? Wieder eine Begegnung mit neugierigen Journalisten, denen er nicht sprachlos gegenübertreten wollte? Und dann fiel es ihm wieder ein. Klar. Die Abbaggerungsgegner planten sicher wieder eine Kundgebung. Da war es gut zu wissen, woran John gestorben war. Der Schnaps schied, zumindest als direkt ursächlich, schon mal aus.

Lange Zeit später klappte Dr. Pankratz Johns Skalp über die Stirn und griff nach der winzigen Kreissäge, die das Schädeldach abtrennen würde.

»Weißt du, Peter, in der Medizin ist das ein ganz übliches Verfahren. Bei Hirndrucksymptomatik zum Beispiel. Sei es jetzt wegen einer Blutung durch einen Schlag auf den Kopf oder Druckanstieg aus anderen Gründen. Man sägt das Dach ab und friert es ein. Wenn der Druck sich normalisiert hat, taut man den Knochen auf und setzt ihn wieder passgenau ein. Keiner sieht das später.«

»Und in der Zwischenzeit? Der Patient kann doch nicht mit offenem Schädel rumlaufen«, fragte Nachtigall leicht schrill.

»Nein. Natürlich nicht. Er trägt übergangsweise einen Helm, der das Hirn schützt.«

Ach ja, ein Helm, natürlich!, dachte Nachtigall gereizt, was frage ich auch.

»So, hier ist das Schädeldach.« Der Rechtsmediziner präsentierte den medizinischen Laien die knöcherne Schale. Aus dem Augenwinkel beobachtete der Hauptkommissar, wie der Sektionsassistent das Hirn aus dem Kopf schälte. »Und hier, siehst du, hier kann man sogar die Bahn erkennen, die das Geschoss genommen hat. Diese Kratzer stammen vom Projektil. Das bedeutet, es konnte eindringen, hatte aber nicht genug Durchschlagskraft, um auf der anderen Seite des Schädels nach außen zu gelangen. Gefangen im Kopf kreiselte es am Knochen entlang, bis es dann in der Hirnsubstanz gefangen wurde und liegen blieb. Kreisel- oder Trudelschuss.«

Eine Tür fiel scheppernd zu.

Dr. März hatte die Gruppe grußlos verlassen.

20

»Und, wie war dein Urlaub?«, wollte Helene von ihrer Sportfreundin wissen.

»Toll! Ach weißt du, dieser Karl May hatte es irgendwie gut – trotz all der Anfeindungen. Vorbestraft war er zu allem Überfluss auch noch. Aber wenn dem die Leute in seiner Umgebung auf die Nerven gingen, zückte der Papier und Stift und schrieb sich einfach in eine andere Welt. Eine, in der zuverlässig das Gute siegte. Beneidenswert«, seufzte Gitti.

»Stimmt. Vor allem war es eine Welt, in der man Gut und Böse noch sicher unterscheiden konnte. Heute gibt es so unglaublich viele Grautöne, findest du nicht?«

»Ach«, schwärmte Gitti, »wie ich diese Bücher geliebt habe! Verschlungen habe ich die. Mein Vater war entsetzt. Er siedelte sie direkt neben Großmutters Schundromanen an. Wie gern hätte ich Old Shatterhand begleitet oder Winnetou, hätte mich gefreut, Kara Ben Nemsi zu treffen oder den Herren von Greifenklau in ihre Abenteuer zu folgen.«

»Tja, es gibt eine Zeit, in der wünscht man sich weit fort aus der Realität. Wenn einen die eigene Familie nicht versteht, hält man sich an Freundschaft. Mein Vater fand, ich solle mich nicht mit den albernen Fantasien eines Schwindlers beschäftigen, sondern mich lieber ums Hier und Jetzt und meine ganz persönliche Zukunft kümmern. Und meiner Mutter war es ein Dorn im Auge, dass ich Jungsbücher las.« Helene fasste ihre üppigen roten Locken mit einem Band zu einem Zopf zusammen, packte ihre Sporthose aus und zwängte sich hinein. »Ich muss ein bisschen zugelegt haben«, grinste sie und klopfte dabei liebevoll auf ihren Oberschenkel.

»Ich habe im Urlaub auch zugenommen. Ist doch als Erfolg der Auszeit zu werten – oder? ›Bücher von einem Schwindler, Betrüger und Fantasten soll man stehen lassen‹, waren die Worte meines Vaters. Der ist nun auch schon seit fünf Jahren tot.«

»Und sonst? Du warst doch nicht jeden Tag bei Karl May, oder?«, wechselte Helene entschlossen das Thema. Ihre Eltern lebten schon lang nicht mehr und sie war der Meinung, Gitti sei wirklich alt genug, um ihr Leben allein zu meistern. Mit Anfang 50 sollte man doch wenigstens das geschafft haben, dachte sie unfreundlich, schließlich war man länger tot als lebendig, nüchtern betrachtet. Ihr fiel ein, dass sie vor einiger Zeit einen Satz von Renard gelesen hatte, der auch gesagt hatte, das Leben würde überschätzt.

»Wo denkst du hin! Ganz sicher nicht. Ich habe auch noch andere Hobbys. Deshalb bin ich nach Freyburg gefahren«, kicherte Gitti, legte sich ein Handtuch zurecht, kramte nach dem Duschbad.

»Freyburg? Ich ahne es! Du warst bei Rotkäppchen?«

»Genau. Wenn ich schon mal so ungefähr in die Gegend komme, gucke ich mir an, wo mein Lieblingssekt kreiert wird.«

»Und, hast du es gesehen?«, fragte Helene skeptisch.

»Die Dame, die uns geführt hat, war wirklich nett. Besonders beeindruckt hat mich das riesige Cuveé-Fass, in dem man früher die Weine vermischt und den typischen Geschmack erzeugt hat. Mann! Riesig. Rotkäppchen stellt heute noch Sekt im Champagnerverfahren her! Lecker!«

»Ja, den kenne ich. Der hat allerdings ein goldenes

Käppchen!«, lachte Helene und zerrte an ihrem T-Shirt, um es über dem Busen geradezurücken.

»Genau. Da wird jede Flasche täglich gerüttelt. Ein ziemlicher Aufwand, den der Kunde dann eben auch bezahlen muss. Außerdem ist der limitiert.« Gitti warf ihr grell-pinkfarbenes Sportshirt in die Tasche und begann an ihrem BH herumzunesteln. »Aber richtig gut war das Degorgieren. Gefährliche Sache, dabei kann dir dann schon mal der Korken um die Ohren fliegen oder die ganze Flasche explodieren. Aber die Leute werden es wohl beherrschen. Der dicke Korken wird dann mit Druck in den Hals der Flasche gepresst. Ein bisschen enttäuscht war ich darüber, dass das meiste in Tankgärung hergestellt wird.« Sie verzog das Gesicht.

»Tankgärung? Aha. Klingt jetzt nicht unbedingt nach Romantik und Fantasie aus 1.000 Perlen, oder?«

»Nein, wirklich nicht. Deshalb sagen sie das auch keinem. Die großen Stahltanks hat man uns deshalb wohl auch erst gar nicht gezeigt.« Gittis Lachen war wieder zurück. Sie warf den Kopf in den Nacken. »Mir ist es egal. Er schmeckt mir auch aus dem Tank. Und das Geld für eine Flasche mit goldenem Käppchen muss man erst mal haben. Das geht nicht für jeden Abend! Eine von den tollen Flaschen für irgendeine besondere Gelegenheit im Schrank zu haben, reicht mir völlig.«

»Heute ist auch der teure Rotkäppchen immerhin bezahlbar. Wenn auch nur zu speziellen Anlässen. Aber das war nicht immer so. 1923 zum Beispiel hat eine Flasche zwei Millionen Mark gekostet«, erklärte Helene. »Das konnte sich so gut wie niemand leisten und in den wirtschaftlich unsicheren Zeiten wollte das wohl auch keiner.«

Gitti hatte es inzwischen geschafft den BH loszuwerden und schlüpfte aus dem Slip. »Meine Großmutter erzählte immer, zu Zeiten der Inflation habe sie mit einem Handwagen am Tor gewartet, damit Opa seinen Lohn gleich bei ihr abgeben konnte. Das war so viel Geld, dass man es unter dem Arm nicht wegtragen konnte. Das Geld wurde sofort in Nahrungsmittel umgesetzt, weil es am Abend manchmal nur noch die Hälfte wert war.«

»Zum Glück hat ja bei uns nicht einmal die letzte Krise solche Verhältnisse heraufbeschworen«, Helene band mit einem letzten energischen Zug die Schnürbänder zu. »Ich gehe jetzt hoch. Sport ist angesagt!«

»Und ich husche unter die Dusche. Bei mir ist nämlich noch Vergnügen angesagt! Ich gehe in die Stadt. Bin verabredet«, verriet Gitti zwinkernd und warf kokett den Kopf zurück.

»Im Lauterbach? Mit einer vielversprechenden Erscheinung?«

»Klar. Nur!«

Die beiden nickten sich zu.

Gitti verschwand durch die Tür in den Nassbereich.

Helene, die ihre Mitgliedskarte vergessen hatte, schloss ihren Spind noch einmal auf.

»Igitt, was läuft da aus dem Schrank?«, hörte sie Gitti murmeln. »Haarshampoo? Rosa. Wahrscheinlich mit Rosenduft.«

Helene hatte ihre Karte gefunden und wollte gerade den Umkleidebereich verlassen, da ertönte ein gellender Schrei!

»Gitti? Ist dir was passiert?«

Die Freundin stürmte zu den Duschen und wäre um ein Haar mit ihrer Sportfreundin zusammengeprallt.

»Sieh mal!«, presste die schockierte Frau hervor. »Sieh nur mal.« Dabei wies sie anklagend ihre linke Hand vor, die rotbraun verfärbt war.

Tränen rannen über ihr Gesicht.

Langsam löste Helene die Finger der anderen vom Hals der Plastiktüte, die sie mit der Rechten fest umklammerte.

»Gib mir das mal. Lass los«, forderte sie sanft.

»Sieh nicht rein!«, schluchzte Gitti. »Sieh da bloß nicht rein!«

»Sei nicht albern. Zeig mir mal, was dich so erschreckt hat.«

Gitti lehnte an der Wand und atmete unrhythmisch. Schüttelte vehement den Kopf.

Doch Helene war eine Frau der Tat.

»Scheiße aber auch!«, kommentierte sie, als sie den blutverschmierten Kopf entdeckte, wurde blass und spürte eine ungewohnte Schwäche in den Beinen.

Sie atmete tief durch.

Dann schob sie die willenlose Gitti unter die nächste Dusche, stellte das Wasser an, wählte eine angenehme Temperatur und ging telefonieren.

21

»Anruf aus der Reha Vita, Feigestraße«, verkündete Silke aufgeregt. »Die Kollegen wurden zu einem grausigen Fund gerufen. Sie sind vor Ort. Es handelt sich offensichtlich um einen abgetrennten Kopf, der in einem Spind lag.«

»Ein Kopf?« Nachtigall, der gerade erst aus dem Klinikum zurückgekommen war, zog den eigenen zwischen die Schultern wie eine Schildkröte, die versucht, sich zu verstecken. »Wie gruselig. Der Finder steht sicher unter Schock.«

»Eine Frau hat die Kollegen alarmiert. Helene Schuster. Ihre Freundin hat den Kopf wohl gefunden. Eine Gitti Armbruster.«

»Wir fahren hin. In der Zwischenzeit solltest du dich mit dem vertraut machen, was wir gestern herausgefunden haben. Sieh dir bitte auch die Notizen auf dem Flipchart und den Tatortbericht zu der Wohnung der Ahrendts an. Wenn wir zurück sind, machen wir da weiter.«

Gitti saß mit einer Tasse Tee in der Ecke der Cafeteria.

Die Tische an der Straßenseite waren nicht ohne Weiteres einsehbar und so fiel die verstörte Frau den anderen Patienten oder Freizeitsportlern nicht so schnell auf. Helene, die auch ziemlich blass um die Nase aussah, hatte tröstend ihren Arm um die Schultern der Freundin gelegt und sprach beruhigend auf sie ein.

Nachtigall setzte sich zu den beiden.

»Mein Name ist Peter Nachtigall. Ich komme von der Mordkommission Cottbus.« Er zückte seinen Ausweis.

»Mord …«, hauchte Gitti und hustete.

»Aber meine Liebe. Natürlich Mord«, erklärte die andere aufmunternd. »Was soll es denn sonst gewesen sein, wenn der Kopf hier im Schrank …«

Gitti stieß einen spitzen Schrei aus.

»Wo ist denn das …« Nachtigall suchte nach einer möglichst harmlosen Umschreibung des Unvorstellbaren. »Fundstück? Wir müssen es in die Rechtsmedizin bringen lassen.«

»Einen Kopf ohne Körper?«, staunte Helene und rührte noch einen Löffel Zucker in ihren Tee.

»Ja. Selbstverständlich.«

»Schon für den Fall, dass noch mehr Puzzleteile auftauchen«, setzte Michael Wiener unsensibel hinzu, als er ebenfalls in der Ecke Platz nahm.

Bei Gitti löste diese entsetzliche Vorstellung eine neue Tränenflut aus.

Eine Bassstimme erwähnte: »Tüte und Kopf verblieben im Umkleidebereich. Das Personal hatte schon den Nassbereich für das Publikum gesperrt. Es durften nur noch die Kleidungsstücke aus den Schränken geholt werden. Kunden und Patienten wurden gebeten, auf die Duschen nebenan auszuweichen.«

Nachtigall drehte sich zum Sprecher um. Hinter ihm hatte sich ein stattlicher Kollege der Schutzpolizei aufgebaut.

»Schon jemand von der Spurensicherung da?«, fragte er.

»Klar. Peddersen mit seinem Team. Die sind schon eifrig an der Arbeit.«

»Danke. Ich gehe gleich nach hinten und frage nach neuen Erkenntnissen. Welcher Umkleidebereich ist es denn?«

»Der vordere.« Der Kollege räusperte sich. »Gut. Bericht ist bei Peddersen und liegt sicher schon in Ihrem Büro, wenn Sie hier fertig sind. Nun, für uns vom ersten Angriff gab es ja keine Sekunde lang Zweifel. Wir haben sofort die Kollegen verständigt – Sie auch. Wir fahren wieder!« Damit nickte er zum Abschied in die Runde und war verschwunden.

»Können Sie mir ein bisschen mehr erzählen?«, wandte sich der Hauptkommissar in sanftem Ton an Gitti.

»Ach«, wehrte die Schniefende ab, »wenn ich Ihnen das beichte, dann lachen Sie mich nur aus.«

Nachtigall schwieg, sah die Frau nur unverwandt an.

Endlich seufzte sie: »Also schön. In der vorderen Umkleide gibt es bei den Duschen einen Spind. Nur einen. Anfangs dachte ich, der sei für die Therapeutinnen, die würden da drin ihre Sachen aufbewahren, während sie mit den Patienten im Wasser sind. Aber das stimmt nicht. Die ziehen sich im ganz normalen Umkleideraum um.« Sie senkte den Blick in ihren Tee. »Ich bin eine von Natur aus neugierige Person. Also beschloss ich, bei passender Gelegenheit mal nachzusehen, was dort aufbewahrt wird. Heute war ich allein auf weiter Flur. Vor dem Spind hatte sich eine Pfütze gebildet. Aha, dachte ich, da läuft Haarshampoo aus. Der Schlüssel steckte. Ich schloss auf … und … als ich in die Tüte …«

Gitti begann zu würgen, drängte sich an Helene vorbei und rannte zu den Toiletten.

»Sie hat reingeguckt und laut aufgeschrien. Ich bin sofort zu ihr gerannt, ich dachte, sie sei in der Dusche gestürzt«, übernahm die Freundin nun die Fortsetzung der Geschichte. »Gitti hielt mir ihre Hand hin. Blutverschmiert. Also nahm ich ihr die Tüte ab, sah, was drin war, schob Gitti unter die Dusche und drückte den Alarmknopf. Niemand kam. Ich stellte den Beutel in den Spind, musste nun nicht noch jemand die Tüte finden, schloss die Tür ab und steckte den Schlüssel ein, danach lief ich zur Rezeption, damit man die Polizei verständigte.« Helene wirkte sehr gefasst und ruhig.

»Als Sie den Kopf zurückstellten, konnten Sie da sehen, ob noch mehr Beutel im Schrank waren?«

»Ehrlich gesagt nicht. Weil ich nicht darauf geachtet habe. Mir ging es darum, schnell Hilfe zu organisieren.« Nachtigall glaubte Bedauern in ihrer Stimme wahrnehmen zu können. Helene stand auf.

»Wenn Sie keine weiteren Fragen haben, würde ich jetzt gern nach Gitti sehen.«

»Ihre Adressen haben wir?«, fragte Wiener nach.

»Ja, die Kollegen haben alles notiert.«

Sie war schon fast an der Tür zu den Toiletten, da drehte sie sich noch einmal um.

»Vielleicht sollte ich erwähnen, dass ich den Toten wahrscheinlich kenne.«

»Was?« Damit hatte Nachtigall nun wirklich nicht gerechnet.

»Im ersten Moment habe ich es nicht wirklich gewusst. All das Blut, das Gekreische von Gitti, der fürchterliche Geruch. Aber als sich die Lage etwas beruhigte, wurde mir bewusst, dass ich den Kopf wohl kenne. Er gehört zum Exmann einer Bekannten von mir. Könnte ich wetten. Norbert.«

Damit schloss sie die Tür hinter sich, um ihrer Freundin beizustehen.

»Michael, du wartest bitte, bis sie wieder rauskommt und lässt dir den vollständigen Namen und die Adresse von diesem Mann und der geschiedenen Frau geben. Ich gehe zu Peddersen und bringe in Erfahrung, was er so für uns hat.«

»Tja – wir haben eine handelsübliche Einkaufstüte und eine Sporttasche in diesem Schrank gefunden«, berichtete Peddersen umständlich. Nachtigall registrierte mit Schaudern die blutigen Spritzer auf dem weißen Tatortanzug und schüttelte sich. »In der Tüte war der Kopf, in der Tasche Arme und Beine des Opfers.«

Der Hauptkommissar nickte knapp.

Einer der Kollegen Peddersens öffnete den Plastikbeutel, damit Nachtigall einen Blick hineinwerfen konnte. Ich habe ohnehin keine Wahl, dachte der und schaute hin, ich sehe ihn bei Dr. Pankratz sowieso wieder. Auf den ersten Blick waren keine Details zu erkennen.

Leise ächzend registrierte er eine blutige Masse, durchzogen von dunkleren Strukturen. Haare, überlegte er, das sind bestimmt Haare.

»Der Torso fehlt?«, fragte er dann heiser.

»Hier ist er nicht. Wir haben natürlich in allen Spinden nachgesehen. Nix. Vielleicht gehören Kopf und Extremitäten demnach zu dem Torso aus dem Autowrack. Die Zeugin hat in die Tüte geguckt, weil sich auf dem Boden diese kleine Lache gebildet hatte. Da ist ein winziges Loch in der Nähe der Naht, dort ist Plasma ausgetreten.«

Nachtigall bemerkte die Spurenkarte zu seinen Füßen. ›1‹ stand darauf.

»Muss ein ziemlicher Schock gewesen sein. Die dachte an Duschgel oder so und findet einen abgetrennten Kopf.« Der Tatortspezialist wiegte bekümmert den gesamten Oberkörper hin und her.

»Kannst du mir sagen, wie er …?«

»Scharfe Kante. Gesägt, gehackt? Das weiß der Rechtsmediziner besser.«

»Wir lassen überprüfen, ob die DNA zu den Blutspuren aus der Wohnung passt.«

»Wenigstens wäre damit klar, wie der Körper von dort verschwand. Am Stück wäre es ihm wohl kaum möglich gewesen, den Abtransport unauffällig zu gestalten.« Peddersen kommentierte all das emotionslos. »Unter den Augen der Polizei!«

»Sieht aus, als hätten wir es mit einem eiskalten Killer zu tun. Das Risiko entdeckt zu werden, ist ihm weitgehend egal.«

»Dies ist eine Damenumkleide. Vielleicht musst du das in deine Überlegungen mit einbeziehen.«

»Der Täter war eine Frau? Hältst du das für möglich?«

Peddersen zuckte mit den Schultern.

Nachtigall spürte Übelkeit aufsteigen, lehnte sich einen Moment an die Wand.

»Alles in Ordnung?«

»Nur der Rest der Gehirnerschütterung«, log der Hauptkommissar und floh in den Gang hinaus.

Afrika.

Hier könnte man es auf Dauer gut aushalten, überlegte er und wusste doch, dass er die Hitze, die um diese Jahreszeit als bloße Ahnung über dem Sand lag, nur schlecht würde ertragen können. Wenigstens nicht gleich. Es könnte einige Jahre dauern, bis man sich als Europäer adaptiert hat, hörte er andere sagen. Ihm persönlich stand ab sofort der Weg offen. Er musste nur den nötigen Mut aufbringen, ihn auch zu gehen.

Sein Kontaktmann schwieg noch immer.

Ist das nun ein gutes oder ein schlechtes Zeichen, rätselte er, erscheine ich ihm nicht vertrauenswürdig genug, glaubt er am Ende, ich will ihn in eine Falle locken?

Wie er es auch drehte und wendete, er selbst hatte keine Möglichkeit mehr, die Situation zu beeinflussen. Es galt, sich weiterhin unauffällig zu benehmen und dadurch eventuelles Misstrauen auszuräumen. Vielleicht, machte er sich Mut, checken sie gerade meinen Lebenslauf durch. Dann wird ihnen schnell klar werden, dass ich ein zuverlässiger Kerl bin. Noch nie Schwierigkeiten mit Polizei oder Justiz. Ich bin genau das, was ich behauptet habe zu sein. Ein unbescholtener Mann, der einen Partner sucht, um ein einmaliges Geschäft abzuwickeln.

Entspannt ging er ins Bad.

Duschte Sand und Meer gründlich ab.

Wählte seine Kleidung fürs Abendessen mit Sorgfalt aus und betrachtete danach zufrieden sein Spiegelbild. Von europäischer Winterblässe keine Spur mehr. Gleichmäßige Bräune auf Gesicht und Körper, die das weiße Hemd wirkungsvoll unterstrich. Er lachte sich freundlich zu und verließ sein Zimmer in dem Bewusstsein, den besseren Part gezogen zu haben. In Deutschland fiel Schnee. Die Menschen froren, bibberten sich morgens zur Arbeit und am Abend zurück, schnieften um die Wette und fürchteten die Grippeepidemie. Temperaturen im zweistelligen Minusbereich! Er hatte schon vergessen, wie sich das anfühlt, gönnte der dicken Jacke im Schrank nicht einen Blick.

Und, dachte er, während er beschwingt durch die gepflegte Anlage zum Restaurant eilte, vielleicht kommt es ja heute zum Kontakt. Wer weiß, träumte er, als er das köstlich duftende Buffet abschritt, werde ich mir in wenigen

Monaten hier ein kleines Haus kaufen und damit beginnen, mich zu akklimatisieren.

22

»Kriminalpolizei Cottbus?«, fragte die korpulente Frau irritiert. »Dann kommen Sie wohl nicht wegen des Einbruchs?«

»Nein. Wann wurde denn eingebrochen?«

»Vor drei Tagen. Ich kam nach Hause und habe gleich bemerkt, dass etwas nicht stimmt.« Sie führte die beiden Männer in ihr Wohnzimmer. »Nehmen Sie doch Platz. Sehen Sie, gestohlen wurde nichts. Mir kam es aber so vor, als sei alles durchgesehen worden. Und das Schlimmste war«, sie plumpste in einen der weichen Sessel und begann hemmungslos zu weinen, »dieses Schwein hat meinen süßen kleinen Kater in die Waschmaschine gesteckt. Im Kochprogramm! Es war grauenvoll!« Das Schluchzen war nicht mehr beherrschbar, sie murmelte eine Entschuldigung und floh aus dem Raum.

Wiener sah Nachtigall fragend an.

»Ist auf jeden Fall besorgniserregend. Wer weiß, was der Eindringling hier gesucht hat.«

»Geld, oder? Die meisten suchen doch nach Werten. Als er nichts fand, hat er sich an der unschuldigen Katze gerächt«, vermutete Wiener.

»Möglich«, blieb Nachtigall skeptisch. »Sie meinte, es wurde alles durchgesehen. Das soll heißen, dass es mit Bedacht geschah, der Einbrecher wollte sie nicht wissen lassen, wonach er forschte. Sie sollte nicht bemerken, dass er überhaupt da war. Und dann bringt er die Katze um! Das ist nicht logisch. Eine Warnung?«

Die Dame des Hauses kehrte mit einem Tablett aus der Küche zurück.

»Tee, Kekse?«

Die beiden Ermittler griffen artig nach einem Keks.

»Frau Holzmann, wir hätten ein paar Fragen, Ihren geschiedenen Mann betreffend.«

»Ach! Sie kommen wegen Norbert? Wenn das so ist, sitzt er mal wieder in irgendeiner Tinte und will gerettet werden? Sagen Sie ihm: Diesmal nicht! Ich werde nicht herbeieilen und meine Hand ausstrecken, um ihn aus der Scheiße zu ziehen. Er ist weiß Gott aus dem Alter raus, in dem er nach seiner Verflossenen jammern kann, wenn mal wieder eine seiner grandiosen Planungen in die Hose geht.«

Ihre Wangen hatten sich gerötet und die Hände schossen wie gefährliche Pfeile durch die Luft. Wiener drängte sich der Eindruck auf, Norbert, wenn er doch noch am Leben wäre, sollte sich lieber anderswo nach Unterstützung umsehen. Was mag er angestellt haben, um seine Frau so gegen ihn aufzubringen?, fragte er sich besorgt und dachte an seine Frau Marnie, die schon vor der Ehe klargestellt hatte, was sie als Scheidungsgrund ansehen würde. Nur damit du Bescheid weißt, hatte sie erklärt und dabei entschärfend gelacht, aber ihr Michael hatte dennoch erkannt, wie ernst es ihr war. War Norbert fremdgegangen?

»Seit wann sind Sie schon geschieden?«, erkundigte sich Nachtigall.

»Lang genug, um ihm bewusst werden zu lassen, dass ich nicht mehr für ihn in irgendwelche Breschen springe! Norbert ist nicht mehr ganz dicht. Vor drei Jahren hat es mir dann endgültig gereicht und ich beschloss, die Notbremse zu ziehen, bevor ich mit ihm zusammen untergehe. Er zog aus, nahm die Möbel mit und ich begann mit meinem neuen Leben. Hin und wieder war es notwendig, ihn aus finanziellen Schwierigkeiten zu retten, aber beim letzten Mal war klar, dass ich das nicht noch einmal tun würde. Und dieser ewige Verfolgungswahn! Anfangs stand er plötzlich vor der Tür, wollte bei mir unterkriechen, man sei hinter ihm her. Ich riet zu einer Therapie, aber glauben Sie nicht, dass er je ernsthaft versucht hat, sich zu ändern.«

»Er ist nicht ganz dicht?«

»Sein letzter Therapeut nannte es manisch-depressiv, sagt Norbert. Ich halte ihn für total durchgeknallt. Wenn er ruhig ist, schadet er wenigstens niemandem. Doch plötzlich entwickelt sich ein Plan. Das ist der Anfang vom Ende. Seine Ideen brauchen Geldgeber. Wortgewaltig preist Norbert sein neues Projekt an. Er findet für jede Idee genug Idioten, die ihr Geld investieren – und dann platzt die Seifenblase und alle sind sauer, Norbert steckt bis zum Hals in Schulden. Die Typen schicken ihm Schläger auf den Hals, er wird halb totgeprügelt und mit dem Tod bedroht. Schließlich wollen die Geldgeber ihre Einlagen zurück. Es ist immer dasselbe Drama! Danach kommt dann eine Phase mit Verfolgungswahn – zum Schluss eine neue Depression.«

»Hatten Sie in den vergangenen Tagen Kontakt zu Norbert?«

»Nein! Zum Glück ist im Moment Funkstille. Das kann von mir aus gern so bleiben.«

»Wir brauchen seine neue Adresse.« Nachtigall arbeitete sich wegen des unbrauchbaren Armes ungeschickt aus dem Polster der Couch hervor.

»Ich schreibe sie Ihnen auf.« Frau Holzmann trat an einen Sekretär, zog zielsicher die Schublade auf, stutzte, begann in den anderen Fächern zu wühlen. Dann seufzte sie, nahm einen Notizzettel und schimpfte: »Ich muss mein Adressbuch irgendwie verkramt haben! So was! Hoffentlich finde ich es schnell wieder, kann ja nur in der Wohnung sein. Alle Adressen weiß ich nämlich nicht auswendig. Norberts schon, denke ich. Wahrscheinlich kriege ich sie zusammen, wenn ich genau überlege …«

Endlich notierte sie zwei Zeilen auf dem kleinen Blatt.

»Ich glaube, so stimmt sie. Bei der Hausnummer bin ich mir nicht ganz sicher.« Als sie die Besucher zur Tür begleitete, murmelte sie: »Hoffentlich habe ich es nicht aus Versehen weggeworfen, stehen ja auch die Geburtstage drin, das wäre eine Katastrophe.«

Norbert wohnte in einem der blassgrünen Häuser im Löbensweg an der Verbindungsstraße zum Stadtring, in unmittelbarer Nähe zum Nordfriedhof.

»Ich wusste gar nicht, dass hier auch ein sowjetisches Ehrenmal steht«, staunte Wiener.

»In einem dieser dreigeschossigen Häuser da?«, fragte Nachtigall, ohne auf Wieners Bemerkung einzugehen. Er nahm sich aber vor, gelegentlich mit ihm eine Tour zu den Ehrenmälern in der Umgebung zu unternehmen. Wenn der lästige Articast entfernt war.

»Genau. Farblich sind die nicht gerade umwerfend geworden«, maulte Wiener, die blassgraubeige Fassade entlangfuhr, die eingangs der Straße lag. »Wenn schon, denn schon. Weißt du, wie bei den Würfelhäusern in Richtung Autobahn. Cottbus West. Die sehen toll aus, richtige Hingucker sind das geworden. Knallrot mit sonnengelben Balkonen. Das leuchtet förmlich.«

»Die habe ich auch neulich entdeckt. Gefällt mir. Weg von den gedeckten Tönen!«

»Schade, dass die Exfrau keinen Schlüssel hatte. Wenn wir ihn jetzt nicht zu Hause antreffen, müssen wir öffnen lassen«, nörgelte der junge Kollege weiter, während er den Wagen am Straßenrand geschickt in einer Lücke parkte.

»Was ist denn heute mit dir los?«

»Schlechte Nacht«, antwortete der andere knapp und war offensichtlich nicht an einer Fortsetzung des Gesprächs über dieses Thema interessiert.

Einen Schlüsseldienst mussten die beiden Ermittler nicht um Hilfe bitten.

Das erste Öffnen hatte ihnen schon jemand abgenommen.

Der Mieter der Erdgeschosswohnung unter Holzmann ließ die beiden Beamten ein.

»Ach, was! Schon wieder Polizei? Diesmal sogar die Kripo. Dabei habe ich dreimal – ich betone: dreimal! – angerufen, bevor sich überhaupt jemand bereitfand, die Sache aufzunehmen. Klar, da hatte mir der junge Knilch gesagt: ›Wahrscheinlich räumt der Mieter über Ihnen bloß seine Wohnung ein bisschen um. Da muss man nicht gleich nach der Polizei schreien. Gehen Sie rauf und laden Sie ihn auf eine Tasse Kaffee ein!‹«, keuchte der dünne Mann mittleren Alters, während er sich am Geländer hochzog. »Herzinsuffizienz«, japste er, schob eine Strähne des ehemals blonden, jetzt seltsam schettrigen Haares über die schweißnasse Glatze hinters Ohr zurück. Offensichtlich hatte er das Erstaunen der beiden Besucher gespürt, die hinter ihm her aufwärts schlichen. »Na, nun stellen Sie sich mal vor, ich hätte das tatsächlich gemacht? Wer weiß, ob ich überhaupt noch am Leben wäre!«

Auf dem Treppenabsatz blieb er stehen und stampfte zornig mit dem Fuß auf. »So eine Frechheit! Am Ende laufe ich einem Drogensüchtigen auf Beschaffungstour direkt ins Messer, nur weil mir die Polizei zu so einem Leichtsinn rät!«

Überrascht sah er den beiden Beamten nach, die wortlos in die nächste Etage stürmten.

»Siegel dran! Also waren die Kollegen doch noch vor Ort.« Wiener verzog das Gesicht. »Die hätten uns doch Bescheid geben können.«

Peter Nachtigall lachte laut. »Also wirklich, Michael! Wusste doch niemand, dass sich später die Mordkommission für den Mieter interessieren würde. Du erwartest seherische Fähigkeiten!«

Wiener stimmte in das Lachen ein. »Vielleicht hast du recht. Ich versuche mal, den Kollegen zu erreichen.«

In der Zwischenzeit hatte es auch Herr Lubrich, der Mieter aus der Parterrewohnung, bis in das erste Obergeschoss geschafft.

»Was war denn Herr Holzmann für ein Mensch?«, erkundigte sich Nachtigall.

Wiener hörte, dass sich der Kollege meldete und schob sich einen Schritt zur Seite, erkundigte sich mit gesenkter Stimme nach Details zum Einbruch. »Norbert Holzmann, Mieter seit vier Jahren. Wir wurden wegen lauten Polterns gerufen, das Schloss fanden wir vollkommen zerstört vor.

Wir haben ein neues eingebaut und die Räume versiegelt. Der Mieter ist offensichtlich verreist«, erfuhr Wiener vom zuständigen Beamten. »Wollt ihr rein? Dann bin ich in fünf Minuten da. Halt! Eher zehn. Wegen der Baustelle.«

Der junge Ermittler trat gerade rechtzeitig neben Nachtigall, um die Antwort des Mieters nicht zu verpassen.

Lubrich zuckte ständig aufgeregt mit den Schultern, als sei das ein Automatismus, den er nicht abstellen konnte, wenn er einmal in Gang gesetzt war.

»Was für eine große Frage! Keine Ahnung. Was man so von ihm gehört hat, war nicht positiv. Offensichtlich hat er ständig irgendwelche Leute über den Tisch gezogen, blieb dann die Miete schuldig und flog raus. Aber ich bin keiner, der gern tratscht, schon, weil die Puste meist nicht so lange reicht.«

»Aber bestimmt sind Sie ihm doch hin und wieder im Haus begegnet.«

»Sicher. Einmal hat er mir erzählt, er arbeite im Tagebau. Hat noch rumgeflachst, bei der Arbeit lerne man die Gegend kennen, dumm sei nur, dass die Anfahrt immer länger wird. Er wirkte ganz lustig.«

»Man lernt die Gegend kennen?«, hakte Wiener verständnislos nach. Seiner Meinung nach sah ein Flöz aus wie das andere. Geschichtete Wände, Sand, Erde und irgendwo die Kohleschicht.

»Na ja. Die Maschine buddelt sich ja immer weiter voran – und die Männer ziehen mit. Früher war der Tagebau doch noch bei Dissenchen, direkt am Rand der Stadt. Heute ist es da schon grün und die Bagger sind weitergezogen. Ich glaube, bei Senftenberg stehen die jetzt. Mir schien, der hatte Spaß beim Tagebau.«

»Spaß? Woran haben Sie das denn gemerkt?«

»Na, der erzählte immer so fröhlich davon. Ich kenne andere, die machen immer einen auf Bedenkenträger. Wie wird es nun weitergehen mit der Kohle? Vielleicht sind wir schon bald alle ohne Arbeitsplatz. Holzmann nicht. Der hat gesagt, die Kohle wird gebraucht. Wir haben die modernsten Anlagen, was den Kraftwerkebau angeht. Unsere Tagebaue und Kraftwerke bleiben erhalten – gerade wegen der Energiewende!« Lubrich lehnte sich an die Wand und Nachtigall bemerkte, wie sich dessen schmaler Brustkorb hektisch hob und senkte. Der Mieter legte seine knochige Hand an den Hals. Lange, gekrümmte Fingernägel unterstrichen den insgesamt ungepflegten Eindruck. Finger und Lippen waren blau.

»Herr Lubrich, Sie sollten besser in Ihre Wohnung zurückgehen«, riet der Hauptkommissar dem Fremden.

»Ich schone mich zu Tode«, grinste der gequält.

»Wie sieht Norbert Holzmann eigentlich aus?«, erkundigte sich Wiener.

Lubrichs Augen wurden groß und rund. »Warum? Wollen Sie den Mieter oder den Einbrecher fangen?«, krähte er dann heiser.

»Vielleicht ist Herrn Holzmann ja etwas zugestoßen«, nährte der Hauptkommissar eine neue Vermutung.

»Wenn ich es mir genau überlege … Könnte schon sein. Ich habe ihn ja schon seit ein paar Tagen nicht mehr gesehen. Urlaub kann nicht sein, dann gibt er immer mir den Schlüssel, damit ich die Post rausnehmen kann. Der Einbruch heute Vormittag war schon Aufregung genug und nun muss ich mir auch noch Sorgen um ihn machen.«

»Also?«

»Was?«

»Wie sieht er aus?«, wiederholte Wiener ungeduldig seine Frage.

»Nicht sehr groß, nicht sehr schlank. Ganz normal, würde ich denken. Wie Sie oder ich.«

Michael Wiener hoffte, der Mieter würde seinen skeptischen Blick nicht bemerken. Ging er doch davon aus, dass er sich durchaus deutlich von seinem Gegenüber unterschied.

»Augenfarbe? Haarfarbe? So etwas interessiert uns«, konkretisierte er.

»Haarfarbe kommt ja heute allenthalben aus der Tube. Aber ich würde schon meinen, der Holzmann ist dunkelblond. Heute schon grau durchsetzt. Und die Augen? Grün? Nee, grün nicht. Wenn ich mir das genauer überlege, sind die wohl auch grau. Natürlich nicht so dunkel wie die Haare, aber grau.«

»Hat er dichtes Haar?« So schnell gab Wiener nicht auf.

»Früher bestimmt. Aber jetzt nicht mehr. Ich will nicht sagen, er habe eine Glatze – aber man kann schon den Kopf zwischen dem Bewuchs gut erkennen«, grinste Lubrich.

»Also doch Glatze?« Der junge Kommissar unterdrückte ein Stöhnen.

»Nee. Nicht Glatze. Wirklich nicht. Höchstens so ein bisschen. Verstehen Sie? Nicht kahl.«

»Und ein Tattoo? An einer gut sichtbaren Stelle?«

Der Mieter grinste anzüglich. »Ach, Sie denken nicht an ein Arschgeweih oder eine wunderschöne Peniswurzelverzierung? Aber stimmt schon, der Norbert hatte sich eins über der rechten Augenbraue stechen lassen. Ganz frisch sah das schon nicht mehr aus. Eine Welle mit Linien und Punkten. Wie aus dem Film, ach, wie hieß der denn noch gleich? Na, fällt mir gleich ein. Ja! Moby Dick!« Lubrich rang röchelnd nach Luft und umklammerte hysterisch das Geländer. »Ismael, der Einzige, der um die Katastrophe schon wusste, bevor sie passierte. Einer der Seeleute von Käpt'n Ahab, der, der sich den Sarg hat zimmern lassen.«

Wiener nickte. »Klar. Darunter kann ich mir was vorstellen.«

»Danke schön. Sie haben uns sehr geholfen. Mein Kollege begleitet Sie zu Ihrer Wohnung hinunter, damit Sie sich ein bisschen erholen können. Und keine Sorge, wenn Sie Schritte und Geräusche hören. Das sind wir und unsere Kollegen.« Nachtigall schüttelte Lubrich freundlich die Hand.

»Immer gern. Was ist denn mit dem Arm Ihres Kollegen passiert?«, hörte er den Mieter fragen, als der mit Wiener schon die Hälfte des Rückwegs geschafft hatte.

Nur Momente später war der junge Mann wieder zurück.

»Ich versteh gar nit, wo der Kollege mit dem Schlüssel bleibt. Solle mir scho mal Peddersen benachrichtige? Klingt doch so, als würde wir ihn brauche.«

»Ein Kumpelgeheimnis? Wissen die Freunde irgendetwas, das für sie tödlich ist?«, murmelte Nachtigall, als habe er die Frage gar nicht gehört. »Wir haben nur lose Enden. Vielleicht finden wir bei Holzmann einen Hinweis auf eine Verabredung. Oder eine Notiz zu einem Telefonat mit jemandem, der ihn in die Wohnung der Ahrendts bestellt hat.«

»Wenn deine Vermutung stimmt, wurde er hier jedenfalls nicht getötet«, stellte Wiener fest.

»Vorstellbar wäre doch auch, dass der Mörder ihn vorab besucht hat, um das Treffen zu arrangieren und Holzmann in die fremde Wohnung zu locken«, konterte der Freund.

»Aber wie konnte er wissen …«

»Du meinst die Bombe? Aber das musste er ja vielleicht gar nicht wissen. Das Paar verlässt vormittags das Haus. Außerdem könnte ich mir denken, dass diese Verabredung auch kurzfristig getroffen werden konnte. Oder es war ihm schlicht gleichgültig, ob er beobachtet wurde oder nicht.«

»Wenn er mit einem anderen vor der Tür der Ahrendts steht und sich am Schloss zu schaffen macht und jemand öffnet unerwartet?«

»Nun, dann entschuldigt er sich höflich, behauptet, sich in der Etage geirrt zu haben, packt den anderen am Ärmel und geht seiner Wege. Flexibilität war wohl eingeplant.«

»Und der Hund? Wenn Frau Ahrendt zur Probe geht, wird sie doch wohl kaum das Riesentier mitnehmen.«

»Du meinst, es wäre ein Risiko gewesen, in die Wohnung einzudringen, wenn er von Amanda nichts ahnte? Hm, entweder kannte er Familie und Hund oder der Täter ging es einfach ein.«

»Vormieter! Silke könnte in der Zwischenzeit schon mal in Erfahrung bringen, wer vor den Ahrendts dort gewohnt hat und checken, ob einem von denen mal ein Schlüssel abhandengekommen ist.«

Schon hatte er sein Handy aus der Jacke gerissen und telefonierte aufgeregt.

Nachtigall bemühte sich, nicht in sich und seinen Körper hineinzuhorchen, was ihm außerordentlich schwerfiel. Wie schön wäre es, jetzt einfach ruhig in einem Sessel zu sitzen und ein bisschen verwöhnt zu werden, dachte er sehnsuchtsvoll, die Beine hoch, den Kopf an die Lehne gekuschelt. Die Kopfschmerzen sorgten für silberne Flimmerpunkte, die Augen brannten. Er atmete tief durch.

»Sie geht dem nach«, verkündete Wiener.

»Gut. Wir haben zwei Freunde, wahrscheinlich beide Mordopfer. Ob der Tod von John auch dazu gehört, können wir noch nicht beurteilen. An Zufall mag ich bei so etwas nicht glauben. Es muss und wird ein verbindendes Element geben. Sollte sich herausstellen, dass Holzmann ebenfalls getötet wurde, nehmen wir die verbliebenen Freunde unter die Lupe. Warnen müssten wir sie wohl ohnehin.«

»Ich denke, wir sollten uns auch mehr um diese Braunkohlegegner kümmern!«, forderte der junge Kollege. »Ich habe die Gruppierung mal im Internet recherchiert. Ich sage dir, die sind durchaus militant und rücksichtslos. Angeblich ist wegen einer ihrer Maßnahmen schon jemand gestorben.«

»Mord?«

»Herzinfarkt.«

»Also kein Fall für uns.«

»Bleibt aber die Tatsache, dass die Diskussion die sachliche Ebene längst verlassen hat. Und wir wissen doch genau: Wo Emotionen im Spiel sind, gerät schon mal was außer Kontrolle.«

»Aber jemanden töten? Erdrosseln, erschlagen, zerstückeln, anzünden? Ehrlich, Michael, das kann ich mir nicht so recht vorstellen.«

Schwere Schritte waren auf der Treppe zu hören. Irgendjemand stampfte heran.

Eine Dienstmütze schob sich ins Blickfeld.

»Hallo, Joachim Brause. Und Sie sind die Kollegen von der Mordkommission?«

»Exakt. Und Sie sind der Kollege mit dem Schlüssel. Dann können wir jetzt mal in die Wohnung schauen.«

»Sieht schlimmer aus, als man es normalerweise erwartet, nachdem eingebrochen wurde.« Der Uniformierte durchtrennte das Siegel und schob den Schlüssel in den Zylinder. »Ach, der Norbert! War zu Schulzeiten auch Mitglied in meinem Judoverein, lange her. Also, ich bin ja nicht erst seit gestern dabei, wie man sieht«, erklärte der untersetzte Beamte, »aber so etwas habe ich in all den Jahren nicht zu Gesicht bekommen.« Er griff in die Innentasche der Uniformjacke und zog einen Stapel Fotos hervor. »Haben wir machen lassen, weil der Norbert ja nicht da ist. So quasi zur Dokumentation. Nicht, dass der nachher glaubt, wir hätten das verbockt. So ein unglaubliches Durcheinander.«

Während Joachim Brause noch mit dem Schloss kämpfte, sahen die beiden Ermittler der Mordkommission schnell die Aufnahmen durch.

»Sieht ganz ähnlich aus, wie in Lombards Wohnung. Bis auf die verschimmelten Essensreste in der Küche, die fehlen hier.« Michael Wiener wiegte nachdenklich den Kopf. »Der Einbrecher ist möglicherweise auch der Mörder. Er fühlte sich sicher bei den Durchsuchungen der Wohnungen, weil er wusste, dass die Mieter nicht zurückkehren konnten. Die Nachbarn und die Möglichkeit, von denen entdeckt zu werden, hat ihn nicht ein bisschen behindert.«

»Mörder? Sie glauben, Norbert ist tot?«

»Wir sind noch nicht sicher«, beschwichtigte Nachtigall. Zu Wiener gewandt meinte er: »Ist naheliegend. Schließlich wäre es ein zu großer Zufall, dass immer jemand in die Wohnungen von Menschen einbricht, die gerade getötet wurden.« Er klang gereizt. Aber das war auch nicht weiter überraschend, denn er fühlte sich an der Nase herumgeführt. Der Täter lockte sie an den Fundort der Leichen und durchwühlte in der Zwischenzeit in aller Ruhe die Wohnungen. Immer verging ein längerer Zeitraum, bis man das Opfer fand, Heiner wäre eventuell gar nicht entdeckt worden und dass Hannes Schmieder das Loch in Johns Schädel aufgefallen war, verdankten sie gar einer Verkettung von Zufällen.

»Können wir die Bilder mitnehmen?«

Der Beamte ächzte, versuchte unter Aufbieten aller Kräfte, den Schlüssel zu drehen – und dabei gefühlvoll genug zu bleiben, um sich die Peinlichkeit zu ersparen, ihn abzubrechen. Schweiß stand auf seiner Stirn, das Gesicht hatte sich rot verfärbt. »Klar!«, presste er zwischen den Zähnen hervor. »Wir haben die anderen Mieter nach einer Reise Norberts gefragt. Hätte ja sein können. Keiner wusste etwas. Fragen Sie am besten bei seiner geschiedenen Frau nach«, riet er noch, und endlich schnappte der Bolzen zurück.

»Da waren wir schon.«

Brause übergab Nachtigall den Schlüssel. »Quittung brauche ich noch. Sonst glaubt nachher noch einer, wir hätten das gute Stück verbummelt«, grinste er und hielt dem Hauptkommissar einen Block hin. Der seufzte und unterschrieb.

»Dann zeige ich Ihnen jetzt mal, was wir so vorgefunden haben.« Damit ging er voran.

Norbert Holzmanns Behausung war mit trostlos noch sehr beschönigend und bunt beschrieben.

Schweigend sahen Nachtigall und Wiener sich um.

Nicht ein Bild an den Wänden.

Vor keinem der Fenster ein Vorhang.

Im Küchenregal stand ein einzelnes Gedeck.

Daneben warteten ein mittelgroßer Topf und eine kleine Pfanne.

Auf dem Boden neben der Spüle stapelten sich Konservendosen. Linsensuppe, Bohneneintopf, Hühnerfrikassee.

Zwei der Dosen waren geöffnet und auf den Boden ausgegossen und dünn ausgestrichen worden.

»Offensichtlich hat der Einbrecher selbst in Konserven nachgesehen.«

»Nicht nur dort. Auch die Shampooflaschen und die Zahnpastatube sind geleert und sogar aufgeschnitten worden«, erklärte der Beamte. »Wer auch immer da gesucht hat, der war gründlich. Alles Toilettenpapier hat der abgerollt.«

In die Spüle hatte der Täter Kaffeedose und Zuckertüte gekippt, danach offensichtlich alles mit der einzigen Gabel durchgerecht. Der Inhalt des Kühlschranks war ebenfalls untersucht worden, Marmelade und Joghurt ausgeschüttet, die Butter durchgeschnitten und in einzelnen Scheiben über den Boden verteilt. Beim Laufen knirschten Cornflakes unter den Sohlen der Ermittler.

»Er hat was Kleines gesucht.«

»Möglich. Kann auch sein, dass ihn einfach die Wut gepackt hat. Das Ketchup hat er die ganze Wand hochgespritzt.« Der Beamte wies auf die bräunliche Spur. »Und diese Pampe hier waren mal Haferflocken. Er hat irgendeine Flüssigkeit drüber gekippt, deshalb …«

»Gelesen hat Holzmann auch nicht«, stellte Nachtigall nach einem Blitzrundgang fest. »Nicht einmal auf dem Nachttisch liegt ein Buch. Das Einzige, was es hier im Überfluss gibt, ist Staub.«

»Ich überlass Ihnen jetzt das Feld«, verkündete Joachim Brause. »Unsere Übersicht hat ergeben, dass wohl ein Laptop fehlt. Angeblich stand immer einer auf dem Couchtisch«, sagte er noch und machte sich nach freundlichem Händeschütteln wieder auf den Weg zu seiner Dienststelle.

Kleidung, Papiere, Handtücher lagen kniehoch in der Wohnung verteilt.

Die Türen des Regals im Wohnzimmer hingen nur noch schief in den Angeln oder waren einfach rausgebrochen worden.

»Was hat der Mann den ganzen Tag über gemacht? Fernsehen geguckt?« Wiener sah sich um, konnte aber kein Gerät entdecken. »Ist gar keiner da! Hat er bloß die Wände angestarrt? Kommt von der Arbeit nach Hause und hockt nur rum?«

»Wir müssen bei seinem Arbeitgeber nachfragen, ob er sich krankgemeldet hat. Und«, setzte Nachtigall hinzu: »Wenn der Laptop eine TV-Karte hatte, konnte er damit gucken. Aber der ist ja verschwunden.«

Michael Wiener kämpfte seine Finger in Latexhandschuhe und half Nachtigall, einen über die gesunde Hand zu ziehen. Langsam streiften sie durch die Räume.

»Illegale Downloads? Jemand hat es wegen der Dateien mitgehen lassen?«, fragte der junge Kollege, während er in einem Stapel Papier stöberte.

»Ach, Michael! Könnte doch sein, dass er wieder an einem neuen Finanzoptimierungsprojekt gearbeitet hat. Der Mörder gaukelte ihm vor, er sei interessiert, wolle sich das Ganze mal ansehen. Dann wäre der Laptop nicht gestohlen, sondern von Norbert mitgenommen worden. Wir brauchen Peddersen hier. Ich will wissen, ob es Hinweise darauf gibt, wer hier eingedrungen ist. Haare?«

Der Hauptkommissar trat an eine Kommode und hob vorsichtig mit der Handschuhhand einzelne Schriftstücke an. »Ich gucke das hier noch schnell durch. Vielleicht finden wir die Adresse seines Hausarztes. Wenn nicht, fragen wir bei der Krankenkasse nach, der Sachbearbeiter müsste die Angabe in den Unterlagen finden können.«

Wiener informierte den Trupp des Erkennungsdienstes.

»Sieh mal, sieht aus wie die ersten Kapitel eines Buches«, murmelte er, während er dem Telefonat mit halbem Ohr lauschte. »Ein Deckblatt gibt es auch schon. Aha: ›Ein Kumpel gräbt in seinem Leben‹. Was für ein grässlicher Titel. Michael, ich glaube, er hat an seiner Autobiografie geschrieben. War vielleicht spannender, als man auf den ersten Blick vermutet.«

»Manuskriptklau? Deshalb ist das Notebook verschwunden? Weil der fertige Text auf der Festplatte liegt?« Wiener konnte sich ein Grinsen nicht verkneifen.

»Klar, die losen Blätter lässt der Einbrecher zurück, damit wir merken, was uns verloren ging? Sehr rücksichtsvoll!«

»Er hat eben nicht geahnt, dass es der Text ist«, beharrte Wiener.

»Unter Zeitdruck hat er nun wirklich nicht gestanden. Und wer den Text stehlen will, guckt doch nach, was sich auf den ausgedruckten Seiten findet.«

»Oh, fast hätte ich es vergessen: Wir sollen gefälligst draußen im Hausflur warten, lässt Peddersen ausrichten«, überbrachte Wiener und verzog das Gesicht. »Er wird nicht begeistert sein, wenn er erfährt, wer schon hier drin war.«

»Wir fragen seine Frau, was für ein Laptop das war.

Marke, Farbe, technische Besonderheiten«, schlug er dann vor.

»Peddersen wird sicher die Unterlagen zum Notebook finden. Wenn es neu war, wusste seine Frau möglicherweise gar nichts davon. Wir müssen überprüfen, ob es eine Verbindung von Holzmann zu den Ahrendts gibt – dann wurde er mit Absicht in genau diese Wohnung gelockt. Und zwar von jemandem, der eine unglaubliche Wut auf ihn hatte. Der Mörder hat ihn sterbend durch die ganze Wohnung getrieben und erschlagen, als er so schwer verletzt war, dass er ohnehin gestorben wäre. Danach hat er die Leiche zerstückelt. Sicher – mag sein, dass es dafür praktische Gründe gab, aber ich glaube, es gehörte für den Täter einfach dazu, war Teil des Gesamtplans.«

Mit bebenden Fingern entfaltete er den Zettel zum x-ten Mal, las die wenigen Worte, die er schon auswendig hätte aufsagen können.

›Morgen. Zehn Uhr. Touristengruppe zum blauen Auge. Seien Sie pünktlich.‹

Was nun?

War er schon für die Exkursion gebucht? Dann würde er natürlich wie ein Volltrottel wirken, wenn er versuchte, an der Rezeption nachzufragen. Ganz zu schweigen von dem Problem, dass man ihn dort eventuell gar nicht verstehen würde. Kommunikation mit den Angestellten war eindeutig die größte Schwierigkeit hier.

Wenn er allerdings nicht nachfragte, gab es womöglich morgen keinen freien Platz mehr für ihn im Bus. Der Kontaktmann wäre verärgert, die ganze Mission vom Scheitern bedroht. Das ging also auch nicht. Es blieb ihm keine Wahl!

Vielleicht, dachte er, als er die steile Außentreppe hinunterstieg, ist ja der junge Mann da, der in Deutschland aufgewachsen ist. Dann sind Erklärung und Nachfrage natürlich gar keine Hürde!

Er entdeckte ihn sofort.

Wie immer, wenn der Deutschkönner Dienst hatte, war er von einer dichten Traube Menschen umlagert. Neue Gäste, registrierte er automatisch, er kannte nicht eines der Gesichter. Geduldig wartete er in der tiefen Ledercouch darauf, dass es dem jungen Mitarbeiter der Rezeption gelang, die drängendsten Probleme der Gäste zu lösen. Als endlich Ruhe in die Lobby einzog, sprach er den Deutschkönner an.

»Hallo. Morgen ist eine Tour zum blauen Auge vorgesehen.« Er wählte einen zerknirschten Gesichtsausdruck und fuhr höflich fort: »Ich habe einige Touren gebucht. Aber jetzt weiß ich nicht mehr, ob ich bei der morgen dabei bin oder nicht. Überblick verloren. Können Sie das für mich klären?«

»Sicher. Ihre Reisebegleiterin hat eine Liste. In einer halben Stunde kommt sie her, dann können Sie sie fragen. Wenn Sie möchten, können Sie auf der Piazza warten, bis sie eintrifft. Holen Sie sich doch in der Zwischenzeit ein Eis.«

Piazza! Er unterdrückte ein Grinsen. Damit war der Innenhof des Hotels gemeint, nicht mehr.

Er nickte. Trabte folgsam in Richtung Bar.

Hätte ich mir ja gleich denken können, schimpfte es in ihm laut und grantig, ich entkomme dieser Frau nicht! Missmutig leckte er an seinem Eis. Beobachtete über den Gipfel der oberen Kugel, wie eifrig schwatzende Frauen damit begannen, Tische zusammenzuschieben. Sie entfalte-

ten dabei eine so rege Betriebsamkeit, dass er am liebsten in die Abgeschiedenheit seines Zimmers geflüchtet wäre. Das Schlimmste an diesem Treiben war seiner Meinung nach, dass die Frauen – die er in Gedanken abschätzig Weiber nannte – seine Sprache verwendeten. Er konnte den albernen Dialogen nicht ausweichen, sein Gehör wollte unbedingt jedes Wort verstehen, während er sich so angestrengt wie vergeblich darum bemühte, sich auf Eis und mitgebrachte Urlaubslektüre zu konzentrieren.

Sobald ich weiß, ob ich gebucht bin oder das noch erledigen muss, verschwinde ich, nahm er sich fest vor.

Sein Magen erkannte die aufdringlich freundliche Reiseleiterin schon, als sie den ersten Fuß in die Lobby setzte. Er schickte Krämpfe. Allerdings half das wenig.

Jetzt, wo der Kontakt endlich hergestellt war, gab es natürlich kein Zurück mehr!

Die Unaussprechliche, wie er sie insgeheim getauft hatte, wälzte heran, wählte den Platz an der Spitze der Tafel, um die herum sich ihre Interessierten versammelt hatten, und begann damit, ihre riesige Tasche auszupacken. Es würde mich gar nicht wundern, wenn sie auch noch einen Hund, eine Katze und ein Baby zu Tage förderte, dachte er ungeduldig, was muss diese Person ihren ganzen Hausstand mitschleppen, hat wohl keinen Schrank!

Zur Begrüßung der Neuangereisten kramte sie ihre aus Textbausteinen zusammengeschweißten Informationen hervor. Er ärgerte sich immer mehr. All das kannte er schon.

»Ich denke, dieses Afrika hat Sie ziemlich überrascht, nichts dürfte so sein, wie Sie es heute Morgen bei Ihrem Abflug in Hannover noch erwarteten. Aber das ist eben typisch Cap Verde. Die freie Demokratie mitten im Atlantik. Was darf ich Ihnen bestellen?«

Natürlich, registrierte er voller Verachtung, die Weiber nahmen wieder dieses charakterlose Gesöff, dessen Namen er sich nicht merken konnte. Sicher nur der spektakulären Farbe wegen. Süß, klebrig und quietschorange!

Er selbst schüttelte den Kopf, als die Reihe an ihm war, und wies mit dem Kopf auf seinen Eistee. Nach einer gefühlten Ewigkeit, angefüllt mit sinnlosen Worten, kam die Unaussprechliche endlich zu den Ausflugszielen.

»Sie haben die Möglichkeit von Esmeralda aus, die anderen Inseln anzufliegen …«

Er ließ die Sätze vorbeifliegen, versuchte die Augen offen zu halten, um nicht gar so unhöflich zu wirken. »… Es gibt nur noch wenige freie Plätze … beim nächsten Mal schon bei der Reisebuchung mit einplanen …«

Unerwartet entstand Schlussverkaufshektik am Tisch.

Er stöhnte leise. Meine Güte! Konnten die im Urlaub nicht wenigstens die Grundfunktionen ihres Hirns aktiviert lassen? Dies war ein Land, das vom Tourismus lebte! Natürlich gab es genug Plätze für alle.

»Was ist nun mit dem Ausflug morgen?«, fragte er genervt über das Bazargeschachere um Flüge und Plätze hinweg. »Ich wollte gern mitfahren, weiß aber nicht mehr, ob ich daran gedacht habe, den Trip auch wirklich zu buchen.«

Nun ächzte die Unaussprechliche. Strafte ihn für die Störung mit einem zornigen Blick. Denn trotz ihrer Leibesfülle musste sie sich nun bücken, was offensichtlich schwerfiel, um einen weiteren Ordner auf den Tisch zu wuchten.

Mürrisch blätterte sie darin.

»Hier steht es ja schon. Ja! Sie sind gebucht. Abfahrt ist pünktlich um zehn Uhr. Wer zu spät kommt, verpasst die Tour. Da wir auch andere Hotels anfahren, um Gäste einzusammeln, ist es vollkommen ausgeschlossen, auf Nach-

zügler zu warten.« Dabei las er in ihren Augen, wie gern sie ihn in der Lobby stehen lassen würde. Der Rede folgte ein Blick in die Runde. Einsetzendes Gekicher antwortete darauf. Wie immer! Auf die Weiber war eben Verlass. Eine fing auf jeden Fall damit an!

Touristen machen Afrika zum Albtraum, dachte er ungerecht, als er seinen Stuhl hart zurücksetzte.

Egal. Hauptsache, jetzt kam Schwung in seine Angelegenheit.

Wieners Handy brummte.

»Silke?«

Peter Nachtigall nutzte die kurze Pause, um das Toilettenpapier von seinen Fußgelenken zu wickeln. Danach lehnte er sich erschöpft an die Wand des Treppenhauses. Wartete auf das Tatortteam.

War das Chaos wirklich das Resultat des Einbruchs?

Oder herrschte in dieser Bude nicht immer eine Grundunordnung? Möglicherweise steckte Holzmann im Moment in einer tiefen Depression fest. Es war ihm einerlei, wie es um ihn herum aussah, er konnte sich nicht dazu aufraffen, an diesem Zustand etwas zu ändern. Seine Frau erwähnte einen Therapeuten. Bestimmt wäre es sinnvoll, bei ihm nachzufragen, in welcher Verfassung Holzmann sich gerade befunden hatte.

Die Abbaggerungsgegner.

Ach was, verwarf Nachtigall den Gedanken wieder, die können doch nicht alle Kumpel umbringen, damit der Energiekonzern seine ambitionierten Pläne aufgibt.

Aber natürlich würde Unruhe unter den Kumpeln entstehen. Wäre es dann nicht sinnvoll gewesen, für die Öffentlichkeit ein Zeichen zu hinterlassen, durch das man die Toten dem Kohleabbau zuordnen konnte? Bei Lichte betrachtet schien diese Variante nicht die logischste zu sein, weder in Bezug auf ein Motiv noch auf die Tötungsart. Nachtigall stieß sich von der Wand ab.

Peddersen und seine Leute trampelten über die Stufen heran.

»Silke hat schon so einiges geklärt. Zum Beispiel die Frage nach den Vormietern. Stell dir vor, einer von denen ist heute der Wortführer der Abbaugegner. Siehst du, da ist sie wieder, die Verbindung!«, triumphierte Wiener.

»Habt ihr auch alles schon mal gründlich angefasst?«, fragte Peddersen sarkastisch, als er den Treppenabsatz erreichte.

»Wir nicht. Aber es wurde eingebrochen. Die Kollegen haben den Sachstand aufgenommen und die Wohnung dann erst mal versiegelt. Der Mieter heißt Norbert Holzmann. Könnte unser Opfer aus der Reha Vita sein.«

»Wie sieht's denn hier aus? Waren das die Kollegen oder der Einbrecher?«, erkundigte sich einer von Peddersens Männern, die in ihren weißen Anzügen kaum auseinanderzuhalten waren.

»Das meiste Chaos stammt wohl vom Einbrecher. Der hat gründlich gesucht«, gab Wiener zurück.

»Komm!«, sagte Nachtigall nur.

Silke wartete schon im Büro.

»Da seid ihr ja. Dr. Pankratz hat angerufen, Peter möchte ihn bitte zurückrufen.«

»Danke.« Nachtigall fiel in seinen Schreibtischstuhl und griff nach dem Hörer.

»Hallo, Thorsten.«

»Was? Du kannst nicht stehen? Wie ist das denn nur passiert?«

Michael und Silke spitzten die Ohren.

»Das ist doch nicht dein Ernst!« Nachtigall schnaubte wie ein Stier in der Kampfarena. »Männer! Ich habe hier einen Torso und abgetrennte Gliedmaßen, einen Kopf – wer sagt mir jetzt, ob das zusammengehört?«

»Oh, das ist schlecht«, flüsterte Wiener der neuen Kollegin zu. »Dr. Pankratz begleitet unsere Fälle praktisch immer. Er gehört zum Team. Peter und er kennen sich schon seit Jahren, wenn er nicht kommt, haben wir ein Problem.«

Silke zog die Stirn kraus. »Ist es nicht gleichgültig, wer obduziert? Also, ich habe gelernt, die Ergebnisse der Obduktion seien objektiv. Dann kann doch auch jemand anderer die Leichenteile untersuchen.«

»Unser Rechtsmediziner kniet sich in die Fälle rein. Er arbeitet mit uns zusammen, als Partner. Gibt Tipps für die Ermittlungen, kennt sich unheimlich gut auf allen möglichen Gebieten aus. Er ist wirklich toll. Vielleicht gehst du demnächst mal mit.«

»Mir macht das nichts aus, weißt du. Ich habe schon ein paarmal zugesehen und bin ausgesprochen magenfest.«

Sie konzentrierten sich wieder auf das Telefonat.

»Na gut. Da kann man nichts machen. Und nun?«

»Zu dir? Das sind ja insgesamt vier Stunden Fahrt. Ehrlich gesagt, ist das nicht so günstig. Dr. März hat seinem Ärger schon Luft gemacht und unsere Presse ist nicht motivierend. Wenn wir nicht schnell zu einer Verhaftung kommen, gibt es richtig Schwierigkeiten.«

»Er will nicht«, wisperte Silke.

»Hört sich so an«, bestätigte Wiener.

Nachtigall knallte den Hörer auf und fuhr sich mit den

Fingern durchs Gesicht. Mit der Gipshand natürlich nur vorsichtig.

»Dr. Pankratz hat seinem sportlichen Ehrgeiz nachgegeben und auf das Benutzen des Fahrstuhls verzichtet. Dabei ist er auf der Treppe gestürzt. Er kann nicht stehen. So weit, so schlecht. Sieht nicht so aus, als könnte er heute noch obduzieren. Er überlegt, ob er nach Hause fahren soll.«

»Das Rechtsmedizinische Institut in Potsdam? Wir fahren hin?«, erkundigte sich Silke.

»Nur, wenn es wirklich nicht anders geht. Die Staatsanwaltschaft ist über die Häufung ungeklärter Todesfälle nicht glücklich – heute Morgen hatte ich einen sehr wütenden Dr. März am Telefon«, brummte Nachtigall. »Wir sammeln. Lasst uns mal chronologisch zusammenstellen, was wir wissen.«

Er trat an das Flipchart.

Zog das beschriebene Blatt ab und pinnte es an die große Stellwand.

»Also?«

»Was sollen wir als Ausgangspunkt nehmen?«, fragte Silke. »Den Tod von Tillmann John? Oder den Versuch, deinen Wagen von der Straße zu drängen?«

»John ist ja auch nicht wirklich der Beginn. Er wurde getötet – aber davor muss irgendetwas passiert sein, was jemanden derart gegen ihn aufbrachte. Der Verkauf des Hauses?«

»Gut, nehmen wir den Tod von John als Ausgangspunkt und lassen nach vorn Platz, falls wir neue Erkenntnisse gewinnen. John wurde direkt vor seinem Haus erschossen.« Nachtigall begann zu schreiben.

»Zählt der Tod des Katers auch?«

›Kater wird überfahren‹, stand auf dem Flipchart.

»Liegt der Mord an Heiner Lombard nicht dazwischen?«, fragte Nachtigall plötzlich. »Wir haben ihn erst später entdeckt, aber der errechnete Todeszeitpunkt lag vor dem Katertod – oder?«

Wiener stand auf und holte die Handakte, begann darin zu blättern.

»Machen wir schon mal weiter«, forderte Silke. »Die Bombe und das Massaker in der Wohnung.«

»Nein«, widersprach Wiener. »Das Abdrängen von Peters Wagen. Wenn wir den Tag der Entdeckung des Mordes als fixe Größe nehmen, gehört der Unfall vor das Finden von Heiner Lombard.«

»Danach wird der Einbruch in Lombards Wohnung entdeckt.«

»Genau. Und ich habe Herrn Tannenberg gefunden.«

»Hat der alte Mann tatsächlich etwas mit dem Fall zu tun?« Silke klang nicht überzeugt. »Er war alt. Er war Mieter in diesem Haus. Das sieht doch nach Zufall aus.«

Wiener zuckte nur mit den Schultern. Manche Fragen klärten sich eben erst später.

»Wissen wir, wo Frau Tannenberg untergebracht wurde? Wir haben noch ein paar Fragen an sie.«

»Du wirst es nicht glauben – aber sie ist wieder in ihrer Wohnung«, erklärte Silke mit unverhohlenem Unverständnis für das Verhalten der alten Frau. »Sie hat sich bockbeinig geweigert, irgendwo anders untergebracht zu werden. Es gab eine hitzige Debatte mit den Leuten vom Sozialdienst, der Hausarzt wurde verständigt, nichts zu machen. Er hat ihr bescheinigt, dass sie sich selbst versorgen kann. Herr Tannenberg wurde abgeholt – danach kehrte seine Witwe mit dem Hund in die Räume zurück.«

»Der Hund wird wohl der Grund für die ganze Aufregung gewesen sein«, meinte Wiener empathisch. »Er sieht kaum noch was, kann sich nur in seiner gewohnten Umgebung orientieren. Sicher wollte sie nicht, dass es ihm auf seine letzten Tage noch unnötig schwer gemacht wird.«

»Das wäre also geklärt. Wir wissen, wo wir sie finden können. Wie geht es hier weiter?«, beendete Nachtigall das Thema Tannenberg.

»Norbert Holzmann stirbt – ob in der Wohnung der Ahrendts oder nicht, werden wir bald wissen. Wir entdecken mutmaßlich seinen Torso in einem ausgebrannten Auto. Dem Auto, das dich abgedrängt hat. Kopf und Extremitäten finden Kundinnen der Reha Vita. Und danach wurde auch seine Wohnung durchwühlt«, fasste der junge Mann weiter zusammen.

»Hm. Wenn wir ordentlich sind, müssen wir den seltsamen Einbruch bei der geschiedenen Frau voranstellen. Es wurde nichts gestohlen, aber der Kater getötet.« Nachtigall runzelte die Stirn. »Moment mal! Das stimmt vielleicht gar nicht. Das Adressbuch! Frau Holzmann konnte es nicht finden! Wäre doch möglich, dass es das eigentliche Ziel des Eindringens war. So konnte er die Adresse des Mannes herausfinden.«

»Du meinst, der Täter war eigentlich in die Wohnung der Exfrau eingedrungen, um Norbert zu erwischen? Dann hat er bemerkt, dass hier etwas nicht stimmt, Norbert dort offensichtlich nicht mehr lebt. Hat nach der neuen Adresse gesucht und den Mord in die Wohnung der Ahrendts verlegt?«, staunte Silke. »Warum hat er nicht einfach ins Telefonbuch geguckt?«

Nachtigall blätterte in der aktuellen Ausgabe. »Weil er nicht drinsteht.«

»Er hätte ihn doch auch in der Wohnung umbringen können. Wäre das nicht bequemer gewesen?«

»Er dachte möglicherweise an neugierige Nachbarn und wollte deshalb nicht dort seinen Mord begehen. Und er hasst Katzen. Er hat den Kleinen in der Waschmaschine im Kochprogramm ertränkt.«

»Wenn das stimmt, hatte er ziemlich lang keinen Kontakt zu den Männern«, meinte Michael.

»Ja, das haben wir schon bei der Zwangsbestattung gedacht. Er hätte sonst wissen müssen, dass der Friedhof umzieht.«

»Der Vormieter der Ahrendts wusste mit Sicherheit darüber Bescheid. Schließlich diskutiert er öffentlich über den Sinn oder Unsinn der Abbaggerung von Ortschaften, die Profitgier der Konzerne.«

»Michael und ich fahren zum Arbeitgeber und klären, wer noch gefährdet sein könnte. Maik Grendke? Matthias Langer? Silke, finde doch bitte heraus, wo die beiden wohnen und schick uns die Adressen. Und – frage bitte bei Peddersen nach, ob die Wohnungstür abgeschlossen war und ob der Schlüssel, wenn der Täter ihn mitgenommen hat, irgendwo gefunden wurde. Vielleicht hat er ihn in ein Gebüsch geworfen. Außerdem möchte ich wissen, wie es mit der Auswertung der Fingerspuren aus der Wohnung der Ahrendts vorangeht.«

Die junge Frau nickte eifrig und saß schon hinter ihrem Monitor, als die beiden Ermittler durch die Tür drängten.

Die Dame trug ein schmales Kostüm, eine weiße Bluse und klackernde Pumps.

»Guten Tag«, begrüßte sie die Herren von der Polizei, die sich trotz ihres einheitlich schwarzen Outfits hier deutlich underdressed vorkamen. »Marianne Kranz, Presse- und Öffentlichkeitsarbeit.« Freundlich streckte sie ihnen ihre Hand mit den perfekt manikürten Nägeln entgegen. Der Händedruck war genau richtig dosiert – nicht zu schlaff, nicht zu dominant.

Nachtigall fragte sich, ob man das inzwischen auch an Puppen üben konnte, wie zum Beispiel die Rettungsmaßnahmen im Erste-Hilfe-Kurs.

»Hauptkommissar Peter Nachtigall, mein Kollege Michael Wiener. Wir haben ein paar Fragen zu Heiner Lombard und anderen Ihrer Angestellten.«

»Ja, darüber hat man mich schon informiert.« Ein leichter Schwung des Kopfes und ihre schulterblattlangen dunklen Haare flogen auf den Rücken zurück. »Bitte begleiten Sie mich doch in mein Büro. Ich habe mir die Unterlagen heraussuchen lassen.«

Sie wendete und ging leicht versetzt voran, hielt durch gelegentliches Umdrehen Kontakt zu den beiden Beamten. Perfekt, überlegte der Hauptkommissar fasziniert, das Ergebnis intensiver Schulungsprogramme, könnte ich wetten!

Über den Fahrstuhl erreichten sie schnell das Büro.

»Nehmen Sie bitte Platz.«

Der Raum war angenehm temperiert, lichtdurchflutet und vollkommen geruchsneutral. Keine Parfumwolke, keine zu stark duftenden Schnittblumen.

»Wie gesagt, ich habe mir die Akte Heiner Lombard kommen lassen. Glück für Sie, dass wir das alte Archiv komplett übernommen und gelagert haben. Lombard hat das Beschäftigungsverhältnis allerdings schon vor Jahren gelöst.« Fragend zog sie die linke Augenbraue hoch.

»Das wissen wir. Gibt es in der Akte irgendwelche Hinweise darauf, warum er kündigte? Herr Lombard wurde ermordet, da ist es wichtig, so viel wie nur möglich über ihn zu erfahren.«

Die gepflegten Hände blätterten in den Papieren auf dem Schreibtisch.

»Oft erfahren wir den Grund gar nicht. Tatsächlich ist der Arbeitnehmer nicht verpflichtet, uns detailliert mitzuteilen, warum er sich von uns trennt.«

Wieners Enttäuschung war ihm offensichtlich anzusehen, denn Frau Kranz lächelte ihn aufmunternd an. »Aber in diesem Fall haben wir das Glück, einen ausführlichen Brief von Herrn Lombard erhalten zu haben, der zumindest ein wenig Licht auf seine Entscheidung wirft.« Sie entnahm dem Ordner das Schreiben, legte es so vor sich, dass die Beamten den Text lesen konnten. »Wie Sie sehen, gab es Probleme mit Kollegen. Herr Lombard wollte mit einigen nicht mehr zusammenarbeiten. Etwas, worauf der Schichtplaner vor Ort Einfluss nehmen kann, allerdings ist er dazu nicht verpflichtet. So kam es also vor, dass er mit diesen Kollegen weiterhin gemeinsam eingeteilt war. Des Weiteren führt er aus, könne er nicht mehr für einen Konzern arbeiten, der sich nicht ausreichend um Aufklärung kümmere, wenn einzelne Mitarbeiter verschwinden. Das widerspreche der Fürsorgepflicht und sei für ihn unerträglich. Nun – dieser Passus bezog sich auf einen Kollegen, der eines Tages nicht mehr an seinen Arbeitsplatz zurückkehrte. Seine Eltern meldeten ihn als vermisst, er blieb allerdings verschwunden. Sicher eine tragische Geschichte, die natürlich mit dem Arbeitgeber nichts zu tun hat. Wir haben das, wie ich den Berichten entnehmen kann, mehrfach mit Herrn Lombard besprochen. Er zeigte sich in diesem Punkt nicht einsichtig. Möglicherweise war das ein enger Freund von ihm und er konnte dessen Abtauchen nicht verwinden.«

»Der Name des Vermissten war?«

»Oh, der steht hier in diesem Schreiben ebenfalls drin. Maik Grendke. Ein junger Kollege von Herrn Lombard. Wie gesagt, nach einer Urlaubsreise kehrte er nicht zurück.«

Michael Wiener sah den Brief begehrlich an. Zückte dann seinen Notizblock und notierte sich den Namen.

»Natürlich werde ich mich für Sie um eine Kopie des Schreibens bemühen«, lächelte Frau Kranz, und ihre braunen Augen blitzten den jungen Mann an.

»Wissen Sie aus den Unterlagen auch, warum Herr Lombard mit den anderen Kollegen Probleme hatte?«, hakte Nachtigall nach.

»Nicht direkt. Es finden sich nur Hinweise auf ein tiefes Zerwürfnis, konkreter ausformuliert wird es an keiner Stelle. Wenn Sie die Kollegen fragen, werden Sie eher eine Antwort erhalten. Denkbar wäre doch, dass nach so langer Zeit längst Gras über die Sache von damals gewachsen ist und sich die Gruppe wieder gut versteht.«

Frau Kranz erhob sich.

»Wenn Sie bitte einen Augenblick hier warten wollen. Dann bringe ich in Erfahrung, welches Material aus der Akte ich an Sie weitergeben darf.«

Sie rauschte hinaus.

Die Akte blieb zurück.

Michael Wiener zog sein Handy hervor und knipste wie der Teufel.

»So, das ist nun geklärt«, stellte der junge Mann auf dem Weg zum Parkplatz zufrieden fest. »Es hat irgendwelchen Ärger gegeben. Deshalb konnte Heiner Lombard nicht mehr zur Arbeit gehen. Zwischen Holzmann und den anderen scheint alles im grünen Bereich geblieben zu sein.«

Ächzend fiel Nachtigall auf den Beifahrersitz.

Verstaute die Kopie der Akte im Handschuhfach.

»Hätt ich mich beim Fotografiere gar net so z'beeile brauche«, nörgelte der junge Kommissar, der ihm dabei zusah.

»Mag sein, dass Lombard sensibler als die anderen war. Maik Grendke. Hm. Mit dem war er enger befreundet als mit dem Rest der Gruppe, sonst hätte ihn das Verschwinden nicht so aus der Bahn geworfen«, überlegte Nachtigall laut, als habe er die Worte Wieners gar nicht gehört. »Wir suchen den Vorgang raus.«

»Ins Büro?«

»Nein. Ruf Silke an, die kann sich um die Akte Grendke kümmern. Ich möchte jetzt gern ein paar Worte mit diesem Sprecher der Widerstandsbewegung wechseln. Wir müssen wissen, wie tief das Zerwürfnis tatsächlich war, nachdem John seine Meinung geändert und dem Verkauf zugestimmt hatte.«

»Also nach Brieskowitz.« Wiener startete den Motor.

»Und wenn wir schon dort sind, gehen wir noch mal in der Kneipe vorbei. Ich will hören, worüber man in dem kleinen Ort spekuliert.«

Nach einer halben Stunde Fahrt lag Brieskowitz wie an den Straßenrand gekuschelt vor ihnen.

Die Straßen sauber gefegt, die Fenster geputzt – so, als sei man sicher, für die Ewigkeit hier zu wohnen, wären da nicht die Transparente am Ortseingang gewesen, die forderten ›Hände weg von unserem Dorf‹. Friedlich wirkte es, fast ein wenig verschlafen – jedenfalls nicht wie ein Dorf, in dem man Mörder und Opfer von Tötungsdelikten vermuten wollte.

Trügerische Idylle.

Die Häuser guckten akkurat ausgerichtet auf die Straße, kleine Gärten davor, größere offensichtlich dahinter, wie die Kronen der Bäume verrieten, die hier und dort über die Dächer schauten. Manche umschloss eine unüberwindliche Mauer, andere Grundstücke hatten nicht einmal einen kleinen Zaun. Rote, rosa- und beige-farbene Fassaden standen einträchtig nebeneinander, dazwischen verklinkerte Einzelheime. Unverhofft stießen sie auf die kleine Kirche mit dem geschwungenen Eingangsportal. Wiener konnte verstehen, dass die Leute hier nicht wegziehen wollten – ob sie wohl neben dem Friedhof auch das Gotteshaus mitnehmen konnten?

Sie kamen am Haus der Johns vorbei.

Tote Fenster, vorgezogene Gardinen, der Rasen nicht gemäht.

Das fiel auf in dieser gepflegten Gegend.

Frau Schildermachers kleines Grundstück dagegen glich einem Meer von bunten Blüten, die Fenster blitzten im Licht und selbst der Briefkasten war gewienert. Im Weiterfahren hatte der junge Kommissar den Eindruck, eine der Gardinen habe sich bewegt.

»Beobachter.«

»Auf dem Rückweg halten wir noch mal bei Frau John. Alle Kinder sind weit über den Erdball verstreut – nur Heiner lebte in der Nähe. Ich will nicht glauben, dass es keinen Austausch zwischen Mutter und Sohn gab«, entschied Nachtigall grantig.

»Warum ermittelt eigentlich Hansen, wer der Kerl war, der dich abgedrängt hat? Im Grunde sind wir doch zuständig! Es war ein waschechter Mordversuch. Auf dem Weg nach Brieskowitz – am Ende hat das Abdrängen sogar mit unserem Mordfall zu tun! Und es gibt sogar einen Zeugen für die Aktion.«

»Ich glaube nicht, dass der Fahrer wirklich gefasst wird. Ein gestohlenes Auto, ein Schatten hinter dem Lenkrad. Wenn er allerdings auch der Täter in den anderen Fällen ist, sind wir ihm doch schon auf der Spur.«

Michael Wiener räusperte sich, rutschte unbehaglich auf dem Sitz hin und her.

»Was ist? Stört dich der Gedanke, dass wir selbst ihn am Ende …?« Nachtigall ließ die Frage schweben.

Der junge Mann druckste unentschlossen herum. Dann meinte er unglücklich: »Vielleicht. Ist mein persönlicher Albtraum, dass er am Ende durch die Maschen glitscht! Wir müssen den Kerl einfach kriegen. Und was, wenn wir ihm am Ende zwar die Morde nachweisen können, nicht aber den Mordversuch an dir?« Wieners Hände umklammerten das Lenkrad, die Gelenke drückten sich weiß durch die Haut, er starrte mit brennenden Augen auf den Asphalt und presste die Lippen zu einem dünnen Strich zusammen. »Das könnte ich mir nie verzeihen!«

»Nun mach mal halblang, Michael. Mir ist doch nicht viel passiert. Den Arm hätte ich mir auch auf dem Weg durch unsere neuen Flure brechen können – Dr. Pankratz kennt sich jetzt aus mit dieser Art häuslicher Unfälle. Du warst unter Schock. Ich auch. Wir beide haben mich tot gesehen. Das darf unsere Arbeit aber nicht belasten, hörst du? Wir suchen einen eiskalten Killer. Dem müssen wir die Morde nachweisen, nicht die Attacke gegen mein Auto.«

Michael Wiener nickte. Halbherzig. Halbehrlich. Mehr Lüge als Wahrheit.

»Hier drüben ist es. Rechts.«

Sie stellten den Wagen vor einem großen Haus mit dunkelblauem Dach ab, das durch breite Schleppgauben und einen wunderbar angelegten Garten imponierte. Auf der Terrasse las ein mittelgroßer schlanker Mann in einem dicken Wälzer. Als sie klingelten, hob er kurz den Kopf und winkte ihnen auffordernd zu.

»Immer herein! Dies ist ein offenes Haus für ehrliche Menschen!«

»Schön hier«, lobte Nachtigall und dachte an seinen eigenen bescheidenen Garten.

Neben der Terrasse standen die Schuhe der Bewohner schön ordentlich aufgereiht. Eine Tischdecke mit Blumenmuster auf dem Tisch, eine Vase mit Zweigen in der Mitte. Ein bisschen zwanghaft, schoss Nachtigall durch den Kopf, aber wahrscheinlich wohnt hier niemand mehr, der für ein bisschen Chaos sorgen könnte. »Wirklich eindrucksvoll.«

»Wer Energie und Kraft investiert, wird mit prächtigen Pflanzen belohnt.«

Wiener seufzte leise. Die Selbstgefälligkeit des Kerls ging ihm auf die Nerven.

»Herr Matern?«

»Nun, wen sonst haben Sie in meinem Garten erwartet?« Das Grinsen glich einer Drohgebärde. »Sie wollen also zu mir. Wer sind Sie?«

»Kriminalpolizei Cottbus, Peter Nachtigall, Michael Wiener.«

»Aha«, machte der Hausherr, schob seine Lesebrille zurecht und studierte gründlich die Ausweise, die ihm die Besucher entgegenstreckten. »Und was soll ich wohl mit der Kriminalpolizei zu schaffen haben?«, lachte er dann zu dröhnend. »Wenn es da nicht dieses Theater auf dem Friedhof gäbe. Logisch, wenn man einen Mörder braucht, nimmt man sich einfach einen der Tagebaugegner! Denen ist alles zuzutrauen! Nicht wahr?« Dabei ruckte seine lange, spitze Nase drohend vor, richtete sich wie eine Speerspitze gegen Nachtigalls Brust. Mit seinen fast zwei Metern Körperlänge überragte er den Herrn des Hauses deutlich.

Der Cottbuser Hauptkommissar verzog keine Miene, wartete ruhig, bis das Lachen des anderen ausgeknipst wurde. Siegfried Materns Züge verdunkelten sich zusehends.

»Sie haben nicht immer hier gelebt?«

»Stimmt. Dieses hübsche Haus haben wir von den Eltern meiner Frau geerbt. Natürlich war es damals in einem fürchterlichen Zustand. Baufällig. Das Dach undicht. Aber wir haben die Herausforderung angenommen und heute ist es ein echtes Kleinod.« Er warf sich in die Brust und ließ seinen Blick voller Stolz über Haus und Garten wandern. »Vieles haben wir selbst gemacht. War eine ordentliche Plackerei. Aber es hat sich gelohnt.«

»Sie sind aus Cottbus aufs Land gezogen?«

»Brieskowitz ist ja nicht in der Diaspora! Mal schnell in die Stadt, zum Theaterbesuch oder wenn die Gattin zum Shoppen möchte – kein Problem. Mehr als 30 Minuten brauchen wir für die Strecke nicht, eher weniger.«

»Als Sie Ihre Wohnung aufgaben, mussten Sie doch auch die Schlüssel abgeben. Fehlte einer?«, erkundigte sich Nachtigall leichthin.

»Ach, nun hören Sie schon auf! Die alte Geschichte wieder! Der fehlte nicht. Ich hatte ihn nachmachen lassen. Wahrscheinlich habe ich einen mit dem Müll entsorgt. So was kommt doch mal vor.« Beleidigt verschränkte Matern die Arme vor dem Körper, schob angriffslustig das Kinn vor. »Und da kommt dann gleich die Kriminalpolizei? Alles längst verjährt. Pah!«

»Es sind Schlüssel einer Schließanlage, so ohne Weiteres kann man in diesem Fall keinen Ersatzschlüssel fertigen lassen«, hielt Wiener dagegen.

»Mich hat aber keiner nach einer Erlaubnis gefragt! Möglich, dass der Einzelne gar nicht auffiel. Zu der Zeit habe ich die Schlösser und Schlüssel für dieses Haus in Auftrag gegeben. Einer mehr oder weniger …«

»Sie kennen die Leute, die jetzt dort wohnen?«

»Nein. Selbstverständlich nicht. Warum sollte mich interessieren, wer da eingezogen ist? Wir leben jetzt hier.«

»Und wenn der Bagger kommt – wo werden Sie dann hinziehen?«, schoss Nachtigall die Frage ab, auf die Matern mit sofortiger Gegenwehr reagierte.

»Wir ziehen nirgendwo hin! Das wissen die Strommultis schon. Die haben das von mir schriftlich! Wir lassen uns nicht mit Geld abspeisen!« Matern blies vor Empörung die Wangen auf und pumpte mit dem ganzen Oberkörper, schwang sich auf die Zehenspitzen und zurück auf die Hacken, als wolle er testen, ob sein Territorium noch fest genug war, ihn zu tragen. Offensichtlich schwang in seiner Entrüstung auch Besorgnis mit, den Kampf zu verlieren.

»Sondern?«

»Wir wehren uns. Natürlich tun wir das! Wenn die Nase des Baggers in unseren Garten ragt, werden wir uns in seinen Weg stellen! Ein Matern lässt sich nicht wie ein räudiger Hund von seinem Land vertreiben. Wir weichen nicht, nur weil das Großkapital seine Muskeln spielen lässt.«

»Man wird Sie enteignen«, prophezeite Michael Wiener unbeeindruckt von den flammenden Worten.

»Mich nicht! Sicher nicht! Dann müssen die mich erst erschießen!«

»Ach? Interessant. Bei unseren Ermittlungen geht es auch ums Erschießen«, eröffnete ihm Nachtigall.

»Und warum«, Matern trat noch einen Schritt näher an den Hauptkommissar heran, berührte ihn beinahe, »fragen Sie das in diesem eigenartigen Ton?« Seine Augen flackerten hektisch von einem Gesicht zum anderen. Doch auch Wieners Miene blieb unergründlich. »Klingt ja fast, als verdächtigten Sie mich, jemanden auf diese Weise …«

»Wie weit würden Sie gehen? Es gab schließlich Morddrohungen gegen die Männer, die den Friedhof umziehen lassen! Und die haben mit der Planung des Energiekonzerns nicht einmal am Rande zu tun.« Nachtigall drückte den Rücken durch.

»Die hätten sich ja weigern können! Niemand kann die zwingen, die Ruhe unserer Toten zu stören«, giftete Matern.

»Warum sollten sie? Das hätte die beiden den Job kosten können.«

»Aus Solidarität, natürlich! All diese Verräter hier. Wir sind umzingelt von ihnen. Dort hinten am Wald – das waren die Ersten, die hinter unserem Rücken den Deal perfekt gemacht haben. Alles Verräter. Damit war klar, dass der Konzern eine Stelle hat, den Hebel anzusetzen. Die haben in ihren Büros sicher schon gefeiert, damals. Dachten, der Ort sei für uns schon verloren. Aber nicht mit einem Matern!«

Nachtigall beobachtete sein Gegenüber neugierig. Was davon war echte Emotion, was Theater, auswendig gelernte Phrasen, die bei Bedarf wie Textbausteine verwendet wurden? Dem Mann musste doch klar sein, dass der Bagger auch sein Haus zerstören würde. Niemand konnte ernsthaft glauben, diese Entwicklung sei noch aufzuhalten. Matern war der Blick verstellt auf all die Menschen, die in der Kohle ihren Lebensunterhalt verdienten.

»Plötzlich spielten alle privaten Kontakte, Freundschaften, Bindungen gar keine Rolle mehr. Die Gier übernahm das Regiment. Sie hätten mal erleben sollen, wie sich die Dörfler in aasgeile Geier verwandelten! Geld, Geld, Geld.« Er beugte sich noch ein Stück weiter zu Nachtigall, der sich beherrschen musste, nicht zurückzuzucken. »Mal ganz ehrlich: Je mehr von denen, die unbedingt mein Dorf vernichten wollen, über die Klinge springen, desto besser!«, zischte Matern böse. »Am Ende traut sich dann keiner mehr, uns zu vertreiben!«

»Der spinnt.«

»Hm. Er hat viel Zeit, Geld und Kraft in sein Haus investiert. Er möchte es behalten. Ist doch nicht ganz unverständlich, oder? Und das Angebot des Konzerns erscheint ihm zu gering, es entspricht nicht der Leistung, die er erbracht hat, beinhaltet nicht ausreichend Schmerzensgeld. Ich kann das nachvollziehen.« Nachtigall lehnte seinen Kopf an die Nackenstütze und schloss für Sekundenbruchteile die Augen. Es flimmerte, ein silbern funkelndes Schneegestöber.

»Also geht es ihm auch nur ums Geld. Was ist mit den hehren Zielen, die er uns vor die Füße geworfen hat? Solidarität? Kampf dem Großkapital?«, feixte Wiener.

»Er möchte nicht geldgierig erscheinen. Deshalb braucht er andere Gründe. Außerdem mag er wirklich an seinem Grund hängen, sich wie ein Vertriebener fühlen. Erschwerend kommt hinzu, dass du, wenn du einmal damit angefangen hast, das zu verteufeln, was andere getan haben, nicht mehr so ohne Weiteres zurückrudern kannst, ohne dein Gesicht zu verlieren. Er wird lieber behaupten, er sei gezwungen worden.«

»Er hatte eventuell einen Schlüssel für die Wohnung der Ahrendts«, erinnerte Wiener. »Wenn der Kerl nun doch ernst macht? Kumpel tötet, in der Hoffnung, dass der Bagger nicht aufrückt?«

»Wir haben nicht einen Hinweis darauf, dass Matern mit den Morden in Zusammenhang gebracht werden könnte. Wir wissen noch nicht einmal, ob Torso und Körperteile zusammengehören und beides zu unserer Wohnung passt.«

»Aber wir haben Materns ›Geständnis‹, dass die Morddrohungen aus dem Umfeld des Widerstands stammen!«, triumphierte Wiener und wurde von seinem Kollegen wieder auf den Boden der Realität geschubst.

»Nein. Er hat nur gesagt, dass er es für angemessen hält. Davon, dass er oder jemand, den er kennt, sie geschickt hat – kein Wort.«

»Hat Dr. Pankratz sich noch mal gemeldet?«

»Nein.«

Sie brüteten jeder vor sich hin.

»Soll ich wirklich hier halten?«, fragte Wiener plötzlich in die Stille.

»Frau John. Ja. In diesem Fall gibt es viele offene Fragen. Wird Zeit, dass wir versuchen, einige lose Enden zu vertüddeln. Also, komm!«

Der Cottbuser Hauptkommissar schwang sich ungelenk aus dem Beifahrersitz und fluchte leise.

»Wer hätte gedacht, dass eine so kleine Einschränkung so ein Riesenproblem macht.«

Wiener lachte, bot seine Hand als Unterstützung an, duckte sich dann schnell unter dem wütenden Blick des Freundes weg.

23

Erika wartete an einem der kleinen Tische des Cafés in der Spremberger Straße.

Ich bin aufgeregt wie ein junges Mädchen vor dem ersten Ball, schalt sie sich, dabei bin ich alte Schachtel doch längst über so etwas hinweg. Na gut, ergänzte sie gutmütig, wohl doch noch nicht ganz.

Nervös sah sie sich um.

Menschen zu beobachten hatte ihr früher viel Spaß gemacht. Nach Achims Verschwinden war es sogar die wichtigste aller Beschäftigungen geworden. Der Gedanke, er könnte sie verlassen und ein neues Leben an der Seite einer anderen begonnen haben, ließ sie einfach nicht los. Lange Zeit glaubte sie, ihn in wildfremden Gesichtern zu erkennen, mit Bart, gefärbten Haaren, Kontaktlinsen. Es quälte sie die Vorstellung, er lebe praktisch neben ihr, unerkannt, mit einer attraktiven Anderen, einer attraktiveren, sexgeileren Anderen – um genau zu sein. Sicher, ihre Freundinnen beharrten auch immer wieder darauf, dass es gar nicht anders sein könne. Bei den Treffen zu Kaffee und Sekt gab es lange Zeit kein anderes Thema, das die Gruppe mehr interessierte.

»Finde dich damit ab. Wenn du trauerst, wird die Sache nicht besser. Wer weiß, vielleicht hat er seinen Spaß daran zu sehen, wie du leidest«, hatte Carola oft vermutet.

Aber Erika konnte nicht loslassen.

Verlor ihre gute Laune, ihre Fröhlichkeit, ihr Lachen.

Und das Schlimmste war: Im tiefsten Inneren vermutete sie seit Neuestem, dass ihr Achim tot war.

Darüber konnte sie natürlich mit niemandem sprechen.

Die Polizei hätte angenommen, dass der, der so etwas vermuten kann, bestimmt genau weiß, warum der Mann tot ist – sie wäre unter Mordverdacht geraten!

Das Kränzchen wäre eher davon ausgegangen, dass sie nun endgültig ein Fall für die Psychiatrie geworden sei. Ein einziges Mal hatte sie so etwas angedeutet, hatte behauptet, eine Freundin habe erzählt, sie habe bemerkt, dass ihre Schwester gestorben war. Direkt in dem entscheidenden Augenblick sei ein Schmerz durch ihren ganzen Körper gefahren. Die Reaktion war so heftig ablehnend, dass sie das Thema nie wieder anriss.

Sie litt still.

Wurde einsam – und schnell vergessen.

Vor ein paar Monaten erst, bei einem zufälligen Zusammentreffen mit Carola, hatte die ihr geraten, sie solle doch eine Anzeige in einem dieser Partnervermittlungsportale im Internet einstellen.

»Du kannst doch mit dem Computer umgehen, Liebes, oder?«, hatte die Freundin etwas anzüglich gefragt. »Na, siehst du. Dann tu es auch! Du wirst sehen, es dauert nicht lang und schon hast du den Prinzen gefunden.«

Zögernd erst, dann entschlossener, machte Erika sich an das Formulieren einer Anzeige.

Zerriss den Entwurf und vergaß die Angelegenheit.

Doch der Gedanke an Achim trieb sie an.

Was, wenn er doch noch lebte?

Was, wenn sie ihn mit so einer Anzeige ausfindig machen konnte?

Er ihr sogar ins Netz ging? Geil war er immer gewesen. Trotz dieser Buchhaltermasche, die er draufhatte. Im Anzug mit Aktenkoffer, stets die Krawatte ordentlich gebunden. Derangiert wäre er nie vor die Tür gegangen. Aber wenn er nach Hause kam …

Erika schüttelte sich.

Manche Erinnerung blieb besser verschlossen. Schließlich liebte sie ihren Achim, hoffte darauf, dass er mit der Zeit schon ruhiger würde, seine seltsamen, abstoßenden und ausgesprochen schmerzhaften Forderungen an seine Bettpartnerin sich mit zunehmendem Alter erledigten.

Nervös tupfte sie mit einem blütenweißen Taschentuch an dem Unterlid entlang.

Hoffentlich war nichts verwischt.

Schminken hatte sie zwar nicht ganz verlernt, aber ungeübt war sie in der Zwischenzeit doch geworden.

Ob der Lippenstift noch an der richtigen Stelle saß? Oder hatte der sich etwa als abstoßende Inseln auf die Frontzähne geklebt?

Ihre Zunge fuhr forschend darüber, sie trank einen großen Schluck Mineralwasser, um das, was sie nicht erspürt hatte, wegzuspülen.

Und dann war er plötzlich da!

Stand wie aus dem Boden gestampft neben ihrem Tisch, eine rote Rose in der Hand, die er ihr nun mit großer Geste überreichte.

»Na, da haben wir uns wohl gefunden, nicht wahr?«, fragte eine angenehme Stimme.

Erika verfluchte sich innerlich für ihr jahrelanges Zögern.

Wie schwebend fühlte sie sich in diesem Moment.

Ich muss etwas antworten, fiel ihr ein!

»Guten Abend, Herr Brandes. Ja, ich glaube, wir haben uns auf Anhieb gefunden«, strahlte sie ihm entgegen und er nahm Platz.

»Sekt?«

Er gab der Kellnerin ein Zeichen, bestellte weltgewandt, orderte die Speisekarte, die ein anderer Gast wohl beim Gehen als Souvenir mitgenommen hatte.

»Na, dann lege ich die Karten am besten mal gleich auf den Tisch. Ewald Brandes, das wissen Sie ja schon. Witwer. Seit Jahren ohne Begleitung. An diesem Zustand möchte ich nun dringend etwas ändern, weil Erleben allein eben nur halb so viel Spaß macht. Finanziell übrigens geht es mir so gut, dass das schon für andere ein Mordmotiv sein könnte.« Dabei lachte er angenehm zurückhaltend.

»Erika Wintzel. Witwe. Seit vielen Jahren ohne Begleitung. Mir geht es also wie Ihnen.«

Darauf stießen die beiden an.

Als Ewald Brandes, der inzwischen nur noch Ewald war, sie vor ihrer Tür absetzte, war sie fast versucht, ihn sofort hereinzubitten. Doch der Gedanke daran, dass er das unschicklich finden könnte, ließ sie zögern.

Die Verabredung für den nächsten Abend schlug sie natürlich nicht aus.

24

Frau John verzog säuerlich das Gesicht.

»Sie? Noch mehr Fragen?«

»Bei Mordermittlungen kommt das vor, tut mir leid. Wir brauchen noch ein paar weitere Informationen über Heiner.« Nachtigall schob sich vorsorglich schon beim Sprechen durch die Tür und Wiener beeilte sich, den Anschluss nicht zu verpassen, denn Frau John sah durchaus so aus, als würde sie jede Gelegenheit nutzen, die Tür zuzuschlagen, gleichgültig, ob er es in den Flur geschafft hatte oder eben nicht.

»Was?«, fauchte sie unfreundlich.

Sie deutete vage und wenig einladend auf eine Sitzgruppe im Wohnzimmer.

Die beiden Ermittler blieben stehen.

»Ihr Sohn arbeitete häufig in einer Schicht mit Maik Grendke, Norbert Holzmann, Matthias Langer und anderen. Heiners Wohnung wurde aufgebrochen und durchwühlt, ebenso die Wohnung eines der Kollegen. Haben Sie eine Vorstellung davon, was der Einbrecher gesucht haben könnte?«

»Nein. War sicher so ein Einbruch auf Verdacht und wegen der guten Gelegenheit. Heiner hatte nichts von Wert. Wie gesagt, nicht einmal ein Sparbuch! Niemand konnte ernsthaft Reichtümer bei ihm erwarten.« Sie schüttelte unwillig den Kopf.

»Hat Ihr Sohn Ihnen in der letzten Zeit etwas zur Aufbewahrung gegeben? Oder etwas einfach dagelassen?«

»Er hat ja noch sein Zimmer hier …«

»Wir würden uns dort gern mal umsehen.«

Die Mutter nickte nur.

»Treppe hoch, erste Tür links.«

Im Flur drehte Nachtigall sich noch einmal zu Frau John um. »Wohin werden Sie ziehen, wenn der Bagger kommt?«

»Ach ja, ich werde einfach mit den anderen gehen. Meine Kinder leben wie Sie wissen nicht in Deutschland, haben ihre eigenen Familien, eigene Sorgen. Da störe ich doch bloß. Zu Heiners Beerdigung werden sie wohl kommen und danach sofort wieder verschwinden. Ich will nicht im Ausland sterben. Außerdem müssen immer ein paar in der Nähe wohnen bleiben – schon, um die Gräber zu pflegen. Wir können doch nicht zulassen, dass sie uns die Zukunft und die Vergangenheit rauben, oder?«

Der Raum war winzig.

Er bot gerade genug Platz für ein Bett, auf der gegenüberliegenden Seite einen Schrank und einen kleinen Tisch direkt unter dem Fenster.

»Hier sieht es ganz anders aus als in seiner Wohnung.«

»Hier hat er ja nicht gelebt. Und es gibt jemanden, der gründlich aufräumt. Sieh mal, das Bett ist abgezogen. Frau John rechnete also nicht damit, dass er zu Besuch kommen könnte, um länger zu bleiben.«

»Ein Sammlertyp war er jedenfalls nicht«, meinte Wiener. »In meinem alten Zimmer steht noch meine Steinesammlung. Und meine ganzen Matchboxautos habe ich auch aufgehoben.«

Nachtigall zog die Schranktür auf.

Leere Einlegeböden, keine Bügel auf der Stange.

In der Ecke wartete ein kleiner bunter Pappkarton darauf, dass jemand die in ihm verborgenen Schätze entdeckte.

Nachtigall warf seinem Gipsarm einen wütenden Blick zu.

»Michael! Sieh mal.«

Wiener bückte sich, hob die Schachtel auf den kleinen Tisch und öffnete den Deckel.

Pfiff durch die Zähne.

»Da wird uns Herr Matern einiges zu erzählen haben«, brauste Nachtigall auf. »Ist ja unglaublich!«

Wiener legte einen Brief neben den anderen auf die Matratze.

»Zeitungsbuchstaben! Wie originell!«

»Du liebe Zeit: ›Du Verräter! Das bricht dir den Hals‹, ›Du Widerling, der Tod weiß schon, wo er dich finden kann!‹ Besonders einfallsreich ist das auch nicht.«

»Tillmann John, der sich zuerst vehement gegen den Abbaggerungsplan zur Wehr setzte, schwenkte um und verkaufte sein Haus. Auch wenn Heiner zunächst gegen den Verkauf war, wird er den Plan am Ende doch unterstützt haben. Schon in der Hoffnung, dass er am Geldsegen beteiligt wird. Hinter dem Rücken der Jobagentur natürlich.«

»John wurde erschossen. Direkt vor seiner Haustür. Heiner lag erdrosselt auf seinem Sarg – Matern kommt nicht dafür in Frage. Wir enden immer am selben Punkt. Kam der Mörder von hier, wusste er von der Umfriedung.«

»Seit wann steht eigentlich fest, dass dieses Dorf abgebaggert wird?«, fragte Nachtigall nachdenklich. »Und wer organisiert die Proteste gegen den Friedhofsumzug?«

»Du meinst, Matern hat vielleicht einen Organisator?«

»Wäre doch denkbar. So einen Widerstand zu formieren und am Laufen zu halten, fordert viel Kraft.«

»Das macht Matern«, antwortete Frau John auf die Frage nach dem Organisator der Proteste. »Schon seit die Pläne bekannt wurden. Vor Jahren schon. Nach dem Verkauf des ersten Hauses kam es zu einer regelrechten Hetzjagd. Die Hauswände wurden besprüht. ›Verräter verschwindet‹ stand dort, im Dorf bediente man die Leute nicht mehr. Eines Nachts drang der Mob auf das Grundstück vor und Steine flogen durch die Fenster, den Garten zerstörte man mit einer Motorsäge. Natürlich wurde die Polizei alarmiert, doch die Kerle waren weg, bevor jemand sehen konnte, wer alles beteiligt war. Ein echtes Verbrechen.«

»Verbrechen?«

»Ja, natürlich. Das war die erste Nacht des Sündenfalls. Der Mann, der als Erster sein Haus verkaufte, starb damals, als der Mob das Haus angriff. Herzinfarkt. Seine Witwe zog wenig später weg.« Frau John dachte kurz nach. »Wenn ich mich richtig erinnere, wurde sie kurze Zeit später ermordet. In Frauendorf.«

Peter Nachtigall atmete tief durch. An den Fall konnte er sich noch gut erinnern.

»Nach dem Tod des Verräters traute sich wohl niemand mehr zu verkaufen«, mutmaßte Wiener.

»Natürlich hing die Schuld wie eine Pestwolke über dem Ort. Wirkte lähmend. Die einen hatten Angst zu verkaufen, weil sie den Mob fürchteten, die anderen wollten nicht, weil sie sich dann erst recht wie Schweine vorgekommen wären. Doppelter Verrat sozusagen. Der Tod des Ersten hätte ja dann wirklich jedes Restchen Sinn verloren, falls es überhaupt je einen gegeben haben sollte. Doch nach ein paar Wochen legte sich der Schock, rieselte wie Staub auf die Straßen und wurde weggeweht. Schließlich ging es um viel Geld. Nicht lange nach der Beerdigung verkauften die Zweiten. Tillmann schwenkte um, wollte nun auch lieber unsere Altersversorgung sichern. Angst war ihm fremd, meine Besorgnisse wollte oder konnte er nicht teilen.«

»Und Heiner? Der war doch auch im Widerstand.«

»Heiner«, sagte die Mutter verächtlich und unterstrich die Betonung durch eine wegwerfende Handbewegung. »Heiner zuckte kaum. Für oder gegen – das schien ihm völlig gleichgültig zu sein. Er hat dann sofort, irgendwie erleichtert, den ›Job‹ als ›Pressesprecher‹ hingeworfen. Vielleicht hat er ja sogar eine Chance in einem Neuanfang irgendwo gesehen. Weg von hier mag ihm im Grunde wie ein Hoffnungsstrahl vorgekommen sein.«

»Er wollte nach Afrika auswandern?«, staunte Nachtigall.

Wieder überlegte Frau John die Antwort gründlich.

»Gesprochen hat er nicht darüber. Eher nicht. Die Sprache wäre ein Problem für ihn geworden. In diesem Punkt war er nie begabt, Englisch forderte ihn schon genug. Und diese Sache mit Afrika kam vor etwa 20 Jahren auf, hat ihn beschäftigt. Bis dahin reizte ihn der raue Norden mehr.« Sie lächelte nachsichtig. »Nun, das mag ja auch an den neuen Möglichkeiten gelegen haben. Afrika war so richtig fremd, neu, spannend. Hitze eine Herausforderung, Sandstürme kannte er nur aus dem Fernsehen. Aber teuer war es auch. Und so konnte er sich diesen Traum nicht erfüllen. Irgendwann redete er nicht mehr darüber.«

»Eine neue Liebe hat das Thema wieder frisch entfacht?«, fragte Wiener.

»Wohl nicht«, gab Frau John kalt zurück. »Heiner kam nach seinem Vater. Bloß sein Leben stand im Mittelpunkt allen Denkens und Planens. Deshalb ist ja auch seine Ehe gescheitert. Als sie auszog, war keiner überrascht, Heiner auch nicht.«

»Warum hat er dann geheiratet?«

»Um Tillmann zu beweisen, dass er ein ganzer Mann ist. Es ging darum zu zeigen, dass er Frauen liebt.« Sie seufzte tief. »Tillmann war davon überzeugt, Heiner sei schwul.«

»Und Frau Lombard?«

»Hielt ihn auch für schwul, glaubte aber, sie könne dennoch an seiner Seite glücklich sein. Sie wissen schon, es gibt da dieses Klischee: Schwule Männer sind einfühlsam und echte Frauenversteher. Alles Quatsch! Kein Wort davon ist wahr!«, spuckte sie plötzlich wütend ihre Verachtung in den Raum.

»Norbert Holzmann, Maik Grendke, Matthias Langer – alles Kollegen von Heiner, mit denen er gern zusammenarbeitete. Ein funktionierendes Team.« Nachtigall beobachtete interessiert, wie sich das Mienenspiel der Mutter veränderte. Verzweiflung, Hoffnungslosigkeit bis flammender Zorn – die ganze emotionale Palette spiegelte sich in ihren Zügen wider.

Nachtigall wartete geduldig.

Der innere Sturm würde sich schnell legen.

Michael Wiener nutzte die Gesprächspause, um seinen eigenen Gedanken nachzuhängen. Kohle. Das große Geld war da nur für die Energiekonzerne drin. Die Angestellten wurden nach Tarif bezahlt. Darum konnte es also nicht gehen, Geld schied als Motiv in diesem Fall aus. Liebe, sonst ein starker Antrieb, kam auch nicht recht in Betracht. Der Täter, nach dem sie fahndeten, schlug mit großer Kaltblütigkeit und Gewalt zu. Hass, verletzter Stolz … hm, überlegte Wiener, all dem sind wir in Heiners Umfeld noch gar nicht begegnet. In den Aussagen erschien er eher als katastrophaler Langweiler, der bei niemandem heftige Gefühlsausbrüche auslöst. Was stimmt hier nicht? Lügen alle – oder gibt es einen Heiner Lombard, von dem wir noch gar nichts wissen?

Er zuckte zusammen, als die Witwe unerwartet antwortete.

»Freunde seit der Sandkastenzeit«, murmelte sie. »Bleibt nicht aus, wenn man in einem so kleinen Dorf geboren wird und hier aufwächst. Alle etwa im gleichen Alter – Heiners Geschwister waren ja nun deutlich größer, mit dem Nachzügler gaben sie sich nicht gern ab. Mamas Spätling nannten sie ihn verächtlich. Also hielt Heiner sich lieber an die Jungs aus dem Sandkasten. Es war keine Überraschung, dass sie auch denselben Arbeitgeber wählten und gern in einer Schicht zusammenarbeiteten. Auch die Väter der anderen hatten schon, wie Tillmann, in der Kohle gearbeitet. Alles irgendwie logisch. Man ging gemeinsam zur Arbeit, kam gemeinsam zurück. Deshalb war es so ungewöhnlich, dass Heiner plötzlich ausstieg. Völlig unverständlich. Er warf alles hin und brach den Kontakt zu den anderen ab. Keiner hatte eine Erklärung dafür.«

»Einer der Freunde war verschwunden.« Nachtigall schubste Frau Johns Denken in eine neue Richtung.

»Ja. Traurig, wirklich traurig. Seine Mutter ist inzwischen gestorben. Maik kam von einer Urlaubsreise nicht zurück. Er hatte niemandem erzählt, wohin er fahren wollte. Das einzige Kind der Familie. Heiner war damals tief betroffen. Das einzige Mal, dass ihn das Schicksal eines anderen nicht gleichgültig ließ.« Überrascht hörte Nachtigall Tränen dicht unter ihrer Stimme liegen, beobachtete, wie sie verstohlen über die Augen wischte. »Sie war eine so liebe Mutter gewesen – und doch war der Sohn nicht mehr zurückgekommen. Es war entsetzlich. Heiner kümmerte sich um sie, besuchte sie gelegentlich. Mir hat sie damals immer gesagt, sie glaube, ihr Maik sei nicht tot, das hätte sie gespürt.« Nun schniefte Frau John doch. »Ich habe jedenfalls nichts davon gemerkt, dass Heiner tot war. Sicher bin ich einfach zu unsensibel.« Sie schluchzte verhalten und putzte sich dann die Nase.

»Maik Grendke hat sich nie wieder gemeldet?«

»Nein. Nie. Damals wurde alles Mögliche von der Polizei überprüft – aber kein Hinweis gefunden. Nix. Mitte 20 – verschwunden ohne ein Wort!«

»Und die Freunde?«

»Wurden von der Polizei befragt. Aber auch von denen wusste keiner, was mit Maik passiert sein konnte. Heiner stand regelrecht unter Schock, die anderen waren offensichtlich ebenso ratlos. Irgendwann hatte sich das Thema für die Clique erledigt. Wenn Heiner manchmal davon anfing, fuhren sie ihm ziemlich rüde über den Mund. Erledigt und vorbei. Vergessen.«

»War Heiner neidisch auf Maik?«, hakte Nachtigall vorsichtig nach.

»Neidisch?«

»Ja. Weil Maik etwas getan hatte, was er sich nicht traute? Den anderen erging es ja vielleicht ähnlich. Maik hatte sich abgesetzt. Lebte irgendwo ein ganz neues Leben.«

Michael Wiener schrieb eifrig mit.

»Wenn Sie so fragen … Das kann ich natürlich nicht ausschließen. Gerade Matthias sah sich durch seine Berufswahl eingeengt. Er hätte lieber studiert – aber das war nicht möglich. Nach der Wende hätte er natürlich ... Aber er hat es nicht mehr in Angriff genommen. Keiner hat an seinem Leben etwas geändert – außer Heiner. Wenn auch nicht zum Positiven.«

»Und nun?«, fragte Michael Wiener, als er den Wagen auf die Umgehungsstraße Richtung Cottbus steuerte.

»Rainer schenken wir uns für heute. Sag mal, hast du das Gefühl, dass die Morde zusammenpassen? Kumpel, na gut, aber reicht das als Gemeinsamkeit?«

»Nicht auf den ersten Sprung, nein«, bestätigte Wiener Nachtigalls Zweifel. »Es ist sicher etwas vorgefallen, was die Freunde entzweit hat. Mag sein, dass du recht mit deiner Neidtheorie hast. Was, wenn es auch um Geld ging? Maik Grendke hatte sich die Urlaubskasse womöglich bei seinen Freunden geliehen. Ein Darlehen für die Ewigkeit. Das fanden die sicher nicht lustig. Heiner war klamm. Der konnte nichts beisteuern. Man streitet.«

»Hm. Wir müssen wissen, wer noch auf der Liste der Freunde steht. Die drei Namen kannten wir schon – es sind aber womöglich mehr. Und wie passt der Mord an Tillmann John in die ganze Geschichte um Maik Grendke? Warum stirbt der Kumpel zuerst, der das Verschwinden des Freundes nicht überwinden konnte? In all den Jahren nicht?«

»Ich sage ja – nicht auf den ersten Sprung!« Michael Wiener starrte auf die Straße.

Silke Dreier stand an der Rezeption der Arztpraxis Helge Fischer und Hendrik Klein.

Die junge Dame dahinter verzog bockig das Gesicht.

»Ist mir gleich, ob Sie von der Kriminalpolizei sind. Es kommen öfter mal welche, die glauben, sie könnten sich auf diese Weise Patientendaten erschleichen.«

Silke lächelte freundlich, fischte ihren Ausweis hervor, reichte ihn über die erstaunlich hohe Barriere. Brauchten Sprechstundenhilfen heute so ein Bollwerk gegen Patienten?, fragte sie sich, während die Brünette hinter der Mauer den Ausweis gründlich studierte.

»Woran soll ich jetzt erkennen, dass der echt ist?«, erkundigte sich die Sprechstundenhilfe schnippisch.

»Rufen Sie auf meiner Dienststelle an«, riet Dreier vernünftig.

Doch Schwester Tanja war mit gesundem Grundmisstrauen ausgestattet. »Und dann rufe ich die Nummer an. Dort meldet sich ein Komplize. So! Nun raten Sie mal, wer am Ende den Ärger abkriegt!«

»Hatten Sie gerade eine Fortbildung zum Thema Datenschutz? Du liebe Güte. Wenn Sie so wollen, könnte ich natürlich auch am Telefon der Dienststelle jemanden haben, den ich bestochen habe. Die Welt ist schlecht. Ein Restrisiko bleibt. Das werden Sie eingehen müssen.« Zu viel Aufklärung kann auch schaden, überlegte Silke boshaft.

»Warum sollte ich so dumm sein?«

»Weil ich sonst dafür sorgen werde, dass man Sie wegen Behinderung der polizeilichen Ermittlungen in einem Mordfall so richtig zu packen kriegt.«

Nun wurde das bleiche Gesicht fahl.

Der Ausweis wanderte zurück zu Dreier.

Noch bevor die Beamtin ihn wieder in die Hosentasche geschoben hatte, war die Brünette über den Gang geflohen. Wenige Augenblicke später durfte Dreier ins Sprechzimmer eintreten.

Hinter einem großen Schreibtisch saß eine Dame um die 50.

Silke war überrascht. Als Hausarzt von Heiner Lombard hatte sie einen Mann erwartet.

»So sehr hätten Sie meine Sprechstundenhilfe nicht zu erschrecken brauchen.«

»Tut mir leid. Sie glaubte, ich sei hier, um Patientendaten zu stehlen. Guten Tag. Silke Dreier, Kriminalpolizei.«

»Setzen Sie sich. Erzählen Sie mir erst mal, worum es geht.«

»Heiner Lombard wurde tot aufgefunden. Es gibt kaum jemanden, der uns über ihn Auskunft geben kann.«

»Sie wissen, dass ich der ärztlichen Schweigepflicht unterliege.«

»Er wurde ermordet.«

»Auch dann.«

»Er wurde obduziert. An medizinischen Informationen bin ich nicht interessiert. Es geht mir mehr um die Person. Was für ein Mensch war er?«

»Ein einsamer. Kommen Sie mit einem richterlichen Beschluss wieder?«

»Gab es Freunde?«, wollte die junge Beamtin wissen, ohne auf die Frage von der Hausärztin einzugehen.

»Schon lange nicht mehr. Fragen Sie nicht mich. Erkundigen Sie sich bei Frau Tannenberg. Sie wohnt in seinem Haus.«

»Sie ist verwirrt. Ihr Mann ist gestorben. Ich glaube nicht …«

»Sie ist nicht verwirrter als Sie oder ich.«

Dreier schwieg.

»Setzen Sie sich ins Wartezimmer. Drei Patienten habe

ich noch. Ich werde Frau John anrufen und danach sehen, was ich für Sie tun kann.«

Die Beamtin nickte.

Triumph lag über dem Gesicht von Schwester Tanja, als sie die andere aus dem Sprechzimmer kommen sah. Allerdings knipste sie ihn rasch aus. Folgte mit brennendem Blick dem Rücken, der sich ins Wartezimmer schob.

Eine Stunde später war die Ärztin zugänglicher.

»Sehen Sie, Herr Lombard arbeitete auf der F60. Ist Ihnen das ein Begriff?«

Silke Dreier schüttelte den Kopf.

»Das ist eine riesige Förderbrücke. Tagebau. Würde man den Eiffelturm daneben legen, wäre der Sieg bei der F60. Ein Koloss aus Stahl. Herr Lombard saß im Führerhaus, steuerte das Ding. Eine ausgesprochen verantwortungsvolle Tätigkeit. Früher waren zwei Mann für diese Arbeit vorgesehen – einer wurde wohl eingespart. Man ist verpflichtet, ständig aufmerksam zu sein, hochkonzentriert. Der Mann im Führerhaus muss alles im Auge behalten, Gefahren für Menschen und Maschine erkennen, dafür sorgen, dass die Eimer oder die Kette sich nirgendwo verhaken können und die Eimer gleichmäßig abtragen. Es gibt eine Art Bergungsteam, das Hindernisse aus dem Weg räumt. Stubben zum Beispiel oder Findlinge. Waren Sie mal in Nochten? Da gibt es einen Findlingspark. Eindrucksvolle Felsbrocken.«

Silke nickte. So weit, so klar.

»Herr Lombard war mit einem der Mitarbeiter besonders eng befreundet – und ausgerechnet der verschwand plötzlich. Aus einem Grund, den ich nicht kenne, hat Herr Lombard die anderen Freunde für dieses Untertauchen verantwortlich gemacht. Als sich niemand so recht dafür interessierte, dass dieser spezielle Freund nicht mehr auftauchte, konnte Herr Lombard die Situation nicht länger ertragen. Er kündigte und brach den Kontakt zu den anderen ab.«

»Er wurde dauerhaft arbeitslos und vereinsamte.«

»Ja. Vor allem aber wurde er besessen. Es war wie eine fixe Idee. Er konnte an gar nichts anderes mehr denken. Und neulich erzählte er mir im Vertrauen, er habe nun – nach all den Jahren – endlich eine heiße Spur gefunden.«

»Eine Spur des verschwundenen Freundes?«

»Nun, nicht direkt. Ich habe ihn eher so verstanden, als habe er die Wahrheit über die damalige Verschwörung entdeckt.« Die Ärztin zuckte mit den Schultern. »Ich glaubte ihm damals nicht. Doch nun … Was, wenn er wirklich auf einen Zusammenhang gestoßen ist und deswegen sterben musste?«

»Diese Möglichkeit ist nicht ganz von der Hand zu weisen. Was für einen Zusammenhang es da geben sollte, hat er nicht erwähnt?«

»Nicht konkret«, antwortete Frau Dr. Fischer gedehnt, »aber er erwähnte, damals sei außer seinem Freund noch jemand verschwunden und nie wieder aufgetaucht. Wie gesagt, ich ging davon aus, er habe sich nun endgültig verrannt.«

Er stöhnte.

Die Hitze war einfach unerträglich.

Die Reisebegleiterin hatte gerade erzählt, die Leute auf Guinea Bissau könnten durch den Verkauf von Obst und Gemüse längst reich sein, aber die seien zu faul zum Ernten. Schien ja der Standardspruch von ihr zu sein. Warum hatte er nur solche Kopfschmerzen?

Als er mit der Rechten nach der Stirn tastete, spürte er das Gewicht an den Armen.

Ketten!

Eiserne Klammern um beide Handgelenke, etwa sechs Zentimeter breit, dazwischen eine Kette.

Handschellen waren das nicht!

Und warum war es hier dunkel? Eine Finsternis, die er nur aus anderen Regionen der Erde kannte. Zum Beispiel von zu Hause.

Aber er war in Afrika.

Vorsichtig schüttelte er den Kopf. Das machte die Sache nun keinesfalls besser. Um seine Kehle war ebenfalls ein Metallring angebracht, der beim Anheben des Kopfes ein ungeheures Gewicht hatte und beim Bewegen schmerzhaft scheuerte.

Hektisch versuchte er sich zu strecken.

Überall! Ein verzweifeltes Schluchzen drängte aus seiner Kehle, ließ sich nicht zurückhalten, ging in ein Wimmern über. Metallringe an den Fußgelenken, verbunden mit Ketten an den Handgelenken, um den Hals.

Das konnte nur ein schwachsinniger Albtraum sein, anders war das ja nicht zu erklären!

Gleich würde er schweißgebadet in diesem blöden klapprigen Bus aufwachen, die Sonne schiene ihm ins Gesicht und der Schrecken wäre nur noch eine alberne Erinnerung.

Du bist hysterisch, tröstete er sich, du machst dir zu viele Sorgen, weil der Kontaktmann sich nicht zu erkennen gegeben hat, und schon träumst du Schund.

Doch als er vorsichtig mit der Zunge die schmerzenden Handgelenke berührte, schmeckte seine Haut sehr real nach Blut.

25

Matthias Langer hockte mit angezogenen Beinen im Sessel und bohrte mit trotzigem Gesichtsausdruck Löcher in die Luft.

»Heiner ist also tot. Und aller Wahrscheinlichkeit nach Norbert auch. Und jetzt kommen Sie zu mir, weil Sie glauben, ich könnte als Nächster über die Klinge springen? So ein Blödsinn!«

Michael Wiener guckte durch die schmutzigen Scheiben auf die Straße vor dem Wohnblock hinaus.

Ein wenig neidisch sah er auf die vorbeifahrenden Autos hinunter. Menschen auf dem Weg in den Feierabend.

Über die Gelsenkirchener Allee floss der Verkehr wie ein endloses Band, ergoss sich an der Kreuzung, an der dieser Häuserblock stand, in Richtung Autobahn oder zum großen Einkaufszentrum hin.

Sein eigenes Arbeitsende für heute war noch weit entfernt.

»Wir sind gekommen, um Sie auf diese Möglichkeit hinzuweisen. Ja. Und, weil Sie zum engen Freundeskreis Lombards gehört haben, Sandkastenfreunde, hat man uns erzählt. Maik, Norbert, Heiner und Sie.« Nachtigall blieb betont ruhig. Er konnte sehen, dass Langer Angst hatte. Mehr als das: In den Augen leuchtete Panik.

»Der Heiner hatte einen Knall. Das ist die ganze traurige Wahrheit. Mobbing! Er hat behauptet, wir hätten Maik in den Tod getrieben«, redete sich Langer in Rage, und seine flatternden Finger lockerten den ausgeleierten Kragenbund seines T-Shirts.

»Und, was denken Sie, ist mit Maik tatsächlich passiert?«

»Passiert! Passiert! Nix! Der war so ein Aussteigertyp. Abenteurer. Wenn ich alle Brücken hinter mir abbrechen will, weihe ich eben niemanden in meinen Plan ein. So einfach ist das! Bloß Heiner wollte das nicht begreifen!«

»Sie glauben, er konnte es nicht ertragen, dass Maik ein Geheimnis vor ihm hatte?«

»Na, ja! Der hielt sich doch für den Allerbesten in allen Lebenslagen. Den allerbesten Ratgeber, den allerbesten Freund. Und nun sollte er begreifen, dass Freundschaft Grenzen hat? Ging nicht, ging gar nicht – kann ich Ihnen sagen!«

»Warum bringt jemand Ihre Freunde um?«, erkundigte sich Nachtigall im harmlosesten Plauderton.

»Weiß ich doch nicht!«, spuckte der andere zurück.

»Es wäre aber viel besser für Sie – und unsere Ermittlungen, wenn Ihnen dazu etwas mehr einfallen würde. Im Moment läuft in der Stadt ein Mörder herum, der es auf das Umfeld von Heiner Lombard abgesehen hat. Könnte gefährlich werden.«

Wieners Handy klingelte.

Er trat auf den Balkon hinaus, um das Gespräch zwischen Nachtigall und Langer nicht zu stören.

»Stell dir vor, die Hausärztin meint, Lombard war irgendeiner Verschwörung auf der Spur. Und er habe herausgefunden, dass im Zeitraum von Maik Grendkes Untertauchen noch jemand verschwand. Ich sitze dran. Bisher habe ich erst einen Treffer – bei euch verschwinden wohl nicht häufig irgendwelche Leute?«

»Nein. Und wenn sind es eher pubertierende Jugendliche. Wen hast du?«

»Einen Achim Wintzel. Der ist an jenem Morgen ganz normal zur Arbeit gefahren und nicht nach Hause gekommen. Seine Frau hat ihn nie für tot erklären lassen – bestimmt hofft sie noch immer, dass er auftaucht.«

»Nach 20 Jahren? Du meinst, sie würde ihn dann kommentarlos wieder aufnehmen?«

»Möglich. Frauen tun so was – selten. Dieser Wintzel ist jedenfalls anderthalb Wochen vor Grendke untergetaucht. Leiche wurde nie gefunden, Erpresserbriefe gab es auch keine, es sei denn, die Frau – Erika – hätte sie der Polizei verschwiegen. Könnte also sein, dass Lombard auf diesen Mann gestoßen ist. Knapp zehn Jahre älter als Grendke und seine Freunde. Aber vielleicht kannte man sich.«

»Wovon hat sie in all den Jahren gelebt? Witwenrente hat sie wohl nicht bekommen, ohne Todeserklärung?«

»Sie ist wohlhabend. Das Haus gehört den Wintzels. Offensichtlich hatte sie bisher ihr Auskommen.«

»Okay. Wir sind gerade bei Matthias Langer. Komischer Kauz. Die Angst quillt ihm zu den Ohren raus, wie Leberwurst aus dem eingeschnittenen, prallen Darm. Aber er hüllt sich in Schweigen. Er hat angeblich keine Ahnung, wer hier den Tod von Kumpeln herbeiführt. Was machst du jetzt?«

»Ich habe noch ein Gespräch. Bis dann!« Damit war die Verbindung unterbrochen.

»Es mag ja Leute geben, die was gegen Heiner hatten. Der war schwierig. Aber auf der anderen Seite so öde! Der hat nie etwas unternommen, ist nicht ausgegangen, hat sich für nichts interessiert. Wie kann man da jemanden gegen sich aufbringen? Vielleicht ist der Norbert aus einem ganz anderen Grund gestorben. Den haben eine ganze Menge Leute wegen seiner Finanzgeschäfte auf dem

Kieker gehabt. Nach dem Offenbarungseid ging ja nix mehr. Der eine Tod hat mit dem anderen bestimmt nichts zu tun.«

»Kennen Sie einen Achim Wintzel?«, erkundigte sich Wiener und die Augen Langers ruckten von Nachtigalls Gesicht zu dem des Kollegen. Es schien, als habe Langer die Anwesenheit des zweiten Mannes vollkommen vergessen. Jetzt zog tiefes Erschrecken über seine Züge, das aber, am Kinn angekommen, wieder verschwand.

»Achim wer?«

Zeitschinderei, dachte Wiener. »Wintzel.«

»Wer soll das sein? Noch ein Freund von Heiner?«, gab sich Langer ahnungslos. »Nie gehört den Namen«, versicherte er noch eilig.

»Schade!« Wiener schickte Silke eine SMS: ›Du bist auf der richtigen Spur.‹

»Wenn Sie glauben, mir könnte ein Mörder nachschleichen, dann werden Sie doch ab sofort für meinen Schutz sorgen, oder?«, erkundigte sich der ehemalige Freund Heiners plötzlich kleinlaut.

Darüber hatte Nachtigall auch schon nachgedacht. »Aber ich fürchte, wir sind zur Zeit personell etwas unterbesetzt. Und wir haben keinen Beweis.« Dass er mit so dürftigen Hinweisen eine Überwachung nur nach einer ausgiebigen Diskussion genehmigt bekäme, verschwieg er vorsorglich.

Langer wurde noch eine Nuance blasser. »Das ist nicht Ihr Ernst! Sie laufen hier auf, faseln was von einer Todesliste, warnen mich und dann gehen Sie einfach pfeifend wieder?« Seine Stimme überschlug sich im Diskant.

»Gab es noch mehr engere Kollegen von Heiner Lombard?«, fragte Nachtigall ungerührt weiter, als sei das Thema Polizeischutz damit vom Tisch.

Langer schluckte hart.

»Natürlich!« Er räusperte einen Kloß weg, der sich in seinem Hals festgesetzt hatte. »Da ist …« Er zählte an den Fingern einer Hand Namen auf. Michael Wiener schrieb eifrig mit. »Der Kai Brauner, Jakob Maurer, Christopher Brand, Susanne Schelter, Alexander Kruger, Thomas Türmer. Den nannten alle eine Zeit lang nur TT – wie der Flitzer von Audi. Heute ist das wohl nicht mehr.« Langer grinste breit. »Vielleicht hat der Thomas seine Spritzigkeit eingebüßt, so im Laufe der Jahre«, keckerte er dann.

»Wintzel?« Nachtigalls rechte Augenbraue zuckte zum Haaransatz.

»Silke hatte angerufen.« Wiener fasste den Inhalt für Nachtigall zusammen. »Der einzige Name, der bisher zum Zielzeitraum passt, ist eben Achim Wintzel. Er gilt nach wie vor als vermisst.«

»Gut. Die Dame wird etwas überrascht sein, aber das darf uns nicht stören. Wir fahren rasch vorbei. Danach ist Schluss für heute. Ruf bitte bei Peddersen an. Ich will alles auf Papier, was bei Lombard und Holzmann sichergestellt werden konnte. Könnte doch sein, dass wir einen Hinweis finden – und sei es eine an den Rand gekritzelte Notiz.«

Wiener nickte.

»Hast du die Adresse der Wintzel?«

»Ja. Silke hat sie mir aufs Handy geschickt. Wir fahren in die Grünstraße nach Saspow.«

»Dann mal los!« Erfreut stellte Nachtigall fest, dass er das einhändige Anschnallen inzwischen richtig gut beherrschte. Hilfe war nicht länger vonnöten. »Dr. Pankratz hat sich auch noch nicht gemeldet? Wir brauchen endlich Gewissheit!«

»Nein, jedenfalls nicht im Präsidium. Silke hätte es erwähnt. Aber sie musste noch zu einem anderen Termin, hm, das Beste wird sein, ich fahre nach dem Besuch bei Frau Wintzel noch im Büro vorbei und sehe nach. Wenn ich eine Notiz finde, rufe ich dich an.«

»Wir«, Nachtigall betonte das Pronomen scharf pointiert, »fahren im Büro vorbei! Auswertung am Abend, wie immer. Hör bloß auf, mich wie einen Pflegefall zu behandeln«, fauchte der Hauptkommissar ungerecht.

Michael Wiener verzichtete darauf, seinem Freund zu erklären, dass man ihm die Nachwirkungen des Schocks mit jedem Tag deutlicher ansah. Die dunklen Augenringe waren sicher mehr als zwei Finger breit. Schade, dass Emile Couvier heute noch nicht zu ihnen gestoßen war. Schließlich war Couvier nicht nur Psychologe, sondern – so ganz gegen den Willen des Hauptkommissars – Mitglied der Nachtigallschen Familie. Der wäre der Richtige, um einen medizinischen Rat zu erteilen, auch wenn es zwischen den beiden Männern immer wieder Spannungen gab.

Er selbst knabberte auch noch immer an dem Schrecken über den Unfall, den gefühlten Tod Nachtigalls. Marnie, seine Frau, hatte zu einigen therapeutischen Gesprächen mit dem Polizeipsychologen geraten. »Es kann nicht sein, dass du häufiger nachts schreiend aufwachst als unser vier Monate alter Sohn!«, schimpfte sie. »Lass dir helfen!«

Als er den Wagen am Straßenrand parkte, fiel ihm auf, dass Nachtigall die gesamte Fahrt über nicht ein Wort gesprochen hatte. Er warf ihm einen fragenden Blick zu.

»Ich wollte nicht stören«, sagte der Hauptkommissar schlicht und befreite sich aus dem Gurt. »Denken schadet nicht.«

Erika Wintzel zuckte zusammen, wie unter einer kräftigen Ohrfeige.

»Kriminalpolizei?«, hauchte sie entsetzt. »Dann heißt das wohl, dass Sie Achim gefunden haben.«

Leblos tapste sie vor den späten Besuchern her ins Wohnzimmer. Wie vergessen baumelten die Arme an den Seiten herunter.

»Nein, Frau Wintzel, wir haben Ihren Mann nicht gefunden«, stellte Nachtigall klar.

Das Leben kehrte wie ein Schwall in Erikas Körper zurück. Du Närrin, schalt sie sich, was macht es denn jetzt noch für einen Unterschied? Du willst doch ganz von vorn anfangen, da wäre es doch nur ungünstig, wenn Achim ausgerechnet in diesem Moment auftauchte. Nimm dich zusammen!

Interessiert beobachtete Nachtigall das Mienenspiel der Frau. Schreck, Erleichterung, Verärgerung, Widerwillen. Alles vorhanden.

»Ach? Und was wollen Sie dann von mir?«

»Ihr Mann verschwand vor 20 Jahren spurlos.«

»Leider hat die Polizei nie einen Hinweis auf seinen Verbleib finden können. Das nennt man dann wohl spurlos«, gab sie patzig zurück.

»Und er hat sich auch bei Ihnen nie wieder gemeldet?«, fragte Wiener zur Sicherheit nach.

Erikas Körper wurde empörungssteif. »Natürlich nicht! Sonst hätte ich das der Polizei mitgeteilt. Was unterstellen Sie mir da?«

»Mein Kollege unterstellt Ihnen gar nichts, Frau Wintzel. Wir sind im Rahmen der Ermittlungen in einem Mordfall auf die Akte Ihres Mannes gestoßen. Er könnte das Opfer gekannt haben.«

»Aha.« Ratlosigkeit breitete sich in ihren Zügen aus.

»Heiner Lombard, Maik Grendke, Norbert Holzmann? Haben Sie die Namen schon mal gehört?«, schaltete sich Wiener wieder ein.

Erika Wintzel lachte verhalten. »Mein Mann hatte viele Bekannte und noch viel mehr Geschäftspartner.«

»Können Sie sich eine Verbindung zum Braunkohletagebau vorstellen?«

»Sicher. Achim war Versicherungsvertreter. Berufsunfähigkeitsversicherung für Bergleute. Ausbildungsvorsorge könnte für Kumpel auch interessant gewesen sein. Viele aus dem Bergbau waren bei Achim unter Vertrag.«

»Heiner Lombard? Norbert Holzmann, Maik Grendke?«, schoss Wiener noch einmal die Namen in den Raum.

»Vielleicht ist das ja ein Kompliment an mein gutes Gedächtnis, aber tatsächlich kann ich mich nach 20 Jahren an irgendwelche Namen nicht mehr erinnern. Wahrscheinlich ist es besser, Sie sehen selbst nach. Die Versicherung hat zwar nach ein paar Tagen schon seinen Laptop abgeholt, aber den Karteikasten nicht angerührt. Wahrscheinlich, weil man mit so einem altmodischen Ablagesystem nicht gerechnet hatte.«

Sie drehte sich um, ließ die beiden Beamten im Wohnzimmer stehen und verschwand durch eine Tür, die vom Flur abging. Man konnte sie leise sprechen und Schubladen öffnen und schließen hören.

»Ist da einer drin? Mit wem unterhält sie sich denn?«, fragte Wiener gereizt. »Der Typ versteckt sich seit 20

Jahren in dem Raum und sie hütet die Lebensversicherung. Wahrscheinlich stehen die gepackten Koffer schon parat!«

»Das wurde damals sicher gründlich gecheckt. Ein Versicherungsvertreter, der seine Versicherung übers Ohr haut – hätte schon was.«

»Heiner Lombard ist zufällig dahinter gekommen. Deshalb hat Wintzel ihn umgebracht. Und weil er es seinen Freunden erzählt haben könnte, müssen nun alle der Reihe nach sterben«, wisperte Wiener mit wachsender Begeisterung.

»Bestechende Theorie«, lobte Nachtigall. »Aber leider falsch.«

Wiener verzog bockig das Gesicht.

»Du wirst sehen – der Karteikasten ist weg!«, prophezeite Nachtigall düster. »Ich wette, gleich kommt die Dame des Hauses ratlos und zerknirscht durch die Tür und wird genau das verkünden.«

Tatsächlich, wie gerufen schob sich Frau Wintzel durch die Tür in den Flur. Ihre Frisur hatte sich aufgelöst, die Wangen leuchteten hochrot und in den Augen standen Tränen.

»Er ist weg«, schluchzte sie. »Nicht zu finden. Er stand im Regal – aber nun ist er da nicht mehr. All die Jahre! Ich habe immer nur ordentlich Staub gewischt und gesaugt. Achim sollte alles wie gewohnt vorfinden – verstehen Sie?«

Peter Nachtigall nickte. Er wusste, was sie damit meinte. Sollte Achim zurückkehren, würde er wissen, dass sie nie an dieser Tatsache gezweifelt hatte – und so lange sie alles für ihn vorbereitet hielt, war er auch noch am Leben.

»Natürlich haben Sie alles in Ordnung gehalten. Sie

erwarten ihn doch täglich zurück. Und nun auch noch dieser Einbruch! Ziemlich aufregende Zeiten für Sie.«

Bei Michael Wiener gerieten die Gedanken ins Stolpern, purzelten durcheinander. Woher wusste Nachtigall denn von einem Einbruch? Hatten sie darüber gesprochen und er war unkonzentriert genug gewesen, das nicht mitzubekommen?

»Aufregende Zeiten, ja«, bestätigte sie. Das Aufregendste brauchte sie ihm nicht zu erzählen. Das war ihr Geheimnis, ging niemanden etwas an. »Der Einbruch«, sie tat ihn mit einer Handbewegung als Lappalie ab, »das war kein richtiger. Der neue Mitarbeiter des Schornsteinfegers war bei mir eingestiegen. Seine Kugel hatte sich gelöst und war in die Esse geplumpst.« Sie kicherte leise. »Deshalb ist er durchs Fenster eingestiegen. Dabei hat er sich auch noch am Knöchel verletzt. Pech!«

»Woher hast du das mit dem Einbruch gewusst?«

»Intuition.«

»Intuition? Das glaube ich dir nicht. Der Einbrecher, der uns sonst zuvorkommt, geht ganz anders vor. Der durchwühlt hemmungslos alles. Hier wurde ganz gezielt ein Ding entwendet.«

»Genau. Er brauchte nur das. Er hat nach nichts anderem gesucht – und dank Frau Wintzels Ordnungsfimmel stand es einladend bereit. Du klärst bitte, ob der Schornsteinfeger wirklich einen Mitarbeiter hat. Wenn ja, frag nach dem Arzt, der den Knöchel behandelt hat. Silke soll bei der Versicherung nachhaken, ob unsere Kumpel dort Policen abgeschlossen haben. Die sind manchmal schwierig. Vielleicht sollten wir schon vorab mit Dr. März über das Problem sprechen.«

»Bin gespannt, was uns im Büro erwartet. Silke ist ziemlich aktiv im Hintergrund.« Wiener wollte, dass Nachtigall das wenigstens bemerkte.

Matthias Langer schwitzte.

So sehr, dass er ein Handtuch aus dem Bad holen musste, um das Rückenpolster des Sessels vor Schaden zu bewahren. Giesi war sehr ordentlich, und Schweißflecken an den Möbeln hätten ihr sicher nicht gefallen. Er zog den Kopf zwischen die Schultern, als er sich den innerehelichen Ärger ausmalte, den er zu erwarten hätte.

Und Matthias Langer zitterte. Außerdem.

Zittern war ein Euphemismus.

Nicht er zitterte, sondern er wurde gezittert.

Jede einzelne Faser seines Körpers schien sich daran zu beteiligen. Alles zuckte. Wild. Unkontrollierbar.

Und alles nur wegen dieser alten Geschichte!

Vergessen ist die, hatte Norbert behauptet, niemand – nein, das war natürlich nicht seine Formulierung gewesen – keine Sau interessiert sich mehr dafür!

Ha! Jetzt gab es eben doch einen Jäger!

Am Ende war es der Typ von damals. Eine neue Welle durchlief seinen Körper, die ohnehin schon feuchte Zeitung fiel ihm aus der Hand und das Bier schwappte über den Rand des Glases. Giesi konnte Bier auf Polstern und Teppich genauso wenig leiden wie Schweißgeruch und Flecken. Das würde eine Szene geben! Dabei wäre es ja – rein fleckentechnisch betrachtet – viel schlimmer, wenn er Rotwein tränke. Aber das sah Giesi nicht so. Ihrer Analyse nach würde er, wenn es durch einen bösen Zauber plötzlich kein Bier auf der Welt mehr gäbe, ganz sicher nicht auf Rotwein, sondern auf etwas Farbloses ausweichen. Kumpeltod!

Nach der Welle kam der Schweiß.

Die Bullen haben mich problemlos gefunden – dann wird der Jäger auch bald vor meiner Tür stehen.

Maik?

Heiner hatte behauptet, er habe ihn gesehen.

Er sähe heute völlig anders aus, sei nicht wiederzuerkennen.

Aber das hatte doch nichts zu bedeuten, überlegte Langer hektisch, Heiner begegnete ständig irgendwo Maik. Schon seit Jahren.

Es klingelte.

Langer fuhr zusammen. Wieder schwappte Bier über seine Hand.

Mit weichen Knien stand er auf.

Kroch auf allen vieren zur Tür, falls der Kerl durch das Holz schießen würde.

Ohne Luft zu holen, schlängelte er sich näher und näher heran.

Ein zweites Klingeln jagte wieder einen Zitterschauer durch seinen Körper. Diesmal ergriff er auch die Eingeweide. Sein Bauch krampfte sich zusammen.

Klar, es gab keinen Zweifel. Nur der Jäger wäre so abgebrüht, noch ein zweites Mal zu läuten. Der wusste genau, dass er zu Hause war.

Vorsichtig richtete er sich an der Wand auf, trat mit einem beherzten Schritt vor den Spion.

Und …

Sah direkt in das griesgrämige Gesicht seines Schwiegerdrachens!

Die hatte er ja ganz vergessen!

Hastig überprüfte er den Schlitz der Hose, fuhr einmal mit den Fingern durch das schweißnasse Haar.

Dann riss er die Tür auf.

»Ach, Hilde, komm doch rein! Setz dich ins Wohnzimmer, ich mach uns schnell eine gute Tasse Kaffee!«, schleimte er zur Begrüßung.

Kaum war sie mit hoch erhobenem Kopf eingetreten, floh er ins Bad, um seinen Darm zu erleichtern.

Lindgrün hatte sie heute an. Wie passend für einen Drachen.

Solange Hilde da war, würde sich kein Jäger der Welt in diese Wohnung trauen.

26

»Morgen früh ist Obduktion«, verkündete Silke, kaum dass die beiden Kollegen Zeit hatten, ins Büro zu treten. »Dr. Pankratz meinte, es wäre soweit okay mit seinem Bein, er käme zurück nach Cottbus. Und ich habe eine Aussage zu der Blutgruppe von Kopf, Extremitäten und Wohnung. Die Rechtsmedizin meint, es handle sich um dieselbe Blutgruppe, DNA steht noch aus. Man hat mir versichert, es werde mit Hochdruck daran gearbeitet.«

»Klar. Manchmal ein halbes Jahr lang!«, fluchte Nachtigall schlecht gelaunt. Die Kopfschmerzen fluteten wieder an, und er kramte in der Jackentasche nach den Tabletten, die der Rechtsmediziner ihm zugesteckt hatte. »Wir kommen doch nicht weiter, wenn wir die Leichenteile nicht zusammenfügen und nicht bestätigen können, dass die DNA mit der aus der Wohnung identisch ist. Wenn das so weitergeht, drehen wir uns nur noch im Kreis.«

»Möchte jemand was zu essen, bevor wir anfangen?«, erkundigte sich Wiener. »Dann flitze ich mal schnell rüber und besorge uns was. Peter? Du hast auch den ganzen Tag noch nichts gegessen.«

Nachtigall grummelte. »Dann wird Conny nicht begeistert sein. Sie kocht.«

»Heute nicht«, erklärte Silke. »Sie trifft sich mit einer Freundin, und die beiden wollen erst ins Kino und dann zum Essen in den Stadtwächter. Also kein Problem.«

Diese junge Frau ging ihm auf die Nerven. Immer alles im Blick, alles geplant, alles durchdacht. Mal sehen, wie lang das so bleibt, dachte er grantig.

Die Tür wurde aufgestoßen, und unerwartet stand Dr. März im Büro.

»Ich wollte mich mal nach Ihrem Zustand erkundigen«, begann der Staatsanwalt etwas unbeholfen.

Nachtigall lächelte gequält. »Kein Grund. Alles im grünen Bereich.« Dabei reckte er den verletzten Arm hoch.

»Ein Mordversuch an einem unserer Ermittler ist nichts, worüber wir Scherze machen. Aber ich bin natürlich froh, dass es Ihnen gut geht. Eine Gehirnerschütterung soll auch noch im Spiel sein?«

»Ja. Aber Dr. Pankratz hat mir ein wirksames Medikament gegeben – es ist auszuhalten.«

Wiener gab Silke ein Zeichen, und die beiden drückten sich auf den Gang hinaus.

»Dr. Pankratz ist doch Rechtsmediziner. Seine Patienten sind tot. Haben Sie das bedacht, bevor Sie die Tabletten genommen haben?« Dr. März warf seinem Hauptkommissar einen langen Blick zu. »Die neue Mitarbeiterin fügt sich in Ihr Team gut ein?«, erkundigte er sich dann.

»Das weiß ich noch nicht. Bisher arbeitet sie zuverlässig, recherchiert im Hintergrund. Hält Kontakt, gibt ihre Ergebnisse schnell weiter.« Nachtigall holte tief Luft. »Aber sie ist eben …«

»Kein Albrecht Skorubski? Nein, sicher nicht. Und das wird sie nie sein. Versuchen Sie es so zu sehen. Sie ist Silke Dreier. Herr Skorubski wäre doch ohnehin demnächst in Pension gegangen. Als Freund wird er Sie hoffentlich noch viele Jahre begleiten!« Der Staatsanwalt klopfte Nachtigall jovial auf die Schulter. »War mir schon klar, dass Sie nicht begeistert sind. Wie kommen Sie denn in dem Mordfall Lombard voran?«

»Lombard ist nur ein Opfer von mehreren. Der Kumpeltod geht um. Wir konnten bisher keine tragfähige Verbindung zwischen den Opfern finden. Tillmann John, der Mann, auf dessen Sarg Lombard entdeckt wurde, war sein Vater. Der wurde erschossen. Im Moment gehen wir die Liste der Freunde durch.«

»Die Presse bauscht die Sache ziemlich auf, wegen dieser Abbaggerungsgegner. Sind die denn tatsächlich in den Fall verstrickt?«

»Das wissen wir noch nicht. Ich halte Sie selbstverständlich auf dem Laufenden.«

»Gut. Na, dann wünsche ich gute Besserung. Ähm, den Fahrer des Wagens hat man wohl noch nicht identifiziert?«

»Den Fall bearbeite ich nicht. Aber wahrscheinlich wüsste ich, wenn es einen Verdächtigen gäbe.«

Dr. März nickte, drehte sich mit einem Winken um und war verschwunden.

Nachtigall blieb allein im Arbeitszimmer zurück.

Müde setzte er sich hinter seinen Schreibtisch.

Bilder, die er gern vergessen hätte, ballten sich zusammen, bildeten allmählich einen Film.

Er betrat den kleinen Hörsaal des Rechtsmedizinischen Instituts in Potsdam.

Nur wenige Reihen, ansteigend.

Aus Erfahrung wusste er, dass die Qualität der Luft mit der Entfernung zur Leiche zunahm. Das nützte ihm aber nichts, denn er musste nah genug ran, um erkennen zu können, was der Rechtsmediziner tat, seinen Schlüssen folgen zu können. Auf dem Edelstahltisch, der mit der Breitseite zum Publikum stand, lag schon jemand. Seltsam war, dass diesmal ein blaues Laken über dem kalten Körper ausgebreitet worden war. Normalerweise wurde an diesem einsamsten Ort der Welt auf derartiges Geschnörkel verzichtet. Ziemlich dick, stellte er in Gedanken fest, das Laken wölbt sich ja gewaltig. Der Obduzent und sein Assistent waren schon bereit, das Werkzeug gerichtet. Er konnte nicht erkennen, welcher Arzt heute die Sektion übernehmen würde, die beiden Männer standen mit dem Rücken zum Hörsaal, so, als erwarteten sie noch jemanden.

Die Luft war erfüllt von Verwesung.

So ganz frisch war die Leiche demnach nicht.

Die Tür ging auf und Michael trottete die Treppe hinunter. Seltsam. Sonst war er immer ganz begeistert, wenn er bei einer Obduktion dabei sein durfte.

Schweigend setzte sich Wiener neben ihn.

Und nun schienen auch die beiden Männer in ihren Kitteln bereit zu sein, mit ihrer Arbeit zu beginnen.

Dr. Pankratz.

Der fähige Rechtsmediziner, der ihnen schon so oft wertvolle Hinweise hatte geben können. Er würde auch diesmal versuchen, dem Körper das letzte Geheimnis zu entlocken.

Der Assistent begann damit, einige Daten auf einer Tafel an der Wand festzuhalten.

Nr. 127
Unnatürlicher Tod.
Gewalteinwirkung gegen den Körper.
1,98 m groß.

»Der Tote ist bereits identifiziert. Wir werden jetzt feststellen, ob das beobachtete Geschehen todesursächlich war.« Dr. Pankratz' Miene war ernst. Er war keiner, der gern scherzte.

Mit einem Ruck hob er das blaue Laken vom Tisch.

Entsetzt sah Nachtigall in das zerstörte Gesicht. Sein Gesicht.

Ein lauter Schrei weckte ihn.

Keuchend fiel er mit dem Oberkörper nach vorn. Kutscherstellung. Ruhig Blut. Gleichmäßig atmen. Mein Gott!

Ein flackernder Blick ins Rund.

Er war noch immer allein.

Mit weichen Knien stand er auf und goss sich ein Glas Wasser ein. Tupfte mit einem Taschentuch Schweiß von der Stirn.

Hoffentlich kriegen wir den Fahrer bald, dachte er voll Inbrunst, damit ich mit der Sache abschließen kann!

Kaum hatte er seinen Puls wieder unter Kontrolle, traten auch schon Silke und Michael ins Büro, brachten den Duft von frischer Pizza mit.

»Also? Was haben wir Neues?«, fragte Nachtigall mit vollem Mund.

»Lombards Hausärztin hat bestätigt, dass er über das Verschwinden von Grendke nie hinweggekommen ist. Bei einem der letzten Besuche erzählte er von einer heißen Spur. Sie weiß allerdings nicht genau, was er damit gemeint hat. So kamen wir aber zu Achim Wintzel.« Silke griff nach einem weiteren Stück.

»Wir waren bei der Frau des Verschwundenen. Sie hofft noch immer auf seine Rückkehr. Immerhin wissen wir jetzt, dass ihr Mann Versicherungsvertreter war und viele Kumpel seine Kunden. Es könnte demnach tatsächlich einen Kontakt gegeben haben.«

»Lombard muss die Sache mit Grendke wirklich sehr mitgenommen haben. Er hat praktisch gleich nach dessen Verschwinden gekündigt. Und das war ein Weg in die Hoffnungslosigkeit.«

»Ich hatte vorhin noch einen Termin im Archiv. Es gibt eine Akte zu Maik Grendke.« Dreier legte den schmalen Vorgang auf den Tisch. »Steht alles so drin, wie ihr es schon ermittelt habt. Die Mutter weigerte sich zu glauben, ihr Sohn könne gestorben sein. Er war ihr einziges Kind. Und den Mann hatte sie schon sechs Jahre vor dem Verschwinden des Sohnes an den Krebs verloren. Andere Verwandte gab es nicht.« Sie wies auf den Ordner. »Die Akte wurde vorläufig geschlossen. Allerdings sind nie irgendwelche Hinweise aufgetaucht – bis auf diesen anonymen Brief hier.«

Sie zog ein Blatt heraus und las vor: »Es ist falsch. Weil

er nämlich nicht tot ist. Noch nicht. Aber das dauert nicht mehr lang. Die sind gefährlich. Wenn er bis in zwei Wochen nicht auftaucht, haben die ihn erledigt.«

Unterschrieben war der Zettel mit ›ein besorgter Bürger‹.

»Hat man herausgefunden, wer der besorgte Bürger ist?«

»Nein«, seufzte Silke. »Eingegangen ist der Brief am 15. Februar. Da war Maik Grendke nach Auffassung des Schreibers noch am Leben – und fast nicht mehr. Glauben wir ihm, ist der junge Mann Ende des Monats gestorben. Umgebracht worden. Von denen. Vor sieben Monaten kam dann der Hinweis, Maik Grendkes Leichnam sei entdeckt worden. Man hat ihn beim Löschen der Ladung eines Frachters zwischen Transportkisten entdeckt. Es war wohl mehr ein Skelett.«

»Er ist also auf dem Rückweg in die Heimat umgekommen. In gesicherten finanziellen Verhältnissen kann er demnach nicht gelebt haben.« Nachtigall schüttelte bekümmert den Kopf. »So toll ist das Abenteuer also am Ende nicht gewesen!«

»Wie kommst du darauf?«, fragte Silke.

»Hätte er Geld gehabt, wäre er sicher nicht als blinder Passagier im Frachtraum gereist.«

»Gab es eine Freundin?«, wollte Wiener wissen.

»Keine Freundin. In den Protokollen steht, seine Freunde – wobei das auch Heiner Lombards Freunde waren – hätten angegeben, Maik sei mehr an Geld als an Beziehung interessiert gewesen.«

»Endlich mal einer, der Prioritäten setzt«, feixte Wiener. »Aber dann wundert es mich nicht, dass keine anbeißen wollte.«

Nachtigall schrieb Maik Grendke über eine neue Spalte am Flipchart. »Er ist am 3. Februar nicht an seinem Arbeitsplatz aufgetaucht. Dort hat man sich erst mal nicht richtig besorgt gezeigt. Doch seine Mutter meldete ihn am selben Tag abgängig.« Er blätterte in der Akte. »Man sagte ihr, es sei nicht so ungewöhnlich, dass junge Männer nicht pünktlich aus dem Urlaub zurückkehrten, doch das wollte sie nicht gelten lassen. Hier sind mehrere Gesprächsprotokolle zu Telefonaten, die mit Frau Grendke geführt wurden. Zunächst ging man wohl davon aus, dass er schlicht die Heimreise verpasst hätte. Nachfragen bei den Fluggesellschaften ergaben, dass er für keinen Flug gebucht worden war. Was ja nicht bedeutet, dass er nicht mit dem Zug unterwegs gewesen sein konnte.«

»Aus dem Ziel der Reise machte er jedenfalls ein großes Geheimnis. Niemand sollte erfahren, was er plante. Seine Mutter auch nicht. Wichtig ist in diesem Zusammenhang aber, dass die Reise sehr kurzfristig geplant worden sein muss, denn er hat den Urlaub nicht langfristig angemeldet gehabt.« Silke zeigte auf das Gesprächsprotokoll mit dem Arbeitgeber.

»Stimmt. Und zum 31.5. kündigt Lombard in eine Perspektivlosigkeit, aus der er sich bis zu seinem Tod nicht mehr befreien kann.« Nachtigall zog einen Pfeil zu Lombards Namen und schrieb das Datum darunter.

»Nun könnte man annehmen, das war eine private Angelegenheit zwischen diesen beiden. Aber Heiner Lombard wurde ermordet. Und Norbert Holzmann auch. Matthias Langer machte auf mich nicht den Eindruck, er wüsste nicht, von welcher Bedrohung wir sprechen. Der schweigt aus Angst und weiß nicht, dass wir ihn retten könnten, er sich selbst aber nicht. Steht eine Streife vor dem Haus?«

Wiener nickte. »Ja. Er hat einen Babysitter. Bisher ist alles ruhig.«

Silke räumte den leeren Karton vom Tisch.

»Ich war heute noch mal in der Kneipe von Brieskowitz. Bei diesem Freund von Tillmann John, der den ganzen Tag dort sitzt. Und er hat eigenartige Dinge erzählt, als ich ihn nach Achim Wintzel gefragt habe. ›Wer mit dem Tod Geschäfte macht, darf sich über die Hölle als Lohn nicht wundern‹ oder ›der hat das Verderben über die Jugend gebracht‹. Als ich nachgefragt habe, meinte er nur, Versicherungsvertreter seien nun mal keine guten Menschen, worüber der Kerl hinter dem Tresen laut gelacht hat. Der alte Mann murmelte etwas über ›Dinge zwischen Himmel und Erde, die auch schon mal verloren gehen können‹, dem ›Wert der Freundschaft, der immer ausbezahlt wird‹ und verlor sich dann in Erinnerungen an seine besseren Tage, wobei der Wirt meinte, er solle nicht immer geklaute Erinnerungen aus den Büchern anderer als eigene verkaufen. Den krönenden Abschluss bildete die Anmerkung des Alten, er sei der illegitime Sohn Wintzels und deshalb wisse er auch so gut Bescheid. Ich glaube, den Nachmittag habe ich fehlinvestiert.« Sie lächelte entschuldigend.

»Die Idee war gut. Hätte ja sein können, dass er was zu erzählen hat«, sprang Wiener ihr bei.

»Was ist bei dem Gespräch mit Holzmanns Therapeuten rausgekommen?«, erkundigte sich Nachtigall.

»Der will nicht mit mir sprechen. Schweigepflicht.«

»Den übernimmt Michael gleich morgen früh. Die anderen Freunde und Kollegen, die uns Langer noch aufgezählt hat, sind schon gewarnt worden?«

Wiener nickte.

»Silke und ich sind bei denen vorbeigefahren, als wir

die Pizza geholt haben. So recht glauben wollte keiner, dass er in Gefahr ist.«

»Hat sich die BTU schon gemeldet?«

»Ja. Diesel als Brandbeschleuniger im Innenraum. Wahrscheinlich wurde er über den Torso gegossen und dann angesteckt. Die Kollegen von der Brandermittlung gehen ansonsten von normaler Brandstiftung aus.«

»Von normaler Brandstiftung?«

»Ja, ich habe mir das erklären lassen. Unter normal verstehen sie eine Brandlegung, die man nicht einer speziellen Gang zuordnen kann. Es gibt keinen besonderen Modus operandi, sondern man gießt aus und zündet an, fertig. Bei diesem Wagen wurde keine szenetypische Methode angewandt.«

»Welche Methode wäre das denn gewesen?«, hakte Nachtigall neugierig nach.

»Da haben die Kollegen ganz schön rumgedruckst«, lachte Silke. »Ich glaube, die befürchten, ich könnte auf den Geschmack kommen.«

Wenn sie lacht, wirkt sie sehr sympathisch, dachte Nachtigall ganz gegen seinen Willen. Schnell fragte er weiter: »Und der Halter des Wagens?«

»Hatten die Kollegen schon ermittelt. Halter ist eine Firma in Berlin. Softwareentwicklung & Support. Das Problem besteht darin festzustellen, wer den Wagen als Letzter gefahren hat. Im Moment sieht es so aus, als hätte einfach jeder Zugang gehabt.«

»Wir haben eine ganze Menge in Erfahrung gebracht. Was uns fehlt, ist ein Verdächtiger, ein Motiv, ein echter Grund, aus dem jemand sauer auf Lombard gewesen sein könnte. Bei Holzmann sieht das anders aus. Einige seiner Schuldner hätten vielleicht gern Rache genommen, aber beim Tod Holzmanns wäre ihnen auch die letzte Hoffnung auf Rückzahlung verloren gegangen. Alle unsere Ansätze erledigen sich.«

»Haben wir Namen der Schuldner? Könnte doch sein, dass sich bei der Überprüfung überraschend eine Verbindung zu Lombard herstellen lässt«, so schnell wollte Silke nicht locker lassen.

»Die Liste der Namen ist sicher im Notebook.«

»Und das ist verschwunden«, ergänzte Nachtigall. »Aber wir haben dieses Manuskript. Mit diesem unsäglichen Titel. Möglich, dass sich der Hinweis dort verbirgt.« Er griff nach einem Stapel Papier und legte ihn auf seinen Schreibtisch. »Das übernehme ich.«

»Ach – ich habe noch einige von diesen Randfragen hier am Flipchart geklärt. Vor etwa zwei Wochen war Neumond. Das bedeutet, zum Zeitpunkt der illegalen Bestattung von Lombard herrschte Dunkelheit. Dann: Ob die Tür bei der Rückkehr von Herrn Ahrendt abgeschlossen war, lässt sich nicht feststellen, er selbst hat keine Erinnerung daran, glaubt aber, es sei so gewesen, gerade weil ihm nichts aufgefallen ist. Und der Schlüssel wurde nicht gefunden, man hat im Gebüsch und in den Mülltonnen der Nachbarschaft gesucht. Ohne Erfolg. Außerdem wolltet ihr wissen, ob der Leichnam in der Badewanne zerteilt worden sein kann. Er kann. Allerdings nicht mit einer Säge, da wäre das Ganze nicht ohne eine Beschädigung der Beschichtung abgegangen. Und dort finden sich nur die üblichen Gebrauchsspuren. Wobei extra erwähnt wurde, wie unglaublich sauber die Wanne war. Als man allerdings Luminol … Alles blutig!«

»Matern hatte einen Schlüssel zur Wohnung – möglicherweise. Frau John könnte sich ihrer Familie entledigt haben, um endlich unbeschwert leben zu können. Frauen neigen doch – zumindest statistisch gesehen – zu dieser

Art der Problemlösung. Allerdings kann sie nicht wirklich einen Grund gehabt haben, Holzmann zu töten. Ich kann mir auch ehrlich gesagt nicht vorstellen, dass sie jemanden in der Wanne zerstückelt und in Teilen davonträgt.«

Nachtigall griff nach einem flachen Stapel Papier.

»Das sind die Aussagen der Mieter aus dem evakuierten Block. Und die von Zeugen aus der Reha Vita. Beide Male wurde jemand gesehen, der wie ein Handwerker wirkte. Und natürlich hat sich niemand etwas dabei gedacht – es gibt in solch einem Duschraum sicher öfter eine Reparatur und in einem Wohnblock ohnehin.«

»Schluss für heute. Hoffentlich fängt der Tag dann nicht wieder mit einer Leiche an.«

»Oh – doch. Das tut er. Wie Silke schon sagte: Dr. Pankratz will um acht Uhr mit der Obduktion anfangen. Er hat mich auf dem Handy erreicht. Deines sei ausgeschaltet, meinte er.«

Peter Nachtigall zog das kleine Telefon aus der Gesäßtasche und überprüfte das Display. »Tatsächlich!«, grunzte er verärgert. »Schlamperei.« Er drückte einige Tasten und verkündete: »So! Nun bin ich wieder erreichbar. Wen rufen die Kollegen an, wenn sich bei Langer etwas rührt?«

»Dich. Sie werden sich melden, sobald sich irgendetwas verdächtig ausnimmt«, meinte Wiener fast entschuldigend.

Als Wiener den Freund vor der Tür zu seinem Reihenhaus in Sielow absetzte, bemerkte er, dass der Wagen von Conny noch nicht in der Einfahrt stand. »Langer Frauenabend. Soll ich noch ein bisschen bleiben?«

Nachtigall musterte den jungen Mann nachdenklich. »Möchtest du meine Gespenster vertreiben oder deine? Oder ist dir zu Hause zu viel Unruhe?«

»Jonas? Ach, der ist ein relativ ruhiger Zeitgenosse. Wenn der wüsste, welche haarsträubenden Abenteuer er schon erlebt hat, wäre er total überrascht. Stell dir nur vor, Marnie wäre damals schwer verletzt worden! Was wäre dann wohl aus Jonas … Im Augenblick ist er mit trinken, gucken und schlafen ganz ausgelastet.«

»Grüße an Marnie und den Kleinen. Bis morgen.«

Peter Nachtigall sah den Rücklichtern nach, die rasch in der Dunkelheit verschwunden waren.

Die Katzen saßen beide nebeneinander im Flur und maunzten voller Anklage, als er eintrat.

»Na, wer hat euch denn hier vernachlässigt?« Nachtigall streichelte die beiden und sorgte für einen Tagesabschlusssnack, gönnte sich selbst ein Glas Wein.

Grollen kündigte ein Gewitter an.

Nachtigall stellte sich an die Terrassentür und starrte in den Regen. Trübes Wetter, passend zu meiner Stimmung, dachte er verbiestert. Das Grün seines Gipsarms spiegelte sich deutlich in der Scheibe, sein Gesicht war unnatürlich bleich, so, als käme er von einer Sektion bei Dr. Pankratz. Er zuckte zusammen. Bilder aus seinem Traum drängten an die Oberfläche, sorgten für deutliches Unbehagen. Der Anblick seines eigenen Körpers unter dem blauen Laken … Die grünlichen Fäulnisstellen … Der Geruch der Vergänglichkeit …

Er prostete sich zu.

Die magische 48-Stunden-Frist nach der Ermordung war abgelaufen. Ein Ergebnis gab es nicht. Wahrscheinlich, überlegte er weiter, hatte diese Zeitgrenze in diesem Fall nie bestanden. John war schon seit Monaten tot, sein Sohn seit mehreren Wochen.

Nur der Mord an Holzmann war aktuell verübt worden.

Wenn ich die anderen Morde ausblende, was habe ich dann übersehen?, fragte sich Nachtigall. Casanova, der stattliche Kater, schob sich zwischen die Beine seines Menschen und beobachtete die großen Hagelkörner, die von der Terrasse aufsprangen und arrhythmisch gegen die Scheibe klopften. Er stemmte seine Vorderbeine gegen die durchsichtige Barriere und streckte sich.

»Holzmann war bereit, sich mit seinem Mörder zu treffen. Allein. Entweder hat er ihn gut gekannt und hegte deshalb keinen Argwohn – oder der andere hatte etwas in der Hand, um sein Opfer zu dieser Begegnung zu pressen. Matern? Norbert Holzmann kannte ihn. Aber was konnte ihn dazu bewogen haben, sich mit Matern zu verabreden? Im Protest gegen den Bagger waren sie Vertreter der unterschiedlichen Lager. Holzmann wohnte längst nicht mehr in Brieskowitz, war in die Diskussion über den Verkauf der Häuser und Grundstücke nicht involviert. Ihm ging es um den Erhalt seines Arbeitsplatzes. Sicher – Matern war ein komischer Kauz – aber auch ein Mörder? Und warum liegen die Leichenteile ausgerechnet in der Reha Vita?«

Casanova zog es vor zu schweigen.

»Aha. Du hast auch keinen Ansatz, wie?«

Ein Blitz zuckte durch das Dunkelgrauschwarz.

Für einen Sekundenbruchteil war der Garten grell ausgeleuchtet.

Aus dem Augenwinkel beobachtete Nachtigall, wie Domino mit einem hysterischen Satz unter dem Sofa verschwand.

»Du könntest dich ein bisschen um deine Freundin kümmern! Sie hat Angst.«

Doch der Kater war an den Ängsten der Mitbewohner nicht interessiert. Er blieb ungerührt vor der Scheibe stehen.

»Matern könnte einen Schlüssel zur Wohnung der Ahrendts gehabt haben. Doch beweisen können wir ihm das nicht. Er ist auch nicht der Typ, der ein so hohes Risiko eingeht, entdeckt zu werden oder etwa selbst zu sterben, weil gegenüber eine Bombe zündet.«

Der Kater drehte die Ohren hin und her.

»Weißt du, ich könnte mir einige schöne Motive vorstellen – aber am Ende geht das Ganze nicht auf. Möglich wäre doch, dass Grendke umkam und gar nicht in Urlaub fuhr. Bei einem Unfall, einer dämlichen Mutprobe, was auch immer. Danach haben die Freunde den Tod vertuscht. Nur Heiner konnte sich nicht damit abfinden. Bloß: Heiner ist auch tot. Er ist es nicht, der seinen Freund an den Kumpeln rächt. Und der Tod von John? Der passt auch nicht.«

Das Telefon brummte.

»Nachtigall!«

»Ey, Mann! Sie müssen mir jemanden schicken! Ich habe ihn gesehen!«, keuchte jemand aufgeregt in die Leitung.

»Herr Langer?«

»Er war hier. Unten in meinem Keller. Er weiß, wo ich wohne und bringt mich als Nächsten um«, wimmerte der Mann aufgelöst.

»Wer?«

»Na, der Kumpelkiller!«

»Wer ist es?«

»Maik. Der lauert auf mich! Nun kommen Sie schon!«, flehte Langer.

»Gut. Zwei Kollegen sind sofort bei Ihnen«, versicherte Nachtigall und alarmierte die Streife vor Langers Wohnblock.

»Silke? Wir haben einen Einsatz. Ich hole dich mit einem Taxi ab. Matthias Langer glaubt, der Mörder sei hinter ihm her. Er behauptet, er habe Maik Grendke erkannt.«

»Zu viel Alkohol! Das Gerede von Zombies scheint dann in Gang zu kommen«, kommentierte die junge Frau.

Zehn Minuten brauchte das Taxi, um die beiden Beamten einzusammeln und weitere zehn, um zur Adresse Langers zu finden.

»Wir sind gleich rauf zu ihm. Der sitzt auf der Couch und heult«, informierte sie einer der Schutzpolizisten an der Wohnungstür, führte sie herein und warf einen unfreundlichen Blick auf Langer.

»Sie haben Grendke gesehen?« Der Hauptkommissar schob sich auf den Platz neben dem zitternden Mann.

»Ja, ganz sicher. Der hatte schon immer so einen schlurfenden Gang. Das ist nur noch schlimmer geworden. Und auch die Haare trägt er anders. Kürzer. Mir kam es auch so vor, als seien da schon kahle Stellen. Ich wollte doch nur ein paar Flaschen Bier raufholen. Und da hat er sich in eine der Ecken gedrückt.«

Langer strich seine öligen Haare nach hinten.

»Warum sollte Grendke nach so vielen Jahren zurückkommen und Sie und Ihre Freunde umbringen?«

»Was weiß ich! Als Sie vorhin gesagt haben, da macht einer Jagd auf uns, dachte ich auch gar nicht an Maik. Aber dann …«

»Sie haben ihn seit 20 Jahren nicht mehr gesehen – und gleich erkannt? Hat er vielleicht etwas zu Ihnen gesagt?«

»Nein. Das brauchte er auch gar nicht.«

Eine resolute, kräftige Frau baute sich vor den beiden auf. »Glauben Sie dem kein Wort. Der ist ein echter Schisser. War der immer schon. Ich weiß auch nicht, was meine

Tochter an so einem Würstchen findet! Wahrscheinlich war der schon besoffen, als er runter ist. Da stellt man sich schon mal was vor, nicht wahr, Mats?«

Langer neben ihm schrumpfte auf die Hälfte seiner ohnehin schon nicht übermäßigen Größe.

»Meine Schwiegermutter. Hilde Kreuzer. Sie war hier, als ich ihm begegnete.«

»Hier! Ja, in der Wohnung. Du hattest deine eher fragwürdige Begegnung aber im Keller«, erinnerte ihn die stark geschminkte Frau unnötig deutlich. Ihre Hände mit den langen pinkfarbenen Krallen räumten die leeren Bierflaschen vom Tisch. Eine Welle billigen Parfums hüllte Nachtigall ein. Sie richtete ihren Oberkörper wieder auf, ihre weißen Locken wippten aufmüpfig und sie fragte schnippisch: »Haben Sie nicht genug Leute bei der Polizei? Also, ich meine, weil Sie einen Einarmigen und ein Kind zur Ermittlung schicken. Erkrankungswelle?«

»Arbeitsunfall. Ermittler müssen gelegentlich hart zupacken. Davon lassen wir uns natürlich nicht aus der Bahn werfen.« Silke hustete von fern, als sie das hörte. »Und die junge Dame fängt gerade an. Sie ist auf dem besten Weg, eine sehr erfolgreiche Hauptkommissarin zu werden.«

»Wollen Sie nicht mal in den Keller runtergehen?«, piepste Langer. »Vielleicht ist er ja noch da.«

Silke nickte kurz in seine Richtung. Verschwand aus seinem Blickfeld.

Frau Kreuzer schob ihre üppige Figur, die mühevoll in ihrem geblümten Kleid Platz fand, in die Küche zurück.

»Ich glaube, es wird Zeit, dass Sie mir alles erzählen!«, ermunterte Nachtigall seinen Gesprächspartner. »Maik Grendke ist tot. Den können Sie nicht gesehen haben.«

27

Erika Wintzel schwebte auf Wolken.

Er hatte angerufen. Gefragt, ob sie noch ein bisschen Zeit hätte – für ein Schäferstündchen. Natürlich hatte sie.

Im Bad überarbeitete sie gründlich ihr Gesicht.

Dann suchte sie das sportliche schwarze Kleid raus, das sich selbst von einem Mann leicht öffnen lassen würde. Achim hatte an Verführung nie Spaß gehabt, überlegte sie bedauernd, der wollte die Frau nackt im Bett. Angerichtet, sozusagen. Ohne dass er noch irgendeinen Aufwand hätte treiben müssen. Wenn sie anmerkte, es wäre doch romantisch und lustvoll, sich gegenseitig zu entkleiden oder die Kleider vom Leib zu reißen, meinte er nur, ›willst du nun oder willst du nicht? Wenn nicht, dann lass es halt‹. Er war kein Freund irgendwelcher Sperenzchen, es sei denn, es handelte sich um seine Spiele.

Der Neue war da ganz anders.

Sanft. Einfühlsam. Zärtlich.

Seine Stimme am Telefon hatte geklungen wie ein Versprechen.

Wie weit würde er gehen? Und, wie weit war sie bereit, ihm entgegenzukommen?

Konnte man Sex verlernen?

Ein eisiger Schreck durchfuhr ihre Körpermitte. Was, wenn er sie ausgepackt gar nicht mehr anziehend fand?

Das Bett! Mit geübten Handgriffen bezog sie beide Hälften neu. Stellte eine Flasche Champagner kalt. Zündete die Kerzen im Wohnzimmer an und schaltete das Licht aus.

Vielleicht hatte er Hunger. Manche Männer, hatte sie

gehört, bekamen danach unheimlichen Appetit. War denn genug im Kühlschrank, um einen echten Mann zufriedenzustellen? Sie inspizierte die Vorräte. Nur gut, dass sie immer einige Dinge für Achim einkaufte – nur für den Fall, dass …

Salami war genug da, Käse mit Chili ebenfalls, Schwarzbrot, Eier, Salat – ach, das würde sicher reichen.

Sie lief ins Bad zurück und sprühte einen Stoß ihres dezenten Dufts über das ausladende Dekolleté.

Rouge fehlte noch. Sie stellte bei einem Blick in den Spiegel fest, dass sie vor Aufregung ganz blass geworden war.

Da! Ein Wagen hielt.

Erikas Herz schlug bis zum Hals.

28

Michael Wiener sah seiner Frau beim Baden des Kindes zu.

»Möchtest du nicht auch mal?«, fragte sie mit leuchtenden Augen. »Sieh doch nur, wie ihm das gefällt!«

»Klar mag er das. Geht mir auch so.« Der junge Mann lachte warm. Jonas, der ganze Stolz seiner Mutter, gluckste vor Vergnügen.

»Kannst du das Handtuch halten?«

Wiener griff hinter sich und entfaltete ein Frotteehandtuch mit eingearbeiteter Mütze.

»Du musst es schon so halten, dass die Mütze oben ist!«

Ehe er es sich versah, hielt er das nasse Kind auf dem Schoß. Sanft begann er damit, den Kleinen abzutrocknen. Die zarten Fingerchen krallten sich immer wieder im Stoff fest, das Kind strahlte und Marnie freute sich. Perfekt.

»So, die Mama wird dich jetzt umziehen – dann ist Schluss für heute«, erklärte er seinem Sohn und reichte ihn an die Mutter weiter.

»So machen wir das. Der Papa setzt sich sicher schon mal vor den Fernseher und wärmt das Sofa an, nicht wahr?«, neckte Marnie ihren Michael. »Das lernst du später auch noch.«

Doch Wiener warf sich in die Brust. »Nein, das tut der Papa nicht. Der hat nämlich was Feines zu Essen mitgebracht. So ist das!«

»Mein Held«, flüsterte Marnie ihm im Vorübergehen zu und drückte ihm ihre warmen Lippen auf den Mund. »Ich bringe ihn schnell ins Bett.«

»Hm, chinesisch!«, freute sich die junge Mutter wenig später. »Lecker!«

Sie probierte von ihrem Huhn und zwinkerte ihrem Mann zu. »Wie läuft es so mit der neuen Kollegin?«

»Silke. Sie arbeitet zuverlässig, recherchiert fleißig. Nur Peter wird mit ihr nicht recht warm. Es musste ihm doch klar sein, dass irgendwann jemand die Stelle von Albrecht bekommen würde. Aber nun stellt er sich an, als habe man ihm eine Kröte auf den Stuhl gesetzt. Ich hoffe, sie bekommt eine Chance, sich zu beweisen. Dieser Fall ist so vertrackt, da könnte schon was drin sein. Ein Geistesblitz zum Beispiel, der uns auf die richtige Fährte bringt.«

»Du klingst müde. Seid ihr nicht vorangekommen?«

»Nicht wirklich. Wir finden immer Puzzleteile. Blöd ist, dass die nicht zusammenpassen. Morgen erfahren wir wenigstens, ob der Kopf und die Arme zum Torso und alles zusammen zum Blut in der Wohnung gehören. Dann wissen wir vielleicht auch mit Gewissheit, ob es sich um Holzmanns Leichnam handelt. Bisher ist es nur sehr wahrscheinlich. Dr. Pankratz kommt doch noch, dann klärt sich sicher alles.«

»Die Sache mit dem Mord in einer fremden Wohnung ist schon ziemlich ungewöhnlich. Irgendwie speziell. Hat sich rausgestellt, wie der Mörder reingekommen ist?«

»Nein. Wir gehen davon aus, dass er einen Schlüssel benutzen konnte. Wo er den her hatte, wissen wir allerdings noch nicht.«

»Die Frau arbeitet doch als Tabledancer in einer Bar, oder?«, fragte Marnie und schob sich eine große Portion Nudeln in den Mund.

»Sie tanzt an einer Stange. Wahrscheinlich striptease. Ich habe nicht so dezidiert nachgefragt.«

»Hättest du vielleicht tun sollen.« Marnie war mit vollem Mund nur schlecht zu verstehen. »Könnte doch sein, dass sie nach der Vorstellung auch noch Termine wahrnimmt.«

»Sie ist verheiratet!«

»Ja, na und? Vielleicht stört es ihren Mann nicht. Es soll das Liebesleben von Paaren ungemein aufpeppen, wenn sich der eine vorstellt, dass der andere mit einem anderen … du weißt schon.« Sie war von der Couch geglitten und räkelte sich auf dem Teppich.

»Quatsch. Mich würde es nicht antörnen, wenn ich mir vorstelle, wie du …« Er rutschte ebenfalls auf den Teppich hinunter.

»Wenn es aber doch so wäre? Nicht bei mir natürlich«, kicherte sie, als er seine Hand schnell zurückzog. »Bei ihr. Dann nimmt sie doch ihre Handtasche mit. Und in dem Moment kommt jeder an den Schlüssel ran.« Sie stöhnte leise, als Michael ihr die Bluse abstreifte.

»Hm, hm.«

»Ein Geschwisterchen für Jonas?«, wisperte sie in sein Ohr.

»Mal sehen, was sich machen lässt«, knurrte er zurück.

29

Silke kehrte kopfschüttelnd zurück.

»Es gibt keine Hinweise darauf, dass irgendjemand unbefugt dort unten war. Keine verrückten Kisten, keine aufgestemmten Fenster oder aufgehebelten Türen. Nichts. Herr Langer, vielleicht hat Ihnen das Gewitter etwas vorgegaukelt.«

Zerknirscht barg der schmächtige Mann sein Gesicht in den ungepflegten Händen.

»Ich habe ihn gesehen«, beharrte er starrköpfig.

»Es ist in Ordnung. Diese beiden Herren von der Schutzpolizei sitzen in einem Streifenwagen vor dem Haus. Wenn Ihnen wieder etwas komisch vorkommt, dann rufen Sie den Notruf – und die beiden sind sofort hier bei Ihnen. Wir riskieren natürlich nicht, dass Ihnen auch noch etwas zustößt. Allein sollten Sie nicht in der Wohnung bleiben.« Nachtigall warf Langer einen besorgten Blick zu. Es war sicher nicht angenehm, wenn man plötzlich in jeder Ecke einen Mörder vermuten musste. Besonders dann, wenn der bereits verstorben war.

»Keine Sorge, Herr Hauptkommissar. Ich weiche nicht von seiner Seite, bis meine Tochter nach Hause kommt. Notfalls übernachte ich auf der Couch. Dann müsste der Mordbube erst mal an mir vorbei – und das will ich ihm nicht geraten haben. Ich war mal DDR-Meisterin im Gewichtheben. Und die Kraft habe ich auch heute noch. Ich übergebe Ihnen den Kerl dann zerquetscht.« Ihre Augen funkelten Entschlossenheit und Nachtigall hoffte, der Täter würde eine Begegnung mit dieser Frau doch überleben, damit er ihn wenigstens befragen konnte.

»Maik Grendke. Er war das!«

Ein abschätziger Blick aus den Augen der Schwiegermutter glitt über den ganzen Körper des zitternden Mannes. Es lag so viel Verachtung darin, dass Langer dem Hauptkommissar schon fast leidtat.

»Wir bleiben dran«, versprach Nachtigall und brach mit Dreier zusammen auf.

»Da unten ist es nicht sehr staubig. Der Boden ist frisch gewischt. Spuren sind keine zu finden, aber das heißt nicht, dass nicht doch jemand im Keller war«, meinte sie im Runtergehen. »Wenn er recht hat und ihm dort einer auflauerte, ist er in Gefahr.«

»Mehr können wir nicht für ihn tun. Er wird bewacht. Morgen setzen wir ihn mit einem Kollegen an die Bilderkartei, wer weiß, vielleicht identifiziert er einen unserer alten Bekannten.«

»Kohle als Mordmotiv, Kumpel verschwinden, werden getötet – komischer Fall.«

»Silke, ich denke die ganze Zeit schon, wir könnten auf einer völlig falschen Fährte sein. Sicher, die Toten haben alle im Bergbau gearbeitet, kannten sich. Aber deshalb müssen die Morde nicht unbedingt mit der Arbeit zu tun haben. Wer weiß, vielleicht sind sie ganz privat als Gruppe irgendwo in Schwierigkeiten geraten. Die haben doch sicher oft ihre Freizeit zusammen verbracht.«

»Eine Gruppe junger Männer on tour – und dann geht was schief? Du denkst, das ganze Theater mit der Kohle lenkt uns nur ab.«

»In der Art. Da passt nur Tillmann John nicht rein.«

Susanne Schelter fühlte sich beobachtet.

Natürlich war da niemand, wenn sie sich umdrehte, aber dennoch, irgendjemand glotzte ihr nach, das war sicher. Sie hasste es, diese Strecke zu Fuß gehen zu müssen.

Nervös klopfte sie auf die Außentasche ihres Mantels. Das Handy war da. Griffbereit, Notrufbereit.

Heiner war tot.

Arme Sau, dachte Susanne mitfühlend, war nicht viel rund gelaufen in seinem Leben.

Ermordet, hatte der Polizist am Telefon gesagt. Und man glaube, alle, die ihn näher kannten, seien nun ebenfalls gefährdet. Sicher Blödsinn. Ich arbeite gar nicht mehr in der Kohle!, tröstete sie sich trotzig. Außerdem gab es niemanden, der ihr ans Leben wollte. Weshalb auch? Schließlich hatte sie immer nur den Radlader gefahren – sonst nichts.

Energisch setzte sie ihren Weg fort.

Als ein Ast knackte, drehte sie sich nicht einmal um.

Nur panische Leute werden beklaut und überfallen, das

war wie Murphys Gesetz. Immer die größte zu befürchtende Katastrophe fest im Blick wurden sie von der dann auch getroffen.

Wieder ein Geräusch. Näher diesmal. Atmete da nicht jemand?

Gänsehaut.

Erst im Nacken, dann über den Rücken, auf den Armen.

Weit war es jetzt nicht mehr.

Auf den letzten Metern konnte ihr doch nicht …

›… wurde nur wenige Meter von ihrem Elternhaus entfernt tot aufgefunden‹, hatte sie das nicht gerade erst in den Nachrichten gehört? Ihre Schritte wurden länger.

Nicht lang genug.

Erika Wintzel wartete auf sein Klingeln.

Dann zählte sie langsam bis zehn, bevor sie ihm öffnete.

Er sollte nicht den Eindruck gewinnen, sie habe hinter der Tür gelauert.

»Oh, welch ein Anblick!«, freute er sich, drehte sie galant einmal um ihre eigene Achse, um sie von allen Seiten bewundern zu können. »Wie schön du bist!«

Erika führte ihren Ewald ins Wohnzimmer, wo die Kerze brannte und zwei Sektkelche bereitstanden.

»Aber! Du solltest dir doch keine Mühe machen.« Er zog mit kühnem Schwung ein kleines Päckchen hinter dem Rücken hervor. Erika keuchte, atemlos vor Glück.

»Darf ich die Musik für den Abend auswählen?«, erkundigte er sich höflich und trat an das gut gefüllte CD-Regal. »Ravel? Zu schwer. Coltrane? Hm. Magst du das oder wäre das eher die Wahl deines Mannes gewesen?«

»Coltrane wäre meine Wahl«, hauchte sie, während sie das Päckchen vom Papier befreite.

»Oh, wie wunderschön!«, hauchte sie, als sie die Ohrringe im roten Samt liegen sah.

»Nun, ich freue mich, wenn sie dir gefallen.« Er schlang zärtlich seine Arme um ihren Körper und küsste sie innig.

Erika wurde fast bewusstlos.

Sie entwand sich ihm, eilte ins Bad, um die Ohrstecker gleich tragen zu können.

Ohne Hilfe des Spiegels hätte sie die winzigen Löcher nie finden können.

Bei ihrer Rückkehr brachte sie den Champagner aus dem Kühlschrank mit.

Das wird ein wundervoller Abend, freute sie sich, einer, wie ich ihn mir immer erträumt habe!

Gegen Mitternacht trug er sie ins Schlafzimmer.

Um viertel eins zerplatzte ihr Traum vom Glück.

»In dem Karteikasten deines Mannes waren nicht alle Adressen, die ich brauche.«

Erika brauchte einige Herzschläge, bis sie begriff, dass diese Stimme auch zu Ewald gehörte. Wenngleich sie völlig anders klang als die kultivierte, die er sonst verwendete. Und auch mit größter Anstrengung fand sie in Ewalds Zügen nicht das Gesicht des ungeschickten Schornsteinfegers. Nein, das konnte nicht wahr sein!

»Was?«, fragte sie daher begriffsstutzig. Das Brennen auf ihrer Wange war vertraut. Frauen wie ich geraten doch immer an dieselbe Art Männer, dachte sie bitter. Sie schmeckte Blut. Wie früher. Schon ihr Vater hatte dafür gesorgt, dass sie spurte und Achim hatte die Tradition weitergeführt. Kälte breitete sich in ihrem Herzen aus.

Gerade jetzt, wo sie ein neues Leben anfangen wollte! Selbstbestimmt!

»Also? Wo hat er die anderen Adressen?«

Sie schwieg.

Konnte nach dem Schock gar nicht sprechen, bekam die Lippen nicht einmal zu einem Schrei auseinander.

Die andere Wange.

Nun, wenigstens wäre das Gesicht dann morgen gleichmäßig geschwollen. Niemand würde es sehen.

»Wenn du mir nicht sagst, wo die Verzeichnisse sind, dann werde ich zu härteren Methoden greifen«, drohte er finster, der ehemalige neue Mann ihrer heißesten Träume.

»Sei nicht so störrisch!«, zischte er direkt in ihr Ohr, Erika spürte den fast schmerzhaften Schauer, der über ihren Rücken rollte.

Sie stakste wortlos über den Flur in die Küche.

Er folgte ihr, ohne zu ahnen, dass es das Letzte in seinem Leben war, was er ihrer Meinung nach tun sollte.

Als er wenig später so still und überraschend raumfüllend ihr zu Füßen lag, konnte sie nicht genau sagen, was passiert war. Im Grunde war es auch gleichgültig. In diesem Fall kam es auf das Ergebnis an. Und das würde demnächst kalt und steif werden.

Erika stieg über ihn drüber, schenkte sich ein weiteres Stielglas Champagner ein.

Prostete ihm zu.

Überlegte, ob sie ihm verzeihen sollte.

Entschied sich dagegen. Was allerdings die Frage aufwarf, wie er nun aus ihrer Küche verschwinden würde. Denn wenn sie ihm nicht verzieh, gab es keinen tränenreichen Anruf mit Mordgeständnis bei der Polizei – und eben auch kein öffentliches Begräbnis für ihn.

Warum ist mir vorher nicht aufgefallen, wie schwer der Kerl ist, grübelte sie sinnlos. Wenn ich den in meinem Garten beerdigen will, muss ich ein gewaltiges Loch ausheben. Das sehen die Nachbarn. Und dann hatte sie die rettende Idee: Ich lege einen Fischteich an! Das wollte ich schon immer, nur Achim war dagegen, weil man Fische auch versorgen muss. Gleich morgen fange ich damit an!

Sie wünschte dem schweigsamen Herrn noch eine gute Nacht und ging gähnend ins Bad.

Conny kam erst kurz vor Mitternacht nach Hause.

Ein leichter Hauch von Alkohol umwehte sie, sie duftete nach fremdländischen Gewürzen und guter Küche.

»Du arbeitest noch?«, fragte sie und schmiegte sich zärtlich an ihn.

»Hm, hm. Ich habe eine Idee. Aber noch ist nichts bewiesen.« Er schob den Papierstapel zur Seite. »Das ist die Autobiografie eines Bergmanns. Sperrig. Wir stecken noch in seiner Kindheit fest. Dummerweise hat er die Seiten nicht nummeriert. Bis jetzt ist es nicht spektakulär. Ermüdend.«

»Sag bloß, du hast den armen Kater wieder arbeiten lassen. Wir wissen ja, dass der immer die besten Einfälle hat, wenn er so tut, als schliefe er fest!« Sie zeigte auf die Couch, in deren linker Ecke ein großes und der rechten ein kleines Fellbündel lag.

»Komm!« Träge drehte Conny sich um und hielt auf das Schlafzimmer zu.

»Willst du nicht wissen, welche Abenteuer ich heute bestehen musste?«

»Nein – aber ich zeige dir, was du zum Abschluss des

Tages zur Entspannung tun kannst, damit du morgen auch wieder abenteuerlustig bist.« Sie winkte mit dem Zeigefinger.

Er wartete. Jeden Tag. Entweder auf sie – oder auf Befreier.

Doch die einzigen, die kamen, waren sie.

Schon an ihrem Schritt erkannte er, wann sie kamen, um ihn zu holen, keinen von den anderen, mit denen er hier in diesem Käfig zusammengepfercht war. Beim ersten Mal war er von der Intensität der Schmerzen überrascht gewesen. Die Kette, die seine Waden zerfetzte. Seither fiel ihm das Gehen schwer. Natürlich nahmen sie darauf keine Rücksicht, wenn sie ihn vor sich her trieben. Dunkelheit überall. Gelegentlich weiße Augen, dann wieder Finsternis. Wie viele außer ihm hier warteten, konnte er nicht sagen. Von denen sprach keiner eine Fremdsprache – und er verstand den heimischen Dialekt nicht. Wobei er nicht einmal sagen konnte, wo dieses heimisch überhaupt lag. Der Transport hatte lang gedauert. Das war aber auch das Einzige, was er wusste.

Die Botschaft würde bald jemanden schicken, der ihn rausholte.

An diese Hoffnung klammerte er sich.

Ihre Fragen konnte er ohnehin nicht beantworten – er verstand ja kein Wort.

Manchmal, wenn es ihm gelang, über die Schulter nach hinten zu sehen, erkannte er ein Stückchen von ihnen. Uniformträger. Gewehre im Anschlag. Entschlossenheit im Blick. Flucht war ausgeschlossen.

Er wollte doch nicht sterben.

Irgendetwas war gründlich schiefgegangen – aber was?

Erst nach Wochen begriff er, dass die Botschaft niemanden schickte – und nie jemanden schicken würde.

Wahrscheinlich war er nicht prominent genug.

Vielleicht war das auch gar kein Gefängnis, sondern eine Art Gefrierschrank, in dem man Leute lagerte, die gegen Lösegeld freigelassen wurden.

Seine Mutter war nicht vermögend.

Wenn er die Männer über den Gang kommen hörte, mit jenem Schritt, der ihm galt, hoffte er noch einige Zeit, man habe für ihn gesammelt. Die Kirche vielleicht. Um sein Leben zu retten. Danach empfand er nur noch Enttäuschung.

Er würde hier verrecken und keiner setzte sich für ihn ein.

Die anderen hatten ihn abgeschrieben.

Lebten, liebten, genossen die Jahreszeiten.

Scheißlos!

30

»Guten Morgen!« Silke wirkte ausgeschlafen und fit. Offensichtlich machte ihr eine kurze Nacht nichts aus.

»Morgen!« Nachtigall bemühte sich um einen lockeren Ton.

»Wir haben heute schon ein Fax vom LKA bekommen. Den Bericht der Untersuchung von Grendkes Leichnam.«

»Ach, wie kommen die gerade jetzt darauf?«, fragte Wiener überrascht.

Silke ging nicht darauf ein. »Im Laderaum eines Frachters wurde beim Löschen der Ladung in Rotterdam eine männliche Leiche zwischen dem Frachtgut entdeckt. Der Tote trug eine Hose und ein zerrissenes Shirt – weiter nichts. Allerdings entdeckte die Polizei in der Nähe des Körpers eine Tasche. In der steckte ein Heft, alle Seiten eng beschrieben, daneben eine Haarbürste, mehr nicht. Und auf dem Heft sowie im Leder der Tasche stand Maik Grendke. DNA-Abgleich wurde vorgenommen. Es dauerte wohl eine ganze Weile, bis der Leichnam jemandem auffiel, dann noch eine Weile, bis die Nachricht zum LKA durchgestellt wurde – und wieder, bis sie uns erreichte. Fakt ist: Maik Grendke ist seit Monaten tot.«

»In diesem Fall führt jeder Schritt in eine Sackgasse«, beschwerte sich Nachtigall, und auch Wieners Laune schien sich deutlich verschlechtert zu haben.

»Wir fahren jetzt zur Obduktion. Ich habe mir eine der Kisten mit beschriebenen Seiten vorgenommen. Überwiegend Erinnerungen an seine Kindheit und Jugend. Am Rand steht irgendetwas mit Connection, das erste Wort ist unleserlich. Die Anmerkung wurde ohne erkennbaren Bezug zum Text dort gesetzt. Das Material stammt aus der Wohnung von Holzmann. Vielleicht gibt es noch mehr Hinweise darauf, irgendwo eine Erklärung dafür oder einen neuen Verweis zum Beispiel auf eine Internetseite. Silke, kümmerst du dich bitte um die Kiste dort?« Nachtigall zeigte vage in Richtung Schreibtisch.

»Ach ja – und bei Langer ist nach unserem Besuch alles ruhig geblieben. Maik Grendke kann er jedenfalls nicht in seinem Keller gesehen haben. Wenn jemand dort gelauert hat, ist ihm der Boden zu heiß geworden, als er den Polizeiauflauf bemerkte.« Silke schmunzelte. »Wenn wir ihm erzählen, dass Grendke nicht mehr lebt, glaubt er sicher, sein Geist wollte ihn holen. Hysteriker.«

»Ich denke, seine Panik war echt. Er hat jemanden gesehen. Da er uns nicht sagen will, wen, hat er einfach einen Namen vor unsere Nasen geworfen, den wir schon kannten. Ich habe ihm schon gesagt, dass sein Freund von damals tot ist.« Nachtigalls ernstes Gesicht machte Silke nachdenklich. »Kein Theater? Mir kam das gestern wie eine Showeinlage vor.«

»Wir haben ihm erzählt, dass jemand seine Freunde tötet. Ich verstehe schon, dass er nun etwas nervös reagiert. Zumal er mehr weiß als wir, uns aber nichts davon preisgeben will.«

Dr. Pankratz stützte sich auf zwei Gehhilfen ab.

»Du liebe Zeit«, sagte Nachtigall betroffen, »hätte ich gewusst, wie schwer du dich verletzt hast, wären wir natürlich nach Potsdam gefahren! Tut mir leid.«

Der Rechtsmediziner schüttelte den Kopf. »Das sagt nun ausgerechnet der Ermittler mit Gehirnerschütterung und Gipsarm! Mann, Mann! Im Moment ergänzen wir uns doch formidabel, und was wir nicht gegenseitig ausgleichen können, übernimmt eben die Jugend.«

»Sicher«, meinte Wiener trocken.

Auf dem Seziertisch lag der schwarz- verkohlte Torso, auf einem neben den Edelstahltisch geschobenen Wagen befanden sich Kopf und Extremitäten. So entstand zumindest eine grobe Ordnung.

Der Rechtsmediziner lehnte sich gegen den Edelstahltisch und reichte die beiden Krücken an den Sektionsassistenten weiter. Hüpfend, sich mit einer Hand sichernd, umkreiste Dr. Pankratz seinen Patienten.

»DNA machen wir gerade. Dauert natürlich ein bisschen. Also … obwohl der Körper gebrannt hat, ist er nicht vollkommen verkohlt. Die äußere Schicht ist schwarzbraun, du siehst, es lösen sich auch Teile ab, aber innen wurde es nicht ganz so heiß.« Er hob den Blick, begegnete den Augen Nachtigalls und erklärte: »Viele Leute glauben, es sei eine ziemlich gute Methode der Vernichtung von Leichen, sie anzuzünden. Doch das gelingt in den wenigsten Fällen wirklich. Du müsstest den Körper etwa zwei bis drei Stunden bei 1200°C oder besser 1500°C verbrennen, um ihn verschwinden zu lassen. So viel Zeit ist meist nicht, und diese Temperaturen erreicht man nur mit viel Aufwand. Deshalb bleibt für uns in der Regel etwas übrig, was wir analysieren können. Knochen zum Beispiel.« Er beugte sich vor, setzte eine Brille auf und begann mit einer Pinzette Gewebestücke an den Schultern anzuheben. Dabei ging er so nah an den Körper ran, dass Nachtigall schon glaubte, gesehen zu haben, wie seine Nasenspitze das verkohlte Gewebe berührte. Der Hauptkommissar zog die Schultern hoch. Das konnte doch nicht wirklich passiert sein! War es wohl auch nicht. Dr. Pankratz sprach unbeeindruckt weiter.

»Die Gelenke wurden eher laienhaft aus der Pfanne gelöst. Gerissen. Danach gesägt.«

»Gerissen?« Nachtigall hatte seine Stimme nicht unter Kontrolle und räusperte sich schnell. »Dazu braucht man aber gewaltig Kraft.«

»Ach, das muss nicht sein. Der Mörder überdehnt die Bänder und Sehnen, danach schneidet er das alles durch, durchtrennt die Muskeln. Fertig.«

»Ich habe hier Fotos vom wahrscheinlichen Tatort mitgebracht.« Wiener blätterte die Aufnahmen auf die Arbeitsfläche an der Wand, hinter der Stirnseite des Tisches.

»Wenn ich mir die ansehen soll, muss ich das hier tun. Ich hüpfe doch nicht wie ein lindgrüner Frosch durch den Raum!«

»Entschuldigung.« Wiener beeilte sich den Stapel an den Sektionstisch zu bringen. Er zog jeweils das vorderste Bild hoch, schob es hinter den Stapel, bis der Rechtsmediziner alle gesehen hatte.

»Ein Gemetzel.«

»Ja.«

»Der Täter hat das Opfer durch die Wohnung getrieben. Hm. Eine große Wunde am Bauch, nicht wahr? Sieht man an den Spuren am Spiegel. Das ist die, von der du gesprochen hast? Moment mal … Ja, da ist sie! Das erste Indiz.« Der Gerichtsmediziner hüpfte zum linken Arm, untersuchte den Bereich gründlich, in dem die Abtrennung vorgenommen wurde. »Könnte passen. Natürlich ist es nicht ganz einfach zu beurteilen, da sich durch die Hitzeentwicklung das Gewebe des Torsos verändert hat. Man könnte sagen, es ist zusammengeschnurrt. Aber das sehen wir gleich genauer. Die Beine betrifft das ebenfalls. Wobei ich sagen muss, hier ist es einfacher, weil sie gerade unterhalb des Beckens abgetrennt wurden.« Wieder sah er den Hauptkommissar an. »Die Beine hat der Täter nicht aus den Gelenken gelöst. Vielleicht wäre das zu schwierig gewesen. Ein großer Muskel hält hier alles an seinem Platz.«

Das nächste Mal schicke ich Silke, beschloss der Hauptkommissar trotzig. Bestimmt findet die junge Frau es spannend, bei so etwas zuzusehen.

»Bei der Beurteilung des Kopfes fällt es leichter. Siehst du, hier wurde im Nackenbereich ein großer Hautlappen aus dem Rücken mit herausgeschnitten. Und hier am Torso fehlt in diesem Bereich auch ein Stück. Kommt euer Fingerabdruckexperte heute gar nicht?«, fragte er plötzlich.

»Die hat er schon gestern genommen«, wusste der zweite Obduzent. »Er meinte, dann würde er nicht so stören.«

»Ja, wenn das so ist«, freute sich Dr. Pankratz und bat den Assistenten, die Röntgenbilder am Leuchtschirm festzuklemmen. »Hier kann man schon ganz gut sehen, dass die Beine und der Kopf zum Torso passen. Grade Schnitte mit einem kleingezahnten Sägeblatt.«

»Wieso kleingezahnt?«, wollte Wiener wissen.

»Große Zähne hätten Zerstörungen am Knochen bewirkt. Eventuell große Späne herausgerissen. Aber davon ist hier nichts zu sehen. Die Schnittstelle ist ungewöhnlich glattrandig.«

»Wie lang braucht man, um aus einer Leiche fünf Teile zu sägen?«

»Kommt auf die Geschicklichkeit des Sägers und seine Ausrüstung an. Wisst ihr denn schon, wo er den Körper zerteilt hat?«

Nachtigall dachte kurz nach. Dann nickte er. Nahm Wiener die Bilder ab und ging sie durch. »Hier.«

Er zeigte es Dr. Pankratz. »Aha. Möglich.«

Wiener reckte sich, um über die Schulter des Arztes sehen zu können.

Nachtigall hielt eine Aufnahme des Badezimmers in der Hand.

»Wieso hier?«

»Weil die Badewanne völlig sauber ist. Kein Tropfen Blut. Sonst ist überall welches. Gespritzt, beim Händewaschen an die Fliesen gekommen, mit der Kleidung an den Toilettensitz geschmiert. Luminol hat alles sichtbar werden lassen.«

»Stimmt.«

»Motiv ist Hass?«

»Oder es soll danach aussehen«, bestätigte Nachtigall.

Gegen zehn Uhr waren sie auf dem Weg zu Frau Holzmann.

Das schwungvoll renovierte Haus in der Schillerstraße wirkte fröhlich. Es schien, als lächle es mit breiten rotgeschminkten Lippen. Nun würden sie Trauer hineintragen. Nachtigalls Finger zögerte einen Moment über der Klingel.

Dann drückte er sie kraftlos.

»Sie?«

»Tut uns leid, aber wir haben keine guten Neuigkeiten.«

Diesmal führte sie die beiden Ermittler in die Küche.

»Nun?«

»Wir haben die Leiche Ihres Mannes gefunden.«

Schweigend begann sie, einige Teller vom Abtropfbrett in den Schrank zu räumen.

»Kein natürlicher Tod, oder? Er war schwierig. Sicher hatte er viele Feinde. Einer von denen ... Oder hat er sich selbst ...?«

»Er wurde ermordet. Wir glauben, dass sein Tod mit dem Verschwinden von Maik Grendke zu tun hat. Erinnern Sie sich?«

»Das ist Ewigkeiten her. Zu der Zeit ging das mit den Fantastereien von Norbert los. Der Traum vom großen Geld. Und das bei meinem fantasielosen Mann. Als hätte man einen Schalter umgelegt. Ich würde mich an den Namen gar nicht mehr erinnern, wenn nicht einer von Norberts Freunden immer wieder von diesem Mann gefaselt hätte. Es hat mich nicht interessiert – ich war die ganze Zeit mit meinem Mann und seinen haarsträubenden Aktionen beschäftigt.«

»Vielleicht hatte er einen Plan, um diesen Traum vom großen Geld verwirklichen zu können. Doch der ist aus irgendeinem Grund zerplatzt.«

Sie blieb stumm.

»Wir geben Ihnen Bescheid, wenn die Leiche freigegeben wird.«

Silke Dreier telefonierte mit der Versicherungsgesellschaft.

»Sie sollen mir nur sagen, ob diese Leute von Ihnen Policen bekommen haben oder nicht. Mehr möchte ich gar nicht wissen. Es geht um Mord!«

Am anderen Ende der Leitung wurde heftig diskutiert.

Silke seufzte. »Wir haben es hier mit einem Mörder zu tun, der einen ganzen Freundeskreis ausrotten möchte. Deshalb muss ich wissen, ob die anderen bei Ihnen auch versichert waren und sind – denn dann ist es dem Täter möglicherweise gelungen, bei einem Einbruch deren Adressen zu erbeuten.«

Wieder hörte sie heftige Wortgefechte.

»Tut mir leid. Es hat einen Augenblick gedauert. Ich kann Ihnen nun bestätigen, dass fünf der von Ihnen genannten Personen mit Achim Wintzel Verträge abgeschlossen hatten. Hilft Ihnen das weiter?«

»Nicht richtig. Ich muss noch wissen, wer nicht.«

Silke merkte sofort, dass das ihren Gesprächspartner wieder vor einen Konflikt stellte. »Lassen Sie es uns anders versuchen: Ich nenne Ihnen die Namen und Sie sagen einfach bei denen Nein, die keinen Vertrag haben. Das geht doch?«

Ja, das funktionierte.

Als sie die Namen notiert hatte, meldete sie sich bei der Streife vor Langers Wohnblock in Sachsendorf.

»Hallo, Kollegen. Alles ruhig?«

»Na klar. Der Langer ist aber auf. In der Wohnung brennt Licht. Geht der nicht zur Arbeit? Ich meine nur, weil er dann so langsam aufbrechen müsste.«

»Ich melde mich wieder.«

Komisch, überlegte Silke, ob Langer wohl meint, es sei besser, zu Hause zu bleiben? Um dem Mörder nicht in die Fänge zu laufen? Vielleicht bekam er ein Attest von seinem Hausarzt.

Die Kiste war ziemlich schwer.

Dreier hob sie auf ihren Schreibtisch und begann die Papiere zu sichten.

Michael hatte sicher recht damit, dass es sich bei einigen um Manuskriptseiten handeln könnte. Leider hatte der Autor vergessen, in der Datei Seitenzahlen einzufügen.

»Na gut. Dann eben Seite für Seite den Übergang suchen. Wer weiß, am Ende ist es ein spannender Roman.«

›Die Akte Rosenfeld‹. Das kam ihr bekannt vor. Nein, korrigierte sie sich, der Roman, den sie meinte, hieß so ähnlich, irgendwas mit Rosen schon, aber sicher kein Feld.

»Abstauber. Wolltest du dich mit deinem Erstling an einen erfolgreichen Autor ankleben? Keine gute Idee! Immerhin, das ist wohl das Deckblatt.«

Systematisch arbeitete sie sich durch den Karton. Wenn die Seite nicht passen wollte, legte sie sie auf einen Extrastapel. Im zweiten Durchgang würde sie sich einfügen lassen. Schon nach kurzer Zeit war sie gelangweilt. Ein Buch über die Geschichte ›Vom Tellerwäscher zum Millionär‹. Wie öde! Der Junge aus armem Hause, den keiner liebt, macht Karriere. Und gründet den Ring Rosenfeld.

Zum Glück erlöste sie das Telefon.

»Dreier? Oh, Sie sind die neue Kollegin bei Peter!« Der Mann hatte eine angenehme Stimme.

»Genau. Und Sie sind?«

»Hansen. Ich bin das andere Team, wenn Sie so wollen. Und wir ermitteln wegen des Abdrängens von Peters Wagen.«

»Ja?«

»Bisher wussten wir nur von dieser Firma in Berlin, die den Wagen als gestohlen gemeldet hat. Der letzte Nutzer war nicht zweifelsfrei festzustellen. Aber nun haben wir Hinweise, dass das Auto schon am Tag zuvor aus Berlin nach Cottbus unterwegs war.«

Klar, schoss es Silke durch den Kopf, entweder die haben doch die Daten von TollCollect bekommen, was angeblich noch nie jemandem gelungen war, oder der Wagen wurde geblitzt.

»Er ist in einen Blitzer gerast«, probierte sie ins Blaue.

»Treffer, Kollegin. Und nun haben wir ein ganz gutes Foto des Herrn am Lenkrad. Ich dachte mir, es wäre sicher eine gute Idee, wenn Nachtigall mal guckt, ob es zu einem der Verdächtigen in diesem Kumpeltodfall passt.«

»Guter Gedanke.«

»Ich sitze nur wenige Türen von Ihnen entfernt. Da könnte ich doch das Bild rüberbringen und die neue Kollegin persönlich begrüßen. In zwei Minuten.«

Damit war das Gespräch beendet.

Er brauchte nicht einmal 30 Sekunden.

»Die Neugier hat mich wohl beflügelt«, erklärte er und reichte seine Pranke. »Ich bin der nette Kollege von nebenan. Tobi Hansen.«

»Silke Dreier. Silke.«

»Nachdem wir uns jetzt so gut kennen, zeige ich dir mal eben das Bild von der Blitzerkamera.«

Er zog es aus einem Papphefter, legte es auf Nachtigalls Schreibtisch.

Silke betrachtete das Gesicht interessiert.

»Ich kenne nicht alle Protagonisten in diesem Fall persönlich. Aber ich werde es den beiden Kollegen gern zeigen. Kommst du denn bei den Ermittlungen voran?«

»Ich kenne die Person auf dem Foto nicht. Wenn ich einen Namen habe, kann ich von dem Punkt aus weiterermitteln. Diese Firma in Berlin hat ein katastrophales Dokumentationssystem, was die Benutzung der Dienstwagen angeht. Jeder kann, wann immer er will. Papiere liegen im Auto – alles keine Hürde, wir sind da entspannt. Mann!«

»In Zukunft werden sie das wohl anders handhaben«, lachte Silke.

»Da kommen dann solche Sätze wie: ›Offensichtlich ist uns der Wagen entwendet worden. Leider können wir nicht sagen, von wo.‹ Oder ›Tut mir aufrichtig leid, Herr Kriminaler, aber ich kann beim besten Willen nicht sagen, wer die Kiste als Letzter gefahren hat. Aber von dort, wo der sie abgestellt hatte, ist sie gestohlen worden‹. Außerordentlich hilfreich. Wie kommst du denn mit Peter klar?«, fragte er übergangslos.

»Gut.«

»Das klingt aber nicht so.«

»Ist eine ganze Menge los im Moment. Ständig sind die

beiden zu einem Termin unterwegs. Aber wenn ich ihnen begegne, sind sie beide nett.« Silke hielt sich tapfer.

»Michael, der arme Kerl. Er dachte wirklich, Peter sei bei dem Unfall umgekommen. Er hat die ganze Zeit zugesehen und konnte nichts tun. Das muss ein übler Schock für ihn gewesen sein. Für Peter ist typisch, dass er nicht eine einzige Stunde Auszeit nimmt, sondern sofort wieder an seinem Platz anzutreffen ist. Ob verletzt oder nicht, ist egal.«

»Er ist zäh.«

»Er ist unbeugsam. Wenn mir einer etwas tun will, soll er sehen, dass das so einfach nicht funktioniert. Ich denke, das ist die Philosophie dahinter. Er hat den Hergang klar und strukturiert geschildert. Kein überflüssiges, kein übertreibendes Wort. Michaels Schilderung dagegen – sehr emotional.«

»Ich hoffe, du kriegst den Typen bald«, stellte Silke fest. »Dann wird es ruhiger und wir können uns alle entspannt aneinander gewöhnen.«

»Ach, wenn er ein bisschen haarig ist, mach dir nichts draus. Das ist nicht gegen dich persönlich gerichtet. Bis vor ein paar Monaten sollte hier eigentlich sein Freund sitzen. Der erkrankte schwer. Inzwischen ist er übern Berg, aber in die Rente abgehauen. Peter hat immer mit Albrecht zusammengearbeitet, er kennt es gar nicht anders. Nun muss er sich umstellen. Eine Frau im Team, hm. Vor einiger Zeit waren Kollegen aus Dresden mit in einen Fall involviert. Eine Frau dabei. Eine ziemliche Zicke wohl. Mag sein, dass ihn diese Erfahrung ein wenig vorsichtig gemacht hat. Du wirst ihm Zeit lassen müssen, dich zu akzeptieren.« Er nickte ihr freundschaftlich zu, wandte sich zum Gehen. »Und wenn es dir hier gar nicht gefällt, kommst du zu mir! Mein Partner nimmt gerade seine Vaterzeit.«

Ist doch mal ein Angebot, dachte Silke schmunzelnd und machte sich wieder an die Arbeit.

Ob der autobiografische Text, den Peter gelesen hatte, auch so langweilig ist?, fragte sie sich nach der nächsten halben Seite. Grauenvoll! Bevor sich der jugendliche Held in ein weiteres haarsträubendes Abenteuer auf dem Weg zum Millionärsdasein stürzen konnte, verließ sie das Büro.

Nachtigalls Handy klingelte.

»Das ist die Zentrale«, murmelte er und meldete sich.

»Wir haben hier einen eigenartigen Anruf bekommen. Von einer Frau Wintzel. Sie wollte ausdrücklich mit Peter Nachtigall sprechen. Ist dir die Bürgerin bekannt?«

»Ja. Sie gehört im weitesten Sinn zu unserem Fall.«

»Aha. Nun, sie hat angegeben, gestern Nacht einen Mann in ihrer Küche ermordet zu haben. Sie ist sich sicher, dass er tot war. Mausetot, war ihre Formulierung. Als sie ihn heute früh im Garten beisetzen wollte, war der Körper weg.«

»Wie weg? Verschwunden? Und wie hat sie ihn umgebracht?«

»Sie sagt, sie habe ihn erschlagen. Und sie sei sich absolut sicher: Er war tot.«

»Danke, wir fahren bei ihr vorbei und helfen suchen.«

»Du hast es gehört. Auf zu Frau Wintzel.«

Michael kicherte leise. »Und nach der tödlichen Attacke ist sie einfach schlafen gegangen? Hätte ich ihr nicht zugetraut. Ganz schön abgebrüht.«

Die Grünstraße war menschenleer.

»Alle zur Arbeit.« Schwungvoll parkte Wiener den Wagen ein.

»Sieh dich im Garten um. Nicht, dass der Kerl mit einer

Kopfverletzung aus dem Haus gekommen ist und nun unter den Hortensien liegt und stirbt.«

Michael federte über den Rasen hinters Haus, Nachtigall klingelte.

Sofort riss Frau Wintzel die Tür auf.

»Da sind Sie ja. Dann wissen Sie sicher auch schon, was passiert ist. Die Leiche! Sie ist weg. Einfach weg. Ich kann sie nirgendwo finden. Mein Gott, am Ende liegt er irgendwo im Keller und tut seinen letzten Atemzug. Aber nein, er war schon tot! Gestern Abend nämlich. Da hat er mich geschlagen und das lasse ich nicht mehr zu. Wissen Sie, das habe ich alles mit Achim durch. Bei dem war schlagen nur die Erwärmung. Deshalb darf das keiner mehr. Und da habe ich ihn umgebracht. Weil man das nicht mit mir tun darf. Ewald Brandes.«

Während all diese Informationen aus ihr heraussprudelten, schob Nachtigall sie sanft in den Flur und schloss die Tür hinter ihnen.

»Keine Aufregung. Zeigen Sie mir, wo er gestern Abend, als er tot war, gelegen hat.«

Mit schnellen Schritten führte sie den Hauptkommissar in die Küche.

Zeigte auf den Bereich vor der Spüle.

»Blut. Hm, wie kräftig haben Sie denn zugeschlagen?«

»Ich bin wehrhaft. Mit aller Kraft habe ich … – na er hat doch angefangen mit der Prügelei!«

»Sie fühlten sich im Recht. So etwas wie Selbstverteidigung.«

»Allemal. Der darf mich doch nicht einfach schlagen!«

»Hat er stark geblutet? Oder war das eine kleine Wunde?«

»Die vom Schlag? Ach, die war nicht allzu groß.«

Durch das Fenster beobachtete Nachtigall, wie Michael durch den Garten turnte.

Dabei bückte er sich unter jeden Busch, sah hinter jede Ecke, sogar in die Kiste, in der Erika Wintzel die Sitzauflagen für die Stühle aufbewahrte.

»Warum sind Sie sich so sicher, dass er tot war?«

»Oh, das. Nun, ich habe mich eine Weile neben ihn gesetzt, um zu sehen, ob sich der Brustkorb beim Atmen hebt und senkt. Weil ich das nicht erkennen konnte, holte ich eine Kerze, die ich auf seine Brust stellte. Da bewegte sich gar nichts. Er hatte keinen Puls, das ertastete ich am Handgelenk links. Also, nur um sicherzugehen, holte ich meinen Handtaschenspiegel, hielt ihn vor Mund und Nase. Nichts. Er beschlug nicht. Also tot.«

»Was haben Sie unternommen, als Sie das festgestellt hatten?«

»Er war tot. Was konnte ich da noch für ihn tun? Ich löschte das Licht und ging zu Bett.«

»Sofort?« Nachtigall war von einer solchen Kaltblütigkeit überrascht.

Erika Wintzel druckste plötzlich rum. »Na, nicht ganz direkt. Also nicht auf dem kürzesten Weg.«

»Sondern?«

»In der Wohnstube stand doch noch der Champagner. Ich kam vorbei, weil die Kerzen noch brannten. So was ist ja gefährlich und ich wollte sie auspusten. Doch als ich dann den Champagner sah, dachte ich, na, eigentlich, angenommen, wir wären schon verheiratet gewesen, wäre ich jetzt eine Art Doppelwitwe. Darauf müsse man anstoßen. Das habe ich auch getan, mit mir angestoßen, bis die Flasche leer war. Mittendrin kam mir der beunruhigende

Gedanke, ich könne unberechtigt feiern. Deshalb ging ich nachsehen, ob er noch immer tot war. Gerührt hat er sich jedenfalls nicht. Zur Sicherheit habe ich ihm dann eines der Messer aus dem Block neben der Spüle in die Brust gestoßen. Es stand ihm gut. Dann ging ich den Rest des Schampus' trinken. Muss eine gute Sorte gewesen sein – als ich heute aufwachte, kein Kater!«

»Geschlafen haben Sie gut? Keine komischen Träume oder seltsamen Geräusche?« Was für eine Geschichte! Nachtigall konnte es kaum fassen.

»Keine Störung. Eine wunderbar ruhige Nacht.«

Der Hauptkommissar bugsierte die kichernde Frau auf einen Stuhl, fernab des Platzes, an dem sie den Körper Ewalds liegen gelassen hatte. Dann fischte er nach seinem Telefon.

»Ich möchte einen Rettungswagen und einen Arzt hier haben. Ohne Sondersignal. Und macht eine Abfrage in allen Krankenhäusern und Arztpraxen der Umgebung, wir suchen einen kräftigen Mann, Schlagverletzung am Kopf, Stichverletzung in der Brust. Möglicher Name: Ewald Brandes, aber das wissen wir nicht genau. Fragt bei den Taxiunternehmen nach – könnte ja sein, dass jemand die beschriebene Person transportiert hat.«

»Wenn das Opfer nicht mehr da ist, wozu soll dann die Rettung kommen?«, murrte der Kollege in der Zentrale.

Nachtigall verdrehte die Augen zur Decke.

»Wissen Sie, Herr Hauptkommissar, ich habe den Kerl erkannt. Er mich natürlich nicht, für die waren wir Frauen ja wie Vieh, Objekte, austauschbar. Achim mochte es, wenn ich vor Schmerzen schrie und wimmerte. Besonders gefiel ihm, wenn er jemandem dabei zusehen konnte, wenn der mich quälte. Dabei ging ihm dann immer schon mal einer in die Hose ab. Als ich ihn geheiratet habe, wusste ich natürlich nichts von dieser Neigung. Damit ist er erst viel später rausgerückt. Er war Mitglied in einem Sado-Club. Ausdrücklich nur Sado. Denen ging es nicht darum, dass die anderen masochistisches Vergnügen haben. Sie wollten sie wirklich leiden sehen. Ewald Brandes. So hieß das Schwein nicht. Damals nicht. Gestern Abend fiel es mir ein, als das Licht der Kerze so schräg auf sein Gesicht fiel, er sich das Hemd aufknöpfte, weil ihm heiß wurde. Die Tätowierung! Und als er mich schlug, kam alles wieder hoch. Die ganze Erinnerung. Mein verpfuschtes Leben. Da wusste ich, dass ich jede Veränderung nur selbst herbeiführen kann«, erklärte sie leise. »Im Kühlschrank ist noch eine Flasche. Lass uns anstoßen, Hauptkommissar!«, forderte sie lachend.

»Meine Güte. Der Notarzt hat ihr ein Sedativum gespritzt, viel nicht, wegen des Alkohols, und sie in die Psychiatrie bringen lassen.«

»Und sie hat dir einfach alles erzählt? Keine Reue? Kein Schuldbewusstsein?«

»Kein bisschen. Sie glaubt, sie hatte ein Recht dazu.«

Sie schwiegen.

»Ich habe mit Peddersen gesprochen. Frau Ahrendt gab an, ihre Handtücher seien vollständig, die Messer ebenfalls und sie besäßen weder eine Säge noch ein elektrisches Haushaltsmesser. Das bedeutet, der Täter hat alles, von dem er glaubte, er könne es brauchen, mitgebracht. Selbst Handtuch und Messer. Die Schlinge für Lombard brachte der Mörder auch mit zum Tatort. Peddersens Team hat wider Erwarten an der Einfriedung des Gottesackers in Brieskowitz Schuheindrücke gefunden. Ebenso im Gebüsch in der Nähe des Grabes von John. Profilsohle, in der dritten Riffelung von oben ein Stück herausgebrochen, Größe 46. Spricht dafür, dass wir es in beiden Fällen mit demselben Mann zu tun haben. Die Auswertung der Fingerabdrücke aus beiden Wohnungen steht noch aus. Vielleicht finden wir einen Bericht im Büro vor«, fasste Nachtigall die wichtigsten neuen Ergebnisse noch einmal zusammen. Eher für sich selbst denn für Michael Wiener.

»Mir geht dieser Langer nicht aus dem Kopf. Woran hat der Grendke erkennen wollen, wenn er im gleichen Moment behauptet, der sähe nun ganz anders aus? Gibt es ein charakteristisches Merkmal, das unveränderlich war?«, überlegte Wiener laut.

»Danach müssen wir ihn fragen«, bestätigte Nachtigall.

»Er wusste nicht, dass das nicht sein konnte. Irgendeine Ähnlichkeit?«

»Abgesehen davon: Grendke kehrte aus dem Urlaub nicht zurück. Lebt irgendwo unentdeckt. Kehrt zurück und kommt um. Doch Langer glaubt, Grendke könnte einen Grund haben ihn zu töten. Und die anderen auch. Welchen? Da müssen wir ansetzen!«

Das Büro war verwaist.

Nachtigall spürte, wie die Gereiztheit wieder anflutete. Warum kann diese junge Frau nicht Bescheid geben, wenn sie etwas unternimmt? Alle haben wir Handys! Kann doch nicht so schwer sein, sich mal eben beim Kollegen abzumelden.

»Sieh mal, Peter! Ist das nicht Matern?« Wiener reichte Nachtigall das Foto, das Hansen gebracht hatte.

»Ich weiß nicht. Ist ziemlich unscharf. Aber eine gewisse Ähnlichkeit ist vorhanden. Wann wurde das aufgenommen?« Er suchte die Angaben auf dem Bild. »Aha. In der Nacht, als der Wagen gestohlen wurde. Interessant.«

»Und hier ist ein dicker Brief von den Kollegen aus Rotterdam.« Michael schlitzte ihn auf. »Jetzt wird's langsam spannend. Sieh mal, Fotos von der Leiche. Und ein Obduktionsbericht liegt auch bei, das Heft, auf dem Maik Grendke steht ebenfalls. Das ging ja fix.«

Er legte die Fotos auf den Tisch.

»Sehr viel war nicht mehr dran, an der Leiche. Eingetrocknet. Sieht ein bisschen wie mumifiziert aus«, murmelte Nachtigall vor sich hin, sprach eher zu sich selbst als zu seinem Freund.

Dann setzte er sich hinter seinen Schreibtisch, nahm den Obduktionsbericht und begann Passagen daraus laut zu lesen. »Hier. Rippenserienfraktur. Verheilte Knochenbrüche über den gesamten Körper verteilt, unterschiedlichen Alters. Jeder Finger an mindestens drei Stellen gebrochen, zum Teil Bruchenden schräg zusammengewachsen. Deformierungen der Wirbelsäule, Verletzungen an den Wirbelkörpern, auch an der Halswirbelsäule. Selbst der Gesichtsschädel weist Brüche und andere Spuren von Gewalteinwirkung auf. Du lieber Himmel, er hat sich irgendwo aufgehalten, wo er gefoltert wurde!«

»Vielleicht steht in dem Heft mehr darüber«, meinte Wiener, griff aber nicht danach.

»Wenn du recht hast, dann ist das keine entspannende Bettlektüre.« Nachtigall zog sich die schmale Kladde heran, schlug sie auf. Blätterte.

»Die ersten Seiten sind ordentlich beschrieben. Hier herrschten noch gute äußere Bedingungen. Weiter hinten sieht die Schrift verwackelt aus, die Seiten sind schmutzig, die Schrift läuft schräg übers Papier, die Buchstaben wirken unregelmäßig. Die äußeren Bedingungen haben sich geändert.«

Das Telefon schrillte.

»Wiener!«

Der Kommissar lauschte angespannt. »Wo? Danke, Kollegen!«

Zu Nachtigall gewandt verkündete er: »Wir haben ihn! Ein Taxifahrer hat den Verletzten heute in den frühen Morgenstunden aufgesammelt. Ein Zufall. Er hat ihn ins Klinikum gebracht. Und tatsächlich liegt dort nun ein Mann, der die von uns erwarteten Verletzungen aufweist – nur heißt er nicht Ewald Brandes, sondern Bodo Hummer. Aber Frau Wintzel hat sich wahrscheinlich vor ihrem Date auch nicht den Ausweis zeigen lassen.«

»Na, auf!«

»Der Verletzte wurde von der Notaufnahme zu uns überstellt. Seine Versichertenkarte lautet auf den Namen Bodo Hummer, geboren 1967.«

»Wir würden uns gern mit ihm unterhalten. Er ist doch vernehmungsfähig?«

»Ja. Wir haben ihn nur an zwei Stellen mit ein paar Stichen zusammengeflickt.« Der junge Arzt grinste anzüglich. »Solche Opfer von nächtlichen Raufereien kommen durchaus öfter rein. Der ist fix wieder hergestellt. Meist möchten diese Patienten auch nicht lang bleiben.«

Trotz der positiven Einschätzung durch den behandelnden Arzt hätte man wohl nicht behaupten können, Bodo Hummer sehe wohl aus. Sein teigiges Gesicht war fahl, insgesamt wirkte er so, als habe er nicht unerhebliche Schmerzen. Als die beiden Ermittler eintraten, hob er sehr langsam seine Lider und sah die Besucher aus trüben Augen an.

»Die Herren von der Polizei, wenn ich nicht irre.«

»Mordkommission Cottbus. Guten Tag.«

»Ha! Das ist ja mal rücksichtsvoll. Zu einem Verletzten schickt man auch einen verletzten Ermittler! Das wäre ja nicht nötig gewesen«, höhnte der Mann verhalten.

Nachtigall verzichtete auf einen Kommentar.

»Ich hätte es mir denken können. Aber manchmal will man einfach nicht akzeptieren, was logisch ist. Mordkommission – sie hat es also die ganze Zeit über gewusst. Ein verschlagenes Weib.« Dabei grinste er schief und betastete vorsichtig seinen Hinterkopf.

»Gelegentlich holt einen die Vergangenheit ein«, blieb Nachtigall vage. Hummer sprach offensichtlich nicht über den Angriff im Hause Wintzel – und was könnte die Dame des Hauses gewusst haben?

»Ich bin davon ausgegangen, dass sie die ganzen Jahre über ahnungslos war. Erika und ihr Achim. Sie hätte Karriere beim Theater machen können, so perfekt, wie diese Frau die Unwissende gespielt hat. Immerhin über 20 Jahre! Hätte ich ihr nie zugetraut.«

»Aber nun haben Sie es erkannt«, stocherte der Hauptkommissar unbeirrt weiter.

Michael Wiener verstand kein Wort. Worüber redeten die beiden nur? Er setzte eine möglichst ausdruckslose Miene auf und konzentrierte sich darauf, beflissen mitzuschreiben.

»Nach der Attacke war ja alles klar. Bloß gut, dass sie ziemlich weit daneben gestochen hat. Wollte wohl sichergehen, dass sie mich ausgeschaltet hat.« Er zwinkerte

Nachtigall verschwörerisch zu. »Wir beide, ne, wir wissen genau, dass es nicht so einfach ist, einem das Lebenslicht auszuknipsen. Einem wie mir schon gleich gar nicht. Müssen schon ein paar grundlegende Dinge stimmen. Anatomische Kenntnisse aus ›Frau am Schlüsselloch‹ reichen da natürlich nicht.« Selbstgefällig strich er über die Stelle, an der sich unter dem Krankenhaushemd ein Verband abzeichnete. Weit entfernt von dem Platz, an dem sich das Herz befand.

»Hätte auch getroffen haben können.«

»Ja, sicher. Glück war auch dabei. Sogar die Lunge hat sie verfehlt.« Seine Miene verdüsterte sich wieder. »Was soll ich sagen? Heute bin ich nicht mehr wirklich stolz drauf. Aber was hätte ich denn tun sollen? Die Kinder klein, die Frau ohne Arbeit, ich unehrenhaft aus der Armee entlassen. Wegen einer Nichtigkeit! Ganze Zukunft zerstört. Klar habe ich darüber nachgedacht, wie ich die Dinge wieder in den Griff kriegen kann. Legal. Zunächst. Aber damit war nicht genug Geld zu verdienen. Um mich herum diese arroganten Glücksritter, deren widerliche Brut sich über meine Kinder lustig machte. Das Shirt von der falschen Firma und schon warst du in der Schule raus aus dem Spiel.« Man konnte Hummer den Ärger von damals noch immer ansehen. Choleriker, diagnostizierte Nachtigall.

»Da haben Sie umgesattelt.«

»Was soll ich sagen? Ich bin das Opfer einer verfehlten Sozialpolitik. Und als man mir den ersten Job anbot, griff ich zu. Ein Typ, der im Rotlichtmilieu eine Rechnung offen hatte. Schießen und vor allem treffen«, er grinste wieder, »hatte ich ja gelernt. Also pustete ich den Kerl um, der dem anderen ein Dorn im Auge war. Kohle kam. Ich wurde wieder angeheuert. Achim. Der Idiot. Kleiner Versicherungsvertreter mit albernen Träumen. Der war Sadist, hat Erika sicher schon erzählt. Und der war besessen von der Idee, sich ein Haus einzurichten wie dieser Hotelbesitzer in London. Hieß der Holmes? Egal. Dort wollte er Frauen quälen – aber auch Jungs, wenn es sich anbot. Das kostet. Was macht der Kerl? Lässt sich auf Drogengeschäfte ein. Klar ist ihm der Organisator auf die Schliche gekommen, als er anfing, was abzuzweigen. Da kam ich ins Spiel. Und als er erledigt war, habe ich ihn verschwinden lassen. Woher Erika das nun alles wusste, kann ich auch nicht sagen.«

»Und dann? Haben Sie den Job wieder aufgegeben?«

»Ne! Wie denn auch? Im Grunde kann ich doch nur das. Aber ich hab mich als Söldner anheuern lassen. Ist auch ganz gut bezahlt und hier killst du legal.«

Nachtigall bemühte sich um einen gleichgültigen Tonfall. »Wir setzen jemanden vor Ihre Tür. Und natürlich sind Sie vorläufig festgenommen. Das Protokoll dieses Gesprächs bringen wir vorbei, damit Sie unterschreiben können.«

»War vielleicht blöd von mir anzunehmen, die Erika sei drüber weg. Frauen eben – halten auch nach dem Tod an so einem Ekel wie Achim fest. Wie der seine Frau gequält hat! Unvorstellbar. Bis die bewusstlos war. Und er hat sie auch vermietet. Aber nein, kaum ist der Kerl tot, schon idealisiert sie ihn. Aber mich würde schon interessieren, woher sie wusste, dass ich ihn abgeknallt habe. Wusste außer mir und dem Auftraggeber keiner – und ich habe nicht gequatscht.«

Nachtigall wartete.

»Na, ist doch wahr! Ist doch jetzt nichts, was ich rumerzähle. Schließlich wandert man dafür in der Regel für die besten Jahre seines Lebens hinter Gitter. Und, mal ehrlich:

immer nur mit Knackis? Für mich ist das nichts, wenn der einzige akzeptable Gesprächspartner der Gefängnisseelsorger ist. Nein, nein.«

Für einen Augenblick wurde sein Gesicht noch fahler. Offensichtlich war ihm aufgegangen, dass genau so seine nächste Zukunft aussehen werde.

»Gut. Wir überlassen Sie nun der Pflege. An den Namen Ihres Auftraggebers können Sie sich doch sicher noch erinnern.«

»Ich überlege schon die ganze Zeit. Seit mir Erika einen Schlag über die Rübe versetzt hat. Aber es ist wie verhext, er fällt mir nicht ein. Es war ein komischer Name, einer, der irgendwie eigenartig war. Sehen Sie, würde mir nichts ausmachen, den Kerl hinzuhängen. Wenn ich schon verknackt werde, darf der ruhig auch mit einrücken. Der muss der Erika das von Achim und mir erzählt haben!«

Man konnte Bodo Hummer ansehen, dass er sich beim Nachdenken anstrengte. Aber er kam nicht drauf. Frustriert boxte er auf die Bettdecke.

»Scheiße!«

»Ist kein Problem. Einer unserer Leute wird vor der Tür auf Sie aufpassen.« Nachtigall wählte die Formulierung mit Bedacht. Er wollte dem schweren Mann suggerieren, man bemühe sich, Schaden von ihm abzuwenden, nachdem er schon einmal nur knapp mit dem Leben davongekommen war. »Wenn Ihnen der Name doch noch einfällt, sagen Sie es ihm.«

Müde nickte der Verletzte.

»So mache ich das«, versicherte er und unterstrich die Worte gestenreich.

Mit der Hand bereits auf der Klinke, drehte sich Nachtigall noch einmal zu ihm um.

Doch Hummer schüttelte den Kopf. »Irgendwas mit Wiese? Ach, scheiße, ich weiß es nicht mehr. Vielleicht kommt das von Erikas Hieb.«

»Wie haben Sie Achim verschwinden lassen?«

»Zerlegt und zersetzt. Von dem ist nichts mehr übrig.«

Immerhin. Sein Langzeitgedächtnis funktioniert noch, dachte Nachtigall schaudernd.

»Mann, wieso erzählt der Kerl uns das alles?«, staunte Wiener. »Ist doch schwachsinnig.«

»Weil er dachte, wir wüssten es ohnehin schon. So wie er auch glaubte, Erika Wintzel wüsste Bescheid. Er fühlt sich verraten. Hingehängt. Deshalb möchte er nun gern seinen Auftraggeber von damals mit in den Abgrund reißen. Wir werden ihm dabei helfen müssen, allein schafft er das mit Sicherheit nicht.«

»Ich glaube, du hast mich irgendwo abgehängt«, bekannte Wiener freimütig. »Irgendwie blicke ich gerade nicht ganz durch.«

»Es ist verwickelt, ja. Aber wir sind dabei, das Knäuel abzurollen. Wenn wir fertig sind, sitzt im Innern unser Täter, davon bin ich überzeugt. Was wir nicht wissen, ist, an welchem Faden wir ziehen müssen.«

»Ist ein schönes Bild – aber was machen wir jetzt?«

»Jetzt fahren wir zu Matern. Der hat uns ein paar Fragen zu beantworten. Und du sorg bitte dafür, dass hier ein Beamter vor die Tür gesetzt wird, damit wir erfahren, falls der Patient entlassen werden kann, dann übernehmen wir ihn nämlich direkt in unsere bescheidenen Räumlichkeiten. Ach – versuch Silke zu erreichen. Ich will, dass sie lernt, dass sie sich abmelden muss.«

»Und du?« Wiener blieb stehen und versuchte das Handy aus dem Futterstoff der Tasche zu befreien. »Matern wird einen Beschluss sehen wollen«, setzte er mahnend hinzu.

»Ich besorge uns einen starken Kaffee. Danach rufe ich Dr. März an, der kümmert sich um den Beschluss. Sieht so aus, als würde das auch wieder eine sehr sehr kurze Nacht.«

Silke Dreier klingelte.

Schlurfen hinter der Tür. Es war also jemand zu Hause.

»Frau Tannenberg? Mein Name ist Dreier. Ich komme von der Polizei.« Die junge Beamtin glaubte, diese Informationen wären geeignet, ein Vertrauensverhältnis bereits durch die Tür aufzubauen.

»Ja, ja. Ist wie neulich. Erst sagt er, er kommt von der Polizei und dann bringt er mich in Schwierigkeiten, der junge Mann.« Das klang weder begeistert noch freundlich.

»Frau Tannenberg, wir untersuchen den Tod von Heiner Lombard. Ich glaube, dass Sie uns dabei eine große Hilfe sein können.«

»Dummes Gewäsch. Wie soll eine alte Frau bei so was von Nutzen sein?«

»Vielleicht lassen Sie mich erst mal rein. Dann erzähle ich Ihnen genau, wie ich das meine.«

»Der Heiner ist also tot? Na, dann kann er natürlich nicht mehr kommen, um festzustellen, was aus seiner Wohnung gestohlen wurde.«

»Frau Tannenberg. Sollen wir uns wirklich weiter durch die Tür unterhalten?«

»Wäre mir ganz recht«, keckerte die alte Frau. »Bei mir ist nicht aufgeräumt.«

Siegfried Matern war nicht erfreut über den unerwarteten Besuch.

»Ich bin nicht Ihr Täter«, murrte er, bat die beiden Beamten nach einem misstrauischen Blick in die Nachbarschaft widerwillig ins Haus.

»Wenn das so weitergeht, komme ich noch in Verruf!«, beschwerte er sich.

»Wir haben nur ein paar Fragen – sicher können Sie alles ganz fix aufklären.« Nachtigall sah den Mann durchdringend an.

Matern gab sich selbstbewusst. »Nur weil Sie den Mörder nicht fangen können, soll ich als Ratgeber fungieren.«

»Nein, Herr Matern. Sie sollen uns nur erläutern, wie Sie auf dieses Foto kommen.«

Nachtigall präsentierte die Blitzeraufnahme.

Der Leiter der Abbaggerungsgegner nahm sie ihm ab und setzte eine Brille auf. Michael Wiener bemerkte, dass die Hände des Mannes auffällig zitterten. »Das Alter. Immer mehr Krücken sind notwendig, um den Alltag zu meistern«, kommentierte Matern, der den Blick des Kommissars bemerkte. Dann studierte er schweigend das Bild. »Sie glauben, dass ich das bin?«

Bleierne Wortlosigkeit.

»Sieht mir ein bisschen ähnlich, kann ich nicht bestreiten – aber ich war um diese Zeit längst im Bett. Das kann meine Frau bezeugen.«

»Da bin ich sicher«, schoss Wiener sarkastisch zurück.

»Vergreifen Sie sich nicht im Ton!«, drohte der Hausherr. »Ich kenne meine Rechte. Und ich weiß auch, dass Sie ein Gutachten in Auftrag geben können. Dann wird sich jemand an einen Computer setzen und versuchen ein echtes Foto von mir mit diesem Bild zu vergleichen. Wenn Sie sich davon irgendeinen Erfolg versprechen – nur zu!«

Peter Nachtigall spürte, wie Wiener vor unterdrückter Wut bebte.

»Das werden wir tun, Herr Matern. Aber da ist noch ein ungeklärter Punkt.«

Matern zog die Brauen hoch.

»Wir haben die Leiche von Maik Grendke gefunden. Gibt es Verwandte, die wir verständigen können?«

Verblüffung spiegelte sich im Gesicht des anderen.

Seine Gesichtsfarbe wechselte von rot zu weiß.

»Ach«, stieß er eine Welle Luft aus, die eine Knoblauchfahne zu den Ermittlern wehte. »Tatsächlich. Seine Leiche. Aber das kann … Hier?«

»Hier? Ich denke, er ist auf einer Urlaubsreise verschwunden – wie können Sie dann annehmen, wir könnten in dieser Gegend auf seinen Leichnam stoßen?«

Matern lachte zu demonstrativ. »Muss an den anderen Toten liegen, die Sie hier bei uns gefunden haben. Sie kommen also weltweit rum! Ich bin beeindruckt.«

»Gibt es jemanden, den wir informieren müssen?«, hakte Wiener aggressiv nach.

»Meines Wissens nicht. Seine Mutter hatte keine Angehörigen mehr, als sie starb. Sie werden ihn wohl von Staats wegen unter die Erde bringen müssen.«

»Danke, wir finden allein raus. Und, Herr Matern, dieser verschwundene Schlüssel – den haben Sie wirklich verloren? Nicht verliehen? Wir haben da eine Mieterin befragt …«

»Pssst! Meine Frau muss das nun nicht unbedingt hören.«

Matern drängte die beiden Männer von der Küchentür ab, in eine entlegene Stelle des Flures.

»Ihre Frau weiß nichts davon?«

»Nein. Natürlich nicht. Sie hat auch nie was davon gemerkt.«

»An wen haben Sie den Schlüssel beim letzten Mal verliehen?«

»An Grendke. Aber der war verschwunden. Keine Chance ihn zu fragen, wo er ihn gelassen hatte.«

»Hat er ihn vielleicht weiterverliehen?«

»Zumindest hat keiner sich als Inhaber zu erkennen gegeben, als ich damals danach gefragt habe. Aber ich hatte auch immer darauf geachtet, dass der eine vom anderen nichts weiß. Und mit meinem Wegzug hatte es keine Bedeutung mehr.«

»Das heißt, die Nutzer wussten nichts voneinander?«

»Genau. Geheimhaltung war oberstes Gebot. Das verstehen Sie doch!« Materns Tonfall triefte vor Stolz über sein konspiratives Talent.

»Herr Matern – sammeln Sie Ihr Altpapier?«

Der Mann schüttelte irritiert über den abrupten Themenwechsel den Kopf, fing sich und nickte eifrig.

»Klar. Das transportiere ich selbst zur Sammelstelle. Bringt im Moment auch wieder gutes Geld. Das werde ich doch nicht jemand anderen einsacken lassen. Selbst ist der Mann!«

»Wie häufig entsorgen Sie es denn?«

»Überprüfen Sie jetzt auch noch, ob ich ein ordentlicher Mitbürger bin? Nachdem ich das Zeitungsabo gekündigt habe, fällt nicht mehr so viel an. In der Regel fahre ich so zweimal im Jahr. In diesem Jahr steht sogar die erste Fuhre noch aus. Ich wollte das in den nächsten Tagen erledigen.«

Es klingelte.

Matern zuckte zusammen.

»Das sind unsere Kollegen. Sie zeigen denen doch sicher gern, wo Sie das Papier sammeln. Den Durchsuchungsbeschluss haben die Jungs dabei.« Nachtigall lächelte freundlich und öffnete die Tür.

Matern starrte die Beamten an, wie das Kaninchen die Schlange.

»Ich weiß nicht, was Sie bei mir zu finden hoffen«, presste er dann mühsam hervor.

»Zeitungen, aus denen Buchstaben geschnitten wurden. Und ich bin sicher, dass wir die bei Ihnen finden werden, ebenso wie die Entwürfe für die Morddrohungen an die Totengräber. Je kooperativer Sie sind, desto besser für Sie. Und zeigen Sie den Kollegen auch gleich das Gästezimmer. Dann suchen die nämlich nicht selbst danach und stellen dabei Ihr ganzes schönes Haus auf den Kopf.«

Matern wurde bleich bis in die Lippen.

Er trat zur Seite und ließ die Beamten ein.

Nachtigall wechselte noch ein paar Worte mit einem der Männer auf dem Gartenweg, dann sagte er ungeduldig: »Michael, möchtest du nicht langsam kommen? Hier sind wir fertig. Fürs Erste.«

»Woher hast du gewusst, dass dieser Schlüssel ein Wanderschlüssel war?«

»Die alte Dame, Fräulein Wohlfahrt. Ich habe die Protokolle der Gespräche gelesen. Sie hatte ausgesagt, es sei nun angenehm ruhig, seit die Ahrendts eingezogen seien. Davor sei es manchmal ganz anders zugegangen, besonders in der Reisezeit. Und die Materns, die wären gern verreist. Wie konnte es bei Matern zugehen wie im Taubenschlag, wenn er nicht da war? Doch nur, wenn jemand die Wohnung in der Zwischenzeit nutzte. Dazu brauchte er einen Schlüssel.«

»Aber die Information hilft uns nicht weiter, oder? Das hat nichts mit dem Mord an Heiner Lombard zu tun. Oder an Norbert Holzmann.«

»Wie formulierst du das so gern? Nicht auf den ersten Sprung. Wir müssen eben mehrfach ansetzen.«

»Welches Gästezimmer?« Wiener fuhr sich durch die gestylten Haare. »Wohin?«

»Ins Büro. Silke?«

»Habe ich nicht erreicht. Funkloch möglicherweise. Sie wird sehen, dass ich versucht habe, sie anzurufen. Dann meldet sie sich sicher gleich.«

Nachtigall ließ ein böses Knurren hören. »Ich muss wissen, wo die einzelnen Mitglieder des Teams sind! Wenn wir die gesammelten Informationen bei den Besprechungen nicht zusammentragen können, weil immer einer fehlt, ergibt sich am Ende auch kein Bild und der Täter entkommt.«

Emile Couvier saß auf Silkes Stuhl und betrachtete voller Interesse die Fotos und all die Bögen mit Informationen, die an der Wand hingen.

»Da seid ihr ja«, freute er sich, als Nachtigall und Wiener eintraten.

Nach der allgemeinen Begrüßung begannen sie mit einer improvisierten Besprechung.

Silke würden sie eben im Nachgang in Kenntnis setzen müssen.

»So, ein Teil des Puzzles ist fertig. Wir wissen, wer Achim Wintzel getötet hat. Wenn ich Bodo Hummer glauben darf, ging es um Drogenhandel. Achim Wintzel als Kurier. Der hat aber angefangen, etwas abzuzweigen und wurde im Auftrag des Drogenbesitzers getötet. Die Ehefrau von Wintzel rief bei der Polizei an, weil der Mann, den sie umgebracht hatte, nicht mehr in der Küche lag, als sie aufstand. Das war Bodo Hummer – der liegt jetzt im Klinikum.«

»Stell dir vor, Emile, der hat uns alles haarklein erzählt. Ohne zu zögern.« Wiener konnte noch immer nicht fassen, dass ein Profikiller so dumm sein konnte.

»Hummer glaubte, die Witwe Wintzel habe versucht ihn zu töten, weil sie wusste, dass er der Mörder ihres Mannes war. Natürlich musste er davon ausgehen, dass sie uns alles berichtet hatte – es gab für ihn keinen Grund mehr, nicht darüber zu sprechen, im Gegenteil, er denkt mit Sicherheit, ein Geständnis wird ihm eine mildere Strafe bescheren«, erläuterte Nachtigall. »Deshalb können wir diesen Teil des Falls als geklärt betrachten.«

»Und der andere Teil? Der ist noch komplett offen?«, Emile trat an die Fotos heran, studierte sie eindringlich.

»Wir wissen, dass der Täter das Haus mit einem Schlüssel betreten hat. Ein Beamter der Schutzpolizei bemerkte einen Handwerker in blauer Latzhose ohne Aufdruck, der sich der Eingangstür näherte. Weil er mit der Überprüfung der Häuser beschäftigt war, ging er der Sache nicht nach. Er beschreibt den Mann als dunkelhaarig, mittelgroß, mit Migrationshintergrund. Er tippt auf südländische Abstammung, weil er dort oft Urlaub macht und eine Ähnlichkeit zu erkennen glaubt.«

»Er ist als Zugangsberechtigter ins Haus gelangt. Ist in die Wohnung eingedrungen und hat dort auf sein Opfer gewartet. Man hat im Wohnzimmer gesessen. Vielleicht ein Gespräch geführt. Bis einer plötzlich über den anderen herfiel«, murmelte Couvier halblaut. »Warum? Was war der Auslöser?«

»Das wissen wir noch nicht.«

Couvier ging langsam an der Stellwand entlang.

»Und wie hat er sein erstes Opfer erwischt? Wo?«

Die Tür ging auf und Silke sprudelte hinein.

»Auf dem Friedhof. Er stand am Grab und wurde überrascht.« Nachtigall wies auf einen Absatz aus dem Fundortsbericht. »Hier sind die Schuheindrücke auch erwähnt. ›Im dichten Gebüsch hinter der gegenüberliegenden Grabstelle fanden sich sich gegenseitig überlappende Schuheindruckspuren der Profilsohlenschuhe mit bekannter Scharte‹. Das spricht dafür, dass der Täter hier eine Weile gewartet hat.«

Silke zog sich einen Besucherstuhl heran, plumpste wenig elegant auf die Sitzfläche.

»Hatte Lombard ein Handy?«

»Soweit wir das wissen, nicht«, antwortete Wiener. »Sie haben den Treffpunkt von Angesicht zu Angesicht ausgemacht? Am Grab des Vaters? Zu dem der Sohn keine tiefe Beziehung hatte?«

Nachtigall griff zum Telefon.

»Guten Abend, Frau John, ja, ich weiß, dass ich lästig bin. Bringt der Beruf so mit sich. Wann hat Heiner Sie denn zum letzten Mal besucht? Und hat er sich mit jemandem getroffen? Vielleicht war ja überraschend ein Fremder an der Tür. Drückerkolonne, Vertreter für Markisen? Ach – und Ihr Sohn hat den Mann weggeschickt? Ja, danke.« Er atmete durch und legte auf.

»Ihr habt es gehört? Lombard war etwa zwei Wochen, bevor er gefunden wurde, bei seiner Mutter, weil er für die Urlaubsreise noch etwas abholen wollte. Während er in einer alten Kiste wühlte, klingelte es an der Tür und da stand jemand, der Frau John eine Versicherung anbieten wollte. Heiner hat den Kerl mit ein paar Worten unfreundlich abgefertigt. Der ist dann auch tatsächlich verschwunden und zu ihrer Freude auch nicht wieder aufgetaucht. Das könnte also der Todestag gewesen sein.«

»Ein Versicherungsvertreter lauert ihm auf, bringt ihn um, weil er so unfreundlich war?«, fragte Silke verständnislos. »Der war gar keiner!«, erkannte sie dann und strahlte stolz. »Bei der Gelegenheit hat sich Lombard mit dem Mann verabredet!«

»Genau.«

»Heiner Lombard, euer erstes Opfer, wurde erdrosselt. Beim zweiten hat der Täter ein wahres Blutbad angerichtet. Warum?«, wollte Couvier wissen. »In der Wohnung lebte der Täter seine Affekte intensiv aus. Wenn er beide Opfer kannte …«

»Hat er wirklich hinter dem Busch gewartet, die Schlinge vorbereitet in der Hand? Und war dann noch Zeit für ein Gespräch? So wie in der Wohnung? Hat er vom zweiten Opfer etwas erfahren, was ihn derart in Rage gebracht hat?« Nachtigall runzelte die Stirn, versuchte ungeschickt mit der gesunden Hand das Gummiband am Zopf höher zu schieben. »Achim Wintzel verschwand kurz vor Maik Grendke. Gibt es zwischen dem alten und dem neuen Fall einen Zusammenhang, den wir nicht sehen können?«

»Maik Grendke. Ist das der Mann, von dem die Aufzeichnungen in diesem Heft sind?«, fragte Couvier und deutete auf die Kladde aus dem Schiffsfrachtraum.

»Ja. Hast du den gesamten Text gelesen?«

Couvier nickte. »Wenn er all diese schrecklichen Dinge wirklich erlebt hat, so gequält und geschunden wurde, gefoltert, gebrochen – dann ist er sicher jetzt in Behandlung.«

»Maik Grendke ist tot.« Michael Wiener klang enttäuscht.

»Ach?«

»Er wurde im Bauch eines Schiffes tot aufgefunden.«

Wieder störte das Telefon.

»Wiener!«

»Wann? Vor fünf Minuten! Einer von euch ist nachgeschlichen und hält Kontakt? Wir sind gleich da.«

Zu Nachtigall gewandt sagte er: »Das waren die beiden Beamten vor Langers Wohnblock. Ein Mann in Handwerkermontur ist gerade ins Haus gegangen, er hatte eine Frau dabei. Die Kollegen fanden das seltsam, weil die Frau nicht so angezogen war, als wolle sie eine Heizung reparieren oder im Liftschacht herumkriechen.«

Er hatte noch nicht zu Ende berichtet, da war Nachtigall auch schon aufgesprungen. »Los, alle!«

Ungerührt beobachtete Couvier, wie die drei auf den Gang hinausstürmten.

Er beschäftigte sich lieber mit den möglichen Antworten auf all die vielen gestellten Fragen.

31

Ich glaube, man hat mich vergessen.

Die Welt hat mich einfach von der Liste der Menschen gestrichen.

Wir trinken unsere eigene Pisse, notfalls auch die von

einem anderen. Wahrscheinlich war es richtig uns zu streichen, denn so benimmt sich ein Mensch auch nicht. Manchmal versuche ich mir vorzustellen, wie es zu Hause ist. Aber das lasse ich besser bleiben. Ich weiß schon gar nicht mehr, wie eine Rolltreppe aussieht oder ein Pfirsich, wie Milch schmeckt oder eine Banane. Es stimmt mich nur traurig, noch trauriger. Wir versuchen manchmal nicht weiterzuleben. Doch ohne jede Waffe bleibt nur Luftanhalten, sich gegenseitig erwürgen und solche Dinge. Nur, wenn ich einen erwürge, wer tut es dann bei mir? Der, mit dem ich einen Deal hatte, ist dann schon tot. Gerettet. Erlöst.

Natürlich kommt es vor, dass einer in so schrecklichem Zustand zurückkommt, dass er stirbt.

Wir legen ihn dann neben die Tür, damit sie ihn rasch finden.

Natürlich sind wir neidisch. Wer will schon in der Hölle leben. Aber da wir noch nicht tot sind, wollen wir, dass die Ratten weit weg von uns nagen. Es dauert nur kurze Zeit und die Biester machen sich über die Leiche her. Sie quieken dann aufgeregt, balgen sich um die besten Plätze an den aufgerissenen Wunden. Das aufgeregte Fressen dauert so lange, bis sie ihn raustragen.

Wir anderen hoffen dann, dass die kleinen Monster uns wenigstens für ein paar Stunden in Ruhe lassen.

Rattenbisse sind infektiös.

Am Wundbrand will ich auch nicht sterben.

Ich glaube, die anderen sind längst tot.

Wahrscheinlich bin ich der Einzige von uns, der noch lebt.

Lebt?

»Ruf mal bei Matthias Langer an. Frag ein bisschen geschickt. Nicht, dass wir jetzt dahin stürmen und überraschen den Heizungsfachmann mit seiner Geliebten im Keller, beim Abenteuersex«, forderte Nachtigall und Silke tippte die Nummer in ihr Handy.

»Klingelt.«

»Was für eine Frau soll das eigentlich sein? Hatten wir nicht gesagt, unser Täter arbeitet allein?«, maulte Wiener, der daran dachte, dass er wohl vor dem Frühstück nicht nach Hause kommen würde.

»An den unterschiedlichen Orten haben wir nur die Profilsohle gefunden. Und die ist sogar individualisierbar. Also können wir davon ausgehen, der Träger dieser Schuhe war dort. Was nicht ausschließt, dass es eine Partnerin im Hintergrund gegeben hat, die erst jetzt aktiv wird.«

»Er geht nicht ran. Und, bei den Namen der Kollegen war auch der einer Frau dabei.«

»Lass es weiterklingeln. Wenn es ihn nervt, wird er sich schon melden«, empfahl Wiener.

»Wintzel wurde von Hummer getötet. Es gab eine Verbindung zu den Kumpeln. Hummer hat gesagt, Wintzel war Drogenkurier und hat hier und da etwas abgezweigt. Für die Kumpel? Waren das seine Kunden? Sowohl in der Versicherungsbranche als auch im privaten Deal?«, überlegte Nachtigall laut.

»Ja, Herr Langer, wir würden gern bei Ihnen vorbeikommen. Passt es Ihnen?«, hörte er Silke fragen.

»Sie haben überraschend Besuch bekommen. Natürlich, ich verstehe, dass Sie jetzt keine Zeit für uns haben. Überraschenden Besuch kann man sich ja nicht aussuchen. Hoffentlich nicht zu viele Gäste, sonst wird es schnell eng«, sie lachte gut gelaunt.

»Nur zwei. Das ist beherrschbar. Na gut, Herr Langer, dann melden wir uns, wenn wir mal wieder bei Ihnen in der Gegend sind.«

»Alles klar.«

Michael Wiener gab Gas.

»Wen erwarten wir dort in der Wohnung?«, fragte Nachtigall provozierend. »Selbst Hummer, der von sich glaubte, er habe eine Lizenz zum Töten, ist im Moment außer Gefecht. Eine Kollegin, sagt Silke. Gut, warum nicht? Man arbeitet doch auch zusammen. Und der Mann? Wenn es unser Mörder ist, wer ist es?«

»Matern.«

»Matern – und wie begründest du das?«

»Er hatte einen Schlüssel zur Wohnung der Ahrendts. Er konnte also rein, einige der Mieter kannten ihn vielleicht sogar noch, die dachten sich nichts dabei, als sie ihn gesehen haben. Er hätte sich ohne Schwierigkeiten mit Lombard auf dem Friedhof verabreden können. Der hätte keinen Argwohn gehegt und wäre gekommen«, zählte Wiener auf. »Selbst für den Schuss auf John käme er in Betracht.«

»Das hatten wir alles schon. Wir treten auf der Stelle. Es bleiben zu viele Fragen unbeantwortet: Warum tötet er all diese Menschen? Geht sogar das Risiko ein, mitsamt dem Opfer in die Luft gebombt zu werden?«, insistierte Nachtigall.

»Sein Dorf, sein Haus, sein Garten! Für den dreht sich doch alles nur um Brieskowitz. Er könnte gedacht haben, dass er das Abbaggern aufhält.«

»Matern passt nicht in unser Altersspektrum. In meinen Augen kommt er nicht infrage. Er ist genau der Typ, der Morddrohungen schreibt, aber selbst Hand anlegen – ehrlich gesagt, das traue ich ihm nicht zu.« Nachtigall starrte durch die Windschutzscheibe und dachte an die Blitzeraufnahme. Wenn Matern kaltblütig genug war, ihn von der Straße zu drängen, dann lag er mit seiner Einschätzung falsch. Saß der Mörder von John und Lombard hinter dem Lenkrad – wollte durch den Mord an ihm, dem Ermittler, verhindern, dass die Leiche Lombards gefunden wird? Das setzte voraus, dass er den Mann kannte, der zum Friedhof unterwegs war. Die Übelkeit kehrte uneingeladen zurück.

Wiener setzte den Blinker, zog den Wagen schwungvoll um die Ecke.

»Silke, frag doch bei den Kollegen nach, ob die beiden Gäste noch drin sind.«

»Drei Leute verlassen das Gebäude. Langer ist dabei. Die Kollegen wollen wissen, ob sie dranbleiben sollen.«

»Die warten doch in einem Streifenwagen! Viel zu auffällig. Wir machen das«, entschied Nachtigall. »Matern kann es nicht sein! Der sitzt entweder schon bei uns in einer Zelle oder einem Büro und erwartet uns – oder er bewacht noch immer die Durchsuchung seines Hauses. Egal – er ist jedenfalls unter polizeilicher Aufsicht. Michael, nimm Tempo raus. Wenn du so um die Ecke knallst, wird das Trio auf uns aufmerksam. Wir wollen aber unentdeckt folgen.«

»Die drei nähern sich einem schwarzen Kleinwagen«, leitete Silke eine Information weiter. »Zwei steigen ein. Langer haben sie auf der Wiese abgesetzt. Der Unbekannte und seine Begleiterin steigen ein. Sie kommen direkt auf uns zu!«

Wiener hielt am Straßenrand.

»Silke, du sprichst mit Langer. Ich will wissen, wer die beiden waren«, forderte Nachtigall und Silke sprang auf den

Bürgersteig. Kaum hatte sie die Wagentür zugeschlagen, da entdeckten sie den schwarzen Kleinwagen. Wiener wendete in einem Zug und heftete sich an den anderen dran.

Silke spurtete zu Matthias Langer.

Der rappelte sich gerade von dem unscheinbaren Rasenstück auf.

»Hallo, Kriminalpolizei Cottbus, mein Name ist Dreier. Wir haben telefoniert«, stellte sie sich noch einmal vor, für den Fall, dass Langer sie in der nächtlichen Aufregung nicht richtig bemerkt hatte.

Langer starrte die junge Frau an, als sei sie eine Erscheinung.

»Und? Ich habe doch gesagt, dass ich Besuch … Ach, mir hört ja eh nie einer zu.«

»Kommen Sie, ich begleite Sie in Ihre Wohnung.« Silke schob ihren kräftigen Arm unter seinen und bugsierte den schmalen Mann Richtung Wohnblock.

»Ähm, also, wie erkläre ich Ihnen das jetzt«, stotterte Langer plötzlich und Silke merkte deutlich, wie sehr er zitterte. »Ich würde lieber nicht mehr dort raufgehen.«

»Weil Matern Sie dort erwartet?«, schoss Silke einen Pfeil ins Blaue ab.

Sie sah schon am ratlosen Blick Langers, dass er nicht getroffen hatte.

»Matern? Wieso? Was sollte der Spinner wohl in meiner Wohnung?«

Der Kumpel machte eine Pause und ergänzte leise, als bleibe die Peinlichkeit dann ein Geheimnis zwischen der jungen Frau und ihm: »Da wartet meine Schwiegermutter. Die schlägt mich windelweich.«

»Und die beiden im Auto?«

»Meine Frau und ihr neuer Stecher. Sie verlässt mich, hat sie gesagt. Und damit es keinen Ärger gibt, hat sie den Typen gleich mitgebracht. Der könnte auch Türsteher vor 'ner Disko sein. Da lässt man lieber die Finger von. Und meine Schwiegermutter will mit mir abrechnen, weil ich ihre einzige Tochter angeblich nicht glücklich gemacht habe. Und wenn die Frau abrechnen sagt, will ich nicht wissen, was mir dann unterm Strich noch bleibt. Wahrscheinlich kann ich froh sein, wenn sie mir nicht die Seele aus dem Leib prügelt.« Er warf Silke einen schüchternen Blick zu. »Die könnte auch als Türsteher … Sie wissen schon.«

Silke nickte. Gab die Entwarnung an die Kollegen durch.

»Finde ich aber echt super, wie ihr auf mich aufgepasst habt«, lobte Langer zwei Schritte später. »Jetzt sind schon zwei hinter mir her, die Alte von meiner Frau und der Kumpeltod. Wusste ich gar nicht, dass sich so viele für mich interessieren.« Er zwinkerte unsicher. »Wenn ich entscheiden sollte, wüsste ich gar nicht, welches Zusammentreffen für mich schlechter ausginge.«

Nachtigall und Wiener kehrten in die Gagarin Straße zurück.

Emile Couvier hatte sich in der Zwischenzeit beinahe durch den gesamten Aktenstapel gearbeitet.

»Na, hast du ihn gefunden?«

Couvier schüttelte den Kopf. »Ihr offensichtlich auch nicht.«

»Nein. Das war ein innerfamiliäres Problem. Wir waren nicht vonnöten.«

»Dabei wissen wir eigentlich schon ziemlich viel über den Täter. Er ist risikofreudig, muss eine gute Konstitution haben, es gibt eine Verbindung zu den Kumpeln um Heiner Lombard. Wir wissen auch, dass es eine Verbindung zum Tod von Wintzel geben muss – und doch sehen wir sie nicht«, meinte Nachtigall müde.

»Wintzel starb wegen der Drogengeschäfte, die er mit Stoff betrieben hat, der ihm nicht gehörte. Branchenüblich wird so etwas streng geahndet. Man hetzte ihm einen Killer auf den Hals. Hummer.« Couvier hatte sich gründlich eingelesen.

»Genau.«

»Was wollte der Killer von damals von der Frau seines Opfers? Hat sie das erwähnt?«, hakte der Fallanalytiker nach.

»Sie dachte wohl, es sei ein zweiter Frühling. Als er sie schlug, muss bei ihr eine Sicherung durchgebrannt sein. Jedenfalls hat sie ihm eine Flasche über den Schädel gezogen und versucht ihn zu erstechen.« Wiener konnte es noch immer nicht fassen, dass Frau Wintzel sie angerufen hatte, weil ihr Mordopfer aus der Küche verschwunden war.

»Hm. Mir fehlt da ein Stück Wahrheit. Er wird nicht ohne Einleitung zugeschlagen haben – sie hat ihm irgendetwas verweigert. Da solltet ihr noch nachbohren. Mir sind noch zwei sonderbare Kleinigkeiten aufgefallen: Frau Holzmann berichtete euch, die manischen Phasen ihres Mannes hätten vor etwa 20 Jahren begonnen. Gab es dafür einen konkreten Auslöser? Hatte er eine größere Summe tatsächlich in Aussicht und wenn ja, wollte er seinen Gewinn einfach mehren? Und …«

»Mist! Der Therapeut! Ich wollte dir das vorhin schon erzählen: Der hat die Praxis zugeschlossen und ist in Urlaub gefahren.« Wiener schlug sich mit der Hand vor die Stirn.

Es war, als habe Nachtigall ihn gar nicht gehört.

»Nicht so schnell, Emile. Du meinst also, es gab für ihn die Aussicht auf viel Geld.« Nachtigall stellte sich ans Flipchart. »Wir nehmen als gesetzt, dass vor 20 Jahren etwas Entscheidendes geschehen sein muss. Zwei Ereignisse, die zunächst unabhängig voneinander zu sein schienen, können wir jetzt möglicherweise verknüpfen. Achim Wintzel verschwindet, danach taucht Maik Grendke nicht mehr aus dem Urlaub auf – und Norbert Holzmann fantasiert vom großen Reibach.« Nachtigall schrieb die Namen in Wolken, zog Verbindungspfeile und beschriftete sie.

»Bloß gut, dass der rechte Arm nicht betroffen ist«, neckte der Schwiegersohn. »Achim Wintzel träumte auch vom dicken Gewinn.«

»Was, wenn die sich zusammengetan haben? Man kannte sich über die Versicherungspolicen – übrigens in jedem Fall eine Arbeitsunfähigkeitsversicherung – man kam ins Geschäft. Wintzel zweigte das Rauschgift ab, die Kumpel sollten die Verteiler sein. Irgendwas ging gründlich schief.«

»Wintzel wurde erschossen. Entweder stockte der Nachschub oder die Freunde erkannten, dass sie den Stoff ganz fix loswerden mussten.«

»Der Besitzer wollte ganz sicher keine Mitesser. Er hat Hummer losgeschickt, die Typen zu finden«, ergänzte Michael Wiener aufgeregt. Endlich ein Fall nach seinem Geschmack.

»Schön, aber so kann es nicht stimmen. Die Freunde wurden nicht reich. Im Gegenteil, sie gerieten in einen Abwärtssog.« Nachtigall setzte sich, grübelte. Stand auf, trat ans Fenster und sah auf die Umgehungsstraße hinaus. »Irgendetwas ist danebengegangen. Maik Grendke verschwindet. Niemand wusste, wohin er in Urlaub fahren wollte. Der hat vielleicht gar keinen Urlaub gemacht …«

»Sondern versucht, für die Drogen einen Abnehmer zu finden.« Wiener war ganz in seinem Element. »Und dort hat die Drogenmafia zugeschlagen und ihn auch umgebracht.«

»Nein. Er wurde vor einigen Monaten im Frachtraum eines Schiffes gefunden. Das bedeutet , dass er die letzten 20 Jahre überlebt hat.«

»Ich habe das Heft gelesen. Er wusste nicht, wo er gefangen gehalten wurde, er verstand die Sprache nicht. Über all die Jahre ist er grausam gefoltert worden. Er hat lange Zeit gehofft, die Freunde, die Bundesregierung, irgendjemand käme und würde ihn auslösen. Doch keiner ist je aufgetaucht. Er kann keinen intakten Knochen mehr im Leib gehabt haben. Irgendwann ist er davon ausgegangen, dass die anderen, deren Namen er nie nennt, hingerichtet wurden. Er hält sich für den einzigen Überlebenden.«

»Und jetzt werden sie tatsächlich getötet.« Nachtigall starrte das beschriebene Papier an. »Wir kommen nicht voran. Wir laufen nur quer«, nörgelte er. »Immer mehr Informationen, aber kein Vorstoß zum Täter.«

»Matern haben wir ausgeschlossen. Er hat wahrscheinlich den Wagen geklaut, er weiß, wer der Täter ist. Allerdings kann er uns das nur mitteilen, wenn er sich selbst belastet. Das hat er nicht vor.«

»Emile, du hast von zwei Dingen gesprochen«, fiel Nachtigall wieder ein.

»Ja. Silke notierte in ihrem Protokoll des Gesprächs mit der Hausärztin, Heiner Lombard sei auf eine heiße Spur gestoßen. Der Schlüssel sei der andere Vermisste, von dem wir nun wissen, dass es Achim Wintzel ist. Und sie meinte, ihr solltet Frau Tannenberg nach Lombard fragen. Hat das mal einer von euch getan?«

»Nein.«

»Dann ist das ein Ansatz.«

»Das letzte Mal, als ich Frau Tannenberg sah, saß sie neben ihrem längst verstorbenen Gatten. Das war kein guter Zeitpunkt.« Wiener verzog angeekelt das Gesicht. Mit der Erinnerung kam auch der Geruch zurück, stieg ihm in die Nase und er wurde blass.

»Oh, ich sehe! Keine Erfahrung, die du wiederholen wolltest! Wo ist denn diese Frau Tannenberg jetzt untergebracht?« Couvier versuchte sich ein Bild von all den beteiligten Personen zu machen.

»In ihrer Wohnung. Der Hausarzt hat bescheinigt, sie sei in der Lage, sich und den Hund zu versorgen.

Es kommt hoffentlich gelegentlich mal jemand vorbei und geht einkaufen. Silke wollte vorhin mit ihr sprechen, aber sie hat sie nicht reingelassen. Es sei nicht aufgeräumt!«

»Wo bleibt Silke eigentlich?«, fragte Nachtigall besorgt. »Die meldet sich nicht ab, geht hier hin und dort hin, führt Gespräche – und ich weiß nie, was sie gerade wo macht.«

Conny freute sich über den Überraschungsbesuch.

»Emile, wie schön! Bleibt ihr länger? Ich habe euch schon das Gästezimmer fertiggemacht.« Nachtigall hörte die Begrüßung, doch nur ein Wort blieb hängen – ihr. Dann waren Jule und die Kleine also auch hier! Er beeilte sich ins Wohnzimmer zu kommen und tatsächlich, auf der Couch wartete seine Tochter mit dem schlafenden Kind im Arm.

»Hallo, meine Mädchen! Alles klar bei euch?«, flüsterte er, als er sich zu Jule hinunterbeugte, um ihr einen Kuss auf die Wange zu huschen.

»Ja, alles bestens. Nach einem aufregenden Tag in Cottbus ist sie jetzt rechtschaffen müde. Immerhin waren wir mit Marnie und dem kleinen Jonas on tour.« Stolz hob die junge Frau ihre Tochter etwas an, damit der Großvater sie besser erkennen konnte.

»Ihr bleibt ein paar Tage?«, erkundigte sich Nachtigall hoffnungsvoll. Offensichtlich hatte Michael nichts von dem Treffen gewusst, sonst hätte er es mir gegenüber erwähnt, überlegte Nachtigall verwundert. Wir haben derart spontane Entscheidungen nicht getroffen, als Jule so klein war. Schade eigentlich. Jule bewies, dass es kein Problem war, mit einem kleinen Kind unterwegs zu sein – und der Opa freute sich.

»Wenn ihr uns eine Weile ertragen könnt. Wir dachten an zwei Nächte. Vielleicht auch drei. Hängt ja auch ein bisschen von deinem Fall ab. Emile hat mir schon von diesen eigenartigen Morden erzählt. Und auf dich wurde auch ein Anschlag verübt.« Besorgt streichelten ihre Augen über sein Gesicht. »Du siehst mitgenommen aus.«

»Alles halb so wild.« Der Vater präsentierte seinen grünen Arm. »Nichts, was nicht wieder heilen würde.«

»Aber das war wohl reines Glück, nicht wahr? Marnie hat erzählt, dass Michael völlig schockiert war, weil er dachte, du wärst tot. Er schläft schlecht seit dem Unfall. Und du auch!«

»Wir fassen den Kerl – und können beide wieder gut schlafen. Ich glaube, wir sind nah dran.«

Dann schlich er sich auf Zehenspitzen in die Küche, um seine Frau fest in die Arme zu nehmen.

»Was für eine schöne Überraschung.«

»Ja«, bestätigte er Conny ins Ohr, »eine wundervolle sogar. Und sie bleiben ein paar Tage.«

»Genug Zeit, um sie mit der Kleinen zu verbringen. Du siehst aus, als hättest du deinen Mörder schon fest am Haken, wüsstest aber noch nicht, wie du ihn einholst.«

»Ich staune! Was eine Ehefrau doch so alles aus dem Gesicht des Gatten lesen kann!«

Conny lachte warm. »Ich will mich nicht mit falschen Federn schmücken. Ich habe schon mit Emile gesprochen. Und daher ...«

»Hexe!«, flüsterte der Hauptkommissar seiner Frau liebevoll ins Ohr.

»Du musst deine Hände jetzt für die Vorbereitung des Essens von mir nehmen. Dein Arm scheint keine Probleme mehr zu machen.«

Nachtigall grinste schelmisch. »Liegt an deiner Therapie. Er weiß, er wird gebraucht.«

»Genau. Vielleicht könntest du schon mal mit dem Tischdecken anfangen? Gläser, Besteck – Teller bringe ich.«

»Gulasch?«

»Suppe und Geschnetzeltes mit Spätzle. Alles, was du ohne Hilfe bewältigen kannst«, zwinkernd streifte sie seine Hand ab, die er wohl auf ihrem Bauch vergessen haben musste. Auf sein widerwilliges Murren hin schenkte sie ihm ein strahlendes Lächeln, das allerdings auch deutlich machte, was sie von ihm erwartete. Er trollte sich. Nahm Besteck aus der Schublade, legte es auf ein Tablett.

»Silke Dreier, du weißt schon, meine neue Mitarbeiterin, hat sich heute wieder nicht abgemeldet. Als Leiter des Teams fühlst du dich bei so was immer unwohl.«

»Ruf doch bei Michael an. Könnte doch sein, dass sie sich mit ihm in Verbindung gesetzt hat. Er ist bestimmt freundlicher zu ihr.«

»Möglich. Aber er ist auch nicht verantwortlich«, grantelte der Hauptkommissar weiter.

»Ruf ihn an!«

Gerade, als Nachtigall sein Handy vom Tisch nahm, klingelte es.

»Ich hätte es besser nicht angefasst!«, meinte er überrascht. »Nachtigall!«

»Ja, hallo Kollege. Manfred Schranz. Wir haben hier eine Frau.« Die Formulierung empfand der Hauptkommissar als ziemlich unglücklich. »Und? Ich habe heute zwei zum Essen hier.«

»Äh, ja. Also, ihr Name ist Susanne Bertram, geborene Schelter. Ich habe gerade ihre Aussage aufgenommen. Ein aufmerksamer Bürger …«

»Susanne Schelter?« Bei Nachtigall schrillten alle Alarmglocken.

»Ja. Also, ein aufmerksamer Bürger hat sie gefunden und die Rettung verständigt. Und nun hat sie mir erzählt, dass ihr sie vor einem Mörder gewarnt habt. Stimmt doch?«

»Ja. Wir glauben, dass jemand hinter einem Freundeskreis her ist – zu dem hat sie früher auch gehört. Was ist passiert?«

»Tja, also …«

Nachtigall schnaubte. So schwierig konnte es doch nicht sein, mal eben zusammenzufassen, was die Frau ausgesagt hatte!

»Sie wurde von einer Person überfallen. Im Dunkeln. Deshalb kann sie sie auch nicht beschreiben. Und sie meinte, es war wahrscheinlich ein Mann – sicher ist sie sich nicht. Aussprache war schrecklich undeutlich. Erst dachte sie an Alkohol, aber eine Fahne hat sie nicht wahrgenommen.«

Na, geht doch, dachte der Hauptkommissar.

»Der Angreifer nuschelte Fragen. Es ging um Geld. Frau Bertram versicherte, sie habe keines. Als Beleg dafür zeigte sie ihm einen Kontoauszug, den sie zufällig in der Tasche hatte. Das reizte den Typen so sehr, dass er anfing, sie zu verprügeln. Also ehrlich, Kollege, die arme Frau sieht mehr tot als lebendig aus. Er hat sie mit einem Messer attackiert und liegenlassen. Wahrscheinlich glaubte er, sie sei tot. Wäre sie auch gewesen, wenn nicht jemand dort vorbeigekommen wäre.«

»Wo ist sie?«

»Thiem-Klinikum. Dort bleibt sie auch noch länger, sie ist ziemlich schwer verletzt. Unglaublich, dass man das überleben kann. Und am Ende klaut der Kerl nur ihr Handy. Portemonnaie hat er stecken lassen. Ist doch komisch, wo er doch Geld wollte, nicht?«

»Danke, Kollege. Wir kümmern uns drum.«

Conny warf ihm einen fragenden Blick zu.

»Brauchen wir für dich auch einen Teller?«

»Unser Mörder hat wieder zugeschlagen. Diesmal hat das Opfer überlebt. Ich ruf mal eben bei Michael an.«

Nachtigall verdrückte sich mit dem Telefon ins Schlafzimmer.

»Michael. Hat sich Silke bei dir gemeldet?«

»Nein. Ich habe ihr eine SMS geschickt, sie solle für heute Schluss machen. Auf die musste sie nicht unbedingt reagieren. Warum?«

»Weil ich sie über ihr Handy nicht erreichen kann.

Und wir haben ein weiteres Opfer. Susanne Bertram, geborene Schelter. Sie wurde schwer verletzt, hat aber überlebt. Der Angreifer hat das Handy mitgenommen. Kein Geld.«

»Seltsam.«

»Nein, eigentlich nicht. Er hat in Frau Holzmanns Adressbuch nicht alle Namen und Anschriften gefunden. Er hofft, dass die im Datenspeicher sind.«

»Und nun? Wir stellen einen Streifenwagen vor die Wohnungen der anderen aus der Gruppe?«

»Ist eine Möglichkeit. Auf jeden Fall müssen wir sie noch einmal eindringlich warnen.«

»Ich übernehme das«, versprach Wiener. »Du hast Besuch.«

»Leg dein Telefon nicht zu weit von deiner Hand entfernt ab. Vielleicht müssen wir los.«

»Wie ich dich kenne, schläfst du ohnehin nicht. Ej – wir arbeiten mit Hochdruck. Du hast dir nichts vorzuwerfen!«

»Wir kriegen ihn!«, behauptete Nachtigall kalt.

Der Appetit jedoch war ihm gründlich vergangen.

Emile Couvier war besorgt. Allerdings war ihm bewusst, dass sein Schwiegervater einen Rat von ihm nicht so ohne Weiteres annehmen könnte, auch wenn ihr Verhältnis sich nach der Geburt der Enkeltochter deutlich verbessert hatte.

Nach dem Essen setzte sich Nachtigall in die Küche und versuchte Silke zu erreichen. Nichts.

Aus seiner diffusen Sorge wurde ernsthafte Besorgnis.

Couvier kam mit einem Glas Wein ebenfalls an den Küchentisch.

»Dieser Mann, der tot im Frachtraum gefunden wurde, war in Afrika.«

»Ja, ich weiß. Heiner Lombard wollte vor 20 Jahren unbedingt nach Afrika reisen, aber aus irgendeinem Grund ließ er den Plan fallen. Möglicherweise hatte er kein Geld für eine solche Tour, schließlich hatte er gekündigt. Oder es lag daran, dass er nicht wusste, wo in Afrika sein Freund verschwunden war. Die anderen aus dem Kreis haben Maik Grendke einfach gestrichen. Wir wissen inzwischen, dass der junge Mann 20 Jahre irgendwo verbracht hat, am Ende sogar an einem Ort, an dem er gefoltert wurde.«

»Er starb einen sehr einsamen Tod. Zwischen Kisten in einem Schiffsbauch. Selbst das Schreiben, das ihm wohl sehr wichtig war, ging nicht mehr gut. Er schreibt in diesem Heft übrigens auch nichts über den Grund seiner Verschleppung.«

»Habe ich gesehen. Möglich, dass er ihn nicht kannte. Vielleicht hat er ihn auch nicht aufgeschrieben, damit keiner der Wärter ihn lesen kann.«

»An keiner Stelle steht etwas über jemanden, der Deutsch spricht. Und als sie angefangen haben, ihn zu amputieren, dachte er sowieso jeden Tag, dass er an Wundbrand sterben wird. Und er hat sich Sorgen darüber gemacht, wie lang er noch schreiben kann.«

»Wir wissen, dass es eine Verbindung geben muss, zwischen Wintzel und den Kumpeln. Vielleicht waren die in das Drogengeschäft verwickelt, sollten die Ware verkaufen. Als Wintzel so plötzlich verschwunden war, wollten sie die Ware auf eigene Rechnung losschlagen. Was alle eint, ist der Gedanke an das schnelle Geld, das gemacht werden konnte.«

»Dann muss es aber entweder ein besonders reiner Stoff oder eine große Menge Drogen gewesen sein.«

»Siehst du, das ist mein Problem. Wenn sie eine große Menge von Wintzel bekommen hatten, warum leben sie dann noch? Hummer wurde auf Wintzel angesetzt. Er hat ihn erschossen, den Körper aufgelöst, die Reste weggekippt. Aber der Stoff blieb verschwunden. Dem ›Eigentümer‹ muss klar gewesen sein, dass das Zeug von anderen in Umlauf gebracht wird, die sich damit eine goldene Nase verdienen wollen. Und die soll er nicht gefunden haben? Es waren doch blutige Laien in dem Geschäft. Klar wären die als Neulinge sofort aufgefallen!«

»Jetzt, 20 Jahre später werden die Freunde ins Visier genommen. Einbrüche finden statt, um an ihre Adressen zu kommen. Jemand rückt ihnen auf die Pelle.«

»Der Drogenbesitzer hatte die Sache auf sich beruhen lassen. Lebte im Ausland. Nun hat er finanzielle Schwierigkeiten, hat sich vielleicht an der Börse verzockt. Da erinnert er sich an die Typen, die ihm seiner Meinung nach noch eine Menge Geld schulden. Er kommt her, findet einen nach dem anderen.«

»Ja, Emile, klingt gut. Aber! Keiner der Freunde hat Geld. Das muss jedem sofort auffallen, der etwas über sie herausfindet. Die einen arbeiten noch immer im Tagebau, Heiner ist dauerarbeitslos. Da ist nichts zu holen.«

»Hat der Täter ein geheimes Depot vermutet?«

»Nach 20 Jahren? Selbst wenn sie zusammen eine größere Summe eingespielt hätten, was ich nicht glaube, was wäre nach dem Teilen und nach so langer Zeit davon noch übrig? Aber vielleicht hat er genau das in den Wohnungen gesucht: einen Hinweis auf ein Konto in der Schweiz.«

Couvier nickte, trank einen großzügigen Schluck von seinem Wein.

Nachtigalls Telefon störte die Ruhe zwischen den beiden Grüblern.

»Also doch! Nehmt ihn mit. Und sichert alles, was ihr an DNA-Spuren finden könnt. Wenn wir ein Massenscreening machen müssen, soll es auch etwas zu finden geben!«

»Sag mal, Emile, was fällt dir als Synonym zu Wiese ein?«, fragte Nachtigall sein perplexes Gegenüber.

»Rasen, Weide, Grünfläche …« Couvier war ratlos. Was sollte diese Frage denn? Hatte das mit dem Fall überhaupt etwas zu tun?

»Ich danke dir!« Der Hauptkommissar nickte bedächtig. »Genau. So in der Art.«

Er steckte das Mobiltelefon in die Tasche, griff nach der Jacke, die über der Lehne hing, und sah seinen Schwiegersohn bittend an. »Erklär du es den Frauen, ja!«

Dann sprang er auf und war schneller durch die Haustür verschwunden als Couvier »Geht in Ordnung« sagen konnte.

»Michael! Hast du Silke …? Nein? Shit! Die Kollegen haben tatsächlich ein Gästezimmer bei Matern gefunden. Wie ich es mir schon dachte. Matern sitzt mit seinem Anwalt im Büro und schweigt. Ich weiß jetzt, wie das zusammenhängt. Kannst du mich abholen?«

Eine Viertelstunde später hörte Nachtigall den Freund heranbrausen.

Ohne auf seinen Arm Rücksicht zu nehmen, schwang er sich mit einem Satz auf den Beifahrersitz.

»So! Wir haben von Hummer den Namen seines Auftraggebers nicht bekommen. Irgendwas mit Wiese, hat er gesagt. Nun ist es aber sehr unwahrscheinlich, dass man den Namen des Auftraggebers vergisst, wenn man ihn denn überhaupt erfährt. Und ich gehe davon aus, dass er ihn nicht erfahren hat. Aber etwas anderes hat er aufgeschnappt. Nun will er uns das nicht direkt verraten. Berufsehre. Also sagt er ›Irgendwas mit Wiese‹. Er zeigt seine Bereitwilligkeit, mit uns zusammenzuarbeiten und behält das Wichtigste doch für sich. Ha! Wenn Menschen so etwas tun, wählen sie oft ein Wort, das Bezug zum wahren Wort hat. Wiese ist eine Art Synonym. Feld. Und was ist uns bisher in diesem Fall begegnet, das einen Bezug zu Feld hat?«

»Das geht mir zu schnell, Peter. Es ist mitten in der Nacht!«

»Rosenfeld! Der Hund von Frau Tannenberg. Die Akte Rosenfeld, das Buchmanuskript, das Silke lesen sollte. Sie hat einen Merkzettel obendrauf geklebt. ›Öde und langweilig – ohne Bezug zum Fall‹.«

»Ja. Das hat sie mir auch so erzählt. Vom Tellerwäscher zum Millionär.«

»Genau. wir fahren jetzt ins Präsidium und sehen nach, ob es sich dabei um eine Geschichte handelt, in der jemand durch eine Art Wunder zu Geld kommt. Du gehst zu Matern, fragst ihn, wer in dem Gästezimmer gewohnt hat – und warum der mich von der Straße gedrängt hat. Dann kommst du zu mir zurück. Wir müssen Silke finden.«

»Die liegt wahrscheinlich im Bett und schläft.« Wiener gähnte laut.

»Ich fürchte, dass tut sie nicht.«

Wiener beschloss, das Thema nicht zu vertiefen.

Das Polizeigebäude war schnell erreicht.

Nur wenige Fenster waren beleuchtet.
Wiener sehnte sich nach seinem Bett.

»Du suchst Matern – ich lese den Text quer«, kommandierte Nachtigall und die beiden Freunde trennten sich auf dem Gang.

Die Kiste stand unverändert auf Silkes Schreibtisch.

Nachtigall fuhr zusammen, als ihm klar wurde, dass er zum ersten Mal nicht ›Albrechts Schreibtisch‹ gedacht hatte. »Weißt du, Albrecht«, murmelte er vor sich hin, »mit dir wäre ich jetzt nicht in dieser blöden Situation! Du hast dich immer abgemeldet. Aber das Schlimmste ist, dass ich glaube, dass ich schuld an dieser Misere bin! Das junge Gemüse hat bemerkt, dass es mir nicht willkommen ist und nun setzt die junge Frau alles daran, eine tolle Arbeit abzuliefern. Um mir Respekt abzunötigen. Dummes Kind! Der Kerl ist gefährlich. Der lässt sich nicht die Butter vom Brot nehmen, geht jedes Risiko ein, sich durchzusetzen. Und am Ende sitzt die Neue in der Falle.«

Die Akte Rosenfeld.

Ein junger Mann aus armem Haus findet zufällig einen Koffer.

Der ist randvoll mit Geld.

Der junge Mann überlegt, was er damit beginnen könnte und gründet ein eigenes Unternehmen. Immer, wenn es ins Trudeln zu geraten droht, öffnet er den Koffer, in dem sich – welch Wunder – das Geld wieder vermehrt hat. Er darf nur nie alles rausnehmen. Doch eines Tages …

Was für eine Geschichte! Nachtigall schüttelte sich. Aber – bingo! Es passte genau zu dem, was er erwartet hatte.

Er lehnte sich zurück, schloss die Augen, versuchte sich ein Bild von diesem Mörder zu machen. Kräftig war er –

ohne Zweifel. Ein muskulöser Oberkörper entstand vor seinem inneren Auge. Er war entschlossen. Er fügte ein entsprechendes Gesicht dazu. Dunkles Hautkolorit. Hm, wie dunkel? Dunkle Haare, hatte der Kollege ausgesagt.

Nachtigall schlug die Augen auf.

Suchte auf dem Schreibtisch nach dem Bericht zu den Vernehmungen aus der Reha Vita. Tatsächlich. Handwerker mit Ausrüstung, dunkle Haare, auf dem Weg in die Umkleidekabine. Man dachte sich nichts dabei, weil die Duschen in diesem Bereich in der letzten Zeit Probleme gemacht hatten.

Gut. Dunkle Haare. Risikofreudig. Bilder, die er lieber für immer vergessen hätte, drängelten sich vor, spielten einen Film für ihn ab. Der dunkle Wagen, der von der Seite mit Schwung ... Das Überschlagen, das verzweifelte Rufen von Michael ... Wie leicht hätte er zu dieser Zeit schon geschnappt werden können.

Er stand auf, trat an die Aufzeichnungen heran, die an der Wand aufgehängt waren.

John. Tillmann John war das erste Opfer.

Warum?

Der Täter war ihm ziemlich nah gekommen, muss mit den Örtlichkeiten vertraut gewesen sein – schließlich hatte nicht einmal Frau Schildermacher ihn gesehen. Seine Gedanken kehrten wieder zu Frau John zurück. Sie wollte nicht verkaufen, die Ehe war schon lang zerrüttet. Nachtigall seufzte, Frau John hatten sie schon ausgeschlossen.

Und Heiner Lombard selbst?

Die beiden Männer hatten keine Beziehung zueinander, allerdings hatte niemand behauptet, sie hätten einander gehasst. Und doch: Der Sohn wäre auf dem Grundstück der Johns nicht bemerkt worden, weil er dorthin gehörte. Frau Schildermacher hätte ihn vermutlich nicht einmal registriert. Und möglicherweise wäre er auch nah genug an seinen Vater herangekommen. Aber warum sollte er urplötzlich den Plan gefasst haben, ihn zu töten?

Nachtigall begann vor der Pinnwand auf und ab zu gehen.

Seine Gedanken wehten hinter der Stirn vorbei wie Pollenwolken im Frühlingswind. Waren schwer festzuhalten, drifteten zu schnell weiter.

Weil er etwas erfahren hatte, was er zuvor nicht wusste, beantwortete sich der Hauptkommissar die Frage. Angenommen, jemand hatte Lombard erzählt, vielleicht gar nicht mit Absicht sondern aus Versehen, dass sein Vater in diese Drogengeschichte verstrickt war und unmittelbar mit dem Verschwinden von Grendke zu tun hatte.

Aber wer tötete die Freunde von damals?

Er nahm das Heft aus Grendkes Tasche und las weiter. Manchmal zog er den Kopf zwischen die Schultern, wenn das, was er da erfuhr, zu entsetzlich war. Elektroschocks an den Genitalien, Amputationen, die Angst des Mannes, bald den Stift nicht mehr halten zu können und endgültig zum Schweigen verdammt zu sein. Sprechen fiel ihm schwer, seit man ihm die Zungenspitze … Nachtigall schauderte.

»Wo bist du nur gewesen?«

Dann kehrten seine Gedanken wieder zu den Überlebenden der Gruppe zurück. »Langer weiß mehr, als er uns sagt. Shit! Wo bleibt eigentlich Michael?«

Wie herbeigerufen stürmte der Freund ins Büro.

»Der schweigt. Aber als ich ihn nach Rosenfeld gefragt habe, wurde er unruhig – und den Namen Tannenberg will er nie gehört haben. Dabei hat er aber wenig überzeugend ausgesehen. Sicher eine dreiste Lüge.«

»Hast du was von Silke gehört?«

»Nein. Die schläft. Wirst schon sehen.«

»Gut, dann gehen wir sie jetzt aufwecken. Und Langer auch.«

Michael beeilte sich, Nachtigall auf den Fersen zu bleiben.

»Sie öffnet nicht.«

»Bist du dir bei der Hausnummer auch sicher? Hast du Sturm geklingelt?«

»Ja, klar. Sogar in der Nachbarwohnung ist das Licht angegangen und jemand hat durchs Fenster geschimpft. Aber bei Silke ist alles dunkel.«

»Frag die Stimme aus der Nachbarwohnung, ob Silke nach Hause gekommen ist.«

»Na, die wird unendlich begeistert sein!« Wiener trollte sich lustlos zurück zu dem Wohnblock in der Makarenkostraße, der schwarz und massig einen abweisenden Eindruck machte.

Nur Augenblicke später war er zurück, flüchtete sich regelrecht ins Auto zurück. »Nein.«

»Nein?«

»Sie ist nicht nach Hause gekommen. Und ich hoffe dringend, dass die Frau mein Gesicht nicht gesehen hat, sonst wird sie wohl auf offener Straße über mich herfallen, um mir die Augen auszukratzen, wenn sie mich irgendwo erkennt.«

»Wir wissen, dass sie bei Langer war. Genau da fahren wir jetzt hin.«

»Es ist zwei Uhr morgens!«, erinnerte ihn Wiener, der sich vorstellte, wie er reagieren würde, wenn bei ihm um diese Zeit jemand klingelte.

»Ist mir klar. Aber das heißt auch, dass wir seit Stunden

keinen Kontakt zu unserer Kollegin haben! Denk mal an deine Anfangszeit zurück. Du wolltest auch am liebsten jeden Fall im Alleingang lösen. Was, wenn sie genau das auch versucht hat?«

»Sie hatte ein paar Einkäufe für Frau Tannenberg erledigt. Die alte Frau wollte sie zwar nicht in die Wohnung lassen, aber Silke dachte, mit einer Tüte voller Naturalien könne sie es schon schaffen, ihr Vertrauen zu gewinnen.«

»Du meinst, sie könnte nach der gefühlten Rettung Langers dorthin gefahren sein?«

»Na, ja. Ein bisschen spät war es da schon, aber alte Leute schlafen oft nicht mehr so viel.« Wiener zuckte mit den Schultern.

»Könnte ja sein, dass bei Tannenberg noch Licht brennt. Auf der anderen Seite möchte ich die arme Frau nicht unbedingt wecken«, überlegte Nachtigall laut.

»Wieso beschäftigt dich jetzt Tannenberg?«

»Wegen der Akte Rosenfeld. Und der Tatsache, dass Heiner Lombard auf eine Spur gestoßen ist. Was, wenn diese Spur Tannenberg hieß? Rosenfeld ist ein ungewöhnlicher Name für einen Hund – oder? Könnte doch sein, dass er eine ganz bestimmte Bedeutung hat.«

Wiener warf Nachtigall einen langen Blick zu.

Dann fuhr er zügig durch die nachtleere Stadt.

»Also, wohin nun zuerst?«

»Büro. Wir wissen zu wenig über Silke, weißt du? Bei Albrecht war immer klar, dass er in ernsten Schwierigkeiten steckt, wenn ich ihn nicht erreichen konnte. Aber bei ihr?«

»Möglicherweise hat sie ein erfülltes Privatleben«, konterte Wiener mit schlecht verhohlenem Neid.

»Dieser Text, Akte Rosenfeld, das ist die typische Geschichte vom unerwarteten Erfolg. Und ganz ehrlich,

ich glaube, sie ist ganz ähnlich wirklich passiert. Frau Holzmann hat gesagt, ihr Mann habe Visionen von Geldvermehrungsprojekten gehabt – aber im Grunde sei er fantasielos gewesen. Also wird er wohl nah an der Realität geblieben sein. Ein Koffer voller Geld! Die Freunde machen sich keine Gedanken darüber, woher der Segen kommt. Ich gehe davon aus, dass sie Drogen gefunden haben, die sie erst zu Geld machen mussten. Die ganze Angelegenheit ist aus dem Ruder gelaufen, nicht einer ist reich geworden.«

»Von Grendke wissen wir das nicht. Der ist damals verschwunden. Wie wir jetzt wissen, hat er noch jahrelang an einem unbekannten Ort gelebt. Könnte doch sein, dass der das Geld durchgebracht hat. Als er keines mehr hatte, um für seine Sicherheit zu bezahlen, kam er in ein Gefangenenlager oder Ähnliches. Selbst von dort ist ihm noch die Flucht gelungen.«

»Die Freunde hier suchen nicht nach ihm. Grenzen den Einzigen aus, der keine Ruhe geben will, der Grendke finden möchte. Hätten sie nicht alle ein Interesse haben müssen, wenn der Kerl mit dem ganzen Geld getürmt ist?«

»Stell dir vor, der Besitzer von damals hat herausgefunden, wer damals die Drogen gestohlen hat. Er bedroht die Gruppe. Die schweigen brav. Nur Heiner Lombard wusste nichts davon. Deshalb insistierte er auch, bestand auf einer Suche.« Eine Verschwörung, dachte Wiener zufrieden, ich habe es ja von Anfang an gewusst.

»Warum starb er dann ebenfalls?«

»Weil er zur Gruppe gehörte. Der Mörder weiß nicht, dass er von den Drogen nichts ahnte«, argumentierte Wiener schwach.

»Gut. Stell dir vor, John war verwickelt. Vielleicht hat er dafür gesorgt, dass Grendke losgeschickt wurde, um einen Käufer zu suchen. Er wählte ihn aus, weil er glaubte, Heiner sei schwul und zu sehr an Maik interessiert. 20 Jahre später findet Lombard das raus. Seine Mutter hat uns doch erzählt, ihr Sohn habe eine Waffe besessen, die sie schon längere Zeit nicht mehr gesehen habe. Hm. Gesehen konnte sie sie doch nur dann haben, wenn Lombard die Waffe im Haus seiner Eltern zurückgelassen hatte. Also holte er sie irgendwann dort ab. Erschoss seinen Vater.«

»Und Frau John brachte ihren Sohn um?«, fragte Wiener ungläubig. »Mörderische Familie. Erinnert ein bisschen an die Theorie, dass die verbrecherische Veranlagung vererbt wird. Lombroso, oder?«

»Lombrosos Idee vom geborenen Verbrecher. Nein. Sie hat ihren Sohn nicht getötet. Die Überraschung über seinen Tod war echt. Außerdem hätte sie das Grab über dem Sarg ihres Mannes freischaufeln müssen, um Lombard dort zu bestatten. Dazu braucht man eine gewisse Fitness – die sie nicht hat«, widersprach Nachtigall.

»Matern?«

»Matern hat den Wagen gestohlen. Ein fremdes Auto ohne jeden Bezug zu Brieskowitz. Vielleicht sollte darin auch der Leichnam Lombards abtransportiert werden. Ob er mich auch von der Straße gedrängt hat, wissen wir nicht. Wäre Matern an dem Tag von Johns Tod im Garten gewesen, hätte Frau Schildermacher uns das erzählt. Und Heiner Lombard war nur ein Abtrünniger unter vielen – welchen Sinn sollte es haben, ihn noch umzubringen?«

»Was, wenn einer der Freunde der Täter ist. Langer zum Beispiel?«

32

Silke klingelte zaghaft.

Immerhin war es eine ungewöhnliche Uhrzeit für einen Besuch.

Als sich nichts rührte, klopfte sie noch einmal gegen die Tür. Eher als Rechtfertigung für ihr Gewissen, das nun akzeptieren würde, dass sie alles versucht hatte.

Ein seltsames Geräusch drang ins Treppenhaus.

Sie war also noch auf.

»Silke Dreier, Polizei. Sie erinnern sich doch bestimmt an mich?«

»Waren Sie das nicht vorhin an meiner Tür? Und ich denke, ich hatte gesagt, dass ich keine Lust mehr auf einen Besuch von Ihnen habe!«

»Stimmt schon. Ich weiß aber, dass Sie schlecht zu Fuß sind. Deshalb habe ich Ihnen ein bisschen was eingekauft.«

»Das heißt wohl, ich muss Sie reinlassen«, kommentierte die Stimme unfreundlich.

Silke seufzte. Ihre eigene Großmutter reagierte durchaus ähnlich. Überraschungen, auch wenn sie gut gemeint waren, stießen in der Regel auf Ablehnung.

»Ich kann die Tüte auch auf den Abtreter stellen«, bot sie an.

»Seien Sie nicht albern!«

Jemand hantierte mit einem Schlüssel.

Dann ging die Tür auf.

Silke schlug der Gestank so heftig entgegen, dass sie taumelte.

»Ich habe ja gesagt, es ist nicht aufgeräumt.«

»Macht nichts«, presste die junge Frau mühsam hervor. »Soll ich die Tüte in die Küche stellen?«

Frau Tannenberg nickte gnädig.

Auf dem Boden vor der Spüle lag Rosenfeld.

Silkes Schritt stockte.

»Tja, Hundefutter brauche ich keines mehr«, verkündete die Stimme hinter ihr kalt. »Was mache ich mit dem Kadaver?«

»Das weiß ich nicht. Rufen Sie Ihren Tierarzt an, der holt ihn vielleicht ab.«

»Sie reden genau wie der junge Mann, der vorhin hier war.«

»Dann hatten Sie heute richtig viel Besuch.« Silke stellte die Tüte auf dem wackligen Stuhl vor dem Fenster ab.

»Wie im Taubenschlag. Der Kerl wollte im Keller nach einer Kiste suchen, damit man Rosenfeld aus dem Haus tragen kann. Wie ein Sarg. Aber bisher ist er nicht wieder aufgetaucht.«

»Aha. Der ist immer noch unten?«

»Ja. Ich finde das auch eigenartig. Aber allein habe ich mich nicht getraut nachzusehen.«

Die junge Beamtin lockerte die Waffe im Holster.

»Dann gehen wir gemeinsam!«

Der Weg in den Keller dauerte.

Endlos.

Silke bedauerte schon ihr Angebot. Es wäre allemal besser gewesen, allein nachsehen zu gehen.

Endlich im dunklen, schmalen Gang angekommen, wisperte die alte Frau: »Die letzte Tür. Aber komisch, die ist zu. Was macht der wohl da drinnen?«

»Ich sehe nach. Sie bleiben hinter mir. Sollte er rausrennen, drücken Sie sich an die Wand. Nicht, dass er Sie umreißt und Sie sich am Ende noch was brechen.«

»Sehr fürsorglich«, lobte Frau Tannenberg.

Silke klinkte die Tür auf. Geräuschlos schwang sie in den Angeln. Der Raum war stockdunkel.

Undeutlich hatte Silke die Empfindung, es sei außer ihr noch jemand hier, da umfing sie auch schon Schwärze und sie stürzte zu Boden wie gefällt.

»Jugend! Arrogante Hühner, gespreizte Hähne. Ihr solltet auch einer älteren Frau noch ein bisschen was zutrauen!«, flüsterte Frau Tannenberg aufgeregt, während sie die Polizistin zu einem handlichen Päckchen verschnürte. Als sie fertig war, lehnte sie Silke Dreier an die Wand. Den Baseballschläger stellte sie neben ihren Stuhl. Dann setzte sie sich und wartete.

»Wir gehen alle Namen noch mal durch. Wir müssen was übersehen haben!«, forderte Nachtigall. »Dieser Tannenberg. Was war der früher von Beruf?«

»Was reitest du nur dauernd auf dem armen Kerl rum. Er ist tot.«

»Und sein Hund hieß Rosenfeld. Deshalb interessiert er mich!«

Wiener öffnete das Polizeiprogramm und tippte den Namen ein. »Bei uns ist er nicht bekannt. Keine Vorstrafen. Ich gucke mal beim Einwohnermeldeamt.«

Dazu musste er den Arbeitsplatz wechseln.

Eine Weile herrschte gespanntes Schweigen.

»Das ist seltsam. Der Tannenberg wird im PC als Witwer geführt. Das verstehe ich nicht. Hier steht, er lebe allein. Sicher ein Fehleintrag.«

»Verwandte?«

»Eine Tochter. Aber die wohnt nicht in Cottbus.«

»Lombard zieht in das Haus in der Wernerstraße. Lang kann er dort noch nicht gewohnt haben, denn Dr. Manz glaubte, er habe noch seinen Vierseitenhof. Seine Hausärztin behauptet, Lombard sei auf eine Spur in die Vergangenheit gestoßen. Was, wenn diese Spur Tannenberg war? Der Hund heißt Rosenfeld. Holzmann wusste auch, dass Rosenfeld eine Bedeutung im Zusammenhang mit seinen finanziellen Träumen hatte. Da ist die Verbindung. Hummer sprach von seinem Auftraggeber, der mit Wiese hieß. Könnte auch Rosenfeld gewesen sein. Wenn Tannenberg der Drogenboss im Hintergrund war? Der Auftraggeber? Derjenige, der für den Tod von Wintzel verantwortlich war?«

Er trat an das Flipchart und zeichnete Kreise mit Namen und Pfeilen von einem zum anderen auf das Papier. »Siehst du? So passt alles zusammen.«

Wiener starrte das Diagramm an. Für ihn passte hier gar nichts. Allerdings hatte er im Laufe der Jahre gelernt zu akzeptieren, dass Nachtigall anders tickte als er selbst und mit seiner Einschätzung meist ins Schwarze traf. Während er zuhörte, checkte er im Intranet den Eingang neuer Berichte der Kollegen und wurde fündig.

»Hier. Es gibt eine erste Aussage zum Gästezimmer bei Matern. Männliche und weibliche DNA-Spuren.«

»Wer ist die Frau in Tannenbergs Wohnung?« Nachtigall griff nach seiner Jacke, zerrte den einen Teil ungeschickt über den verletzten Arm. »Los. Wir fahren.«

Wiener beeilte sich.

»Wohin?«

»Wernerstraße. Wir haben keine Witwe Tannenberg.«

»Sag mal, weißt du, wer die Freunde umbringt?«

Nachtigall schwieg.

»Du hast gesagt, Silke habe ein paar Einkäufe für Frau Tannenberg erledigt und wollte ihr die noch vorbeibringen. Das ist mehrere Stunden her. Seither gibt es zu ihr keinen Kontakt mehr. Verdammt! Ich hätte eher draufkommen müssen, dass mit diesen Tannenbergs etwas nicht stimmt. Rosenfeld! Das konnte ja kein Zufall sein. Gib Gas, Michael. Hoffentlich kommen wir nicht zu spät.«

Michael Wiener trat das Gaspedal durch, schleuderte um die nächste Kurve und fuhr auf der Umgehungsstraße Richtung Innenstadt.

»Sprich mit mir!«

»Tannenberg kann kein richtig großes Licht gewesen sein. Eher ein lokaler Drogenboss, einer, der für die Verteilung in einem überschaubaren Gebiet zuständig ist. Reich gestorben ist er nicht. Irgendetwas hat also auch seine Pläne durchkreuzt. Ich denke, das war vor 20 Jahren. Denn zu der Zeit konnte er immerhin einen Auftragskiller bezahlen, allerdings einen, der neu im Geschäft war. Nach dem Killing war der Stoff weg. Hier kommen unsere Kumpel ins Spiel. Auf einmal hatten alle ein Geheimnis – nur Heiner Lombard nicht.«

Silke spürte die Übelkeit vor dem Kopfschmerz.

Sie stöhnte. Schlug die Augen auf und sah nichts. Widerspenstig stellten sich Erinnerungsfetzen ein. Ein toter Hund auf dem Küchenfußboden.

An ihrem Arm spürte sie eine Bewegung. Gern hätte sie entsetzt aufgeschrien, aber der eklig nach abgestandenem Fett schmeckende und riechende Knebel verhinderte jedes Geräusch. Sie zwang sich zur Ruhe. Wenn es kein großes Tier war, dann musste jemand mit ihr dieses Gefängnis teilen!

Undeutlich wurde ihr bewusst, dass sie den toten Hund nicht kannte.

Ich habe kein Haustier, fiel ihr wenig erhellend ein.

Und doch sah sie ihre Hand Hundenahrung auf das Transportband einer Kasse legen. Jemand sagte, es sei unsinnig, für einen toten Hund Futter zu kaufen. Silke erinnerte sich deutlich an die Abscheu, die sie bei diesen Worten empfunden hatte.

Sie schloss die Augen wieder.

Dann erkannte sie den tastenden Strahl einer Taschenlampe, dessen Kegel über ihr Gesicht kroch.

»Augen auf! Alle beide!«, kommandierte eine scharfe Stimme.

Silke gehorchte sofort, erhaschte einen verschwommenen Blick auf ein gut verschnürtes Bündel Mensch neben sich.

»Schon besser. Ich werde euch jetzt erklären, wie die Sache abläuft. Dich dummes Weib hat mir das Schicksal in die Hände gespielt – ich werde diese Chance nutzen. Und glaub bloß nicht, dass du mich umstimmen kannst. Für alberne Spielchen habe ich keine Zeit.«

Frau Tannenberg! Der tote Hund auf dem Küchenfußboden gehörte ihr!

»Und zwar machen wir es wie folgt. Ich stelle eine Frage. Neben dir, junger Mann, liegt ein Block. Die Antwort schreibst du auf. Wenn du nicht oder offensichtlich falsch antwortest, wird sie dafür bezahlen. Du kannst einiges aushalten – aber auch, dass diese junge Frau, die du gar nicht kennst, deinetwegen schreckliche Qualen erdulden muss?«

Das Bündel neben Silke zuckte heftig.

Offensichtlich war das der Versuch eines Protestes. Was kann die alte Frau mir schon tun?, überlegte die Beamtin selbstbewusst. Ich bin nicht so leicht zu knacken.

Ihre Augen folgten dem Lichtpunkt der Taschenlampe. Die Pupillen weiteten sich. Silkes Atem ging stoßweise. Dem Bündel neben ihr ging es nicht anders.

»So, ihr habt es gesehen. Ich bin gut gerüstet. Wo ist das Geld?«

Geräusche von einem Bleistift, der über Papier kratzte.

Jeder Muskel in Silkes Körper war zum Zerreißen gespannt. Was, wenn der Mann nun etwas Falsches aufschrieb?

Die Vettel huschte heran, griff erstaunlich behände nach dem Block.

Zischte wütend.

Warf das Papier zurück.

»Du nimmst mich nicht ernst! Nun, das wird sich gleich ändern.« Sie eilte zu ihrem Waffenarsenal, kehrte zurück.

Silke verkrampfte sich. Sie hatte keine Gelegenheit, sich zu wappnen, sah sie doch, der Dunkelheit neben dem Lichtkegel wegen nicht genau, was auf sie zukam. Das Nächste, das sie spürte, war, wie ihr Kopf immer wieder unkontrolliert gegen die Mauer schlug. Die Muskeln wollten sich bewegen, sich strecken, zusammenziehen – doch durch die Verschnürung ging das natürlich nicht. Die Bewegung konzentrierte sich auf Hals und Kopf. Blut lief in ihr T-Shirt, am Rücken hinunter, etwas brach.

Kaum kehrte das Bewusstsein zurück, blökte die Alte: »Siehst du, sie verändert sich ganz schön, nicht? Mit jedem

Mal wird es schlimmer, das weißt du doch! Am Ende hat sie keinen heilen Knochen mehr im Leib!«

Silke wusste, dass sie weinte. Ihre Nase lief. Alles wurde nass. Der Schmerz ebbte nicht ab, sondern nistete sich ein – überall.

»Also dann, die zweite Frage: »Wer war noch in die Sache verwickelt? Los! Schreib! Ich will alle Namen. Und versuch nicht, mich reinzulegen. Ich überprüfe das natürlich sofort.«

Silke war zu sehr mit sich und dem Schmerz beschäftigt, als dass sie sich um die mögliche Antwort des anderen Sorgen machen konnte.

Erneut kam die Alte heran. Sie griff nach dem Block, leuchtete auf das Gekritzel. »Sei nicht so dämlich! Die sind tot. Ich will die Namen der anderen!« Das Papier landete wieder auf dem Boden. »Schreib!«

Der gewaltige Schlag, der ihre Unterschenkel brach, schien aus dem Nichts gekommen zu sein.

Sie wartete auf die erlösende Ohnmacht, doch die stellte sich nicht ein.

Dumme Kuh, schimpfte sie mit sich, du hast dich selbst in diese Lage manövriert. Michael und Peter schlafen bestimmt längst, die merken erst morgen, dass ich nicht da bin. Dann ist es für mich viel zu spät. Im Weiterschweifen streiften ihre Gedanken die Frage nach der Uhrzeit. Wie lang war sie schon hier? Wie lang würde es noch dauern, bis sie tot war?

Michael hatte das Auto kaum an den Straßenrand gesteuert, da war Nachtigall auch schon ausgestiegen. Lombards Schlüssel öffnete ihnen die Haustür. So leise wie möglich liefen sie zur Wohnung der Tannenbergs. Die Tür war nur angelehnt. Wiener gab ihr einen sanften Stoß, sie schwang auf. »Komisch, der Hund reagiert auch nicht«, flüsterte der Kommissar ratlos.

Wenige Schritte später wusste er auch warum.

Entdeckten die Tüte mit den Einkäufen in der Küche.

»Silke war hier.«

In Windeseile war die Wohnung durchkämmt.

»Keller!«, kommandierte Nachtigall. »Kein Licht.«

Der Gang war still.

Und doch wusste Nachtigall, dass er auf der richtigen Spur war.

Als sie sich tiefer in den Keller drängten, hörte er plötzlich eine Stimme zischen: »So! Zwei Fragen hast du schon falsch beantwortet. Was glaubst du, wie viel kann die junge Frau noch aushalten? So richtig bei sich ist sie schon nicht mehr.«

Wutschnaubend riss Nachtigall die Tür auf, schaltete das Licht ein.

Michael duckte sich hinter ihm durch und beugte sich zu den beiden Verschnürten hinunter.

Die alte Frau lachte irre.

»Ruf einen Rettungswagen!«, forderte Nachtigall. »Silke ist schwer verletzt.«

Er packte den Arm Frau Tannenbergs und drehte ihn auf den Rücken. »Ich nehme Sie vorläufig fest wegen des Verdachts der Geiselnahme, der schweren Körperverletzung und der Anstiftung zum Mord.«

»Mir können Sie gar nichts beweisen.«

»Sie ist bewusstlos.« Wiener hatte die Fesseln gelöst.

»Und nun zu Ihnen«, sagte Nachtigall und drehte sich zu der zweiten Person um.

Doch bevor er ihm erklären konnte, was nun folgen würde, hatte sich der Mann auf die Füße geschwungen. Wiener schrie auf, packte nach den Beinen, die er gerade von der Schnürung befreit hatte, kassierte einen schmerzhaften Tritt gegen den Unterkiefer, rappelte sich auf, um dem Fliehenden nachzusetzen. Diesen Moment nutzte Frau Tannenberg, um sich aus Nachtigalls Griff zu winden. Sie kreischte schrill und versuchte sich an dem schweren Beamten durch die Tür zu drängen. Nachtigall sah beide auf sich zukommen.

Er hielt seinen Gips in die Höhe.

Spannte den anderen Arm in voller Länge zur Seite aus.

Wiener bekam die Füße des Befreiten kein zweites Mal zu fassen.

Der Flüchtende schlug seine Zähne fest in Nachtigalls Oberarm. Der schrie vor Überraschung auf, riss den Arm nach unten – und der Unbekannte war verschwunden.

»Mann!«, ächzte der Kommissar, als er sich wieder auf die Füße gearbeitet hatte. »Das muss dir auch erst mal einer nachmachen.«

»Spezialbewaffnung«, nuschelte Nachtigall, der direkt nach dem Schlag das Brechen des Knochens gehört hatte. Seines Knochens.

Frau Tannenberg hockte vor ihm auf dem Boden und rieb sich die Schulter. Der Ausfall mit dem Baseballschläger gegen Nachtigalls verletzten Arm war gründlich fehlgeschlagen.

»Scheiße, jetzt ist uns der Kerl entkommen. Wer war das?«, herrschte Wiener die alte Frau an.

»Ich sag kein Wort!«, verkündete die trotzig.

»Müssen Sie auch nicht», klärte Nachtigall. »Ich weiß, wo wir ihn finden. Den pflücken wir uns gleich. Ruf mal einen Streifenwagen als Verstärkung. Wir haben noch jemanden für die Haft.«

Sobald der Notarzt eingetroffen war – diesmal zur Freude Nachtigalls nicht Dr. Manz – und sie Silke gut versorgt wussten, machten sich Nachtigall und Wiener auf die Suche nach dem Mann ohne Gesicht.

»Wohin soll ich denn fahren?«

»Brieskowitz.«

»Matern sitzt ein. Und Langer wohnt nicht in Brieskowitz.«

»Fahr einfach. Wir sammeln ihn beim Nach-Hause-Kommen ein.«

Widerwillig lenkte Wiener den Wagen auf die Bahnhofsbrücke, bog links ab und preschte den Stadtring hoch. »Wenn der zu Fuß unterwegs ist, wird er einige Zeit brauchen.«

»Ich glaube nicht, dass er die ganze Strecke laufen muss. Wahrscheinlich steht sein Auto unauffällig geparkt irgendwo am Fahrbahnrand. Aber sicher nicht direkt in der Wernerstraße. Er hatte vor, Frau Tannenberg zu überraschen. Wir kriegen ihn schon.« Nachtigall versuchte, den gebrochenen Arm fest mit dem unverletzten gegen den Körper zu pressen, damit das Ruckeln des Autos sich nicht auf ihn übertrug. Seine Lippen hatten jede Farbe verloren.

»Wen?«

»Der Täter versteckte sich im Obduktionsbericht.« Damit beendete er das Gespräch, nahm aus dem Notfallkoffer eine Armschlinge und legte mit einem tiefen Seufzen den Arm darin ab. »Das muss ich auch noch reparieren lassen. Ich schlage vor, wir sammeln unseren Mörder ein, lassen ihn abholen und fahren ins Klinikum. Die Beule am Kiefer sieht ziemlich dramatisch aus – und ich könnte wetten, dass bei mir diesmal beide Knochen durch sind.«

Wieners Miene verdüsterte sich. Wenn ich dich erwische, dachte er rachelüstern, dann aber!

»Dieser Kerl hat auch den Wagen gefahren, der dich in den Acker geschleudert hat, oder?«

»Ja. Davon gehe ich aus. Er hatte die Leiche von Lombard im Grab Johns beerdigt. Und nun sollten die Totengräber genau dort anfangen zu enterdigen. Er muss gedacht haben, dass die ganze Sache abgeblasen wird, wenn der diensthabende Beamte auf dem Weg dorthin ermordet wird. Es ging ihm nur um Zeit. In diesem ganzen Fall ging es um Zeit. Gestohlene und verlorene. Aber wir bringen die Sache jetzt zu Ende.« Nachtigalls Entschlossenheit war wie eine Aura spürbar, übertrug sich auf Wiener, der seinen Körper ebenfalls straffte.

Als sie etwa 20 Minuten später hinter dem prachtvollen Anwesen auf der Lauer lagen, kam die Welt für den Kommissar langsam wieder ins Lot.

Das Wichtigste war, dass der Mordversuch an Peter nicht geglückt war, sicher. Aber, dachte Michael, das Zweitwichtigste ist, dass wir den Kerl jetzt gleich schnappen werden. Er kommt nicht davon.

Sie hatten kaum eine halbe Stunde in der Deckung gewartet, da hörten sie schleichende Schritte.

Wiener machte sich sprungbereit.

Auf dem mit Platten ausgelegten Weg näherte sich jemand.

Barfuß?

Nach etwa jedem dritten Schritt blieb er stehen, sicherte, schnüffelte.

Dann, endlich, war er nah genug.

Wiener stürzte sich so ungestüm auf ihn, dass er den Mann zu Boden riss. Das Überwältigen war keine Hürde mehr.

»Guten Abend, Herr Grendke. Dass Sie uns so schnell wiedersehen, hätten Sie nicht erwartet, oder?«, fragte Nachtigall und leuchtete dem Fremden mit der Taschenlampe ins Gesicht. »Ich möchte doch zu gern wissen, wie dieses Phantom aussieht. Ein Untoter!«

»Woher hast du gewusst, dass der andere Grendke ist?« Wiener hielt einen Eisbeutel gegen den geschwollenen Kiefer, während er dabei zusah, wie Nachtigalls Arm neu verarztet wurde.

»Wegen des Obduktionsberichts. Und weil Rainer einen Zombie gesehen hat.«

»Rainer? Aber der hat doch nur gefaselt«, behauptete Wiener nuschelnd.

»Nein, hat er eben nicht. Er muss Grendke gesehen haben – und erkannt. Er dachte wie die meisten, dass Maik vor Jahren umgekommen sein muss. Für ihn war es also eine Begegnung mit einem Untoten.«

»So die Herren, bitte eine Pause einlegen. Wenn der Patient hier rumzappelt, kann ich den Verband nicht richtig anlegen. Diesmal haben Sie es übrigens geschafft, beide Knochen zu brechen. Entsprechend länger wird die Heilung dauern. Welche Farbe für den Articast?«

»Blau.«

»Und was ist mit Ihrem Kiefer? Ist der auch gebrochen?«

»Nein, nein«, wehrte Michael Wiener ab. »Zum Glück nur eine Schwellung. Wird bald zurückgehen, meinte man in der Notaufnahme.«

»Na, dann sind Sie noch mal glimpflich davongekommen. Ich habe gehört, die anderen haben alle deutlich mehr Blessuren.«

Ja, dachte Nachtigall verdrießlich, besonders Silke Dreier. Ich habe es gleich gewusst, dieses junge Gemüse macht nur Schwierigkeiten. Alles im Alleingang lösen wollen! Sie konnte von Glück sagen, dass ihr Teamleiter gerade noch rechtzeitig vor Ort war.

Hansen besuchte gleich am Morgen die Kollegen in ihrem Büro.

»Ich habe gehört, der Fall ist abgeschlossen. Gratuliere. Aber ihr habt ganz schön Federn gelassen.«

»Ja, haben wir. Das nächste Mal überlassen wir so ein kompliziertes Ding lieber deinen kompetenten Händen«, feixte Nachtigall.

»Deine neue Kollegin will zu mir wechseln. Wusstest du das schon?«

»Nein. Aber noch ist sie krankgeschrieben. Vielleicht überlegt sie es sich, wenn sie wieder ohne Krücken gehen kann.«

»Das Team Nachtigall steht jedenfalls für Action.«

»Nun schuldet ihr mir aber noch eine Erklärung.« Hansen zog sich einen Stuhl heran.

»Komm in einer Stunde wieder, Tobi. Ich habe einen Gesprächspartner drüben im Verhörraum.«

Hansen nickte kurz. »Ich warte.«

Maik Grendke wartete auch.

»Sie sind über Ihre Rechte belehrt worden. Der Pflichtverteidiger ist auf dem Weg. Wir könnten aber schon anfangen, wenn Sie nichts dagegen haben.«

»Ist okay.« Grendke war wegen der abgeschnittenen Zungenspitze nur schwer zu verstehen. Es war deutlich zu sehen, wie sehr er sich um eine gute Artikulation bemühte.

»Vor 20 Jahren fing die ganze Sache an. Erzählen Sie uns, was damals passierte.«

»Wir haben uns mit Mädchen verabredet gehabt. Die

waren total fasziniert von der Förderbrücke, von der Macht des Mannes, der sie bediente. Heiner war bei solchen Aktionen meist nicht dabei. An dem einen Abend, wir haben auf die Mädchen gewartet, verhielten wir uns ganz still, weil solche Besuche natürlich verboten waren. Da flog plötzlich ein Koffer über die Kante und landete ein bisschen tiefer im Hang. Wir natürlich hin. Der Koffer war mit einem Schloss gesichert. Die Mädchen waren vergessen. Wir sind sofort abgehauen und haben das Ding mitgenommen.« Er trank einen großen Schluck Wasser.

»In dem Koffer waren Drogen.«

Der junge Mann nickte. »Genau. Wir haben überschlagen, wie viel das Zeug wohl wert war. Aber genau kannte sich da keiner von uns aus. Am nächsten Tag haben wir erfahren, dass der Achim verschwunden ist. Wir brauchten nur zwei und zwei – na ja. Den Schuss hatten wir nicht gehört. Aber der Achim hat wohl den Koffer in letzter Sekunde weggeworfen.«

»Sie haben einen Kontaktmann ausfindig gemacht.«

»Ja. Der wollte, dass wir nach Afrika fliegen. Das konnte aber nur einer. Das Los fiel auf mich. Toll!«

»Aber etwas hat nicht funktioniert. Der Kontakt war ein Fake.«

»Das wusste ich aber nicht. Tillmann hatte mir das Los zugeschustert.«

Nachtigall musterte das zerklüftete Gesicht des Mannes, der heute Mitte 40 war. Wäre er ihm zufällig begegnet, hätte er ihn auf Mitte 70 geschätzt. Die Augen lagen tief in den Höhlen, waren weit aufgerissen, als sähen sie immerzu ein Grauen. Das verlieh dem Gesicht etwas Unheimliches. An jeder Hand waren nur einzelne Finger verblieben. Links zwei, rechts drei. Die Haare waren an vielen

Stellen ausgegangen, dort leuchtete vernarbte Haut hervor. Jede Körperstelle, die nicht von Kleidung verdeckt war, wies Spuren vergangener Verletzungen auf.

»Man verschleppte mich auf einem Touristenausflug. Hielt mich all die Jahre gefangen. Ich wurde regelmäßig den Knechten vorgeführt, die mir Fragen stellten, die ich nicht verstand. Keine Antwort bedeutete schwere Strafe.« Er zuckte zusammen, als erwarte er selbst hier einen Schlag aus dem Hinterhalt.

»Es gab einen Putsch und Sie konnten entkommen.«

»Genau. Ich wollte zurück zu meiner Familie, meinen Freunden. Klären, warum in all den Jahren niemand gekommen war, um mich zu retten. Auf der Überfahrt hatte ich viel Zeit nachzudenken. Und ich begriff ganz langsam, was geschehen war. Während ich geschwiegen und nie einen Namen genannt hatte, war ich von den anderen einfach abgeschrieben worden.«

Sein Gesicht verzerrte sich zu einer schrecklichen Grimasse.

Er ballte die Restfinger der zerstörten Hände zur Faust.

»Es war kein gutes Gefühl. Kaum an Land kehrte ich nach Brieskowitz zurück.«

»Das glaube ich nicht. Ich denke, dass Sie einige Zeit gebraucht haben, um mit sich ins Reine zu kommen«, widersprach Nachtigall. »Sie waren 20 Jahre lang fort. Ohne Nachrichten, ohne Kontakt zur Außenwelt. Ich gehe davon aus, dass Sie sich erst zurechtfinden mussten.«

Der geschundene Körper, mager, aber dennoch kräftig und drahtig, begann sich zu winden.

»Ich bin untergekrochen. Das muss reichen.«

»Sie haben alle umgebracht, die mit der Geschichte zu tun hatten.«

»Nun, das war die logische Konsequenz. Ich bin nur durch einen Zufall davongekommen, warum sollten dann die anderen so gar nichts von dem Unrecht bemerken, das sie mir zugefügt hatten?«

Nachtigall knallte seine schwere Faust auf den Tisch.

»Das ist nicht die Wahrheit! Sie sitzen hier, erzählen uns Ihre Geschichte, aber wenn Sie Verantwortung für Ihr Tun übernehmen sollen, kommen Sie mit Lügen!«

Der Mann gegenüber straffte sich.

»Mich kann Ihre Reaktion nicht einschüchtern.«

»Warum musste der Mann im Frachtraum sterben? Sein Körper wies Spuren schwerster Misshandlungen auf – wie der Ihre! Er ist mit Ihnen gemeinsam geflohen, nicht wahr? Und als Sie eine Leiche brauchten, kam er gerade recht. Sie drückten ihm Ihre Tasche in den Arm, fuhren mit einer Haarbüste über seinen Kopf, legten eine falsche DNA-Fährte und hofften, man würde den Körper später als den Ihren identifizieren. Haben Sie ihn auch mit einer Schlinge erwürgt? Und Heiner? Weil er indirekt schuld daran war, dass Sie damals das Afrikalos vom John zugeschustert bekamen, weil ihm die Freundschaft zwischen Ihnen und Heiner ein Dorn im Auge war? Mit der Drogengeschichte hatten beide Männer nichts zu tun! Warum Heiner? Die hatten beide nichts mit der Drogensache zu tun!«

Grendke schwieg.

Starrte vor sich hin.

Begann zu summen.

Nachtigall lehnte sich zurück. Hier kam er ohne Hilfe nicht weiter. Psychologische Hilfe war vonnöten.

Nachtigall jedoch war sich sicher genau zu wissen, wer da vor ihm saß. Ein Mann der rücksichtslos jeden tötete, der seinem Drang nach Rache im Weg stand. Ohne

Ansehen der Person, ohne einen Gedanken an die Familie des Opfers und völlig unabhängig davon ob derjenige in die Drogengeschichte von damals verwickelt war oder nicht.

Emotionslos. Kaltblütig.

»Warum haben Sie den Kopf und die Extremitäten von Norbert ausgerechnet in der Reha Vita versteckt? Dort mussten sie doch schnell entdeckt werden?«

Grendkes Blick flackerte.

»Ihr wisst gar nicht, was Hunger ist! Ihr habt so viel zu fressen hier, dass ihr mit euren dicken Autos zum Sport vorfahren müsst, um dann auf dem Laufband zu keuchen, damit ihr nicht platzt! Eine dekadente Gesellschaft!«

Er schwieg bockig.

Nachtigall wartete geduldig ab.

Nach einer Ewigkeit begann Grendke heiser zu erzählen. »Der Norbert wollte unsere Geschichte als Buch rausbringen. Er meinte, damit könne er gutes Geld verdienen. Aber was aus dem Stoff oder dem Drogengeld geworden ist, wollte er mir nicht sagen. Ich habe alles versucht. Er hat nur immer behauptet, es habe keinen Deal gegeben. Aber das ist nicht wahr.«

»Was haben Sie mit ihm gemacht?«

»In diese Wohnung bestellt. Dann haben die gegenüber auch noch eine Bombe gefunden. Alle Häuser leer. Ideal. Ich habe ihn gefragt und für jede falsche Antwort bestraft.« Grendke gönnte sich ein paar Atemzüge Pause. »Gestochen, geschlagen. Und dann habe ich plötzlich die Geduld verloren. Ich habe so oft zugeschlagen, bis mein Arm wehtat. Aber als er tot war, musste ich ihn mitnehmen. Dazu war es notwendig, Norbert zu zerlegen.«

Nachtigall stand auf und ging sich einen Kaffee holen.

Auf dem Rückweg zum Verhörraum klopfte er bei Hansen.

»Hallo, Tobi. Ich mache eine Pause mit dem Beschuldigten. Wenn du willst, kannst du ran. Frage ihn ruhig nach dem Abdrängen – aber es reicht, wenn ich das später in den Akten finde. Der Kerl ist unfassbar kalt.«

»Geht klar. Ich verhöre ihn dazu und schreibe ein hübsches Protokoll. Ich spreche mit niemandem drüber. Das war es doch?«

»Wir verstehen uns – manchmal. Kein Getratsche.«

»Was wird denn mit Erika Wintzel?«, fragte Hansen, bevor Nachtigall wieder verschwinden konnte.

»Mordversuch ist ein Kapitaldelikt. Die Staatsanwaltschaft bekommt die Akten in den nächsten Tagen. Mal sehen. Vielleicht bezieht sie ein hübsches Einzelzimmer in der Psychiatrie.« Er winkte mit dem blauen Arm und ging über den Gang zu Wieners Büro.

»Matern?«, fragte er.

Wiener nickte.

»Bei mir oder bei dir?«

»Bei mir.«

Nachtigall hatte seinen Becher halb geleert, da hörte man schon den Stiefelschritt des Kollegen auf dem Gang. Es klopfte energisch.

»Herein!«

»Ich bringe Herrn Siegfried Matern.«

»Danke. Hallo, Herr Matern.« Der Schutzpolizist nahm auf einem Stuhl in der Nähe der Tür Platz und setzte eine Miene auf, die verriet, er würde hier niemanden durchlassen.

»Was wollen Sie noch?«

»Ich erzähle Ihnen, wie das alles zusammenhängt.«

»Na, da bin ich aber gespannt! Ehrlich!«, lachte Matern schallend.

»Als die Freunde vor 20 Jahren den Drogenkoffer fanden, kamen sie zu Ihnen. Ein Mann mit Erfahrung, dachten die jungen Männer, der wird wissen, was zu tun ist. Sie besprachen sich mit John. Heckten gemeinsam einen super Plan aus. Einer der Jungs sollte sich mit dem Kontaktmann treffen und die Modalitäten zu Kauf und Verkauf klären. John sorgte dafür, dass Maik das Los zog. Heiner wusste von nichts, blieb vollkommen ahnungslos. Maik kehrte nicht zurück, die bekannten Schwierigkeiten stellten sich ein. Die jungen Männer hielten die Füße still und hofften, niemand würde darauf kommen, dass außer Maik noch jemand in die Angelegenheit verwickelt war. Als John sein Haus verkaufte, hielten Sie es für eine gute Idee, Heiner von dem Trick mit dem Los zu erzählen.«

»Konnte ich ahnen, dass der stracks nach Hause geht und seinen Vater erschießt? Ich wusste doch gar nichts von dem Revolver, den er hatte. Mir ging es nur darum, ein bisschen Zwietracht zu säen. Der Tillmann sollte nicht so einfach mit seinem Verrat durchkommen. Und mal ehrlich: Als ich mich damals umgehört habe, konnte ich doch nicht wissen, dass der Drogenbesitzer Leute auf genau so eine Anfrage angesetzt hatte. Außerdem hat der Maik gewusst, dass die Sache nicht ohne Risiko war«, rechtfertigte sich Matern.

Nachtigall wurde wieder übel.

»Maik wanderte in ein Lager. Der Drogenbesitzer bekam seinen verlorenen Stoff zurück, alles gut. Bis auf die Tatsache, dass Grendke nicht mehr nach Hause kam. Heiner war verrückt vor Sorge. Er tickte aus«, übernahm Wiener das Erzählen.

»Heiner verlor den Boden unter den Füßen. Aber weder

Tillmann noch ich konnten ihm helfen. Wir durften doch die anderen nicht verraten.«

»Und dann stand plötzlich Tannenbergs Tochter vor der Tür. Sie hatte ihre Wohnung verloren, eine mickrige Rente, war gezeichnet vom Leben auf der Straße und jahrelangem Alkoholkonsum. Seit Jahren gab es wohl zwischen Vater und Tochter keinen Kontakt mehr. Doch die Gier nach Geld änderte alles, nicht wahr? Sie boten ihr das Gästezimmer als Unterschlupf an. Nach kurzer Zeit siedelte sie dann doch zu ihrem Vater um, in der Hoffnung, etwas von dem Geld aus dem damaligen Drogendeal sei hängen geblieben.«

»Den alten Tannenberg kannte ich von früher. Aus dem Skatclub meines Vaters. Von dem Drogengeschäft habe ich aber erst vor Kurzem erfahren.« Matern verschränkte die Arme vor der Brust. »Und einer armen Frau Unterkunft anzubieten, ist wohl kaum strafbar!«

Nachtigall ging darauf nicht ein. Er war sicher, er hatte genug Beweise, um Materns Akte wasserdicht zu machen.

»Eines Abends, als sie durch ihr Dorf patrouillierten, trafen sie auf einen Fremden. Wie sich rausstellte, war der Mann verwirrt, aber nicht ganz so fremd, wie er Ihnen auf den ersten Blick vorkam. Maik Grendke. Der hatte gerade festgestellt, dass seine Mutter während seiner Abwesenheit gestorben war. Vorsichtshalber quartierten Sie ihn im Gästezimmer ein, das gerade freigeworden war, weil die Tochter Tannenbergs zu ihrem Vater gezogen war. Sollte sie für Sie rausbekommen, ob Tannenberg nicht doch über ein geheimes Gelddepot verfügte? Grendke brannte bei dem Gedanken an Rache. Sie, Herr Matern, beschäftigte nur die Frage, wie Sie verhindern konnten, dass er Ihre eigene Verstrickung bemerkte. Sie nahmen hin, dass er sich mit Lombard verabredete, um ihn am Grab des Vaters zu töten.

Als er Ihnen erzählte, er habe ihn im selben Grab beigesetzt, gingen Sie noch davon aus, Sie könnten die Umfriedung zumindest verzögern. Sie stahlen das Auto in Berlin. Grendke versuchte, mich von der Straße zu drängen, während Sie den Protest gegen die Totengräber bündelten.«

»Dass ich auf dem Foto zu sehen bin, müssen Sie mir erst noch nachweisen! Ich bin an jenem Abend zu Hause gewesen. Dafür habe ich Zeugen. Und falls Grendke Sie von der Fahrbahn geschubst hat, können Sie das kaum mir anlasten.«

»Sie sind gut vernetzt, Herr Matern. Fan in allerlei Clubs, Mitglied vieler Vereine. Die Information, dass ich unterwegs nach Brieskowitz sein würde, haben Sie von einem arglosen Kollegen bekommen, mit dem Sie sich ganz allgemein über die Lage des Dorfes unterhalten haben. Ist nicht so schwer gewesen, nicht wahr?«

»Ha!«

»Grendke ermordete Lombard, brach bei Frau Holzmann ein, um die neue Adresse von Norbert rauszukriegen. Und die ganze Zeit über ging es um Geld. Sie wollten beteiligt werden. Ihnen ist klar, dass Sie weder das Dorf noch das Haus retten können. Aber um neu anfangen zu können …«

»Was wissen Sie denn schon über Heimat?«, geiferte Matern über den Tisch. »Sie haben offensichtlich eine Nomadenseele, sind nirgendwo zu Hause. Aber ich schon! Wäre der Protest gescheitert, hätte ich nie mit den anderen ziehen können. Den Verrätern!«

»Sie haben billigend in Kauf genommen, dass Menschen starben – weil Sie Geld wollten, weil Sie dachten, das Drogengeld von damals sei entweder bei Tannenberg oder bei den Kumpeln. Ihnen war jedes Mittel recht. Die Tochter Tannenbergs haben Sie benutzt, wie Grendke! Sie wollten auch ein Stück Ihrer Geschichte abstreifen, da kam

Ihnen der Heimkehrer gelegen. Grendke wollte Rache! Das haben Sie genutzt, um die Wisser von damals auszurotten. Und ich werde Beweise dafür finden, dass Sie ihm sogar geholfen haben. Das Zerstückeln der Leiche Norberts ist etwas, was man mit den wenigen Fingern, die Grendke geblieben sind, schwer durchführen kann. Dazu hätte er zu viel Zeit gebraucht.«

Nachtigall schob seinen Stuhl zurück.

»Sie haben Grendke in die Wohnung begleitet, denn Sie kannten Amanda. Risikominimierung«, schoss Nachtigall einen Pfeil ins Blaue ab. Zufrieden beobachtete er, wie das Gesicht Materns völlig entgleiste und wusste, dass er mitten ins Ziel getroffen hatte.

»Ist Ihnen wirklich nie der Gedanke gekommen, ein so eiskalter Mörder würde Sie, nachdem alles erledigt war, als Nächsten umbringen? Sie wären schlicht überflüssig geworden, Herr Matern!«

Damit stand er auf, gab Wiener ein Zeichen und verließ den Raum.

»Amanda? Woher kannte er Amanda?«

»Er hat sich mit Frau Ahrendt getroffen. Regelmäßige private Flirts. Es hängt ein Foto von ihr mit Kunden der Bar an der Wand im Schlafzimmer neben dem Spiegel. Mir ist leider zu spät klargeworden, wer darauf zu erkennen ist. Deshalb wäre es nicht so schlimm gewesen, hätte er sie beim Aufschließen der Tür angetroffen.«

Wiener schüttelte den Kopf.

»Lauter Irre. Eine Frau wohnt freiwillig tagelang mit der Leiche des Vaters zusammen. Sie war bereit, die beiden Menschen, die sie gefangen hat, umzubringen. Und alles wegen des Geldes aus dem alten Drogengeschäft.«

»Nicht ganz, Michael. Das Problem waren auch die Bücher, die Holzmann veröffentlichen wollte. Die Akte Rosenfeld. Da stand die Geschichte drin – leicht verändert, manches war noch nicht gut recherchiert – aber dennoch, es hätte Aufmerksamkeit auf den alten Fall lenken können. Niemand wusste, wie viel Holzmann tatsächlich durchschaut hatte.«

»Grendke hat die Drecksarbeit für die anderen erledigt?«

»War nur dumm, dass er den Leichnam auf dem Friedhof beigesetzt hat. Da musste gehandelt werden. Ich persönlich war gar nicht Ziel des Anschlags, es war völlig egal, wer bei der Attacke sterben würde.« Nachtigall schluckte trocken bei dieser Vorstellung. »Ein sinnloser Tod, ohne echtes Motiv.«

Schweigend gingen sie den Gang entlang.

Plötzlich blieb Nachtigall stehen, fasste nach Michaels Arm.

»Ich Idiot! Komm!«

Michael Wiener folgte dem Freund, der fast über den Gang rannte.

»Wohin?«, keuchte der junge Mann wenig später, als er hinter dem Lenkrad saß.

»Brieskowitz! Wir fahren zu Matern!«

»Okay. Und was tun wir dort? Seine Frau befragen?«

»Wir holen ein Beweisstück ab.«

»Aber die Kollegen sind sicher noch vor Ort. Die bringen uns alles mit was wir möchten. Du brauchst nur anzurufen«, meckerte Michael unzufrieden.

»Nein. Die Kollegen suchen sicher noch immer im Haus und haben damit genug zu tun. Ich weiß genau was ich möchte. Und es steht auf der Terrasse!«

Als sie vor dem Garten hielten, stieg Nachtigall rasch aus, lief durch den Garten, kehrte wenige Sekunden später mit einer gefüllten Papiertüte zurück. Ein triumphierendes Grinsen im Gesicht.

»Was ist denn das?«

»Damit ist alles wasserdicht. Und es stand die ganze Zeit da, direkt vor unseren Augen. Sie sind mir schon bei unserem ersten Besuch aufgefallen. Wir haben sie nur nicht bewusst gesehen.«

Nachtigall zog die Tüte auseinander.

»Schuhe?« Wiener war enttäuscht.

»Die Schuhe! Dockers mit einem kleinen Ausbruch im Profil. Wenn wir die auf Blut untersuchen, werden wir es finden. Das ist das Ende von Materns Lügerei. Das sind seine, er kann sich nicht rausreden. Seine DNA wird beweisen, dass er sie getragen hat, und im besten Fall finden wir auch die Grendkes, falls die Schuhe von beiden benutzt wurden. So oder so können wir sie dem Tatort sicher zuordnen.«

Als sie die Schuhe bei den Kollegen abgegeben hatten, kehrten sie zu Matern zurück.

»Wir haben die Dockers«, erklärte Nachtigall knapp. »Das Profil konnten wir in der Wohnung und auf dem Friedhof sichern. Ihre Frau hat bestätigt, dass es Ihre Schuhe sind.«

Matern wurde fahl.

»Ich habe die nicht getötet. Das ist das Letzte, was ich zu Ihnen sage.«

»Mittäter sind genauso Täter!«

Auf dem Rückweg ins Büro fielen die beiden Freunde in einen ruhigeren Schritt.

»Und wie finden wir für all das Beweise? Für die ganzen Details?«, fragte Wiener, als er mutlos vor der Tür zu seinem Arbeitszimmer stand, das er in den nächsten Wochen wieder für sich allein haben würde.

»Matern knickt spätestens morgen ein. Der ist nicht so zäh. Er verwickelt sich in Widersprüche. Das Schweigen hält er nicht durch. Und wir zeigen das Foto von Grendke und das von Matern den Kunden der Reha Vita. Jemand wird darauf vielleicht den Handwerker erkennen, der an jenem Tag in die Duschen gegangen ist. Wir fragen den Kollegen, der zwischen den Häusern den Mann im blauen Anton gesehen hat, ob er einen unserer Gäste wiedererkennt. Frau Ahrendt hat was zu erklären, Frau Matern wird nicht mehr schweigen, wenn sie begreift, was ihr Mann getan hat. Grendke hat jahrelang unter härtesten Bedingungen gelebt, wir ziehen einen Psychologen hinzu, er wird uns mit der Zeit alles erzählen. Frau Tannenberg ist in der Psychiatrie zur Überprüfung. Wurde noch heute Nacht angeordnet. Hummer schweigt auch nicht mehr, er steuert bei, was uns noch fehlt. Lass den Kopf nicht hängen. Der Fall ist aufgeklärt. Die Details finden sich«, stellte Nachtigall klar. »Du kannst nicht in jedem Fall ein sofortiges Geständnis des Verdächtigen erwarten. Ist legitim, dass er seinen Kopf retten will.«

Nachtigall stieß die Tür zu seinem Büro auf.

»Albrecht! Was für eine Überraschung!«

Wiener drängte nach. »Mensch! Wo kommst du denn so plötzlich her? Willst du nicht wieder bei uns anfangen? Dein Schreibtisch ist verwaist!«, sprudelte der Kommissar hervor.

»Ich habe schon gehört, was passiert ist. Kaum lass ich euch allein, werden zwei der drei Teammitglieder verletzt. Ne! Der Job bei euch ist mir zu gefährlich!«, lachte der Besucher.

»Des isch abber wirklich schad! Mir hätte uns so was

von g'freit!«, bot Wiener seinen breitesten Dialekt auf. »Mir sin so ein eing'schpieltes Team g'wese.«

»Da ist es ja wieder! Badisch! Ich dachte schon, Marnie hätte dir deinen Dialekt völlig abgewöhnt«, meinte Nachtigall erleichtert.

»Noi, so schlimm ischs etzt nit, aber se arbeitet dra.«

»Wollt ihr mir nicht erzählen, um was es in diesem spektakulären und gefährlichen Fall eigentlich ging?« Albrecht Skorubski stand auf, nahm einen Mantel von der Lehne. »Vielleicht darf ich euch zu einem Kaffee mit nahrhafter Beilage einladen? Cafeteria oder anderswo?«

Wiener nickte begeistert.

»Na dann!« Nachtigall legte den Arm um seinen Freund. »Du glaubst nicht, was für ein Ding wir da auf dem Tisch hatten. Also ...«

»Und der Peter wäre um ein Haar umgebracht worden!«

»Aber so richtig verwickelt wurde es, als die Totengräber in Brieskowitz ...«

ENDE

Danksagung

Lieber Herr Seifert, vielen herzlichen Dank für Ihr freundliches Verständnis und großzügiges Entgegenkommen!

Ein besonderes Dankeschön gilt meiner Lektorin, Claudia Senghaas, die den Text empathisch und liebevoll bearbeitet hat. Eine tolle, bereichernde Zusammenarbeit!

Franziska Steinhauer
Wolfgang Spyra
Zur Strecke gebracht
978-3-8392-1327-8

»Dieses Buch lädt ein zum Schaudern. Vergewissern Sie sich lieber, dass Sie die Terrassentür zugeschlossen haben, bevor Sie es in die Hand nehmen …«

Acht Kriminalgeschichten, denen eins gemein ist: Sie haben sich tatsächlich so ereignet. Nicht nur Morde, sondern auch kleinere Gaunereien baut Franziska Steinhauer in spannende Erzählungen ein. Hier werden Liebhaber von Sendungen wie »CSI« voll auf ihre Kosten kommen und beim nächsten »Tatort« wohl die Hände über dem Kopf zusammenschlagen, wenn die TV-Ermittler mal wieder die DNA-Analyse bis zum nächsten Tag haben wollen …

GMEINER

Wir machen's spannend

Franziska Steinhauer
Gurkensaat
978-3-8392-1100-7

»Ein raffinierter Plot, psychologisch ausgefeilte Figuren, die sachkundige und detailgenaue Schilderung der Verbrechen!«

Ein nebliger Novemberabend in der Lausitz. Kommissar Peter Nachtigall wird in das Herrenhaus der Unternehmerfamilie Gieselke gerufen. Maurice, der sechsjährige Enkel des Spreewälder »Gurkenkönig« und Hobbyjägers Olaf Gieselke liegt tot im Arbeitszimmer – erschossen mit einem Gewehr aus dem Arsenal des Großvaters. Am nächsten Tag wird eine weitere Leiche entdeckt. Es handelt sich um den Naturschutzaktivisten Wolfgang Maul, der sich für die Wiederansiedlung von Wölfen in der Lausitz eingesetzt hatte.

Nachtigall beginnt sich durch ein Gestrüpp aus Hass, Neid und dunklen Geheimnissen zu kämpfen …

GMEINER

Wir machen's spannend